BASTEI LÜBBE

BASTEI-LÜBBE-TASCHENBUCH
Band 13 524

Erste Auflage:
März 1994

Deutsche Lizenzausgabe 1994
Bastei-Verlag Gustav H. Lübbe
GmbH & Co., Bergisch Gladbach
Originaltitel:
The Corpse Had a Familiar Face
Lektorat: Wolfgang Neuhaus/
René Strien
Titelfoto: Three Lions
Umschlaggestaltung:
Quadro Grafik, Bensberg
Satz: KCS GmbH,
Buchholz/Hamburg
Druck und Verarbeitung:
Brodard & Taupin, La Flèche,
Frankreich
Printed in France

ISBN 3-404-13524-5

Der Preis dieses Bandes
versteht sich einschließlich der
gesetzlichen Mehrwertsteuer.

Edna Buchanan

Die Leiche kam mir sehr vertraut vor

Ins Deutsche übertragen
von Otto Lose

TRUE CRIME
Der wahre Kriminalfall

BASTEI LÜBBE

EINFÜHRUNG

Ich hatte einen Tag frei, und wie üblich geschah ein Mord.

Als das Telefon klingelte, war ich schon fast aus der Tür. Ein Auto auf einem Parkplatz mit einer Leiche darin. Ja, sicher, ich würde mich darum kümmern, der Tatort lag auf meinem Weg. Es war um die Mittagszeit, mitten im Weihnachtstrubel. Das Verbrechen hatte sich auf einem Parkplatz neben einem Kaufhaus abgespielt. In der Nähe des belebten Lincoln-Road-Einkaufszentrums, mitten in Miami Beach.

An einer Parkuhr stand ein glänzendes, limonengrünes Cadillac-Coupé de Ville mit scharf eingeschlagenen Rädern.

Die rote Fahne signalisierte den Tatort eines Gewaltverbrechens.

Die Parkzeit war abgelaufen.

Eine Hosteß hatte ein Strafmandat ausgestellt. Als sie es an der Windschutzscheibe befestigen wollte, entdeckte sie den Mann. Das Strafmandat würde ihn nicht weiter beunruhigen. Diesen Mann konnte überhaupt nichts mehr aus der Ruhe bringen. Die Hosteß verständigte die Polizei.

Ein Knäuel aus Streifenbeamten und Detectives stand um den Wagen herum. Ich hoffte immer noch, daß es keine große Sache war. Vielleicht eine Herzattacke oder ein Selbstmord. Ein glatzköpfiger, zigarrenrauchender Detective namens Emery Zerrick löste sich aus der Gruppe und rief meinen Namen. Ich sah den Ausdruck in seinen Augen und wußte: Meinen freien Tag konnte ich vergessen. Dieser Cop war kein Anfänger. Ihm war nichts Menschliches mehr fremd – und nichts, was darüber hinausging. Mir war klar, daß es sich hier um etwas Besonderes handeln mußte. »Kommen Sie«, sagte er. Wir gingen zu dem Cadillac hinüber. Vorsichtig, ohne etwas zu berühren, lehnte ich mich über die Motorhaube und sah hinein.

Das Gesicht des Toten war mir vertraut.

Zu der silbergrauen Mähne, den buschigen und grimmigen, dunklen Brauen war etwas hinzugekommen: Schmauchspuren. Sie verschmutzten die Haut um die zwei Löcher in seiner linken Schläfe. Blut aus der Austrittswunde in der rechten Gesichtshälfte bedeckte seine Wange.

»Es ist unser gemeinsamer Freund. Mister St. Jean.« Die tiefe, unverwechselbare Stimme des Detective war von unerschütterlicher Ruhe. Wir sahen einander an. Ich holte tief Luft und nickte.

Mit meinem freien Tag war es vorbei. Genau wie mit Harvey St. Jean.

Harvey besaß alles: Geld, Ansehen und im ganzen Land einen Ruf als erfolgreicher und brillanter Strafverteidiger, zu dem die schillerndsten und schlagzeilenträchtigsten Mandanten kamen. Ich hatte Harvey kennengelernt, als er Jack ›Murph the Surf‹ Murphy vertrat, den surfenden Juwelendieb, der den unbezahlbaren Stern von Indien gestohlen hatte. Den schönsten Saphir der Welt.

Der ermordete Strafverteidiger und der wettergegerbte Detective kannten sich sogar noch länger. Als junge Männer hatten sie beide das Abzeichen der Polizei getragen.

Harvey hatte als Cop in Miami Beach angefangen. Er fuhr mit dem Fahrrad auf den Privatinseln der Reichen Streife. Zu der Zeit, als Al Capone in einem große Haus auf Palm Island lebte. Der aufwendige Lebensstil, den Harvey dort sah, gefiel ihm, und er war nicht lange Polizist geblieben. Auf der Abendschule hatte er Jura studiert, so daß er Leute aus dem Knast herausholen konnte, anstatt sie hineinzubringen. Er besaß das Talent dafür, Beschuldigte auf freien Fuß zu bekommen.

Diese besondere Gabe verschaffte ihm ein Apartment im Jockey Club, seine eigene Sauna und einen Whirlpool. Im Kofferraum des Cadillac lag eine teure Golfausrüstung. Anscheinend wollte er an diesem Nachmittag achtzehn Löcher spielen.

Harvey besaß alles, aber irgend jemand mit einer Waffe hatte es ihm gerade weggenommen. Ich suchte den Parkplatz nach einem Münztelefon ab. Die Redaktion mußte einen Fotografen losschicken.

Ich arbeite für das Kriminalressort beim *Miami Herald*, tägliche Auflage 438 334. In den sechzehn Jahren beim *Herald* habe ich über mehr als fünftausend gewaltsame Todesfälle berichtet. Viele der Toten habe ich gekannt: Polizisten und Killer, Politiker und Prostituierte, Ärzte und Rechtsanwälte.

Einige waren meine Freunde.

Dieses Buch handelt von ihnen, vom Leben und Sterben in Miami – der Stadt, den Menschen und der Welt einer Polizeireporterin in einer Stadt wie keiner anderen.

ERSTER TEIL

Ich habe keine Angst
vor dem Sterben. Ich möchte nur
nicht dabei sein, wenn es passiert.
Woody Allen

MORDE IN MIAMI

Mord ist das Verbrechen, das mich am meisten fasziniert. Es ist endgültig.

Am Schauplatz eines gerade verübten Mordes riecht man das Blut und hört die Schreie; auch Jahre danach habe ich noch ihren Klang im Ohr. Ungeklärte Morde sind wie unvollendete Geschichten. Der Schauplatz eines Verbrechens mag sich mit den Jahren verändern; Highways führen darüber hinweg, Gebäude werden abgerissen, Häuser verkauft. Ich fahre daran vorbei und frage mich, ob die neuen Bewohner wohl jemals ahnen, was sich dort abgespielt hat. Ist es so, oder bin ich der einzige Mensch, der sich noch erinnert?

Miami verändert sich rasend schnell, aber die Toten bleiben an ihren Plätzen. Ich fühle mich verfolgt von diesen ruhelosen Seelen, deren Mörder noch frei herumlaufen.

Jemand ist ihnen etwas schuldig.

Und niemand kümmert sich mehr darum. Die Detectives richten ihre Energien auf neue Fälle mit heißen Spuren. Das ist nur natürlich.

Aber ich kann nicht vergessen.

Das erste Mordopfer, über das ich berichtete, war ein siebenundsechzig Jahre alter Mann aus New Jersey. Bevor er sich zur Ruhe gesetzt hatte, war er Besitzer eines religiösen Buchladens gewesen. Jemand hatte ihn mit einem Q-Tip-ähnlichen Gegenstand erschlagen, der zum Reinigen von Elefantenohren ausgereicht hätte. Die Waffe war am Tatort zurückgeblieben, aber die Polizei konnte weder klären, wozu sie eigentlich diente, noch wer sie so zweckentfremdet hatte.

Am letzten Abend seines Lebens hatte Edward Becher seine

Frau ins Theater ausgeführt. Das Ehepaar, das sich auf einer Urlaubsreise befand, kehrte anschließend in sein direkt am Meer gelegenes Hotel zurück. Die Frau wartete am Eingang, während der Mann den Wagen zu einem zwei Blocks entfernten Parkplatz fuhr.

Als er nicht zurückkehrte, begann sie sich Sorgen zu machen und begab sich auf die Suche nach ihm. Auf dem Parkplatz wartete schon die Polizei, zusammen mit einem erschütterten Autofahrer, der ihren Mann bewußtlos auf der Straße gefunden hatte. Er war bereits ins Krankenhaus gebracht worden, wo er kurz darauf starb.

Die einzige Spur war die Mordwaffe, jenes an den Enden mit Sackleinen umwickelte, fünfundsiebzig Zentimeter lange Eisenrohr. Jeder, der sie zu Gesicht bekam, sagte das gleiche: es sieht aus wie ein gigantischer Q-Tip. Die Polizei stand vor einem Rätsel. Man ließ Kopien eines Fotos der Mordwaffe herstellen, die man öffentlich vorführte, um vielleicht einen Hinweis auf den Täter zu bekommen.

Es handelte sich bei der Mordwaffe nicht um ein Werkzeug, mit dem man die beweglichen Teile von Maschinen schmierte, wie einige Leute vermuteten, und die Feuerschlucker im örtlichen Nachtclub hatten ebenfalls keine Verwendung dafür.

Als das Verbrechen geschah, befand sich ein Zirkus in der Stadt, der einen Tag später weiterzog. Ich habe immer vermutet, daß Zirkushelfer oder Tierpfleger so ein Gerät benutzen. Wir werden es niemals erfahren, denn wie die meisten ›Wer war der Mörder‹-Fälle im Dade County blieb auch dieser ungelöst. Die ermittelnden Detectives sind entweder in Rente gegangen oder haben den Dienst quittiert. Seitdem jemand dem ehemaligen Buchhändler den Schädel einschlug, ist bereits der fünfte Polizeichef im Amt. Ich bezweifle, daß sich jemand, der heute beim Dezernat arbeitet, überhaupt noch an diesen Mord erinnert.

Aber ich tue es.

Was, zum Kuckuck, ist eigentlich geschehen? Diese Frage wartet immer noch auf ihre Antwort, zusammen mit all den anderen. Ich fühle mich unbehaglich, wenn ein Geheimnis nicht gelüftet werden kann – und wenn jemand noch frei herumläuft, der dafür verantwortlich ist.

Irgendwo da draußen.

Der ungesühnten Mord an Edward Blecher war der erste von mehr als dreitausend, über die ich berichtet habe. Jedes Verbrechen, jedes Opfer ist anders. Einige bleiben einem lebhafter im Gedächtnis; aber wirklich vergessen kann man keinen Fall. Jedesmal will ich alles darüber erfahren, wirklich alles. Wenn ich es zusammenfügen könnte, würde es vielleicht irgendeinen Sinn ergeben, im Hinblick auf die Frage, was Menschen einander antun können und warum.

Vor Jahren war Mord ein seltenes und ungewöhnliches Verbrechen, das fast immer für die Titelseite gut war. Es ist mit der Zeit so häufig geworden, daß es kaum noch eine Schlagzeile wert ist. Als Miami in den Jahren 1980–81 alle früheren Gewaltrekorde brach und seine Mordrate an die Spitze der Landesstatistik schnellte, war ich oft gezwungen, sechs, sieben oder sogar ein Dutzend gewaltsame Todesfälle in einer einzigen Story unterzubringen. Die Lokalredakteure führten sie in ihrer Liste der Tagesnachrichten als ›Schlachtrate‹. Die spektakulärsten Morde faßte ich in der Einleitung zusammen und berichtete dann in umgekehrter Reihenfolge darüber, wobei ich mit dem letzten anfing. Der Nachruf auf ein Opfer mußte sich auf einen, höchstens zwei Absätze beschränken.

Trotz dieses Mangels an Platz fühlte ich mich immer verpflichtet, soviel wie möglich über jeden einzelnen Fall in Erfahrung zu bringen, und hetzte von einem Mordschauplatz zum nächsten, um jedes verfügbare Detail auf dem knappen Raum unterzubringen.

Eines Abends, es war kurz vor Redaktionsschluß, und ich raste mit Material über zahlreiche Morde zurück zum *Herald*, hörte ich das unverwechselbare Echo eines Schußwechselns, als ich unter einer Autobahnbrücke in der Nähe einer Sozialsiedlung hindurchdonnerte. Ich konnte mich nicht entscheiden. Sollte ich meinen Weg fortsetzen oder anhalten, nachforschen und vielleicht wieder auf eine Story stoßen, für die es einfach keinen Platz in der Zeitung gab? Aber die Unsicherheit währte nur kurz, und ich riß den Wagen in ein Wendemanöver, daß die Reifen nur so quietschten.

Im Rückblick war ich in diesen zwei Jahren wie betäubt und handelte nur noch instinktiv. An mein Privatleben in dieser Zeit habe ich fast keine Erinnerungen mehr, nur an die Stories, die ich schrieb, und an das Gefühl, von etwas eingeholt worden zu sein, das völlig außer Kontrolle geraten war. Die Wirklichkeit bestand aus dem, was ich zu tun hatte. Die jedem Mordfall gewidmeten ein oder zwei Absätze wurden gewissenhaft zusammengestellt.

Ich fühlt eine Verpflichtung. Oft war es das erste und letzte Mal, daß der Name eines Opfers in der Zeitung stand. Und sogar wegen dieses nur so flüchtigen Abschieds hatte ich Schuldgefühle.

Die Frau im gelben Nachthemd, die man in einer trostlosen Straße tot aufgefunden hatte, wollte leben. Genau wie Sie und ich. Genau wie der illegale Einwanderer, dessen verkohlte Leiche man in einem billigen Schrankkoffer in den Everglades fand. Es ist einfach unmenschlich, lediglich als Nummer in der Todesstatistik zu enden.

Sie hätten etwas Besseres verdient.

Oft bestanden Lokalredakteure, denen es immer an Platz und Geduld fehlt, darauf, daß ich auswählen und nur über die ›wichtigsten Morde‹ des Tages berichten sollte. Ich verstand sehr gut, was sie meinten, aber nach welchen Kriterien sollte ich entscheiden?

Für jedes Opfer ist seine Ermordung das ›Wichtigste‹.

Natürlich ist es einfacher, nur über einen Fall zu schreiben und dann nach Hause zu gehen; aber ich brachte es nicht fertig. Der *Miami Herald* ist die offizielle Zeitung von South Florida, und ich fühlte mich dazu verpflichtet, im *Herald* über jeden Mord, jeden Todesfall zu berichten. Namen, Daten und Fakten sollten in unserer Zeitung aufbewahrt werden, in unseren Karteien, unserem Bewußtsein und für immer im Archiv. Schwarz auf weiß. An meinen freien Tagen, oder wenn ich an anderen Stories oder Projekten arbeitete, blieben einige Morde gänzlich unerwähnt. Deshalb ließ ich sie behutsam wiederauferstehen. Ich brachte sie im Lokalteil als Zusammenfassung, eingebettet in andere Artikel oder als Trendstories unter, die sich mit möglicherweise zusammenhängenden Fällen befaßten. Es gab immer eine Möglichkeit, einen Angelpunkt. Zum Beispiel stellte sich das Opfer Nummer 141 des Jahres 1980 als Witwer des Opfers Nummer 330 des Jahres 1979 heraus.

Ein intelligenter junger Reporter, mit dem ich mich kürzlich unterhielt, erwähnte beiläufig ›Mülltüten-Morde‹: Fälle und Opfer, die es nicht wert sind, daß man über sie berichtet. So etwas gibt es nicht. Wer tief genug gräbt, der findet auch die Story.

Es gibt eine Menge übertriebener Vorstellungen von der Gewalt in Miami. Keine von ihnen sollte zu falschen Schlüssen verleiten. Besucher, die sich vernünftig verhalten und die Gesetze respektieren, haben keinen Grund, sich zu fürchten. Es ist hier nicht gefährlicher als in ihrer Heimatstadt; eher weniger, aber das kommt darauf an, woher sie stammen.

Natürlich werden auch völlig unschuldige Menschen in Miami ermordet: eine Frau in einem Bus, die ins Kreuzfeuer sich bekriegender Rastafaries geriet; eine hübsche, junge Karrierefrau, die ahnungslos in einen Wohnwagenpark zog, der von einem auf Bewährung entlassenen Sexualverbrecher gemanagt wurde. Es gibt tragische Fälle, aber sie sind zum Glück selten.

Die meisten Opfer tragen eine Menge zu ihrem Tod bei. Sie handeln mit Drogen, stehlen, rauben oder treiben sich mit dem Liebsten von jemand anderem herum, bis irgend jemand ihnen einen Riegel vorschiebt. Sie haben ihre eigene Vorstellung vom Straßenverkehr oder streiten sich mit anderen Autofahrern um Parkplätze – die zufällig bewaffnet sind und die Beherrschung verlieren. Oder sie suchen Streit in Bars, legen sich mit ihren

Nachbarn an und prügeln auf ihre Ehegatten ein, die sich eines Tages blutig rächen. Der Durchschnittsbürger ist nicht das Durchschnittsopfer eines Mordes. Die meisten Mordopfer in Miami haben ein Vorstrafenregister; viele haben Drogen im Blut, Alkohol oder beides, wenn jemand ihrem Leben ein Ende setzt.

Heutzutage haben die Gewalttaten in Miami meist einen anderen Charakter. Als ich neu in dieser Stadt war, bedeutete Sexualmord normalerweise eine heterosexuelle Vergewaltigung, in deren Verlauf die Frau getötet wurde. Heutzutage haben diese Delikte immer häufiger einen homosexuellen Hintergrund. Sie sind durch sinnlose Gewalt gekennzeichnet, wobei das Opfer auch nach seinem Tod noch mit dem Messer traktiert wird. Von Strichjungen, die bereits gewalttätig, kriminell und voller Haß sind.

In schlichteren Zeiten bestand der größte Teil der Fälle aus Raubmorden und altmodischen, häuslichen Auseinandersetzungen. Natürlich gibt es sie immer noch, aber im großen und ganzen hat sich Mord zu einem komplexeren, schwer aufzuklärenden Verbrechen entwickelt. Anstatt mit dem Problem ›Wer ist der Mörder?‹ sieht sich die Polizei von Miami jetzt mit der Frage ›Wer ist das Opfer?‹ konfrontiert. Wie soll man einen Killer ausfindig machen, wenn es nicht möglich ist, die Leiche zu identifizieren?

Viele Mordopfer sind namenlos. Wer nach Florida kommt, um ein Drogengeschäft abzuwickeln, wird Freunde und Familie nicht über seine Reiseroute informieren. Wenn ein illegaler Einwanderer einem Raubüberfall zum Opfer fällt und seine Leiche dann in den Everglades abgeladen wird, wie soll man ihn identifizieren – falls man ihn überhaupt findet? Sind seine Fingerabdrücke unversehrt geblieben, gibt es eine Chance – die natürlich nicht sehr groß ist, wenn er nicht polizeilich registriert ist und deshalb keine Vergleichsmöglichkeit existiert. Die Welt ist voller Amateure, die im Drogengeschäft das große Geld machen wollen.

Fähige Detectives suchen zunächst die Familie des Opfers

auf, seine Freunde und Nachbarn, um herauszufinden, wer er war, mit wem er zu tun hatte und warum ihm jemand nach dem Leben trachtete. Aber bei einer namenlosen Leiche? Mit wem soll man da reden? Wo soll man anfangen?

Ein Zeitungsartikel kann sehr hilfreich sein, aber manche Detectives sind zu eigenbrötlerisch oder paranoid, um mit Journalisten zu reden. Damit sie nicht die falschen Informationen herausgeben, verzichten sie lieber völlig darauf. Die Aufklärungsquote dieser Detectives ist nicht sehr hoch.

Ich lebe von solchen Stories und will soviel Details und Antworten wie möglich. Was ist mit Narben, Muttermalen, Zahnersatz oder Schmuck? Ein auffälliger Armreifen in indianischem Stil am Handgelenk eines Skeletts wurde erkannt, als eine frühere Freundin des Mannes, die es ihm geschenkt hatte, meinen Artikel las. Nachdem die Leiche identifiziert war, ergab sich sofort ein Tatverdacht, denn sein Zimmerpartner hatte ihn nie als vermißt gemeldet.

Lassen die Überreste, oft nur noch Knochen, irgendwelche alten Frakturen oder Deformationen erkennen? Durch seinen krummen, kleinen Finger war es möglich, einen Ermordeten zu identifizieren, durch einen lange verheilten Knöchelbruch einen anderen.

Die wertvollsten Dinge scheinen in Miami nicht allzuviel wert zu sein. Das System macht das Leben schäbig. Die Drogen machen es noch schäbiger. Das schlägt sich in der allgemeinen Haltung und den Perspektiven nieder. Miami ist eine junge Stadt, der die Geschichte, die Wurzeln und Traditionen der anderen städtischen Ballungsräume fehlen. Jeder hier stammt von woanders.

Miami ist für niemanden die Heimatstadt. Wenn man Leute, die hier schon dreißig Jahre leben, danach fragt, woher sie kommen, wird keiner sagen ›aus Miami‹. Sie fühlen sich immer noch mit den Orten verbunden, die sie einst verließen. Diese Stadt besteht aus lauter Fremden ohne Gemeinschaftsgeist oder Zugehörigkeitsgefühl. Man fühlt sich hier nicht weiter betroffen, auch wenn die ungeheuerlichsten Dinge passieren. Es gibt keine Haltung wie: ›Dies ist meine Stadt. Ich werde nicht zulassen, daß so etwas hier geschieht.‹

Als der Würger von Boston die Frauen jener Stadt heimsuchte, ging das Entsetzen über die Stadtgrenzen hinaus. Der Generalstaatsanwalt griff ein. Geld, Personal und sämtliche Mittel des Staates wurden mobilisiert, um die Verbrechen aufzuklären.

Der Würger von Boston hat dreizehn Frauen auf dem Gewissen. In Miami würde er wohl noch unbemerkt seinem Hobby nachgehen.

Die hiesige Polizei nahm keinerlei Notiz von einem schlichten, schwerfälligen Mann namens Jerry Townsend, bis er versuchte, am hellichten Tag auf einer belebten Straße mitten in Miami eine schwangere Frau zu vergewaltigen. Das erregte denn doch ihre Aufmerksamkeit. Jimmy Boone, ein Detective des Morddezernats, fragte ihn routinemäßig, ob er etwas über die ermordete Frau wüßte, die man vor drei Tagen bei den nahegelegenen Eisenbahnschienen gefunden hatte. Townsend wußte alles über sie. Zuvorkommend führte er den Detective zu der Stelle und zeigte ihm, wie er die Frau ermordet hatte. Jawohl, und nicht nur sie, sondern mindestens noch dreizehn andere, die meisten im benachbarten Broward County. Er erzählte dem entsetzten Detective, daß er vierzehn Frauen und Mädchen vergewaltigt und erwürgt hatte, um Rache dafür zu nehmen, daß eine Prostituierte einst einem Freund von ihm die Kehle durchgeschnitten hatte.

Wieder und wieder sagte er: »Ich hasse Frauen. Ich hasse Prostituierte.« Er hätte sie umgebracht, sagte er, weil sie sich allein auf den Straßen herumtrieben. Er wollte die Welt von ihnen befreien. Offensichtlich hatte er die meisten falsch eingeschätzt. Sie waren keine Prostituierten.

Eine von ihnen war ein dreizehnjähriges Schulmädchen.

Ich schrieb einmal eine Story für ein Magazin über mehr als ein Dutzend ungeklärter Morde und die Möglichkeit, daß sie das

Werk eines einzelnen Mannes waren. Eine junge Hausfrau aus Miami war beim Abwasch in der Küche, als sich jemand von hinten an sie heranschlich und ihr mit solcher Gewalt die Kehle durchschnitt, daß er ihr dabei fast den Kopf abtrennte. Die Morde waren so entsetzlich, daß ich die Möbel in meinem Arbeitszimmer umstellen mußte. Ich konnte dann mit dem Rücken zur Wand an meiner Story arbeiten.

Obwohl er weite Verbreitung fand, provozierte der Artikel weder Entrüstung noch irgendeine Untersuchung. Die einzige Reaktion kam von der Handelskammer in Miami. Sie richtete sich jedoch nicht gegen den oder die Wahnsinnigen, denen die Frauen zum Opfer fielen, sondern gegen den Herausgeber des Magazins, das die Story gedruckt hatte. Das ist schon einige Zeit her; das öffentliche Bewußtsein hat sich seither geschärft. Aber nicht sehr.

Nehmen Sie den Mann, der in einer Cafeteria in Miami umgebracht wurde: Die Angestellten schleppten die Leiche zusammen mit dem Müll in den Rinnstein und gingen nach Hause. Es war der zweite Mord innerhalb von zwei Monaten in demselben Lokal.

Oder der Nachtclub, in dem bereits sechsmal ein Gast erschossen worden war. Niemals hatte jemand irgend etwas gesehen. Die Opfer fünf und sechs wurden herausgetragen und auf dem Parkplatz abgeladen, bevor die Polizei eintraf.

Beim sechsten Mal waren die Polizisten sehr schnell und trieben ein halbes Dutzend Gäste zusammen, die sich davonmachen wollten. Aber der Aktion war nur geringer Erfolg beschienen. »Als die Schießerei losging, verloren plötzlich alle das Augenlicht«, berichtete ein Detective.

Mindestens fünfzig Leute behaupteten, sie wären gerade in der höchstens zehn Quadratmeter großen Toilette gewesen, als der Mord verübt wurde. In dem Fall hätten sie nur ihr Geschäft verrichten können, wenn sie sich gegenseitig auf die Schultern gestiegen wären.

Wenn man kein Gewissen hat, ist ein Menschenleben nichts mehr wert. Einige Kinder haben noch kein Gewissen erworben, andere werden niemals eins haben. Kein Alptraumungeheuer ist entsetzlicher oder gefährlicher als ein Kind ohne die geringsten moralischen Skrupel. Es gibt Vierzehn- oder Fünfzehnjährige auf den Straßen, die, wenn man ihnen eine Waffe gäbe, mit derselben Leichtigkeit töten würden, wie sie an ihrem Softdrink nippen. Man schaut in ihre Augen und sieht nichts als Leere: Niemand zu Hause. Beklommen fragt man sich, ob es je anders sein wird.

Aber die schlimmsten, rücksichtslosesten Mörder, denen man in Miami je begegnet ist, waren unter den Flüchtlingen aus Kuba. Einige Männer, die in den dortigen Gefängnissen oder Irrenhäusern gestorben wären – oder hätten sterben sollen –, eröffneten in vollbesetzten Bars und Cafeterias das Feuer auf wildfremde Menschen, nur um ihre Männlichkeit unter Beweis zu stellen. Töten zu können, betrachten sie als eine besondere Fähigkeit. Sperrt man sie ein, ist das nur gut für ihren Ruf. Eine Mordanklage betrachten sie als Kompliment: Sie fühlen sich geschmeichelt.

Mord in Miami spielt sich in allen nur denkbaren Szenarien ab. Alfred Hitchcock hätte zum Beispiel seine helle Freude an dem Dilemma gehabt, in das ein Killer geriet, als eine verschlossene Sicherheitstür ihn an der Flucht aus einem kleinen Apartment in South Beach hinderte. Er war zusammen mit der Leiche seines Opfers eingesperrt. Oder an der tragischen Ironie, die mit dem Tod eines Mannes verbunden war, der auf dem Weg zu einem Wahrsager ermordet wurde. Er wollte dort etwas über seine Zukunft erfahren.

Nehmen sie Terrance Beecham. Beide.

Ihrem Vater hatte der Name so gut gefallen, daß er seine Söhne beide Terrance nannte. Sie selbst erwiesen sich als einfallsreicher. Laut eines Polizeiberichts schnitten sich der zweiundzwanzigjährige Terrance und der neunzehnjährige Terrance Zeitungspapier zurecht, legten einen Fünfzigdollarschein darauf und versuchten damit Marihuana im Wert von zehntausend

Dollar zu erwerben. In dem sich daran anschließenden Feuergefecht wurde jemand getötet.

Terrance und sein Bruder Terrance flohen. Zurück ließen sie das getürkte Geld, das Marihuana und den Fluchtwagen, der auf den Namen Terrance Beecham zugelassen war. Der Detective aus dem Miami-Morddezernat, der sich an ihre Fersen heftete, sah sich mit einem seltsamen Problem konfrontiert. Wohin er auf der Suche nach den Verdächtigen auch ging, wollten die Leute wissen: »Und wie hieß der andere?« Er sagte es ihnen, aber sie fragten ungehalten: »Nein, der andere!«

Er versuchte einen Haftbefehl wegen Mordes gegen die Brüder zu erwirken, aber wachsame Justizbeamte machten ihn immer wieder auf seinen Fehler aufmerksam. Der Name des Mannes stünde zweimal auf dem Antrag. Der Detective setzte einen Rundbrief auf, um andere Polizisten über die Flüchtigen zu informieren, und wurde geradezu überschwemmt von Anrufen scharfsinniger Kollegen, die ihm nicht bei der Aufklärung des Falles helfen, sondern auf seinen ›Fehler‹ hinweisen wollten.

Terrance Beecham – einer von ihnen – wurde verhaftet, aber die Zeugen widerriefen ihre Aussagen, und es kam nie zu einer Anklage.

Und man stelle sich den Verdruß der Discobesucher vor, die um zwei Uhr morgens aus dem Lokal strömten, um Zeuge einer Mondfinsternis über Miami zu werden, und die statt dessen mitansehen mußten, wie auf der anderen Straßenseite ein Raubmord an einer Tankstelle verübt wurde. Oder den Cop, der einen Lieferwagen für eine Routineüberprüfung stoppte, woraufhin die vier Insassen fünf Schußwaffen aus den Wagenfenstern warfen, die Hände hoben und sich dem erschrockenen Polizisten ergaben.

Oder den Mann aus Miami, der einen idiotensicheren Plan ausgeheckt hatte, um sich seiner Frau zu entledigen. Er füllte das Haus mit Propangas aus einem 250-Liter-Tank, wartete, bis sie nach Hause kam, und entzündete ein Streichholz. Der Plan ging auf, aber den Witwer in spe erwischte es ebenfalls bei der Explosion. Er hatte das Streichholz in der Eingangstür entzündet und offensichtlich gedacht, er würde davonkommen. Das erwies sich als Fehleinschätzung, denn die Hauswände flogen in alle Richtungen davon. Als die Polizei eintraf, fand sie ein unbebautes Grundstück vor.

Und selbst Hitchcock hätte sich keinen seltsameren Anfang für das Jahr 1982 ausdenken können. In Hialeah, einer Gemeinde westlich von Miami, hatten Fischer eine Leiche in einem Kanal gemeldet – der erste Mord des neuen Jahres. Detectives vom Morddezernat und Streifenpolizisten stießen zu ihrer großen Erleichterung aber nur auf eine abgeschlachtete Kuh. Als sie auf der Kanalböschung standen, sich gegenseitig auf den Rücken klopften und zu dem falschen Alarm gratulierten, fuhren zwei aufgeregte Männer vor, die auf einem eine halbe Meile entfernten Acker eine Leiche gefunden hatten. Ihr hatte auch die erste Meldung gegolten.

Und man stelle sich das Elend von Richard Higgins vor, der seine gesamten Ersparnisse in ein abgeschieden liegendes Haus samt riesigem Grundstück investiert hatte, um dort eine Gärtnerei zu betreiben. Kurz nachdem die kostspieligen Verschönerungs- und Renovierungsarbeiten abgeschlossen waren, tauchte die Polizei bei ihm auf und bat um die Erlaubnis, in seinem Vorgarten zu graben. Dabei wurden zwei Leichen gefunden, die eigentlichen Besitzer des Hauses. Higgins hatte es unwissentlich von ihrem Mörder gekauft, der sich als rechtmäßiger Besitzer ausgegeben hatte.

Manchmal wird aus völlig nichtigen Anlässen getötet: ein zu laut gestelltes Radio oder Streit beim Damespiel. Ein Mann brachte seinen Nachbarn um, weil ihn der Lärm von dessen Heckenschere störte. Außentemperaturen von über dreißig Grad provozierten einen tödlichen Familienstreit um einen Ventilator. Ein Mann erschoß seinen besten Freund, weil er sich ungeachtet eindringlicher Warnung auf seinen Sessel gesetzt hatte. »Es war nicht einmal ein besonderes Möbel«, sagte der ermittelnde Detective. »Es war ein ganz gewöhnlicher alter Sessel.«

Ein Mann suchte in einem Kino einen freien Platz, nachdem

die Vorstellung bereits begonnen hatte. Dabei trat er einem Fremden auf die Zehen. »Entschuldigung«, sagte er höflich. Es hielt den erzürnten Kinogänger nicht davon ab, ihn zu erschießen.

Gary Robinson starb mit leerem Magen.

Er wollte Brathähnchen, drei Stück für 2 Dollar 19 Cents. Laut, betrunken und ekelhaft wie er war, drängelte er sich an sieben Kunden vorbei, die sich an der Hähnchentheke eines Fast-Food-Restaurants angestellt hatten. Das Mädchen an der Ausgabe wies ihn auf seine Unhöflichkeit hin, konnte ihn aber soweit beruhigen, daß er brav ans Ende der Schlange zurückkehrte. Kurz vor Ladenschluß war er endlich an der Reihe, aber es gab keine Hähnchen mehr. Er versetzte dem Mädchen hinter der Theke eine schallende Ohrfeige, und ein Wachmann schoß auf ihn – dreimal.

Der gefährlichste Beruf, den man in Miami ausüben kann, ist weder Polizist noch Feuerwehrmann, sondern Taxifahrer. Ein gewaltsamer Tod gehört für die Cabbies, von denen viele arme Einwanderer sind, zum Berufsrisiko. Tankwarte auf rund um die Uhr geöffneten Stationen oder Angestellte in Läden des täglichen Bedarfs gingen von jeher ebenfalls ein hohes Risiko ein, aber man hat einiges getan, um sie zu schützen. Die Zapfsäulen werden nach Einbruch der Dunkelheit auf Selbstbedienung umgestellt und geben abgezähltes Wechselgeld heraus, während die Tankwarte in kugelsicheren Kabinen sitzen. Die Läden wurden mit speziellen Tresoren ausgestattet, so daß sich nur noch wenig Geld in der Ladenkasse befindet.

Aber Taxifahren ist noch genauso gefährlich wie vor zwanzig Jahren, als ich über meinen ersten Mord an einem Cabbie berichtete. Man kann zwar eine kugelsichere Scheibe zwischen dem Fahrer und seinen Passagieren installieren, aber den meisten Taxibesitzern ist das zu kostspielig, und außerdem gibt es keine narrensichere Methode, sich vor jemandem zu schützen, mit dem man im selben Auto fährt.

In gewisser Weise sind Taxifahrer auf die Gnade der Leute angewiesen, die hinter ihnen sitzen. Sie sind angehalten, keine Fahrt oder Zieladresse abzulehnen, was manchmal auf einen selbstmörderischen Trip quer durch die Stadt hinausläuft – Kamikaze-Cabbie.

Irgendwann war ich auf dem Weg zur Familie eines in Haiti geborenen Taxifahrers, der die siebenundneunzig Dollar in seiner Geldtasche auch mit fünf Kugeln im Leib nicht herausgeben wollte. Er lag mit schweren Verletzungen im Krankenhaus, aber er würde durchkommen.

Es war ein phantastischer Tag. Ich lenkte meinen silberblauen Mercury Cougar durch den Sonnenschein und hörte Musik aus dem Radio. Dann fand ich die armselige und traurige Gegend, in der der verletzte Taxifahrer zusammen mit etwa einem Dutzend seiner Verwandten lebte. Ernsthaft und höflich kamen sie alle aus dem winzigen, überfüllten Apartment, um mit mir zu sprechen. Wir standen auf dem Bürgersteig im Schatten der Wolkenkratzer von Downtown Miami, die im Licht der schon tiefstehenden Sonne silbern glänzten wie ein Postkartenmotiv.

Der Schwager des angeschossenen Cabbie war ebenfalls Taxifahrer. Seine Augen wurden groß und feucht, als er mit sanfter Stimme erzählte: »Die Leute, die du einlädst, sind deine Feinde. Man darf niemals vergessen, daß man für seinen Lebensunterhalt kämpfen muß.« Dabei hielt er die Hand seiner achtjährigen Tochter.

Neulich hatte er solche Angst, von einem Fahrgast ausgeraubt zu werden, daß er einem entgegenkommenden Streifenwagen Blinkzeichen gab. Der Cop machte sofort eine Kehrtwende. Der Fahrer bestand darauf, daß er seine Fahrt nur fortsetzen würde, wenn der Streifenwagen ihm bis ans Ziel folgte. Als der Beamte dies ablehnte, bat er den Fahrgast auszusteigen und büßte lieber die elf Dollar ein, die das Taxameter bereits anzeigte.

Ich wollte wissen, ob sein verletzter Schwager krankenversichert wäre. Er verstand meine Frage überhaupt nicht, was sie mir ausreichend beantwortete.

Während wir uns unterhielten, verdunkelte sich plötzlich der Himmel. Wie so oft, wenn ein Nachmittagsunwetter bevorsteht. Die Temperatur sank um fünf Grad, und kühler Regen begann zu fallen. Die silbern schimmernde Skyline verwandelte sich in verschwommene Märchenschlösser, und alles nahm ein unheimliches, außerirdisches Aussehen an. Ich ging in dem prasselnden Regen auf meinen Wagen zu, begleitet von den unglücklich aussehenden Haitianern, die den Schauer ignorierten, um mir alles zu erzählen, was ich wissen mußte.

Ich schloß den Wagen auf und hielt mitten in der Bewegung inne. Ich konnte doch nicht in meinen Wagen schlüpfen und sie im Regen stehen lassen, während wir unsere Unterhaltung fortsetzten. Im Wagen war nicht genug Platz, also war es nur fair, wenn wir alle zusammen draußen standen und naß wurden.

Niemand lächelte, bis auf das kleine Mädchen – als ich ihr Komplimente machte und nach ihrer Schule fragte.

»Die Leute denken immer, daß Taxifahrer Geld haben«, sagte ihr Vater. »Aber ich fahre manchmal siebzehn oder achtzehn Stunden für sechzig Dollar.«

Sogar unbewaffnete Fahrgäste versuchen, sie zu übervorteilen. »Sie beschimpfen dich. Wenn die Uhr zehn Dollar anzeigt, bieten sie dir an, dich für sechs in Frieden zu lassen.«

Er gestand, daß er sich aus Angst und Verzweiflung oft darauf einließe. »Es ist zu gefährlich, sich zu weigern.« Er sprach leise, so als wolle er das Kind nicht beunruhigen, das sich immer noch an seinen Arm klammerte.

Seine Angst ist nicht unbegründet. In den letzten zwei Monaten sind fünf Taxifahrer erschossen worden. Einer fuhr mit Vollgas auf den Parkplatz eines belebten Einkaufszentrums und rief in Panik nach der Polizei. Bevor irgend jemand reagieren konnte, wurde er von seinem Fahrgast mit einem Kopfschuß getötet.

Der *Herald* hat die Höhe meiner Spesenabrechnungen für Taxifahrten beanstandet. Ich kann ihnen das nicht übel nehmen. Manchmal übersteigt das Trinkgeld sogar die Kosten für die Fahrt. Ich gebe zu, meine Trinkgelder für Cabbies sind ungeheuerlich.

Ich fahre meistens mit dem eigenen Wagen. Wenn ich mit Taxifahrern zu tun habe, geht es für gewöhnlich um den Bericht über ihre Ermordung. Begegne ich einem lebendigen, unverletzten Cabbie, bin ich dermaßen erleichtert, daß ich ihm soviel Geld wie möglich zukommen lassen will. Sie kriegen kein Krankengeld wie die Cops, Extrazulagen für Kampfeinsätze oder besondere Gefahren. Man verleiht ihnen nicht einmal das Purple Heart.

Der August ist der heißeste Monat in Miami, und im August 1980 war Miami wirklich heiß. Alle Mordrekorde wurden gebrochen. Die Stadt war dabei, die Nummer eins bei Gewalttaten zu werden. Besonders bei mehrfachen Morden war ein Anstieg zu verzeichnen. Gerade eingetroffene Flüchtlinge aus Kuba rangierten in der Kriminalstatistik ganz oben. Gesetzestreue Bürger bewaffneten sich und nahmen ihr Recht selbst in die Hand. Gefangene wurden prinzipiell nicht gemacht. Sie töteten mehr Kriminelle als die Polizei.

Nach mehreren Überfällen auf einen Laden in der Nachbarschaft, in dem sie arbeitete, schoß eine Großmutter einen Räuber nieder, der sich mit einer Strumpfmaske getarnt hatte. Der junge Geschäftsführer einer Fast-Food-Filiale lieferte sich ein Feuergefecht mit Gangstern – insgesamt dreimal. Eine siebenunddreißigjährige Frau schoß einen Möchtegern-Vergewaltiger mit einer Schrotflinte Kaliber 20 über den Haufen, die sie neben ihrem Bett aufbewahrte.

Ein kleiner, zur Kahlköpfigkeit neigender Mann, der Kurse zur Prophylaxe von Herzinfarkten veranstaltete, fuhr mit voller Absicht einen Räuber in Frauenkleidern, langer Perücke, Make-up und angeklebten Wimpern über den Haufen und schleifte ihn einen halben Block weit mit. Der Vorfall wurde von einem frustrierten Detective des Morddezernats beobachtet, der gerade von dem Schauplatz eines Verbrechens zurückkehrte. Er erlitt beinahe selbst eine Herzattacke, als die Perücke des Gangsters davonflog, denn er glaubte, der Frau wäre der

Kopf abgerissen worden. Der Detective sprang aus seinem Wagen und kam herbeigelaufen, wobei er unaufhörlich brüllte: »Halten Sie an. Unter Ihrem Wagen liegt eine Frau!«

»Das weiß ich doch«, erwiderte der Fahrer ungerührt. »Ich wollte sie überfahren.«

Der Cop bückte sich, um der Frau zu helfen, und entdeckte, daß es ein Mann war. »So etwas Seltsames hatte ich noch nie im Leben gesehen«, berichtete der entnervte Polizist, für den gruselige Erlebnisse bestimmt nichts Neues waren.

Der zahllosen Verbrechen überdrüssig, begannen die Einwohner von Miami, Leichen einfach nicht mehr zur Kenntnis zu nehmen, auch solche, die nicht so einfach zu ignorieren waren. Zum Beispiel den Toten im Punkrock-Outfit: Ganz in Schwarz gekleidet, trug er jede Menge Sicherheitsnadeln, Abzeichen, Ketten und Buttons von Rockkonzerten. An einem wunderschönen Sonnabend lag er stundenlang ausgestreckt vor einem Abbruchhaus. Er hatte vier Ohrringe im linken Ohr und mehrere Einschußlöcher im Körper. Die Nachbarn kümmerten sich um ihre eigenen Angelegenheiten, als ob es ihn überhaupt nicht gäbe.

Ich wollte über einen Tag im Leben eines Detective im Morddezernat berichten, der rund um die Uhr arbeitet und vor lauter Erschöpfung kaum noch in der Lage ist, die Leichen zu zählen. Meine Leser sollte einen Einblick in seine Welt bekommen. Dabei habe ich Rosa Smith kennengelernt.

Der Detective Richard Bohan und ich waren an jenem Morgen unterwegs zum Jackson Memorial Hospital, um mit einem Vergewaltigungsopfer zu sprechen, einem geistig zurückgebliebenen, siebenundzwanzigjährigen Mann. In der Notaufnahme trafen wir auf das Opfer einer schweren Körperverletzung.

Es war Rosa Smith. »Ihr Ehemann hat mit einer stählernen Kiste nach ihr geworfen und versucht, ihr mit einer Unkrautsichel die Kehle durchzuschneiden«, erzählte uns ein Streifenpolizist. Der schmächtige, zwölf Jahre alte Sohn der Frau hatte sich die Kiste geschnappt und seinen Vater damit bewußtlos geschlagen.

Die acht Jahre alte Tochter hatte sich tiefe Schnittwunden beigebracht, als sie die Glastür eines Nachbarn zerschlug, um Hilfe zu holen. Eine Siebenjährige war voller Panik davongelaufen. Dabei hatte sie sich böse das Knie aufgeschlagen.

Rosa Smith, eine rundliche, sanftmütig wirkende Frau, saß auf einem Stuhl und wartet auf medizinische Versorgung. Um ihren Kopf war eine blutige Binde gewickelt. Ihre Töchter saßen still und mit verweinten Gesichtern neben ihr. Detective Bohan sagte, er wäre hier, um mit ihr über ihren Mann zu sprechen.

»Ist er tot?« fragte sie.

»Nein, er hat es überlebt.«

»Schade«, sagte sie und stieß einen Seufzer aus.

Die beiden kleinen Mädchen blickten zu Boden.

Rosa hatte jung geheiratet und war immer geschlagen worden. »Ich dachte, wenn wir erst drei oder vier Kinder hätten, würde er sich ändern«, erzählte sie uns. Sie hatten vier Kinder, und ihr Mann hatte sich geändert. »Es wurde noch schlimmer«, sagte Rosa. Als ihr Mann sie verließ und nach New York zurückging, war sie erleichtert und bereitete alles vor, um mit den Kindern zu ihrer Mutter nach Costa Rica zurückzukehren. Ihr Mann hatte jedoch Wind davon bekommen und sich wutentbrannt wieder auf den Weg nach Miami gemacht.

»Er ist durch ein eingeschlagenes Fenster hereingekommen . . .« Sie hatte versucht, mit den Kindern zu fliehen. »Er hat mich geschlagen, und ich fiel die Treppe hinunter . . . Dann wollte er mich erdrosseln.«

Sie sah den Detective flehend an. »Bitte, lassen Sie mich das Flugzeug am Montag nehmen.«

Rosa Smith und ihre Kinder hatten zwar noch die Flugtickets, aber ihr Mann hatte die 120 Dollar gestohlen, die sie noch besaß. Wir gingen hinüber zu Edwin Smith, der jetzt bei Bewußtsein war und in einer Notaufnahmekabine saß. Der Detective legte ihm nahe, seiner Frau das Geld zurückzugeben.

Der achtundvierzigjährige Smith wies das entschieden zurück. Der Detective überbrachte Rosa die Antwort ihres Mannes. Daß wir nicht mehr für sie tun konnten, sollte ihm noch den ganzen Tag zu schaffen machen.

Zurück im Hauptquartier, erfuhren wir, daß Edwin Smith sich schnell erholt hatte. Nachdem er aus dem Krankenhaus entlassen und wegen Körperverletzung festgenommen worden war, hatte er sofort eine Kaution hinterlegt. Rosa besaß kein Telefon und wußte nichts von seiner Freilassung. Trotz des dichten Verkehrs rasten wir nach Norden zu ihrem kleinen, doppelstöckigen Apartment, wo sie mit einem frischen Verband um den Kopf auf dem Sofa lag und den Detective mit einem Lächeln begrüßte.

»Ist Ihr Mann schon bei Ihnen aufgetaucht?«

Das Lächeln verschwand, und sie setzte sich ruckartig auf. »Ist er nicht im Gefängnis?«

»Er ist auf Kaution draußen.«

Sie blickte uns voller Panik an. »Warum? Warum wurde er entlassen?«

»Er hat hundertfünfzig Dollar hinterlegt.« Sie hatte kein Geld, keinen Zufluchtsort, und der Flug nach Costa Rica ging erst in zwei Tagen. Eines der kleinen Mädchen begann zu weinen. Der Detective war schon halb aus der Tür, kehrte dann aber noch einmal zurück. »Packen Sie ein paar Sachen, und warten Sie auf mich«, sagte er. »Ich bin gleich zurück und werde Sie an einen sicheren Ort bringen.«

Vom Hauptquartier aus telefonierte er mit Safe Space, einer Hilfsorganisation für mißhandelte Frauen. Die Adresse ist geheim, damit gewalttätige Ehemänner dort nicht auftauchen können. Die Person am anderen Ende der Leitung war äußerst mitrauisch, überzeugte sich erst mit einem Kontrollanruf von der Identität des Detective und ließ ihn dann endlos am Telefon warten. »Kojak wäre das nicht passiert«, grummelte Bohan.

Er wartete immer noch, als sein Walkie-talkie sich bemerkbar machte. In einem vollbesetzten Restaurant hatte es einen Mord gegeben. Bohan, sein Partner und ich stürzten zur Tür. »Diese

Frau sitzt jetzt zu Hause und wartet vergeblich auf mich«, sagte Bohan sichtlich gequält.

Auf dem Weg nach draußen bat er einen Streifenpolizisten, Rosa und ihre Kinder zu Safe Space zu bringen. Der Beamte versprach, sich darum zu kümmern.

Am Tatort, einem kubanischen Restaurant, herrschte Chaos. Die Mörder, laut Zeugenaussagen Kolumbianer, waren verschwunden. Das Opfer, ein einbeiniger Geistlicher aus Venezuela, lag seltsam verrenkt über zwei orangefarbenen Barhockern und blutete aus mehreren Schußwunden.

Die ermittelnden Beamten waren Bohan – ein irischer Polizist aus Brooklyn – und sein Partner, ein Italiener aus New Jersey. Als die Verwirrung ihren Höhepunkt erreichte, mit aufgeregten Zeugen, die sich in mehreren Sprachen, nur nicht in Englisch, gegenseitig zu übertönen versuchten, meldete sich auch noch das Funkgerät des Detective. Der Streifenpolizist hatte Schwierigkeiten, das Haus von Rosa Smith zu finden. Mitten in dem Tumult um ihn herum schloß Bohan die Augen, wiederholte die Adresse und beschrieb das Gebäude.

Als wir später, den Wagen voller kubanischer und chilenischer Tatzeugen, auf dem Weg zum Hauptquartier waren, meldete sich der Polizist erneut bei Bohan: Er hatte Rosa Smith und ihre Kinder bei Safe Space abgeliefert.

Uns allen entfuhr ein Seufzer der Erleichterung.

Nachdem er um sieben Uhr morgens begonnen hatte, endete der Tag schließlich um kurz vor Mitternacht. Die Killer des Venezolaners und der Vergewaltiger des geistig zurückgebliebenen Mannes waren noch auf freiem Fuß, aber wenigstens waren Rosa Smith und ihre Kinder in Sicherheit. Zwei Tage später saßen sie in einem Flugzeug nach Costa Rica. Man muß Gott auch für den kleinsten Gefallen dankbar sein, dachte ich.

Es hatte also doch ein Happy-End gegeben.

Fast.

Denn es war noch nicht zu Ende.

Im Mai nächsten Jahres, fast neun Monate später, ereignete sich ein Doppelmord, der tagelang unentdeckt blieb, bis die

Nachbarn schließlich auf den Verwesungsgeruch aufmerksam wurden. Jemand war durch ein eingeschlagenes Fenster eingestiegen und hatte einen Mann und eine Frau mit einer Machete umgebracht. Der Mann lag im Korridor, die Frau hatte es noch bis ins Wohnzimmer geschafft. Ihr Körper war fast völlig zerstückelt.

Es war Rosa Smith. Sie war fünfunddreißig Jahre alt geworden.

Ich war wie vor den Kopf geschlagen. Die ermittelnden Detectives kannten die Geschichte der Familie nicht. Sie konnten sich nur fragen: »Wer ist der Mörder?« Aber ich wußte, wer es getan hatte. Detective Bohan war nicht im Dienst. Den Tränen nahe rief ich ihn zu Hause an. Auch er war erschüttert. Wir hatten keine Ahnung gehabt, daß Rosa nach Miami zurückgekehrt war.

Aber Edwin hatte irgendwie davon erfahren.

Als man ihn in New York verhaftete, waren die Kinder bei ihm. Ein Detective übernahm es, ihnen zu sagen, daß ihre Mutter vom Vater getötet worden war. Edwin bekam neunundneunzig Jahre.

Es ist sehr traurig, wenn Kinder Zeugen von Verbrechen werden, obwohl sie wahrscheinlich durch das Fernsehen so abgehärtet sind, daß es sie nicht sonderlich erschüttert. Schießereien und Morde scheinen spurlos an ihnen vorüberzugehen. Die kleinen Dinge sind es, die sie verstören.

Ein vier Jahre altes blondes Mädchen mit einer Ponyfrisur schlief in ihrem Kinderbett im Schlafzimmer der Eltern, als Onkel David um Mitternacht in das Haus einbrach. Er sprang auf das Bett der Eltern, trat ihrem Vater ins Gesicht und schoß achtmal auf das Paar.

Sehr ernsthaft erzählte mit das gerade zur Waise gewordene kleine Mädchen, was sie gesehen hatte. Sie wußte, daß ihre Eltern tot waren. Im Fernsehen hatte sie schon oft Menschen sterben sehen, aber Onkel David hatte noch etwas anderes getan. Und das machte ihr zu schaffen.

»Er hat das Fenster zerbrochen«, erzählte sie voller Bestürzung. »Er hat es einfach herausgetreten. Mit voller Absicht«, sagte sie mit Nachdruck, und ihr kleines Gesicht verzog sich vor Mißbilligung. »Er wird es bezahlen müssen.

Onkel David zu irgend etwas zu zwingen, besonders zur Verbüßung einer gerechten Strafe, erwies sich als schwierig. Seine Nichte war fast sechs, als sie in seinem Prozeß wie ein alter Hase gegen ihn aussagte. Er wurde für unzurechnungsfähig erklärt und in eine Heilanstalt eingewiesen. Seine Unzurechnungsfähigkeit hinderte ihn allerdings nicht daran, mehrere Fluchtversuche zu unternehmen. Ich selbst habe über drei Ausbrüche berichtet. Er überwältigte Wachmänner, zwang Pfleger dazu, ihm die Türen zu öffnen, sprang von Dächern und kletterte über Zäune. Jedesmal zog es ihn zurück nach Miami, wo er damit drohte, noch mehr Menschen zu töten.

Seine zahlreichen Ausbrüche brachten die Verwaltung der Anstalt so in Verlegenheit, daß sie der Mutter des Killers den Gefallen tat, ihn nach Missouri zu überführen, weil sie ihn dort ohne große Schwierigkeiten besuchen konnte. Aber es kam zu einer Kommunikationspanne zwischen den Behörden, und kurz nach seiner Ankunft in Missouri erteilte man ihm die Erlaubnis, seine Mutter zu besuchen. Der Mörder kehrte nicht zurück.

Die Mutter informierte die offiziellen Stellen, daß ihr Sohn nur einen ›Zwischenstopp‹ auf dem Weg nach Miami bei ihr eingelegt hatte.

Kinder sehen die Dinge oft realistischer als Erwachsene. Eine aufgeweckte, reizende Sechsjährige, die schon Zeitungen las, erzählte mir, wie sie an einem frühen Sonntagmorgen vor dem Haus mit ihren Puppen spielen wollte und dabei ein Mordopfer gefunden hatte.

»Mami, draußen liegt ein Toter.« Es war halb acht Uhr morgens. Die Mutter stöhnte und forderte ihre Tochter auf, wieder ins Bett zu gehen, aber das kleine Mädchen beharrte auf ihrer Beobachtung. »Ich wußte, daß er tot war«, erklärte sie mir später. »Es war ziemlich widerlich.«

Das Mädchen hörte nicht auf, ihrer Mutter zu beschreiben, wie der Mann dalag, mit offenen Augen, über und über mit rotem Zeug bedeckt. Die Frau war immer noch davon überzeugt, daß sich ein Penner draußen zum Schlafen hingelegt hatte, bequemte sich aber schließlich aus dem Bett und schlurfte zum Küchenfenster.

»Mein Gott!« schrie sie und rannte zum Telefon. »Er war überall voll Blut.«

Es gibt Kinder, die schreckliche Verbrechen mitansehen müssen. Es gibt aber auch Kinder, die solche Verbrechen begehen. Viele Gewalttaten werden von Leuten verübt, die vor dem Gesetz noch Kinder sind. Während eines Gefangenenaufruhrs im Dade County Jail mischte ich mich unter die rebellierenden Insassen. Einer von ihnen, ein schmächtiger Junge, gab sein Alter mit fünfzehn an. Er wirkte sogar noch jünger. Man sperrt keine Fünfzehnjährigen zusammen mit erwachsenen Kriminellen ein. Es muß sich um einen Irrtum handeln, dachte ich entrüstet. Als ich ihn fragte, wie seine Anklage lautete, zuckte er mit den Achseln und schien verunsichert. Dann grinste er; jemand wollte sich für ihn einsetzen. Ich wollte den Namen des Jungen wissen.

Charles Cobb. Er gehörte tatsächlich nicht in ein Gefängnis mit erwachsenen Gefangenen, sondern in die Todeszelle. Er war Mitglied einer Gang von Fünfzehn- und Sechzehnjährigen, die von einem spindeldürren Teenager namens Nathaniel Pressley angeführt wurde. In einer einundzwanzigtägigen Raub- und Mordorgie um die Weihnachtszeit herum hatten sie fünf Frauen zu Witwen und einundzwanzig Kinder zu Halbwaisen gemacht. Die Gang pflegte in kleine Lebensmittelgeschäfte und -märkte einzufallen. Sie schrien, sprangen auf die Ladentische und schossen in der Gegend herum, als ob sie Cowboy und Indianer spielten; der Unterschied bestand darin, daß sie echte Waffen und Munition benutzten.

In Danny's Market töteten sie den Besitzer und brachten seiner Frau fünf Schußwunden bei. Dann schossen sie so lange auf den Metzger hinter seiner Theke, bis er sich nicht mehr rührte.

Er hinterließ elf Kinder.

Die Witwe des Besitzers überlebte und schilderte mir, wie dieselben Jungen, denen sie als Vorschüler Lutscher verkauft hatte, nun zurückgekehrt waren, ihren Mann umgebracht und sie für tot liegen gelassen hatten. Der kleine Laden würde für immer geschlossen bleiben.

In einem anderen kleinen Supermarkt sah es bei der Ankunft von Mike Gonzales wie auf einem Schlachtfeld aus. Überall lagen tote oder verwundete Kunden und Angestellte.

Die jungen Gangster hatten so viel Spaß daran, sich wie wildgewordene Cowboys aufzuführen, daß sie manchmal sogar vergaßen, Geld zu stehlen. Während der Jagd auf Pressley kam Mike tagelang nicht zum Schlafen. Einmal verpaßten er und sein Partner ihn um zehn Minuten. Das kostete zwei Menschen das Leben, die am nächsten Tag sterben mußten. Schließlich stöberten die Detectives Pressley in einem Schrank in der Wohnung eines Freundes auf. Der Junge gab sich ziemlich lässig; als Fünfzehnjähriger hatte er bei einem Raubüberfall einen Mann erschossen und war ohne Strafe davongekommen. Einen Monat, bevor die Mordtour begann, war er auf freien Fuß gesetzt worden.

Im Sinne des Gesetzes ein Kind. So hatte man Nathaniel Pressley immer behandelt. Und damit rechnete er auch dieses Mal. Er deckte die Detectives großspurig mit Gossenjargon ein und blieb völlig cool – bis ein Beamter anfing, das Formblatt für seine Einweisung ins Dade-County-Gefängnis zu tippen. »Hey«, rief er und zeigte zum ersten Mal so etwas wie Betroffenheit. »Ihr könnt mich nicht in den Knast stecken. Ich bin erst sechzehn. Ich gehöre in die Besserungsanstalt!«

Überraschenderweise hatte die Anklagebehörde in diesem Fall beschlossen, die jungen Gesetzesbrecher als Erwachsene zu behandeln, ohne Rücksicht auf ihr tatsächliches Alter.

Die Gefängnisverwaltung hielt den Jungen für so gefährlich, daß sie ihn in eine spezielle rosa Kluft steckte. Man wollte ihn auch zwischen den anderen Gefangenen nicht aus den Augen verlieren. Nachdem zweimal die Todesstrafe und dreimal lebenslänglich gegen ihn verhängt worden war, ließen die Anklagevertreter die anderen Mordanklagen gegen ihn fallen. Sie hielten das Risiko für zu hoch, ihn zum Gericht und zurück zu transportieren.

Ich saß neben Pressley auf einer Bank im Gerichtssaal, und wir unterhielten uns unter den aufmerksamen Augen der Wachen.

»Ich halte mich für einen völlig normalen Teenager«, sagte er. Im Alter von zehn Jahren wurde er das erste Mal verhaftet, wegen eines Raubüberfalls. Er konnte sich nicht erinnern, wann er das letzte Mal geweint hatte. Mit dem Schlafen hatte er keine Probleme, und Reue kannte er nicht. Seine Opfer taten ihm nicht leid. Die Frage danach schien ihn sogar zu verblüffen.

Und seine drohende Hinrichtung ließ ihn kalt. »Ich werde nicht auf dem elektrischen Stuhl sterben«, prahlte er. »Eines Tages werde ich frei sein.«

Was den elektrischen Stuhl betraf, hatte er recht. Einige Monate später hob der oberste Gerichtshof die bestehenden Gesetze über die Todesstrafe auf. Die Strafen von Pressley, Cobb und zwei weiteren Gangmitgliedern wurden in lebenslänglich umgewandelt. Ob sie alle eines Tages wieder in Freiheit sein werden, bleibt abzuwarten.

Etwa ein Jahr, nachdem sein Todesurteil abgewandelt worden war, arbeitete Pressley in einer Gefängniswerkstatt einen Schraubenzieher zu einer Waffe um. Er stieß ihn einem jungen Sozialarbeiter in den Rücken, der Zuchthäusler in handwerklichen Berufen unterrichtete, um sie zu resozialisieren. Das Opfer blieb verkrüppelt, aber Pressley wurde wegen dieser Tat nicht angeklagt. Er war wieder einmal davongekommen, denn die Behörden hielten es immer noch für zu riskant, den Gangboß zum Gericht und wieder zurückzubringen.

Charles Cobb, das ›Kind‹, dem ich im Gefängnis von Dade County begegnet war und den man ebenfalls zu zweimal lebenslänglich verurteilt hatte, wurde für eine Augenoperation in ein Krankenhaus gebracht. Sie verlief so erfolgreich, daß der Patient, während er von dem Eingriff genas, aus einem Fenster kletterte und verschwand. Drei Jahre später fing man ihn in Los Angeles wieder ein.

Bei seiner Verhaftung trug er eine Waffe.

Mord gewährt einen plötzlichen Einblick in Lebensweisen, die andernfalls unentdeckt bleiben würden. Auf jeden Fall erweist sich immer wieder, daß in den Vorstädten seltsame Dinge passieren. Sie tragen nicht zu Unrecht die Bezeichnung Twilight Zone.

Was tun sie eigentlich da draußen? Und warum?

Der Doppelmord an einem Lieutenant der Küstenwache und seiner Frau, die jemand in ihrem großzügen, reizvoll gelegenen Haus zu Tode geprügelt hatte, ist bis heute ungeklärt. Aber für mich ist es ein viel größeres Geheimnis, warum das Paar einundachtzig vernachlässigte, schmutzige und ungepflegte Pudel in der Garage ihres teuer möblierten Hauses gefangen hielt.

Einundachtzig.

Und was ist mit dem allseits geachteten Kunstlehrer? Die Polizei fand ihn tot in seiner kleinen Wohnung, zusammen mit über hundert Buntfinken. Die winzigen Körper von sechs weiteren wurden in der Tiefkühltruhe entdeckt, sorgfältig in Alufolie eingewickelt. Als die Detectives von der Mordkommission eintrafen, griffen einige der kurzschnäbligen Vögel sie im Sturzflug an, bevor sie über ihre Köpfe hinweg in die Freiheit entflohen. Der Vermieter war total überrascht, sowohl von der Leiche als auch von den Vögeln.

Ein Mord in einer Familie erlaubt einen tiefen Einblick in deren Leben und das der Hinterbliebenen. Ein Mann namens John Wooden war auf einer Wochenendparty angeschossen worden und später im Jackson Memorial Hospital gestorben. Man hatte eine Verhaftung vorgenommen. Das war der Inhalt einer knappen, polizeilichen Verlautbarung.

Ich wollte mehr über diese Party wissen und alles, was damit zusammenhing. Sergeant Mike Gonzales glaubte, daß es sich um eine Geburtstagsparty gehandelt habe. Er hatte recht. Es war eine Überraschungsparty für den Erschossenen gewesen. Während der Feier hatte ein Fremder dem Ehrengast eine Kugel durchs Herz gejagt. Mike erzählte mir, daß die große Familie des Toten durch ihren Kummer im Krankenhaus einen Aufruhr verursacht hätte.

Als ich anrief, war eine Tochter am Telefon. Routinemäßig versuchte ich, mehr über ihren Vater in Erfahrung zu bringen, und fragte nach der Anzahl seiner Kinder. Sie zögerte und schien im Geiste Namen durchzugehen. »Einunddreißig oder zweiunddreißig«, sagte sie schließlich unsicher.

»Nein, nein. Ich meine, wie viele Kinder?«

»Einunddreißig oder zweiunddreißig«, sagte sie und begann mit anderen Familienangehörigen eine Diskussion über diese Frage.

Offensichtlich hatte ihr der Kummer so zugesetzt, daß sie nicht mehr wußte, was sie sagte. Ich sprach ihr mein Beileid aus, bedankte mich und rief ein paar Minuten später wieder an. Diesmal war ein Sohn am Apparat. Ich fragte ihn, wie viele Brüder und Schwester er hätte. »Dreißig«, antwortete er, ohne zu zögern.

Es stimmte. John Bell Wooden, ein Bauleiter, hatte siebzehn Söhne und vierzehn Töchter im Alter von drei bis einunddreißig Jahren gezeugt.

Die Überraschungsparty hatten sie zu Ehren seines dreiundfünfzigsten Geburtstages veranstaltet. Einer seiner Söhne hatte ihn zum Essen eingeladen, so daß die Familie Gelegenheit hatte, seine Wohnung zu schmücken sowie Erfrischungen und eine gigantische Torte aufzubauen. Einhundert Leute riefen: »Überraschung!«, als er um einundzwanzig Uhr dreißig die Tür zu seiner Wohnung aufschloß.

Gegen Viertel vor drei kam es zu einem Zwischenfall. Eine

von Woodens Töchtern weigerte sich, zusammen mit einem nichteingeladenen Neunzehnjährigen für ein Polaroidfoto zu posieren, der sich daraufhin beleidigt fühlte und ihr seine Waffe zeigte. Sie holte ihren Vater, der den jungen Revolverhelden freundlich beiseite nahm, um die Angelegenheit in väterlichem Ton mit ihm zum besprechen. Die Gäste hörten fünf Schüsse.

Ein Sohn erkämpfte sich die Waffe. Er und einer seiner Brüder schafften ihren schwerverletzten Vater in ein Auto und rasten mit ihm in ein Krankenhaus. Als unterwegs seine Atmung aussetzte, massierten sie sein Herz so lange, bis es wieder zu schlagen anfing. Sie brachten ihn in die Notaufnahme, wo er kurz darauf starb.

Der Rest der Geburtstagsgesellschaft ging auf den Angreifer los. Sie brachten ihm einen Schädelbruch bei und schlugen noch auf ihn ein, als die Polizei eintraf. Die Beamten und Rettungssanitäter schützten ihn vor der aufgebrachten Menge, brachten ihn in Sicherheit und retteten sein Leben.

Die Geburtstagsgäste sprangen in ihre Autos und machten sich zum Krankenhaus auf. Sie erhielten die Nachricht vom Tod des Familienoberhaupts, als zufällig gerade der Täter eingeliefert wurde. Sie gingen entschlossen auf ihn los.

Erschreckte Beamte meldeten einen Aufruhr in der Notaufnahme. Aber es war kein Aufruhr, sondern nur der engste Familienkreis.

Sergeant Mike Gonzales, seine Partnerin Detective Louie Vasquez, mehrere Streifenpolizisten und das Sicherheitspersonal des Krankenhauses versuchten die Menge zurückzuhalten, unter der sich auch ein ausgezeichneter Footballspieler befand.

»Mein Vater war ein guter Mensch«, erzählte mir der kräftige Sportler. »Wir alle haben ihn geliebt.«

Mord enthüllt das Ungewöhnliche im Leben eines Menschen; manchmal genügt ein Detail, um die Motive oder abartigen Träume eines Killers zu erhellen.

Das Lieblingsbuch von Christopher Wilder war ›Der Sammler‹ von John Fowles. Es beflügelte seine abartigen Phantasien. Der Held des Romans, ein verklemmter junger Mann, findet es langweilig, immer nur Schmetterlinge zu sammeln. Er verfolgt und kidnappt eine schöne, junge Frau und hält sie in einem versteckten Zimmer seines Hauses gefangen. Nachdem er sie fotografiert und zu Tode gefoltert hat, begräbt er sie irgendwo in einem Wald. Die an den Nerven zerrende Geschichte endet mit seiner Ankündigung, der Sammlung ein weiteres Exemplar hinzuzufügen.

Wilder fotografierte gern schöne Frauen und nahm mit teuren Sportwagen an Autorennen teil. Er wurde in Australien geboren, hatte es als Bauunternehmer zu einigem Wohlstand gebracht und war ein vielfacher Sexualmörder – oder auf dem besten Wege, einer zu werden –, als ich das erste Mal mit ihm telefonierte. Kurz darauf brach er zu einer achttausend Meilen langen Odyssee auf, die ihn von Küste zu Küste führte und eine Spur von Vergewaltigung, Folter und Mord hinterließ.

Ich wußte nur, daß zwei Frauen aus Miami als vermißt gemeldet waren. Beides atemberaubende Schönheiten, die manchmal als Fotomodelle arbeiteten und keinerlei Motiv hatten, einfach unterzutauchen. Die zwanzig Jahre alte Rosario Gonzales war ernsthaft in ihren Collegeboyfriend verliebt und wollte ihn im Juni heiraten. Beth Kenyon, dreiundzwanzig, eine ehemalige Schönheitskönigin, hatte enge Bindungen zu ihrer Familie und stand am Anfang ihrer Laufbahn als Lehrerin.

Plötzlich waren die beiden jungen Frauen verschwunden.

Die Spur der Rosario Gonzales verlor sich im Motorengeheul des Miami Grand Prix am 26. Februar 1984. Sie war eines von zehn Models, die während des Rennens in identischen roten Shorts und weißen T-Shirts Aspirinproben verteilten. Der neununddreißigjährige Wilder, bärtig und blauäugig, hatte mit seinem schwarzen Porsche an dem Rennen teilgenommen.

Beth verschwand eine Woche später, am 5. März. Ihre Eltern brachten in Erfahrung, daß sie zuletzt in Begleitung von Wilder gesehen wurde.

Purer Zufall? Ein Unglück? Zwei verschiedene Police Departements waren an den Ermittlungen beteiligt. Rosario war zuletzt in Miami gesehen worden, deshalb suchten City Detectives nach ihr. Metro-Dade, die County Police, nahm die Vermißtenanzeige für Beth entgegen. Ich habe zuerst den Ermittlern in Miami mitgeteilt, daß möglicherweise ein Zusammenhang zwischen den Fällen besteht, aber sie reagierten mit Skepsis.

Beths wohlhabende Eltern verfolgten ihre Spur zurück bis zu einer Tankstelle, wo man sie im Gespräch mit Christopher Wilder beobachtet hatte. Es gibt niemanden, der sie seitdem lebend gesehen hat. Als die Polizei anfänglich wenig Interesse an dem Fall zeigte, beauftragten die verzweifelten Eltern private Ermittler.

Einer der Detektive telefonierte am Sonnabend, dem 10. März, mit Wilder. Am nächsten Tag überprüfte er sein Haus und die Orte, an denen er sich vorzugsweise aufhielt, konnte ihn aber nicht finden. Am Montag trafen sich Beths Eltern, ihr Bruder und der Privatdetektiv mit Wilder in dessen Büro. Er log ihnen ins Gesicht, daß er Beth seit Wochen nicht gesehen habe.

Aber er verriet sich, als er sagte, er hätte davon gehört, daß Beths Wagen am Flughafen von Miami gefunden worden wäre. Das stimmte, aber sie hatten Wilder gegenüber nichts davon erwähnt.

Der Bruder von Beth wollte die Wahrheit mit der Waffe in der Hand aus ihm herausholen, doch der Detektiv hielt ihn davon ab. Er sagte, dies wäre Sache der Behörden, und übergab sämtliche Informationen an die Metro-Dade Police mit den Worten: »Ich glaube, Wilder ist euer Mann.«

Sie würden den Fall ganz von vorn aufrollen, um festzustellen, ob sie zu den gleichen Schlüssen kämen, sagten die Beamten; denn sie wollten auf gar keinen Fall Mr. Wilders Rechte verletzen. Sie begannen damit, ehemalige Mitschülerinnen Beths zu befragen.

Ich rief Wilder zu Hause an; denn die mit dem Fall befaßten Cops haben nie mit ihm gesprochen. Wilder wohnte nördlich von Miami, in Palm Beach. Man mußte die Grenzen von zwei Countys überschreiten, und so etwas kompliziert die Dinge, denn Detectives brauchen eine Sondergenehmigung, wenn sie ihren Zuständigkeitsbereich verlassen wollen.

Und ihrer Meinung nach gab es keine zwingenden Gründe dafür. »Wir hatten keinen Beweis, daß Wilder ein Psychopath war«, sagte später ein Detective von Metro-Dade. Wilder war in Palm Beach wegen Vergewaltigung verurteilt worden, hatte aber Bewährung bekommen. Wegen des gleichen Delikts hatte er in Australien 350 000 Dollar Kaution hinterlegen müssen.

Ich hatte Wilders Anrufbeantworter an der Strippe. »Hier ist Cris«, kam es freundlich vom Band, und ich wurde dazu ermuntert, eine Nachricht zu hinterlassen. Ich bat ihn, zurückzurufen. Er hat es nie getan.

Die erste Story zum aktuellen Stand der Dinge im Fall Wilder erschien am nächsten Tag, dem 16. März. Ich erwähnte seinen Namen nicht. ›Gewisse Anhaltspunkte sprechen dafür‹, schrieb ich, ›daß es einen Zusammenhang zwischen den beiden vermißten Frauen und einem Mann aus Boynton Beach gibt, der Grand-Prix-Rennen fährt.‹ Ein Detective, der wegen des Verschwindens von Beth Kenyon ermittelte, wurde mit den Worten zitiert, es gäbe noch ›keinen Tatverdächtigen‹.

Beths Eltern hatten einen: Christopher Wilder. Sie kannten ihn von einem Essen in einem teuren Restaurant. Er hatte ihrer Tochter sogar einen Heiratsantrag gemacht. Er würde sie mit nach Australien nehmen und sie dort zu seiner Prinzessin machen, hatte er ihr versprochen. Aber da sie ihn kaum kannte, nahm sie es nicht ernst.

An dem Tag nach Erscheinen des Artikels war Christopher Wilder verschwunden.

Die Familien der beiden vermißten Mädchen hatten befürchtet, daß er die Stadt oder das County verlassen würde, und angeboten, Privatdetektive zu engagieren, damit er Tag und Nacht unter Beobachtung stand. Aber die Polizei zerstreute ihre Befürchtungen; Wilder würde nirgendwo hingehen. Die besorgten Eltern waren davon überzeugt, daß er keinen unbeobachteten Schritt machen konnte.

Aber das stimmte nicht. Jedem Beobachter wäre aufgefallen, daß Wilder seine drei englischen Setter in Pflege gegeben und einen Koffer in seinen Wagen geladen hatte. Er wäre Zeuge geworden, wie er in sein Büro gefahren war, um sich von seinen Geschäftspartnern zu verabschieden. Aber es gab keinen Beobachter. Erst nach Ablauf einer Woche fiel den Ermittlungsbehörden Wilders Abwesenheit auf. Ein völlig verstörtes Collegegirl, das in Georgia ihrem Entführer erst nach einem grauenhaften Martyrium entkommen war, brachte die Beamten darauf. Ein Mann hatte sie aus einem Einkaufszentrum in Nord-Florida entführt. Gefesselt, geknebelt und in einen Schlafsack eingesperrt, war sie gefoltert und vergewaltigt worden. Der Angreifer hatte ihr Sekundenkleber in die Augen geträufelt, aber es war ihr trotzdem gelungen, ihn zu identifizieren. Es war Christopher B. Wilder.

Dann wurde die übel zugerichtete Leiche eines einundzwanzigjährigen, angehenden Fotomodells im Green Swamp von Florida gefunden. Die Tochter eines Polizisten war einige Tage zuvor als vermißt gemeldet worden.

Während Christopher Wilder durchs Land reiste, verschwanden auch weiterhin hübsche Mädchen, darunter die siebzehnjährige Teilnehmerin an einem Schönheitswettbewerb in Las Vegas. Eine Schwesternschülerin wurde von ihrem Mann in Beaumont, Texas, als vermißt gemeldet. Eine junge Frau kehrte nie aus einem Einkaufszentrum in Grand Junction, Colorado, zurück.

In Wüsten, Wäldern und an Landstraßen wurden immer wieder Leichen gefunden. Das FBI folgte mit einem Tag Abstand der Spur von Wilders Kreditkartenabrechnungen. Niemand wußte, wo er als nächstes auftauchen würde.

Für diesen Monate dauernden Reisebericht des Schreckens schrieb ich Woche für Woche die Stories. Ein FBI-Agent vertraute mir an, daß er abends nach Hause kam und aus Wut und Enttäuschung weinte. Irgendein Mädchen würde Wilders nächstes Opfer sein, ohne daß man etwas dagegen unternehmen konnte.

Sein Amoklauf quer durch das Land brachte Wilder an die Spitze der landesweiten Fahndungsliste.

Das FBI bat die Veranstalter der Wahlen zur Miss America dringend, bei den einundfünfzig Vorentscheidungen besonders auf der Hut zu sein. Das Echo in den Medien war gewaltig und erfaßte das ganze Land, doch dem meistgesuchten Mörder der Vereinigten Staaten gelang es weiterhin mühelos, an schöne Frauen heranzukommen. Aus dem Jahr 1981 existierte ein Video mit Wilder, das von einer Partnervermittlung in Miami stammte. Mit sanfter Stimme äußerte er auf diesem Video sein Bedürfnis nach Kontakt mit dem anderen Geschlecht. Seitdem hatte er eine Menge dazugelernt und den perfekten Trick gefunden, das unwiderstehliche Lockmittel. Es funktionierte besser als das Geld, das er besaß, und die beeindruckenden Autos, die er fuhr.

Es war eine Kamera – und die damit verbundene Aussicht auf eine Karriere als Fotomodell.

Gutaussehende Mädchen, besonders Teenager, die von Filmstars fasziniert sind, lieben es, für Fotos zu posieren. Wenn man ihnen sagt, sie hätten das Zeug zum Topmodell, errät man ihre geheimsten Träume: Aus heiterem Himmel tritt jemand in ihr Leben, der sie zum Star machen und Bilder von ihnen auf Titelseiten und teure Hochglanzanzeigen bringen kann. Wenn sich ein abartiger, sadistischer Killer dieser Wünsche bedient, werden Alpträume daraus. Elf Frauen fielen ihm in die Hände; acht sind tot oder vermißt. Eine überlebte, weil er sie für tot hielt, eine entkam, und bei der letzten sorgte er persönlich dafür, daß sie sicher nach Hause kam: ein siebzehnjähriges Mädchen aus Torrence, Kalifornien. Ihr Name war Tina Maria.

Es war Wilders Abschiedsgeste.

Ich glaube, er ließ sie am Leben, weil sie keine Schönheit war wie die anderen. Sie war ein etwas pummeliger Teenager, der Probleme in der Schule, mit ihren Eltern und ihrem Freund hatte. Sie war nicht perfekt. Das rettete ihr das Leben. Christopher Wild hatte nicht das Bedürfnis, sie zu zerstören.

Und er wußte, daß die Jagd sich ihrem Ende näherte. Auf einem Bostoner Flughafen drückte er ihr Bargeld in die Hand und setzte sie in eine Maschine nach Kalifornien. Er war des Weglaufens müde. »Sie werden mich bald haben«, sagte er zu ihr.

Er sollte recht behalten.

Er fuhr nach Norden, Richtung Kanada. In Colebrook, New Hampshire, einem kleinen Ferienort, nur neun Meilen von der Grenze entfernt, machte er an einer Tankstelle halt. Währenddessen setzte im zweieinhalbtausend Meilen entfernten Los Angeles das Flugzeug mit Tina Maria gerade zur Landung an. Während ein Tankwart sich um seinen Wagen kümmerte, unterhielt sich Wilder mit einem älteren Herrn. Er wollte wissen, wie man zur Grenze kommt, und stellte Fragen nach den erforderlichen Papieren.

Zwei vorüberfahrende Beamte der Highway Patrol entdecken ihn und hielten sofort an. Als einer der beiden auf ihn zukam, stürzte Wilder zu seinem Wagen. Er hatte eine Waffe im Handschuhfach, aber die Beifahrertür war verriegelt. Er hechtete auf die Fahrerseite und holte die Waffe hervor, doch der zweihundertvierzig Pfund schwere Trooper war schon über ihm. Sie kämpften noch um die Waffe, als sich zwei Schüsse lösten.

Wilder wurde durch einen Schuß ins Herz getötet. Der Trooper wurde verwundet. Es war Freitag, der dreizehnte April.

Wilders Tod wurde mit gemischten Gefühlen aufgenommen.

Die Polizei von South Florida zeigte sich hocherfreut, daß die beiden Trooper Wilders Amoklauf ein Ende gesetzt hatten, und lud sie zu einem Gratistrip nach Miami Beach ein. Die Eltern der zwei vermißten Frauen brachen zusammen. Wie sollten sie jetzt ihre Töchter jemals wiederfinden?

Sie sind nie wieder aufgetaucht.

Was auch immer Rosario Gonzales und Beth Kenyon zugestoßen war, es geschah zu der Zeit, als Wilder noch hoffte, sein Doppelleben würde unentdeckt bleiben. Er hatte ihre Leichen gut versteckt. Als er zum meistgesuchten Verbrecher des Landes geworden war, spielte das keine Rolle mehr. Er ließ seine Opfer einfach am Straßenrand zurück.

Für die beiden Familien würde der Alptraum erst zu Ende sein, wenn ihre Töchter gefunden wären. Ich schickte dem FBI sogar Fotokopien einiger Seiten aus dem ›Sammler‹ und hoffte, sie würden mit Hilfe der Originalbaupläne Wilders Haus nach versteckten Räumen absuchen. Er war Bauunternehmer; er hatte das Haus selbst umgebaut.

Das FBI hat nie darauf reagiert.

Aber die Polizei nahm doch noch eine Verhaftung in diesem tragischen Fall vor. Sie nahmen die völlig am Boden zerstörten Eltern von Rosario Gonzales fest. An einem Muttertag, nachdem ihre Tochter bereits zweieinhalb Monate verschwunden war, hatten sie das Warten nicht länger ausgehalten und waren in Wilders Haus eingedrungen, um dort nach Spuren Rosarios zu suchen. Die Anklage lautete auf Hausfriedensbruch. Sie wurde später fallen gelassen.

Der Termin im Juni, an dem Rosario Gonzales heiraten wollte, wurde von ihrem Liebsten wahrgenommen. Der junge Mann betete allein in der leeren Kirche.

Die Eltern von Beth Kenyon haben die Suche nach ihrer Tochter bis nach Mexiko und Südamerika ausgedehnt. Sie klammerten sich an die vage Hoffnung, daß Wilder sie in seinem Versklavungswahn nach Mexiko geschmuggelt und als Prostituierte verkauft hat.

Wenigstens haben die Familien der anderen Opfer die sterblichen Überreste ihrer Töchter wiederbekommen.

Wenn Christopher Wilder doch nur lange genug am Leben geblieben wäre, um zu reden. Seine ungläubigen und schockierten Freunde und Geschäftspartner konnten wenig zur Erhellung seines geheimen Lebens beitragen.

Man vergißt sehr leicht, daß Leute, die anderen Menschen widerwärtige Dinge antun, ein ganz normales, sogar angenehmes Äußeres haben können. Es überrascht mich immer wieder. Ich überwinde meine Empörung und fahre ins Gefängnis, zu ihm oder zu ihr nach Hause oder an irgendeinen neutralen Ort, um mit einem Killer zu sprechen. Es spielt keine Rolle, wie verabscheuungswürdig seine Taten sind, der Killer erweist sich immer als Person, mit der man sich in gewisser Weise identifizieren kann.

Vor diesem Problem stehen auch Richter, Geschworene und Bewährungskommissionen: Vor ihnen steht ein Mensch. Das Opfer ist schon Geschichte, eine Nachricht von gestern, ein Name auf einem Blatt Papier. Aber der Killer steht vor ihnen; er lebt und atmet und vergießt im richtigen Moment vielleicht sogar ein paar Tränen.

Ein Mann, der sein halbes Leben im Gefängnis verbracht hatte, und sein Kumpan, ein Ex-Cop aus Philadelphia, beide heroinsüchtig, wollten die Kasse des Lebensmittelgeschäfts plündern, in dem Annie Ruth Oliver arbeitete. Sie überfielen den Laden um die Mittagszeit. Annie Ruth war bereits siebenmal ausgeraubt worden und wußte, wie man sich zu verhalten hatte. Ohne zu zögern, reichte sie das Geld über den Tresen. Unglücklicherweise hatte einer der beiden Gangster einen nervösen Zeigefinger. Es war der mit der abgesägten Schrotflinte.

Er hätte eigentlich gar nicht abdrücken wollen, sagte er später aus, und wäre genauso überrascht gewesen wie alle anderen, als die Schrotladung Annie Ruth Oliver entzweiriß. Sie lag tot hinter dem blutverschmierten Tresen, als ich im Laden ankam.

Der schlimmste Moment am Schauplatz eines Mordes ist, wenn nahe Verwandte des Opfers dort eintreffen; in diesem Fall waren es die zwei halbwüchsigen Söhne von Annie Ruth Oliver. Mit verweintem Gesicht erzählte mir der ältere: »Sie ging zur Arbeit, kam nach Hause und ging wieder zur Arbeit. Sonst ist sie eigentlich nie irgendwo hingegangen.«

Ich habe den Männern, die sie umgebracht haben, nie verziehen. Sie wurden verurteilt und kamen ins Gefängnis. Der ehemalige Polizist war äußerst intelligent und redegewandt. Anscheinend aber nicht klug genug, um sich von Drogen fernzuhalten. Im Gefängnis machte er einen Collegeabschluß, hatte eine eigene Radioshow und galt als Paradebeispiel für eine gelungene Resozialisierung. Er organisierte sogar eine Beratung für Häftlinge, so daß sie mit einer abgeschlossenen Ausbildung in die Gesellschaft zurückkehren konnten – und der Chance, nicht wieder rückfällig zu werden.

Völlig unerwartet kehrte der Ex-Polizist eines Tages aus dem College nicht mehr ins Gefängnis zurück. Ein Jahr später wurde er in San Francisco verhaftet. Sobald er sich wieder hinter Gittern befand, erhoben seine Lehrer und Therapeuten lautstark die Forderung, von einer Anklage wegen des Ausbruchs zunächst abzusehen. Das ›Aschenputtel‹-Syndrom hätte ihn dazu getrieben, sagten sie: Die Tatsache, daß er jeden Abend wieder ins Gefängnis zurückkehren und sich in einen Heiligen verwandeln mußte, wäre für den Mann einfach zuviel gewesen.

Vielleicht bin ich nachtragend, aber wie steht es mit dem ›Plötzlich-Vollwaise‹-Syndrom? Wer von den Sozialarbeitern und Collegedozenten hat versucht, den Kindern von Annie Ruth Oliver beizustehen? Sie hatte sich dafür entschieden, zu arbeiten und ihre Familie zu ernähren. Die Wahl des Ex-Polizisten war auf Drogen und Kriminalität gefallen.

Vielleicht habe ich einfach zu viele Opfer gesehen.

Ich hätte ihm keinen Aufschub gewährt. Aber mich hat keiner gefragt.

Manchmal ist die einzige Gerechtigkeit die der Straße. Manchen Gewalttaten scheint eine unausweichliche, fast schicksalhafte Logik innezuwohnen.

Da ist zum Beispiel Lee Stuckey, ein sehr unangenehmer Bursche, dessen kurzes, gewalttätiges Leben mit siebenundzwanzig Jahren auf einem abgeernteten Feld in der Nähe eines Steinbruchs endete. Er starb eines unnatürlichen Todes.

Als seine Mörder ihn mit vorgehaltener Waffe zwangen mitzukommen, geschah dies in Gegenwart von zahlreichen Augenzeugen. Aber da sie alle den Entführten und seinen Lebenswandel kannten, hielten sie es nicht für nötig, die Polizei zu alarmieren.

Sogar die Frau, mit der Stuckey seit über einem Jahr zusammenlebte, sah mit an, wie er verschleppt wurde. Sie hatten sich erst kurz vorher gestritten, und ›irgendwie war sie froh, daß er ging‹, ungeachtet der besonderen Umstände. Außerdem hätte sie kein Telefon, und es hätte ja ziemlichen Aufwand bedeutet, das Verbrechen zu melden.

Deshalb hat die Polizei nie erfahren, in welche Schwierigkeiten Stuckey geraten war, bis eine Frau auf der Suche nach Feuerholz auf seinen zernarbten, mit Tätowierungen übersäten und von Kugeln zerfetzten Körper stieß. Sie hat die Polizei gerufen, möglicherweise, weil sie ihn nicht kannte.

Einem der Cops kam Stuckeys Gesicht bekannt vor. Sie hatten einmal versucht, ihn wegen Körperverletzung festzunehmen, und ihn dabei angeschossen. Stuckey war ein kleiner Dealer, der sich unzählige Male seiner Festnahme widersetzt und willkürlich auf die Häuser völlig Fremder geschossen hatte. Vor drei Monaten hatte er einen Mann bei einer Schlägerei getötet. Es herrschte kein Mangel an Motiven für den Mord an Stuckey. Als Detectives mit feierlichen Mienen bei seinen nächsten Anverwandten auftauchten, um ihnen die Nachricht von seinem Tod zu überbringen, sagten alle: »Oh, ja, ein paar Burschen mit Kanonen haben ihn gekidnappt.«

Sie alle hatten eigentlich vorgehabt, die Cops anzurufen.

Und schließlich der Fall von Karate Al: So nannten sie ihn, und jeder, der ihm in Downtown Miami begegnete, ging ihm lieber aus dem Weg. Er war ein rauher Bursche, der als der Tyrann von der Northeast Fifth Street bekannt war und sich für einen Meister in den kriegerischen Künsten hielt. Er liebte es, in Karate-Kampfhaltung zu posieren, und wenn er damit nichts ausrichtete, behalf er sich mit abgebrochenen Flaschen und Knüppeln.

Ein brutaler Schläger, vor dem sämtliche Anwohner von

Abe's Boarding House Angst hatten – bis man eines Morgens entdeckte, daß Karate Al seinen letzten Kampf nicht überlebt hatte. Jemand hatte ihm mit einer Eisenstange oder einer hammerähnlichen Waffe den Schädel eingeschlagen, als er friedlich seinen Weinrausch ausschlief.

Seltsamerweise war keiner der Bewohner von Abe's – wo der Manager nach einer Begegnung mit Al eine aufgeplatzte Lippe davontrug und ein Bewohner immer noch auf Krücken ging – in der Lage, etwas über den Tathergang zu sagen.

Es war wirklich ein Rätsel.

Die Bewohner gaben freimütig Auskunft über Al. Sie erzählten mir, daß er Leute bewußtlos machen konnte, indem er mit den Fingern ihr Genick umklammerte, und daß er keinerlei Zurückhaltung an den Tag legte, von dieser besonderen Fähigkeit Gebrauch zu machen. Am Tag zuvor hatte er dem Manager völlig grundlos die Lippe aufgeschlagen und vor einer Woche einem Jungen so oft in den Bauch getreten, daß alle glaubten, er würde daran sterben. Sie sagten, Al hätte immer ein Messer in der Hosentasche und ein großes Maul gehabt. Al war nur beizukommen, wenn er schlief. Wer immer ihn umgebracht hatte, müßte das gewußt haben. Sie hätten nicht die leiseste Ahnung, wer es getan haben könnte.

»Man stirbt so, wie man lebt«, sagte einer, als die Fahrer des Leichenwagens Als muskelbepackten Körper hinaustrugen.

Die anderen nickten weise dazu, und keiner vergoß eine Träne.

In New Jersey nimmt nicht einmal der Schrecken heroische Ausmaße an.
Edmund Wilson

PATERSON, NEW JERSEY

Es gibt Leute, die Florida im Juli wegen der brütenden Hitze meiden. Es war Juli, als ich das erste Mal nach Miami kam, und ich wußte sofort: hier kann ich leben. Das erste Atemholen in der feuchten Sommerluft, die flirrende Hitze über den kochendheißen Bürgersteigen, die Kronen der Palmen, die sich scharf gegen den unglaublich blauen Himmel abzeichneten – alles war genauso, als wäre ich endlich nach Hause gekommen.

Wenn die Temperaturanzeige auf dem Bankgebäude 407 Lincoln Road um Mitternacht auf 25 Grad steht, fühle ich mich am wohlsten. Ich mag die Sommersonne und die salzige Meeresbrise auf meiner Haut. Und ich genieße es beinahe, mich in einen Wagen zu setzen, der im Hochsommer in der Mittagshitze gebraten wurde.

Diese Hitze tötet Haustiere und kleine Kinder innerhalb von Minuten, wenn man sie in einem geschlossenen Wagen zurückläßt. Was sie mit einer Leiche macht, die vierundzwanzig Stunden in einem Kofferraum liegt, ist nicht zu beschreiben.

Von Paterson, New Jersey, aus kam ich für einen zweiwöchigen Urlaub nach Miami und verliebte mich auf der Stelle – in die Stadt. Das war im Juli 1961. Die Sommerliebe hat gehalten. Sie ist sogar noch stärker geworden, falls das überhaupt möglich ist. In Miami ist alles überlebensgroß. Die Wolken, die Farben, die zu sehr strahlen, um echt zu wirken, die Hitze und die Gewalt. In Miami ist das Häßliche viel häßlicher, aber alles Schöne ist so atemberaubend, daß es einen ein Leben lang fesselt.

Ich war nicht in diese Stadt gekommen, um Buch zu führen über ihre Leben, Sterben und ihre menschlichen Konflikte. Aber irgendwie hat es sich so ergeben. Allen, die mich gekannt haben, bevor ich nach Miami kam, wird es schwerfallen, das zu glauben.

Meine Mutter war zwölf Jahre alt, als ihre Mutter an Lungenentzündung starb. Als sie siebzehn war, kam ich zur Welt. Sie nannte mich nach meiner Großmutter, einer Nachfahrin der ersten Kolonisten. Französische Hugenotten, die über Holland in die neue Welt kamen, zwei Jahre bevor die Indianer Manhattan verkauften. Einer von ihnen, Samuel Provost, war der erste Bischof der protestantisch episkopalischen Kirche New Yorks. Er nahm offiziell an der Vereidigung George Washingtons teil und genoß hohes Ansehen. Ich glaube, ein anderer, der Ready Money Provost genannt wurde, war der erste Kredithai des jungen Staates. Während des Unabhängigkeitskrieges finanzierte er die Schlacht von Valley Forge und berechnete Kreditzinsen, die ihm zu stattlichen Gewinnen verhalfen. Commander David Provost war der erste Kolonist, der sich weigerte, eine entflohene Sklavin auszuliefern, und sich erfolgreich dem Versuch widersetzte, sie mit Waffengewalt zurückzuholen. Das geschah 1646 in Fort Good Hope. Die Provosts waren Aktivisten und Patrioten von hohem Rang. Während der Revolution fochten sie gegen die Engländer und während des Bürgerkrieges gegeneinander. Der von meiner Großmutter sorgfältig aufbewahrten Familienchronik zufolge heirateten viele von ihnen ihre Cousins, was vielleicht erklärt, warum die Familie ihren hohen Rang eingebüßt hat.

Meine Großmutter heiratete nicht ihren Cousin, aber sie sorgte für große Aufregung, als sie ihren reichen Bräutigam sitzenließ und einen armen Schullehrer heiratete, den Sohn eines deutschen Segelmachers. Meine Mutter war das einzige Kind, und sie schockierte jedermann, als sie mit meinem Vater durchbrannte, dem Sohn eines polnischen Fabrikarbeiters. Sie war damals noch ein Teenager und behauptete später, er habe gedroht, von einer Brücke zu springen, sollte sie sich weigern, mit ihm zum gehen.

Sie verachtete ihre Verwandtschaft als Snobs – verglichen

mit ›wirklichen Menschen‹, wie ihre winzige, immer barfüßige Schwiegermutter, die aus der Ukraine stammte. Ihr erster Mann starb bei einem Grubenunglück in Pennsylvania. Als schwangere Witwe mit kleinen Kindern heiratete sie daraufhin den besten Freund ihres toten Ehemannes, einen großen, immer schlechtgelaunten Mann. Es muß ihr damals als das einzig Richtige erschienen sein. Ich besitze ein altes Foto von meinem Großvater, das ihn zu Pferde in der Uniform irgendeiner fremden Armee zeigt. Er sieht aus wie ein Kosak und benahm sich auch so. Unter Alkoholeinfluß nahmen seine Wutanfälle derartige Ausmaße an, daß seine Kinder auch als junge Erwachsene noch aus Fenstern im zweiten Stock sprangen, um seiner Gewalttätigkeit zu entrinnen.

Er konnte es allein mit einer Bande von Kesselflickern aufnehmen, und dann war wirklich der Teufel los. Wie viele Trinker seines Schlages schien er Weihnachtsaufführungen zu bevorzugen. An einem denkwürdigen Heiligen Abend, als ich noch klein war, warf er den Küchentisch mit dem Weihnachtsessen um, dessen Vorbereitung meine Großmutter wochenlang in Atem gehalten hatte.

Als junges Mädchen kamen mir Gerüchte zu Ohren, daß eine Wirtshausschlägerei der Grund für den überhasteten Umzug der Familie von Pennsylvania nach New Jersey gewesen war. In einer Version hatte er den Mann umgebracht, in einer anderen hatte er ihm beide Beine gebrochen. In den meisten Versionen war der Mann sein Bruder.

Wir wohnten in einem gelben, zweistöckigen Haus an der Hauptstraße von Little Falls, New Jersey, einer Stadt, die am meisten für ihre Wäscherei bekannt war. Reklametafeln auf beiden Seiten des Highways zeigten drei Kätzchen, die ihre Fäustlinge wuschen, und machten Reklame für die Little Falls Laundry.

Als ich noch klein war, saß ich oft mit meiner Mutter auf dem Sofa, und sie las mir etwas vor. Geschichten wurden zur Leidenschaft meines Lebens. Wenn meine Mutter keine Zeit hatte, suchte ich mir jemand anderen. Ich war unersättlich. Meine Großmutter wohnte zwei Häuser weiter und freute sich immer, mich zu sehen, aber die Köstlichkeiten in ihrem Kühlschrank machten es nicht wett, daß sie kein Englisch lesen konnte.

Ich zog also durch die Nachbarschaft, wobei ich ein Buch mit Geschichten umklammerte, und hielt Ausschau nach einem Opfer. Ich beschwatzte sogar den Postboten, eine Pause zu machen und mir vorzulesen.

Damit ich nicht mehr herumstromerte, band meine Mutter mich an den Apfelbaum in unserem Hinterhof. Einige Nachbarn betrachteten das als grausam, aber ich war zufrieden, wenn ich inmitten der fallenden Blüten mit einem Katalog von Sears and Roebuck im Schatten sitzen konnte. Das Buch enthielt so viele Bilder, aus denen ich Geschichten machen konnte.

In unserem Haus gab es neben den Büchern auch viele Zeitungen, die mein Vater wegen des Sportteils und der Rennergebnisse kaufte. Ich betrachtete sie als Schatzkammer, die mit den unglaublichsten Ereignissen angefüllt ist.

Im Alter von sechs Jahren war ich geradezu süchtig danach und brannte darauf, diese exotischen Geschichten auch anderen mitzuteilen. Mit der gefalteten Zeitung unter dem Arm lief ich zu meiner Großmutter hinüber, die mir nicht länger vorlesen mußte, denn das konnte ich jetzt selbst. Ich saß auf einem der hölzernen Stühle, setzte die Brille auf, die ich wegen ihrer Häßlichkeit verabscheute, und las ihr aus der Zeitung vor, während sie barfuß in ihrer Küche herumwirtschaftete.

Ihr Leben drehte sich ausschließlich um die Familie, Essen und den Garten in ihrem Hinterhof, in dem sie Gemüse und Kräuter anbaute und wo herrliche Sonnenblumen wuchsen. Manchmal kicherte sie, aber meistens war sie schockiert. Über die seltsameren Geschichten schüttelte Großmutter den Kopf, murmelte etwas in ihrer Muttersprache und schimpfte leise. Wie ich später erfuhr, war sie davon überzeugt, ich hätte sie mir ausgedacht. Es war das erste, aber nicht das letzte Mal, daß mir dieser Vorwurf gemacht wurde.

Am liebsten mochte ich die *New York Daily News*, denn sie enthielt viele Bilder, leichtverständliche Überschriften, und ihr Format hatte genau die richtige Größe für mich. Außerdem wurde in der *News* jeden Tag eine Kurzgeschichte veröffentlicht. Die Sonntagsbeilage mit all ihren Berichten war ein Extraleckerbissen. Am besten fand ich die ›Justice Story‹, die sich auf einer Doppelseite mit einem aufregenden Kriminalfall, meistens einem Mord, beschäftigte. Ich verschlang sie geradezu. Andere Kinder wollten immer Geld für Süßigkeiten. Ich konnte von Zeitungen nicht genug bekommen.

Begierig verfolgte ich die Abenteuer von Willie Sutton, dem Babe Ruth der Bankräuber, von George Metesky, dem Mad Bomber, und all den anderen überlebensgroßen Desperados, deren Stories einem von den Titelseiten entgegensprangen.

Im Alter von sieben Jahren hatte ich alles von Ellery Queen und *Forever Amber* gelesen. Unter meinem Bett stapelten sich unzählige Exemplare des *Reader's Digest* und der *Saturday Evening Post*.

In diesem Jahr veränderte sich alles.

Wir verließen das gelbe Haus an der Hauptstraße und zogen nach Singac, einer Fabrikarbeitersiedlung einige Meilen entfernt. Da mein Vater ein schwaches Herz hatte und auf Anraten eines Arztes nicht in der Fabrik arbeiten sollte, investierten meine Eltern ihre gesamten Ersparnisse, um eine Kneipe aufzumachen. Wir lebten in einer Kellerwohnung. Aber nur vorübergehend; denn den Worten meines Vaters zufolge würden sich unsere Lebensumstände bald entscheidend ändern.

Ich erinnere mich noch sehr gut an die Geräusche des Zapfhahns und an die Musikbox, die immer und immer wieder die ›Beer Barrel Polka‹ und ›I'm Looking Over a Four-Leaf Clover‹ spielte.

Meine Mutter machte dicke Sandwiches mit gekochtem Schinken für die Arbeiter, die abends kamen und leere Eimer für Draft Beer dabeihatten. Mein Vater war der Ansicht, zu dem Beruf eines Gastwirts gehörte der freie Zugriff auf den Inhalt der Kasse, die alkoholischen Getränke und die weiblichen Gäste. Das versetzte ihn in die Lage, ungehindert seinen Lieblingsbeschäftigungen nachzugehen: Spielen, Trinken und Schürzenjägerei.

Eines Sonntags kam mein Vater mit einigen Freunden hereingestürzt. Völlig verschwitzt, zerzaust und außer Atem. Er war zusammen mit Jimmy the Rabbit, One-Armed Eddie und einem Mann namens Stinky auf der Flucht vor den Cops, die ihre illegale Spielhölle ausgehoben hatten. Ein anderes Mal wachte ich morgens auf und fand ihn in seiner Unterwäsche schlafend auf dem Fußboden. Seine Kleidung war zusammen mit unzähligen Dollarnoten überall im Zimmer verstreut.

Ich hatte wenig Kontakt mit anderen Kindern meines Alters, weil ich mich um meine kleine Schwester kümmern mußte, die drei Jahre jünger war als ich. Und diese Verantwortung wurde noch größer, als meine Mutter zusammen mit uns Kindern meinen Vater verließ. Ein Richter verurteilte ihn dazu, Unterhalt zu zahlen. Wir haben nie einen Cent gesehen. Er hat einfach die Stadt verlassen, und keiner von uns hat jemals wieder etwas von ihm gesehen oder gehört.

Ich war die Jüngste in meiner Klasse, das größte Mädchen, außerdem gehemmt und unbeholfen. Es war eine einzige Katastrophe. Ich trug abgelegte Kleidung, die meine Mutter von Arbeitskolleginnen in der Nähmaschinenfabrik bekam. Ich war sehr scheu und dachte, alle würden über mich lachen. Manchmal taten sie das auch.

Die Schule war eine Qual. Wir zogen sehr oft um, und ich war schlecht in Mathe und eine Null im Sport: Wenn jemand einen Ball warf, versuchte ich nicht, ihn zu fangen oder mit einer Keule zu treffen, sondern ging in Deckung. Es war mir unmöglich, wie ein Affe an einem Seil emporzuklettern, das Rollschuhfahren zu erlernen oder mich auf einem Fahrrad halbwegs aufrecht zu bewegen.

Ein ungehaltener Mathematiklehrer verkündete einmal vor der ganzen Klasse, daß gar nichts aus mir werden würde – nicht einmal eine gute Hausfrau –, denn ich sei weder in der Lage, mein Wechselgeld im Supermarkt zu zählen, noch die Zutaten für ein Rezept auszuwiegen. Sie lachten alle.

Aber es hat sich doch alles zum Guten gewendet; im Supermarkt brauche ich das Wechselgeld nicht zu zählen, denn ich zahle mit Schecks. Rezepte zählen nicht zu den Dingen, ohne die ich nicht leben kann, und ich bin überhaupt keine Hausfrau geworden, weder eine gute noch eine schlechte. Aber als Kind hatte ich schon am Sonntagabend Angst, daß ich montags in die Schule mußte. Nie wieder habe ich mich vor etwas so gefürchtet.

Damit verglichen ist die Berichterstattung über Morde, Vergewaltigungen und blutige Aufstände kaum der Rede wert.

Ich rettete mich in Geschichten, las und schrieb welche und füllte mit ihnen meine Tagträume aus.

Der einzige Lichtblick in meinem Leben unterrichtete Englisch in der siebten Klasse. Ihr Name war Edna Mae Tunis, und sie sprach vor der ganzen Klasse etwas, das ich nie vergessen werde: »Versprich mir, daß du mir eines Tages ein Buch widmest.«

Sie war davon überzeugt, daß ich schreiben konnte, und half mir, auch daran zu glauben. Am Ende des Schuljahres hatte ich mein erstes offizielles Ablehnungsschreiben, ein Formblatt von der *Saturday Evening Post*. Mrs. Tunis sagte, das wäre nicht weiter schlimm. Ich würde noch viele bekommen. »Mach weiter, du hast das Talent«, sagte sie. Oder etwas in diesem Sinne.

An sie denke ich jedesmal, wenn ich eine Story verkaufe, obwohl sie nie einen Artikel von mir zu Gesicht bekommen hat. Sie starb, als ich in der achten Klasse war. An Nierenversagen, wie es hieß.

In jenem Sommer, ich war zwölf Jahre alt, bekam ich meinen ersten Job in der South-Paterson-Mantelfabrik, wo auch meine Mutter beschäftigt war. Ich zupfte lose Fäden von den fast fertigen Mänteln, bevor ich sie unter Aufbietung all meiner Kräfte wendete. Es waren schwere, unförmige und fusselige Wintermäntel. Wir hatten Sommer, und eine Klimaanlage gab es nicht. Die Fusseln juckten auf der schweißnassen Haut und drangen in die Nase. Ich bin überzeugt, daß ich noch heute welche davon in den Nebenhöhlen habe.

Meine Mutter hatte zwei Vollzeit-Fabrikjobs und arbeitete am Wochenende als Kellnerin. Wenn sie einfach zu erschöpft war für die Nachtschicht in der Kerzenfabrik, ging ich an ihrer Stelle hin. Solange die Quote erfüllt wurde, spielte es keine Rolle, wer die Arbeit machte. Die Zeit verging wie im Fluge. Der ständige Wettkampf mit den Maschinen machte Spaß, bis auf das heiße Wachs, das auf Kleidung, Schuhe, Arme und Hände spritzte. Wenn man es nach dem Abkühlen abzupfte, blieb immer ein bißchen Haut daran kleben.

Manchmal übernahm ich auch Mutters Nachtschicht im Market Street Spa in der Nähe der Greyhound-Station in Downtown Paterson. Ein riesiger Zeitschriftenständer stand gleich am Eingang, und der Kaffee- und Sandwichtresen war hufeisenförmig. Wir hatten mein Alter mit achtzehn angegeben, obwohl ich noch keine sechzehn war. Die Kundschaft bestand aus Taxifahrern, ein paar Reisenden, Leuten mit Schlafstörungen und Nachtschwärmern, die um drei Uhr von der Sperrstunde aus den Bars vertrieben wurden.

Eines Morgens gegen drei Uhr kamen zwei sehr gut gekleidete Schwarze herein, die erstklassige Mäntel und teure Hüte trugen, und nahmen an der Theke Platz. Als ich ihnen die Sandwiches machte, die sie bestellt hatten, stand ein blonder Mann in einer Lederjacke unsicher auf und verlangte, schon ziemlich lallend, sofortige Bedienung. Ich antwortete ihm, es würde höchstens noch eine Minute dauern.

Erst war es nur ein betrunkenes Murmeln, dann wurde es immer lauter. Ich hoffte, ich hätte mich verhört, aber er wiederholte es klar und deutlich: »Ich möchte als erster bedient werden, Süße. Noch vor diesen Niggern.«

Er hörte nicht auf mit dem Gerede, und einer der beiden Schwarzen war schon sichtlich erregt. Sein Begleiter versuchte ihn zu beruhigen und dazu zu bringen, die Beleidigungen zu ignorieren.

Aber statt dessen griff der riesige Mann blitzschnell nach dem großen Messer, mit dem ich gerade das Brot für die Sandwiches geschnitten hatte, und ging damit auf den Betrunkenen los. Als der ihn kommen sah, machte er sich sofort davon. Für einen Betrunkenen lief er erstaunlich schnell. Die Jagd ging an dem Zeitungsständer vorbei und dann auf die Market Street hinaus. Der andere Schwarze folgte den beiden. Laut schreiend versuchte er seinen Freund aufzuhalten.

Ich habe keinen von ihnen jemals wiedergesehen – auch das große Brotmesser nicht.

Ich kam morgens um sieben von der Arbeit. Das förderte nicht gerade meine schulischen Leistungen. Paterson Central war eine große High-School, und ich verlor mich in der Masse der Schüler. Meine Mutter arbeitete zuviel, als daß sie sich um mich hätte kümmern können. Oft war sie sogar zu erschöpft zum Denken. Ich kannte aber keinen anderen Erwachsenen, dem ich mich anvertrauen konnte. An irgendeine Form von schulischer Beratung kann ich mich nicht erinnern.

Wir lebten im Dachgeschoß eines knackenden und ächzenden alten Holzhauses, das bei starkem Wind zu schwanken schien. Das Bad war draußen auf der Treppe, und im Winter fror es ein. Zwischen Türrahmen und Fußboden klaffte ein Spalt von ungefähr fünf Zentimetern. Als ich eines Abends ein Bad nahm, sah ich, wie sich draußen kleine Pfoten bewegten: Ratten huschten über den Flur. Ich saß wie gelähmt in der Badewanne und riskierte nicht die kleinste Bewegung, während das Wasser immer mehr abkühlte.

Schließlich rief ich um Hilfe. Wenn jemand kam, würden die Ratten vor Schreck davonlaufen. Aber es zeigte sich niemand, und ich stand vor der Wahl, ihnen gegenüberzutreten oder zu erfrieren. Sie liefen natürlich weg. Genau wie ich.

Mit sechzehn war ich alt genug, eine Arbeit auf meinen Namen und mit eigener Sozialversicherungskarte anzunehmen. Ich verkaufte Socken bei F. W. Woolworth. Ein Perverser verfolgte mich. Wahrscheinlich entblößte er sich auch vor mir; aber weil ich mich aus Eitelkeit weigerte, eine Brille zu tragen, bekam ich es nicht mit. Er gab später bei der Polizei zu Protokoll, alles hätte angefangen, als er mir nach einem Tanzabend im polnischen Klub in Passaic nach Hause gefolgt wäre. Wir hatten jetzt ein kleines Haus in South Paterson.

Er wurde überall nur ›der Spanner‹ genannt. Die Nachbarn bemerkten ihn zuerst. Er pflegte sich auf eine Milchkiste zu stellen, die er irgendwo auf der Straße mitgenommen hatte, und spähte bei uns durch ein Fenster. Die ganze Nachbarschaft und die Polizei waren schon hinter ihm hergewesen, aber er kletterte über Zäune und verschwand in dunklen Hinterhöfen. Bald wollte ihn jeder schon mal gesehen haben, außer mir. Sobald ich jemanden rufen hörte »der Spanner«, tastete ich sofort nach meiner Brille, aber jedesmal war er schon weg.

Eines Abends döste meine Mutter auf dem Sofa unter dem Fenster, das zur Straße ging. Da es fast elf Uhr und Zeit für sie war, zur Arbeit zu gehen, rief ich nach ihr, und als sie langsam die Augen öffnete, blickte sie direkt in das Gesicht des Spanners, der von seiner Milchkiste auf sie herabgrinste. Sie schrie, und er ergriff die Flucht.

Ein paar Wochen darauf legte ich gerade Socken bei F. W. Woolworth zusammen, als ein furchtbarer Schrei den Kunden das Blut in den Adern gefrieren ließ. Er stammte von meiner jüngeren Schwester. Sie war gekommen, um mich zusammen mit ihrem Freund nach Hause zu fahren. Als sie sich meinem Stand näherte, sah sie am anderen Ende den Spanner stehen. Er starrte mich an, während er mit einem Paar Schweißsocken spielte.

Ich sah seinen Rücken, als er davonrannte.

Kurz darauf gelang es einem Nachbarn und der Polizei, ihn einzufangen. Meine Mutter hatte sein Gesicht deutlich gesehen, und sie würde ihn ohne Zweifel wiedererkennen, sagte sie. Bei einer polizeilichen Gegenüberstellung identifizierte sie einen großgewachsenen Detective eindeutig als den Spanner. Als die Polizisten ihr den echten Spanner zeigten, rief sie: »Nein. Nein. Er ist nicht groß genug, ihr habt den falschen Mann!« Glücklicherweise hatte er schon gestanden.

Als er auf seiner Milchkiste stand, hatte er größer gewirkt, besonders für jemanden, der auf einer Couch liegt. Bei Augenzeugenberichten und eindeutigen Identifizierungen denke ich heute manchmal an den Spanner. Es gibt so vieles, was die Wahrnehmung beeinflussen kann. Ein gutes Beispiel dafür ist eine Waffe. Sie läßt die Person, die sie trägt, immer größer erscheinen, als sie ist.

Der Spanner hatte keine Waffe, aber er war wegen Sexualdelikten vorbestraft. Er bekannte sich schuldig und mußte für einige Zeit ins Gefängnis. Ich glaube nicht, daß ich ihn jemals wiedergesehen habe – aber beschwören möchte ich es nicht.

Ich verließ Woolworth für einen Halbtagsjob bei W. T. Grand in der Abteilung für Babykleidung. Von dort aus wechselte ich in ein Fotoatelier, wo ich versuchte, Familien ›jedes Jahr ein Photo von ihrem Liebling, und das drei Jahre lang‹ zu verkaufen. Außerdem arbeitete ich in einem Versandhaus und in einer chemischen Reinigung.

Ein Collegebesuch kam für mich nicht in Frage, das stand fest. Es verstand sich von selbst, daß ich mir nach der High-School einen Ganztagsjob suchen würde. Ich fing bei Western Electric an, wo meine Mutter bereits eine Stellung hatte. Es war das erste Mal, daß sie keine zwei Jobs brauchte, um uns durchzubringen. Wir montierten Schalttafeln und hantierten mit Kabelrollen und Lötkolben.

Ich kaufte mir bald ein wunderschönes, kleines Nash-Metropolitan-Cabrio und fühlte mich großartig, wenn ich mit heruntergeklapptem Verdeck durch die Gegend brauste. Aber zehn Tage nachdem ich ihn gekauft hatte, passierte etwas Schreckliches.

»Du wirst berühmt«, stand an jenem heißen Augustabend auf meinem Glückskuchen. Als ich immer noch lachend von dem chinesischen Restaurant aus nach Hause fuhr, hätte ich nicht im Traum daran gedacht, daß mein Auto und ich es bis in die Morgenzeitungen schaffen würden.

Ich fuhr offen und summte eine Melodie aus dem Radio mit, als mir plötzlich auffiel, daß mich ein dunkler Wagen verfolgte. An der nächsten roten Ampel stellte er sich neben mich. Die beiden jungen Männer riefen und machten Faxen. Ich beachtete sie nicht und gab ordentlich Gas, als die Ampel umsprang.

Aber sie ließen sich nicht abschütteln, selbst als ich noch schneller fuhr. Um sie loszuwerden, bog ich eine dunkle, verlassene Straße in Downtown Paterson ein. Plötzlich tauchte eine Gestalt in der Dunkelheit auf. Mit dem Rücken zu mir balancierte ein Mann auf der weißen Mittellinie entlang. Ich warf einen Blick über die Schulter auf meine Verfolger und wich ihm aus, aber in dem Moment machte er eine Bewegung in dieselbe Richtung, und ich erwischte ihn voll. Mit ausgebreiteten Armen landete der kräftige, grauhaarige Mann auf meiner Motorhaube. Ich machte eine Vollbremsung. Seine Nase drückte sich gegen die Frontscheibe wie die eines sehnsüchtigen Kindes, und ich blickte direkt in seine großen, blauen Augen, die mich unverwandt anstarrten. Sie waren blutunterlaufen.

Ihr Blick ließ mich vor Entsetzen starr werden. Mein Fuß rutschte von der Bremse, und der Mann glitt langsam von der Haube auf die Straße. Ich saß da und hielt das Lenkrad umklammert, als der Wagen ihn überfuhr. Die beiden Männer in dem Auto hinter mir waren nicht länger bedrohlich. Einer von ihnen sprang auf meinen Wagen zu und zog die Handbremse an, da er immer noch vorwärtsrollte.

Sie hoben die Vorderfront meines Nash von dem Mann weg, der bäuchlings unter ihm eingeklemmt war. Wie aus dem Nichts tauchten zwei Detectives in einem neutralen Wagen auf, und nur Sekunden später ein Streifenwagen mit heulender Sirene. Der Beamte sprang heraus, lief auf den reglos daliegenden Mann zu, hob seinen Kopf an – und ließ ihn abrupt wieder fallen. »Oh«, sagte er, während er sich langsam aufrichtete und die Hände an der Hose abwischte, »es ist bloß Archie.«

Erschrocken suchte ich in meiner Geldbörse nach einer Münze und stolperte auf eine Telefonzelle zu, um meine Mutter anzurufen. Einer der Detectives kam mir nach und warf den Hörer krachend auf die Gabel. »Kein Grund, Ihre Familie in Aufregung zu versetzen«, sagte er. »Wie schnell sind Sie gefahren, als Sie den Mann auf der Fahrbahn liegen sahen?«

»Er lief mitten auf der Straße«, erwiderte ich und war den Tränen nahe. »Ich habe ihn überfahren.«

Zu meiner großen Überraschung brachten sie mich weder ins Gefängnis, noch verpaßten sie mir ein Strafmandat. Meine Versicherung würde den Schaden am Wagen bezahlen, erklärte mir der Detective; aber mich interessierte nur der Mann, der da auf der Straße lag. Die Ambulanzfahrer hatten sein Bein geschient. Es war bestimmt gebrochen, und als sie ihn in den Unfallwagen schoben, schien er bewußtlos gewesen zu sein. Ich war verängstigt und verwirrt. Die Polizei schien mit dem Unfallopfer ziemlich nachlässig umzugehen.

Die Detectives haben es dann meiner Mutter erklärt: Ich hatte Archie Beal überfahren. Er hatte seit 1938 schon mehrere hundert Male wegen Trunkenheit im Gefängnis in Paterson gesessen. In diesem Jahr – und wir hatten erst August – war es bereits sein siebter Verkehrsunfall. Erst kürzlich hatte ihn ein städtischer Bus überrollt, als er im Rinnstein lag, und ihm ein Bein gebrochen. Am Morgen vor unserem Zusammentreffen hatte ihn ein Richter erst gegen das Versprechen entlassen, nie wieder einen Tropfen Alkohol anzurühren. Prompt war er zur Mill Street hinübergegangen, hatte ein paar Dollar mit Wagenwaschen verdient und sich davon genug Wein gekauft, um seinen Durst an diesem heißen Sommerabend zu löschen.

Erzürnte Anwohner hatten die Polizei alarmiert, nachdem Archie seine Kleider ausgezogen hatte und nackt durch die Straßen zog. Nachdem er gerade erst entlassen worden war, wollten die Cops ihn nicht schon wieder einbuchten. Sie sagten ihm, er sollte sich anziehen und seiner Wege gehen. Das hatte er auch getan – und sich ein paar Augenblicke später unter meinem Wagen wiedergefunden. Wenigstens war er in dem Moment nicht nackt gewesen. Ich verbrachte eine schlaflose Nacht damit, mir um seine Verletzungen Sorgen zu machen.

Am nächsten Morgen stellte ich entsetzt fest, daß die Motorhaube des Nash verbeult, der Kühlergrill eingedrückt und die Windschutzscheibe zersplittert waren.

Also nahm ich den Bus, um ins Krankenhaus zu fahren. Ich hatte Zeitschriften, Süßigkeiten und Zigaretten dabei, aber Archies Bett war leer.

»Warum kümmern Sie sich um den?« fragte mich eine Krankenschwester in mittleren Jahren.

»Ich habe ihn gestern abend mit dem Auto angefahren«, erwiderte ich mit Tränen in den Augen.

Sie konnte sich vor Lachen kaum halten und erkundigte sich nach den Schäden an meinem Wagen. »So muß es sein, wenn man mit einem Elchbullen zusammenstößt.«

Archie war entlassen worden, nachdem er sich ausgenüchtert hatte.

Ich hatte gehofft, den Unfall vor meinen Arbeitskollegen verheimlichen zu können, die mich oft damit aufzogen, daß ich so jung und schüchtern war. Aber als ich die Morgenzeitung aufschlug, prangte da ein Foto von Archie, wie er ausgestreckt auf der Straße lag, direkt vor meinem nagelneuen, unverwechselbaren Nash. Laut Überschrift hatte ich ihn dreimal getroffen: mit dem Kotflügel, der Windschutzscheibe und dann nochmal mit dem ganze Wagen, als ich ihn überrollte. Der Schreiber kam sich ziemlich schlau vor. Er erwähnte Archies Vorstrafen, den städtischen Bus und meinen Namen.

Ich erinnerte mich an ein Blitzlicht, hatte jedoch angenommen, es handelte sich um Polizeifotos, die als Beweise gegen mich dienen sollten. Aber eine Zeitung ...?

Wie, um alles in der Welt, fragte ich mich, erfahren Reporter von solchen Dingen?

Schalttafeln zu verkabeln erwies sich mit der Zeit als ziemlich öde – genauso, wie mitten im Winter pünktlich um sieben Uhr morgens eine Stechuhr zu drücken. Um etwas Abwechslung zu haben, wechselte ich im selben Werk in die Verwaltung. Es gab zwar nicht mehr Geld, aber die Arbeitzeit war angenehmer. Also langweilte ich mich jetzt von neun bis fünf, und danach wurde es auch nicht besser. Die Winter waren lang und die Tage kurz und grau. Irgend etwas fehlte.

Bald hatte ich es gefunden. Meine Freundin Joanne, ein grazi-ler Kleiderständer mit einer echten Leidenschaft für alles, was mit Mode zu tun hatte, schrieb sich für einen Abendkurs im Hutmachen bei der örtlichen High-School ein. Sie war noch nie gern allein irgendwo hingegangen, und so blätterte ich ziemlich wahllos im Kursverzeichnis herum. An Hüten hatte ich nur begrenztes Interesse, aber ich stieß auf einen Kurs in kreativem Schreiben. Das war immer mein größtes Ziel gewesen. Irgendwie hatte ich es aus den Augen verloren.

Der Kurs wurde von einem erfolglosen, jungen Schriftsteller geleitet. Er hinkte, was wahrscheinlich die Folge einer Kriegsverletzung war. Als er wissen wollte, wer schon einmal etwas veröffentlicht hatte, meldete sich mindestens die Hälfte der zahlreichen Teilnehmer. Das schüchterte mich so ein, daß ich fürchtete, mich lächerlich zu machen. Aber ich dachte an Mrs. Tunis – sie hatte gesagt, ich würde es schaffen.

Er sagte, jeder sollte etwas schreiben und es ihm nach Greenwich Village schicken, bevor wir das nächste Mal zusammenkämen. Ich verbrachte daraufhin ganze Nächte an der Schreibmaschine und schrieb eine spannende Geschichte über eine junge Frau, die in Lebensgefahr gerät. Meine Mutter beschwerte sich, daß das Tippen sie am Einschlafen hinderte, aber ich nahm darauf keine Rücksicht. Die Story mußte fertig werden, und schließlich brachte ich sie auch zur Post.

Beim nächstenmal sagte unser Kursleiter, der Wunschtraum eines jeden Lehrers wäre in Erfüllung gegangen. Er beschrieb den Inhalt einer Geschichte, die von einem der Kursteilnehmer stammte, und verglich sie mit dem jungen Tennessee Williams. Langsam begriff ich, daß er von meiner Story redete. Ich war gleichzeitig beschämt und glücklich und machte mich ganz klein auf meinem Stuhl. Er gab mir eine Bücherliste mit Autoren, die ich lesen sollte. Der Kurs war eine große Anregung für mich. Ich hatte mir nicht vorstellen können, daß mich jemals etwas so in seinen Bann ziehen würde.

Er gab dann das Unterrichten auf, um nur noch zu schreiben, und wurde ein erfolgreicher Autor. Als Reporterin in Miami berichtete ich später einmal über einen rätselhaften Mord. Die Polizei nahm an, daß der Mörder von einem Film inspiriert worden war, zu dem er das Drehbuch geschrieben hatte. Ich habe es oft bedauert, ihm nie sagen zu können, wie sehr er mir geholfen hat. Dann besuchte ein Autor aus Kalifornien den *Herald*, um meinen Sachverstand für sein neues Buch in Anspruch zu nehmen. Bei unseren Gesprächen stellte sich heraus, daß er und mein früherer Lehrer den selben Agenten hatten. Er besorgte mir eine Telefonnummer in Connecticut.

An einem Weihnachtsabend rief ich dort an. Mehr als zwanzig Jahre nach jenem Kurs für kreatives Schreiben, der mein Leben so nachhaltig verändert hatte. An die Klasse konnte er sich erinnern. Und sogar an einen ehemaligen Teilnehmer, einen jungen Schwarzen, der einen alten Sportwagen fuhr und Gedichte schrieb.

Mein Name sagte ihm nicht das geringste.

Er entschuldigte sich dafür, aber das war unnötig, denn ich war nicht enttäuscht. Ich hatte weder mit persönlicher Anteilnahme noch mit einem Wiedersehen gerechnet. Ich wollte nur sagen: »Hier bin ich. Ich lebe in Miami und habe viel viel mehr als bloß einen Job, und was ich bei Ihnen gelernt habe, hat mir dabei geholfen, so weit zu kommen.«

Und wenn sogar Mrs. Tunis vergessen hätte, wer ich bin – ich werde mich immer an sie erinnern. Und nur das ist wichtig.

Im Juli waren bei Western Electric für zwei Wochen Werksferien, und meine Mutter und ich machten zum erstenmal Urlaub. Meine Schwester war bereits verheiratet und hatte Familie. Blieben nur noch wir zwei. Wir wollten eine Woche an der Küste von Jersey verbringen und mieteten ein Ferienhaus in Point Pleasant. Es regnete jeden Tag, und wir sahen nicht ein einziges Mal die Sonne oder wenigstens einen Fetzen blauen Himmel. Wenn es in New Jersey regnet, bleibt der Himmel grau und verhangen. Von morgens bis abends. Wir schworen, unseren nächsten Urlaub an einem sonnenbeschienenen Strand unter strahlend blauem Himmel zu verbringen. Und wo sollte das sein, wenn nicht am berühmtesten Strand des ganzen Landes?

»Dem Tummelplatz für die ganze Welt.«

Die Stimmung in Miami ist großartig.
Sie wirkt ansteckend.
Dr. James Jackson, 1896

MIAMIS TRÄUME UND LEGENDEN

Das erste Mal sah ich Miami Beach vom Rücksitz eines Taxis aus. Man fährt vom Flughafen direkt nach Osten, nimmt eine leichte Steigung der wie versilbert glänzenden Stadtautobahn, und plötzlich liegt es auf der anderen Seite der Bucht vor einem. Direkt an das in der Sonne glitzernde Wasser gebaut, ragen Miamis Hausdächer und Art-Deco-Türme in den unendlich weiten Himmel hinein, in dem Wolken treiben, die bei Sonnenuntergang die Farbe von Gold haben und im Morgengrauen rosarot glühen. Man scheint ein märchenhaftes Königreich vor sich zu sehen, das voll ist von Träumen und Legenden.

In Wirklichkeit ist es eine wilde, verrückte Stadt, in der die seltsamsten Dinge geschehen; aber wenn man sie von jener Stelle aus erblickt, ist es sofort um einen geschehen.

Ich hielt den Atem an, und das geht mir auch jetzt noch so, wenn ich dieses Panorama vor mir sehe. Manchmal, wenn alles um mich herum wahnsinnig geworden zu sein scheint, fahre ich dorthin, um mir wieder Mut zu holen. Es hat sich seit damals nicht verändert und wird es auch in Zukunft nicht tun.

Wir wohnten in einem kleinen, ganz in Pastelltönen gehaltenen Hotel. Es läge heute genau im Zentrum des Art-Deco-Distrikts von Miami. Unser Zimmer hatte Meeresblick. Nach New Jersey bin ich nur zurückgekehrt, um alles zu verkaufen, was ich nicht mitnehmen konnte. Ich habe es nie bereut. Was sollte mir auch fehlen? Vereiste Windschutzscheiben, kalte Füße und Halsentzündungen? Wovon sollte ich Abschied nehmen, außer von endlosen Wintern und kurzen, grauen Tagen, die einer wie der andere waren? Was New Jersey betraf, trauerte ich nur seinen im Sommer geernteten Fleischtomaten nach – und der Pizza. Sie schmeckt anders als in Miami, was wahrscheinlich daran liegt, daß die meisten Pizzabäcker Miamis in Havanna oder Port-au-Prince zur Welt gekommen sind.

Heutzutage absolviert man ein Studium, das einen auf den Beruf des Journalisten vorbereitet. Ich bin damals wie zufällig in diesen Job hineingestolpert. Western Electric in Miami wollte mich nicht einstellen. In der Personalabteilung erhielt ich die knappe Auskunft, daß es nicht erlaubt wäre, Leute aus dem Werk in New Jersey einzustellen. Anderenfalls würden ihnen dort die Arbeiter weglaufen.

Es war leichter, einen Kurs für kreatives Schreiben zu finden als einen Job. In Downtown Miami, der ›Magic City‹, wurde so gut wie alles unterrichtet, von Massage bis hin zum Autoreparieren. Der Kurs setzte sich zum größten Teil aus alten Leuten zusammen, die alle eine Geschichte hatten. Meistens eine traurige. Viele waren jüdische Immigranten, die den Nazis entkommen waren, ihre Familien verloren hatten und außer ihren Erinnerungen kaum noch etwas besaßen.

Einer von ihnen, ein winziger, vertrockneter alter Mann, lebte mit seiner Frau in der Nähe des kleinen Apartments in South Beach, das ich zusammen mit meiner Mutter bewohnte. Er machte sich täglich auf den beschwerlichen Weg zur öffentlichen Bibliothek in der Collins Avenue, schräg gegenüber einem Striplokal namens Place Pigalle. Abgeschirmt von dem Lärm und der Hitze der Außenwelt arbeitete er dort an seinem Buch. Zweimal in der Woche nahm ich ihn in meinem kleinen Cabriolet mit zu dem Kurs. Unterwegs schlang er Sandwiches in sich hinein und versuchte mich krümelspuckend dafür zu gewinnen, seine Manuskripte abzutippen und zu korrigieren. Aber damit wäre es nicht getan gewesen. Er schrieb ein gebrochenes, kaum zu entzifferndes Englisch, und die Geschichte drehte sich ausschließlich um die blonde Katya, die große, verlorene Liebe seiner Jugend in Rußland. Ich hatte das Gefühl, er war nicht ganz ehrlich zu seiner rundlichen, engelhaften Frau, die ihm treu und brav seine Sandwiches machte. Als ich ihm nicht länger helfen konnte, weil mir die Zeit fehlte, fühlte ich mich ziemlich erleichtert.

Ich hatte einen Job.

Ein anderer Kursteilnehmer verhalf mir unerwartet dazu. Sein Tennessee-Akzent klang zwar mehr wie ein nasales Winseln, und er hatte immer feuchte Hände, aber er war so furchtbar nett, daß die niedlichen alten Damen und der Lehrer ihn gern hatten – und ich will mich nicht beklagen. Er war Redakteur bei einer kleinen Zeitung in Miami Beach und machte mir den Vorschlag, es als Klatschreporterin zu versuchen.

Ich fühlte mich ein wenig überrumpelt. Bis jetzt war es mir noch nicht mal im Traum eingefallen, für eine Zeitung zu arbeiten. Aber ich könnte auf diese Weise Geld verdienen und gleichzeitig an meinem großen Roman schreiben. Wenn man für eine Zeitung arbeitet, hat man kaum Zeit, nebenbei einen Roman zu schreiben, gleichgültig, um was für einen es sich handelt. Aber davon hatte ich damals nicht die geringste Ahnung.

Das Motto bei der *Daily Sun*, einem kleinen Boulevardblatt mit einer Auflage von zehntausend Exemplaren, lautete: ›Wir bedienen die Goldküste von Miami Beach‹. Jemand dort drückte mir eine Pressenotiz über eine kirchliche Veranstaltung in die Hand und sagte, ich sollte einen Artikel darüber schreiben. Das tat ich. Daraufhin stellten sie mich ein. So einfach war das.

»Nun sind Sie Journalistin«, verkündete mein Klassenkamerad und gab mir seine feuchte Hand. Ich wurde das Gefühl nicht los, daß das noch nicht alles gewesen war.

Nichts bereitete mich darauf vor, daß das Leben in Miami aufregend und großartig sein und Augenblicke reinen Terrors und nackter Angst für mich bereithalten würde. Und eine wahre Armee von Toten in Gestalt von fünftausend Leichen.

Mein Boß war Maude Massengale, die den Gesellschaftsteil redigierte und alles und jeden kannte. Sie lebte hier schon länger, als ich auf der Welt war. Obwohl sie schon lange in Pension hätte gehen können, barg ihre welke Brust noch die Gefühle eines unsterblich verliebten Teenagers.

Maudes Lebenselixier setzte sich aus Sex und Liebesgeschichten zusammen. Sie sprach grundsätzlich jeden mit ›Liebling‹ an. Zu ihrer Begrüßungsfloskel gehörte die Frage: »Wie steht es mit Ihrem Liebesleben?«

Maude klagte ständig darüber, wie schwierig es wäre, passende Begleiter für die zahlreichen Parties und gesellschaftlichen Ereignisse zu finden, auf denen sie präsent sein mußte. Ihr Liebling war Timothy Smith: groß, dunkelhaarig, ein eleganter Smokingträger und ihre große Liebe. Nach einem Abend im Country Club zusammen mit Timothy erstrahlten ihre müden, blauen Augen über einer Straßenkarte von Falten. Maude hatte Herz. Ihr unzerstörbarer Glaube an die Liebe entsprang einem reinen Gefühl. Sie war untröstlich, als Timothy später eine reiche Witwe heiratete. Es brach ihr das Herz, und sie hat es nie ganz verwunden.

Von Maude lernte ich, wie man über gesellschaftliche Highlights berichtet, ein Seitenlayout macht, und wie griffige Überschriften entstehen. Wenn sie sich ihrem Kummer über Timothy hingab, durfte ich sogar ihre Kolumne schreiben. Das war bei der Miami Beach *Daily Sun* anscheinend nichts Ungewöhnliches. Obwohl ich noch nie ein Hunderennen gesehen hatte, schrieb ich einen Artikel darüber. Es stand sonst gerade niemand zur Verfügung. Und wenn Bedarf dafür bestand, schrieb ich zusammen mit dem Sportredakteur die Leserbriefe, die wir natürlich mit erfundenen Namen unterzeichneten. Sie waren ziemlich derb, denn wir hofften, die Leser damit so zu provozieren, daß sie selbst welche schrieben und uns den Job abnahmen.

Auf diese Art wurde damals eine Zeitung gemacht. Es war die Zeit der Linotype-Setzmaschinen, der gegossenen Lettern und Druckplatten. Die *Sun* zahlte weniger als den Mindestlohn, und Überstunden wurden grundsätzlich nicht vergütet.

Es ist mir nie in den Sinn gekommen, mich darüber zu beklagen.

Ich berichtete über Hadassah Meetings, Sitzungen von Elternbeiräten, Festessen und Fünf-Uhr-Tees. Ich arbeitete mit den Setzern, half beim Seitenumbruch und lernte Schriften verkehrt herum und von rückwärts zu lesen, was sich später einmal als sehr hilfreich erweisen sollte. Sobald ich es mir leisten konnte, kaufte ich ein einfaches schwarzes Kleid, um es auf Bällen und in der Oper zu tragen. »Es spielt keine Rolle, ob es schick ist oder dem neuesten Trend entspricht«, erklärte Maude. »Die Leute, die zu solchen Anlässen kostspielige Kreationen von Modeschöpfern tragen, mögen es nicht, wenn eine Reporterin ihnen die Show stiehlt.« Sie hatte recht. Und ich ging ja auch nicht in die Oper, um der Musik zu lauschen. Mein Job bestand darin, mich unter die Besucher zu mischen, den Auftritt der Baronin Adele von Poushental und ihrer Freunde zu beobachten und der Nachwelt zu überliefern, was sie zu diesem Anlaß trugen.

Maude hatte keine Illusionen über die Rolle, die sie im Leben dieser Leute spielte. Sie wurde überallhin eingeladen, und jeder versuchte sich gut mit ihr zu stellen – solange sie die Namen in ihrer Kolumne erwähnte, die weit mehr Leser hatte, als Maud vermutete. Sogar professionelle Juwelendiebe haben mir später gestanden, daß Mauds Kolumne für sie eine Art Handbuch darstellte, um sich über Domizile, Gewohnheiten und neu angeschaffte Preziosen der Reichen und Schönen zu informieren.

Ich habe Maude gegenüber einmal darauf bestanden, daß diese Berühmtheiten ihre Bekanntschaft nicht nur wegen der Kolumne suchten, die sie schrieb. Sie lächelte und schüttelte den Kopf. »Da täuschst du dich«, entgegnete sie.

Einen oder zwei Tage später schaute eine der großen Damen vorbei, um Maude persönlich zu einer kleinen, aber sehr feinen Dinnerparty einzuladen. »Liebste Maude«, sagte sie und flatterte um den Schreibtisch meiner Chefin herum, »wir bestehen darauf, daß Sie als Freundin des Hauses zu uns kommen. Lassen Sie Ihr berühmtes Notizbuch zu Hause. Sie sollen wissen, daß wir Sie einfach gern haben.«

Maude zog ihren Terminkalender zu Rate. Wegen einer unaufschiebbaren, schon früher getroffenen Verabredung war sie leider gezwungen, abzusagen. Deprimiert verließ die abgewiesene Gastgeberin das Büro, drehte sich an der Tür aber noch einmal um und fragte schmollend: »Können Sie denn nicht wenigstens einen Fotografen schicken?«

Gelegentlich fiel hinten in der Druckerei ein Setzkasten herunter, dessen Inhalt sich auf dem Boden verteilte. Einige zigarrenrauchende Drucker, denen Gesellschaftsnachrichten ziemlich gleichgültig waren, sammelten dann die Drucktypen mit energischen Bewegungen wieder ein und stopften sie zurück in die Seite – ob sie nun dort hingehörten oder nicht.

Richtige Wut kennt man erst, wenn man die Mutter einer Braut gesehen hat, deren Hochzeitsgeschichte durch ein Rezept für gebratene Schweinelenden entstellt worden ist. Ich habe viel über die menschliche Natur – und über rohe Gefühlsausbrüche – gelernt, als ich für die Klatschspalte arbeitete.

Und noch etwas ist mir klargeworden. Der Redakteur mit dem Tennessee-Winseln mochte mich – ein bißchen zu sehr. Er spazierte unter irgendwelchen Vorwänden in unser kleines Büro und hinterließ Zettel mit Liebesbeteuerungen und Gedichte. Es machte mir Spaß, ihn auf Rechtschreibfehler hinzuweisen. Einmal schloß ich sogar die Tür ab, als ich ihn kommen sah. Er hämmerte mit der Faust dagegen und weckte Maude, die nach einer harten Nacht im Country Club und einem Schuß Vitamin B 12 von ihrem Arzt gerade ein Nickerchen machte. Sie überprüfte ihr Aussehen im Spiegel, trug frischen Purpurlippenstift auf und bestand darauf, daß ich ihn hereinbat. Maude hatte nun einmal ein Faible für Liebesgeschichten; es war ihr ein und alles, welche zu erleben, darüber zu reden, sie anzuzetteln.

Er hieß James Buchanan. Mit ihm erlebte ich mein Pearl Harbor.

Was Männer betrifft, hat mich mein guter Geschmack immer im Stich gelassen. Bei den Frauen meiner Familie scheint das Tradition zu haben.

Ich wollte Bücher schreiben. Das wollte er auch, sagte er.

Wir hatten beide das gleiche Ziel. Vielleicht ist er am Ende doch nicht so schlecht, dachte ich. Die italienischen Frauen, mit denen ich damals in Paterson, New Jersey, zusammengearbeitet hatte, kannten die Welt und die Männer. Sie hatten mich gewarnt: Sieh zu, daß er dich mehr liebt als du ihn.

Ich bin ein unsicherer Mensch. Vielleicht weil der erste Mann in meinem Leben sich aus dem Staub gemacht hat, als ich sieben Jahre alt war. Jim Buchanan war immer da. Wie oft ich auch nein sagen mochte, er ließ sich davon nicht entmutigen. Er stand in seiner ganzen, qualvollen Bescheidenheit vor mir, den Hut in der Hand, und glotzte mich bewundernd an. Damals in Paterson habe ich immer ungeduldig auf Telefonanrufe von Jungen gewartet; manchmal vergeblich. Um Jim Buchanan abzuwimmeln, hätte ich das Telefon aus der Wand reißen müssen.

Wir gingen zusammen chinesisch essen und wurden ein Paar.

Die Chefetage bei der *Miami Sun* wurde ausgewechselt. Zusammen mit einigen anderen, die sich in Bürointrigen eingemischt hatten, verlor auch Jim Buchanan seinen Job. Ein paar Mitarbeiter kündigten aus Protest. Ich gehörte auch dazu. Acht Monate war ich dabeigewesen.

Wir heirateten. Die Flitterwochen verbrachten wir auf Sanibel Island, einer paradiesischen, weitgehend unberührten Insel an der Westküste Floridas. An die Sandfliegen kann ich mich am besten erinnern. Sie haben mich entsetzlich gestört.

Jim fand Arbeit bei einer Zeitung im benachbarten Broward County. Ich saß an meinem Buch. Wir spielten Ehepaar. Es wurde eine einzige Katastrophe. Nach ein paar Monaten hielt ich es nicht mehr aus und floh – zurück nach Miami. Verzweiflung überkam mich, denn eine geschiedene Frau hätte ich nie werden wollen. Aber das traf auf so vieles zu.

Ich beschloß, es beim *Miami Herald*, der größten und besten Zeitung im Süden, als Journalistin zu probieren. Die Frau in der Personalabteilung nahm kein Blatt vor den Mund, als ich um die Bewerbungsunterlagen bat.

»Entweder Sie haben einen Abschluß in Publizistik oder fünf

Jahre Berufserfahrung bei einer Tageszeitung, oder Sie können sich die Mühe sparen«, sagte sie ziemlich kühl.

Ich merkte es mir gut.

Bei der *Daily Sun* war nochmals das Management ausgewechselt worden, und ich war immer noch ohne Job. Ein blasser, dicklicher Redakteur namens Ted Crail fragte mich, ob ich Journalistik studiert hätte. Da das nicht der Fall war, rechnete ich schon mit einer Ablehnung.

»Das ist sehr gut«, sagte er offensichtlich erleichtert. »Dann brauchen Sie auch nichts zu verlernen.«

Daraufhin war ich sicher, daß sie mich einstellen würden, aber ich wartete vergeblich auf Nachricht. Erst als ich nachfragte, erfuhr ich den Grund dafür. Rolfe Neill, der Herausgeber, hatte etwas gegen meinen Familienstand einzuwenden. »Eine geschiedene Frau ist labil. Man kann sich nicht auf sie verlassen.« Mit diesen Worten hatte er meine Ablehnung begründet.

Ich verdingte mich als freie Mitarbeiterin für langweilige Wirtschaftsmagazine, um wenigstens das Geld für die Miete aufzubringen, denn meine Mutter hatte einen neuen Job und führte ihr eigenes Leben. Nena, meine weiße Katze, und ich waren ganz auf uns allein gestellt, und wir lebten mehr oder weniger von der Hand in den Mund in unserem winzigen Apartment mit Kanalblick. Außer Billiggerichten aus der Dose aß ich eigentlich nur Erdnußbutter, während Nena sich mit Trockenfutter zufrieden geben mußte. War ein Scheck in der Post, leistete ich mir Steaks und kaufte Dosen für die Katze. Über uns teilten sich wechselnde Revuetänzerinnen und -tänzer aus dem Nachtklub im Fontainebleau Hotel ein Apartment. Es war ein ständiges Kommen und Gehen, das Radio lief ununterbrochen, und die knarrenden Betten hielten uns darüber auf dem laufenden, was sich darin abspielte. Manchmal, wenn ihnen nach Schwimmen zumute war, sprangen sie einfach von ihrem Balkon in den Kanal – aus dem zweiten Stock. Sie vibrierten förmlich vor Lebenslust, und sie waren sehr freundlich. Aber ich hatte kaum Kontakt zu ihnen. Ich konnte nicht schwimmen, tauchen schon gar nicht, und mein Job war einfach unvorstellbar öde.

Bei den Wirtschaftsmagazinen gab es ausschließlich Zeilenhonorare, was dazu führte, daß ich mir einen Stil angewöhnte, der so ausschweifend war, wie es nur irgend ging. Wenn ein kurzes Wort genügt hätte, benutzte ich statt dessen drei lange, wenn möglich vier. Die Redakteure kürzten und feilten dann an den Artikeln herum – bezahlt wurde nur für die veröffentlichten Zeilen –; aber es gelang mir immer, viel überflüssigen Wortmüll unterzubringen. Es war eine Frage des Überlebens.

Um eine Story an *Action for Man*, eine im ganzen Land gelesene Zeitschrift, zu verkaufen, legte ich mir sogar einen Männernamen zu. Da keine Beiträge von Frauen veröffentlicht wurden, hieß ich für die Redaktion von *Action* eben Mr. Buchanan. Es war ein Bericht über den wenig zimperlichen Bürgermeister eines kleinen Ortes am Rand der alligatorverseuchten Everglades. In der Manier eines von Clint Eastwood gespielten Draufgängers hatte er in der letzten ›wilden‹ Stadt Floridas für Ordnung gesorgt.

Kurz nach Veröffentlichung des Artikel wurde in der Stadt noch einmal für Ordnung gesorgt. Diesmal allerdings von den Behörden, indem sie den Bürgermeister hinter Schloß und Riegel brachten. Es war meine erste Bekanntschaft mit dem *Good Guy–Bad Guy*-Syndrom, einem unter Polizisten, Richtern und Politikern weit verbreiteten Schicksal. Der Held von heute wird am nächsten Tag häufig mit den Fingern in der Keksdose erwischt.

Schließlich bekam Rolfe Neill, der Herausgeber der *Sun*, die Chance seines Lebens. Die New Yorker *Daily News* bot ihm einen Job an, und er war kaum aus der Tür, als die Redaktion des *Sun* mich schon einstellte.

Diesmal ging es allerdings nicht um Schickimicki für die Klatschspalten oder das heftige Pulsieren des öffentlichen Lebens. Ich sollte die Stories schreiben, die sich hinter den Ereignissen verbergen, mich auf die Spur des ungeschminkten, brutalen Lebens auf den Straßen machen, wo sich die wirklichen Fakten verbergen. Kurz gesagt, ich sollte das Licht der Wahrheit in der Finsternis der Ignoranz entzünden. Ich hatte keine Ahnung, wie ich das machen sollte oder ob ich überhaupt dazu fähig war. Es jagte mir wirklich Angst ein; aber ich war auf den Job angewiesen, denn ich brauchte dringend eine andere Wohnung.

Nena war schwanger und der Vermieter außer sich. Eines Nachts, als ich noch wie betäubt war von Richard Burton in der Kinoversion von *Hamlet*, hatte ein hübscher, silbergrauer Kater angefangen, vor unserer Tür sein Liebeslied zu singen. Kurz darauf waren Nena und der schöne Fremde auch schon mitten in einem gefühlvollen Duett, nur noch durch das Fliegengitter voneinander getrennt. Im Hintergrund glitzerte der Mond auf dem Wasser, und plötzlich hielt ich es für wild und romantisch, Nena hinauszulassen. Sie brannte sofort mit ihm durch. Ich muß von Sinnen gewesen sein. Zwei Tage später erzählten mir Nachbarn, daß sie sich unter dem Haus ein Liebesnest gebaut hatten. Ich lockte Nena mit einer Untertasse voll Katzenfutter. Er folgte ihr und schrie seinen ganzen Schmerz heraus, während sie ihm von meiner Schulter herab antwortete.

Wenigstens war eine Frau in unserem Haushalt verliebt.

Wir sahen ihn nie wieder, aber der Schaden war angerichtet. Der Vermieter hatte schon etwas gegen eine einzelne Katze gehabt, und nun waren es gleich drei.

Das Schnurren eines Kätzchens ist das Schönste, was ich kenne. Es ist für mich der lebendige Beweis dafür, daß die Welt nicht nur aus bösartigen Hunden, schlechten Menschen, Unruhestiftern und Klageweibern besteht. Die Kätzchen waren hinreißend, aber in einem Ein-Zimmer-Apartment einfach nicht zu verstecken. Ich habe es wirklich versucht. Als der Vermieter auftauchte, um die Miete zu kassieren, hängten sich die kuscheligen, kleinen Tiere mit ihrem nadelspitzen Krallen in seine Hose aus Polyester. Sie wissen instinktiv, wann sie einen Katzenfeind vor sich haben. Es wurde höchste Zeit, mir eine andere Bleibe zu suchen.

Ich mußte jetzt eine höhere Miete zahlen und war fest entschlossen, es beim *Sun* zu schaffen. Ich hatte keine Ahnung, wie man eine Kamera bedient, geschweige denn, wie Fotos für eine Zeitung gemacht wurden, aber das gehörte zu den Voraussetzungen für den Job. Ted Crail, mein Redakteur, klebte eine kurze Einweisung an eine alte Yashica. Zum Glück mußte ich mein erstes Foto von einem sehr geduldigen, städtischen Angestellten machen und nicht von einem Gangster auf der Flucht. Wir lasen uns die Instruktionen gegenseitig laut vor, und nach einigen Anläufen gelang mir ein Foto, das tatsächlich in der Zeitung abgedruckt wurde.

Als nächstes kam mein erster Held: ein schmächtiges Kerlchen, das noch aufs College ging und eine bewußtlose, dreihundert Pfund schwere Frau aus ihrem Auto gezogen hatte, nachdem sie damit in die Biscayne Bay geplumpst war. Mit Helden hat es eine besondere Bewandtnis – die Leute lesen gerne etwas über sie, und es ist eine Freude, über sie zu berichten. Sie rühren an unsere geheimsten Sehnsüchte. Jeder, ob Mann, Frau oder Kind, hat in seinen Träumen das Zeug zu einem Helden, doch nur wenige werden jemals auf die Probe gestellt.

Cops und Feuerwehrmänner, die sich im Einsatz ausgezeichnet haben, eignen sich gut zur Heldenverehrung; aber sie werden ausgebildet und bezahlt, damit sie so etwas tun. Und wenn sie sich heroisch verhalten haben, versuchen sie meistens, Kapital daraus zu schlagen. Sie wollen mehr Geld, eine Beförderung, oder sie machen damit Reklame für sich. Die reinsten, ehrlichsten Helden sind die zufällig Vorbeigekommenen: die pickeligen Teenager, übergewichtigen Lkw-Fahrer, müden Hausfrauen und die Fünfzigjährigen mit schweren Sehfehlern, die plötzlich über sich hinauswachsen und wirklich zu Übermenschen werden.

In den wenigen Geschichten mit einem Happy-End sind sie die Stars – und die Ausnahmen von den vielen Fällen, in denen ich der Überbringer schlechter Nachrichten war.

Ted Crail hat mich oft beruhigt, wenn ich glaubte, mich beim

Fotografieren beeilen zu müssen, aus Angst, den Leuten wäre es unangenehm. »Sie mögen es«, sagte er, »und werden jede Unbequemlichkeit dafür in Kauf nehmen.« Er hatte recht.

Der Feuerwehrchef von Surfside, einem kleinen, direkt am Meer gelegenen Ort nördlich von Miami Beach, tauchte für ein Foto seine Hand in Feuerzeugbenzin und zündete sich mit dem brennenden Daumen eine Zigarette an. Dieses wäre kein Gag, erklärte er mit großem Ernst, sondern ein Einblick in die Natur des Feuers. Um sicherzugehen, daß die Demonstration auch wirklich auf dem Film war, führte er es gleich noch einmal vor.

Chuck Hall, der Bürgermeister von Miami Beach, war ein weißhaariger Patrizier und überlebensgroß wie alles im Süden von Florida. Er war reich, gab druckreife Erklärungen ab und legte Wert auf ein gutes Verhältnis zur Presse. Seine neue Vierzigmeterjacht war gerade ein paar Tage alt und noch nicht versichert, als eine Gewitterwolke über die Biscayne Bay segelte, genau über seinem Boot anhielt und ihre Fracht ablud.

In Miami gibt es Regenschauer von solcher Gewalt, daß man beinahe darin ertrinkt. Von Westen her ziehen plötzlich schwarze Wolken auf; es wird so dunkel, daß die Straßenbeleuchtung am hellichten Tag eingeschaltet werden muß, und es donnert, als würde der Weltuntergang unmittelbar bevorstehen. Katzen bringen sich in Sicherheit, und kleine Kinder schreien, während Blitze über den Himmel zucken. Nach zwanzig Minuten ist alles vorbei. Die Sonne scheint über einer ruhigen See. Es ist ein schöner Tag.

Oft regnet es nur auf einer Straßenseite und auf der anderen überhaupt nicht. Der Vorgarten wird regelrecht überschwemmt, aber der Hinterhof bleibt trocken. An jenem Tag hatte der Himmel seine Schleusen ausschließlich über der Jacht des Bürgermeisters geöffnet, sie geflutet und versenkt. Ich nahm meine Kamera, fuhr zum Jachthafen und kam zu spät. Ein halbes Dutzend vom Bürgermeister angeheuerter Helfer pumpte schon seit Stunden, und das Boot schwamm bereits wieder auf seinem Kiel. Ich war enttäuscht. »Mensch, Herr Bürgermeister«, sagte ich, »wir wollten ein Bild von dem abgesoffenen Boot.«

»Kein Problem«, kam prompt die Antwort. Er setzte seinen Helfern die Situation auseinander. Sie schüttelten die Köpfe, holten die Schläuche an Bord und pumpten das Boot wieder voll. Ich war neu in dem Geschäft, deshalb bekam ich es ein wenig mit der Angst zu tun.

»Bürgermeister«, fragte ich, »ist das ethisch vertretbar?«

»Aber natürlich«, bekam ich zur Antwort. »Wir stellen die Szene doch lediglich noch einmal nach.«

Das war lange vor den Aufständen und Flüchtlingsströmen, und der Bürgermeister behielt seine gute Laune auch in extremen Situationen. Zum Beispiel, als er nach einer Feier anläßlich eines Wahlsieges in sein Penthouse zurückkehrte und auf Juwelenräuber stieß, die ihm mit vorgehaltener Waffe gratulieren wollten. Bei einer anderen Gelegenheit hatte jemand sämtliche Fenster seines Rolls-Royce Silver Cloud in Stücke geschossen, und ich fotografierte den ehrenwerten Bürgermeister dabei, wie er seinen Arm und den Ärmel seines erstklassig geschneiderten Jacketts durch das zersplitterte Glas steckte. Die Miami *News* wäre schon dagewesen, sagte er, und sie hätten von dieser Pose bereits ein Bild.

»Was können wir tun, um ein anderes Foto zu bekommen?« fragte ich mich laut. Der alte Fuchs warf mir einen verschwörerischen Blick zu – zwei Seelen, ein Gedanke. Er seufzte, und ohne daß es eines Wortes bedurft hätte, lockerte er den Knoten seiner teuren Seidenkrawatte. Der Aufmacher des nächsten Tages war ein Foto von ihm, das sein vornehmes, von gezackten Glassplittern eingerahmtes Gesicht zeigt, wie er es freundlicherweise durch die geborstene Frontscheibe steckt.

Zu meiner unendlichen Erleichterung erwies sich auch Lefty Rosenthal nicht als Spielverderber. Er war rechtskräftig verurteilt worden, weil er Basketballspiele gekauft hatte, und man kannte ihn im ganzen Land als Berufsspieler, der vor einem Senatsunterausschuß bereits achtunddreißig Mal den fünften Zusatzartikel in Anspruch genommen hatte. Lefty durfte in Florida keine einzige Rennbahn mehr betreten und war verständlicherweise ziemlich gereizt wegen all der Publicity, die ihm zuteil wurde. Erst kürzlich hatte er einen Fotografen der Miami *News* übel beschimpft, als der im Orange Bowl ein Bild von ihm machen wollte. Ein anderer Mann war daraufhin mit einem Klappstuhl auf den Bildreporter losgegangen. Der unerfreuliche Zwischenfall hatte Schlagzeilen gemacht.

Lefty sollte sich vor dem Stadtgericht von Miami Beach wegen irgendeiner kleineren Gesetzesübertretung verantworten. Mein Redakteur hatte mich losgeschickt, um darüber zu berichten. »Und vergiß nicht, ein Foto von ihm zu machen«, hatte er mir nachgerufen.

Nach der Verhandlung trottete ich in gehörigem Sicherheitsabstand hinter Lefty her. Als ich mich gerade fragte, woher ich eine neue Kamera nehmen sollte, wenn ihm diese zum Opfer fallen sollte, drehte er sich um und fragte, was ich von ihm wollte.

Ich sagte es ihm.

»Sie machen Witze«, erwiderte er.

Ich wäre nur eine kleine Reporterin, die ihren Lebensunterhalt verdienen müßte, erklärte ich unglücklich. Er stellte sich in Pose und brachte sogar ein Lächeln für meine Kamera zustande.

Meine größte Angst war damals, daß mir die Story durch die Lappen gehen könnte, weil ich irgendwie versagen oder einen Fehler machen würde. Diese Panik befällt mich heute noch. Wahrscheinlich wird sie von der neurotischen Angst genährt, daß man mich erst feuern und dann nach New Jersey zurückschicken würde, wo ich den Rest meines Lebens in einer mit fusseligen Mänteln vollgestopften Fabrik verbringen müßte. Sie treibt mich in meinem Beruf voran, auf der Suche nach mehr, mehr und immer mehr.

Das andere Motiv ist natürlich unstillbare Neugierde. Miami hat schon immer, auch bevor es zum neuen Ellis Island wurde, wie ein Magnet auf Leute gewirkt, die auf der Flucht sind. Man weiß hier niemals, wer oder was einen hinter der nächsten Ecke erwartet.

Einmal war es Sam Houston Johnson, und wir haben sogar kurz das Bett miteinander geteilt.

Lyndon B. Johnson war Präsident. Ein Gast war in einem vornehmen Hotel direkt am Strand als dessen jüngerer Bruder abgestiegen und war natürlich mit offenen Armen empfangen worden. Aber das Personal wurde zusehends mißtrauischer. Er hatte sich zusammen mit einem platinblonden Mädchen in seiner Suite eingeschlossen, und die Rechnung schoß in atemberaubendem Tempo in die Höhe. Außerdem schienen sich die beiden weit besser zu amüsieren, als sich das für Mitglieder der First Family schickte. Die Zweifel an seiner Identität mehrten sich, aber man wagte nicht, ihn darauf anzusprechen. Der Public-Relations-Mann des Hotels hatte sich in seiner Not an uns gewandt und um Hilfe gebeten.

In unserem Archiv fand sich nichts über ihn, aber laut öffentlicher Bibliothek hatte der Präsident tatsächlich einen jüngeren Bruder mit Namen Sam. Seltsamerweise schien er auf den offiziellen Familienportraits geradezu ostentativ durch Abwesenheit zu glänzen.

Als ich an die Tür seiner nicht numerierten Suite klopfte, öffnete die Blondine. Sie bot mir ein Bier an. Es war zehn Uhr morgens. Sie geleitete mich zu dem Bett, auf dem ›Mister Sam‹ es sich bequem gemacht hatte. Er lag auf der Tagesdecke, trug Freizeitkleidung und handgearbeitete, schwarze Cowboystiefel. Er schlürfte klaren Schnaps aus einem Wasserglas. Die Familienähnlichkeit war offensichtlich.

Die Frau richtete das Glas wieder auf, wenn es umzukippen drohte, und hielt einen Aschenbecher unter seine brennenden Zigaretten. Warum ihn nicht der Secret Service beschützte, fragte ich, wenn er wirklich der Bruder des Präsidenten sei. Er richtete sich kerzengerade im Bett auf.

»Sie sind überall«, sagte er, »diese verdammten Geheimagenten.« Dann sackte er auf das Kissen zurück. Er hätte den Präsidenten seit dessen Amtseinführung nicht mehr gesehen, erzählte er und fügte hinzu, daß Lady Bird ihn nach Gallenblasenoperationen des Präsidenten als ersten angerufen hätte.

Er und die Blondine waren entzückt, daß Fotos von ihnen gemacht wurden. Dann bestand er darauf, mit mir auf einem Bild zu posieren. Die Blondine half ihm in einen Sessel, der neben dem Bett stand, und nahm meine Kamera. Ich setzte mich neben ihn. Sie fand uns im Sucher, und ich sagte: »Cheese.« Er holte aus, packte mich am Nacken und drückte mir einen feuchten Kuß auf die Wange. Dann stolperte er in einer einzigen ungelenkten Bewegung zurück aufs Bett, drehte sich um und schlief ein.

Ich schlich auf Zehenspitzen zur Tür. Die Blondine vertrat mir den Weg. Es wäre außerordentlich respektlos, sagte sie in ihrem schleppenden Texanisch, wenn ich ohne eine angemessene Verabschiedung ginge. Mister Sam würde es als ausgesprochene Kränkung auffassen.

Mister Sam sah überhaupt nicht gekränkt aus. Er schien eher das Bewußtsein verloren zu haben. Dessen ungeachtet trat ich wieder an sein Bett und dankte ihm höflich dafür, daß er mir seine kostbare Zeit geopfert hatte. Seine Lider flatterten, und ich streckte die Hand aus, die er fest mit der seinen umschloß.

»Honey, du bist hinreißend«, brüllte er. »Du siehst aus wie Jackie Kennedy.« Er zog mich mit beiden Händen zu sich heran. Ich verlor das Gleichgewicht und fiel auf ihn.

Die sperrige Kamera, die an einem Lederriemen hing, war zwischen uns eingeklemmt. Ich kämpfte wie wild, um wieder auf die Beine zu kommen, aber er erwies sich als unerwartet kräftig. Während der Rangelei erhaschte ich aus den Augenwinkeln einen Blick auf die Blondine, die sich ungerührt einen Drink machte.

Ein wenig benommen stand ich schließlich wieder aufrecht. Mister Sam drehte sich mit geschlossenen Augen auf die andere Seite, und ich fragte die Blondine, ob er die ganze Zeit trank. »Ihm geht es ausgezeichnet«, erwiderte sie schnippisch.

Von der Redaktion aus rief ich das Büro des Secret Service in Miami an. »Erzählen Sie mir etwas über Sam Houston Johnson.«

Die Stimme des Agenten war völlig ausdruckslos. »Informationen über die Familie des Präsidenten werden nur von Washington aus erteilt.« Es klang wie auswendig gelernt.

»Warum beschützen Sie ihn nicht?« Ich war ziemlich erregt. »Wenn er den falschen Leuten in die Hände fällt ...«

»Sie wissen, wo er sich aufhält?« Die Stimme hatte jetzt etwas Drängendes. Als ich ihm sagte, was er wissen wollte, hängte er sofort ein, ohne auf Wiederhören zu sagen.

Nicht mal eine Viertelstunde später bekam ich einen Anruf aus der Suite von Mister Sam. Die Blondine war sehr aufgebracht und wollte wissen, warum ich den Secret Service alarmiert hatte. Dann kam er selbst an den Apparat. Er war den Tränen nahe. »Honey, warum hast du angerufen?«

Er und die Frau wollten jetzt den Film. Ich weigerte mich, ihn herauszugeben. Sie sprachen mit meinem Redakteur. Sam murmelte irgend etwas Unverständliches, bevor die Verbindung mit einem Krachen unterbrochen wurde. So, als wären das Telefon oder Mister Sam zu Boden gefallen.

Ich erfuhr später vom Hotelpersonal, daß Agenten des Secret Service und des FBI gleich in Scharen aufgetaucht waren. Sie banden Mister Sam in einem Rollstuhl fest, wickelten ihn in eine Decke und fuhren ihn hinaus. Eine auf die Johnson Enterprises zugelassene Privatmaschine wartete schon auf dem Flughafen. Die Blondine und die Rechnung ließen sie zurück. Sie nahm die Rechnung an sich und kehrte der Stadt nach einem letzten wütenden Anruf bei mir den Rücken.

In der Redaktion war man nun von der Echtheit Mister Sams überzeugt, aber uneins darüber, wie mit der Story weiter verfahren werden sollte. Nach mehreren Besprechungen hinter verschlossenen Türen erhielt ich den Auftrag, das Interview mit dem Bruder des Präsidenten ungeschminkt wiederzugeben. Die Story kam am nächsten Tag ins Blatt, mitsamt Fotos. Eins zeigte ihn mit seiner Gespielin. Das andere allein.

In dem Interview sprach Sam unter anderem darüber, daß er sich zur Erholung in Miami aufhielte, nachdem er drei Jahre in Mexiko gelebt und drei Scheidungen hinter sich gebracht hätte. Er wollte bald nach San Juan weiterreisen. Die schillerndsten

Aspekte unseres Zusammentreffens in dem Hotelzimmer blieben unerwähnt.

Wochen später bekam ich noch einen Anruf. Der Ehemann der Blondine, ein desillusionierter Demokrat, hatte einen Privatdetektiv angeheuert, der seine Frau und Mister Sam ausfindig machen sollte.

Sie wollten wissen, ob es noch andere Fotos gäbe.

Zu dem Gebiet, über das ich zu berichten hatte, gehörte eine Reihe von kleinen Städten und Dörfern nördlich von Miami Beach. Manche waren nicht größer als acht Blocks und lagen direkt am Meer; aber alle besaßen eine eigene Verwaltung, zu der auch Polizei und Feuerwehr gehörten. Die Kommunalpolitik zeichnete sich dort durch eine besondere Bösartigkeit aus.

Viele der meist älteren Bewohner waren aus dem Großraum New York hierhergezogen und geprägt vom rauhen Klima auf den Straßen jener Stadt. Sie verbrachten ihren Ruhestand nicht damit, in der Sonne zu dösen. Nach einem Leben voll harter Arbeit hatten sie jetzt Zeit und Energie genug, einen Heidenspektakel zu veranstalten. Und das taten sie auch. Die kleinen Städte wimmelten nur so von ergrauten Absahnern, Unruhestiftern und in politischen Grabenkämpfen gestählten alten Funktionären, von denen viele meine Informanten wurden. Von ihnen lernte ich alles Wesentliche über Politik.

Eine Kleinstadt ist das ideale Pflaster für Denunziationen, erbittert ausgefochtene Wahlen und übelste Tricks. Für meine bejahrten Informanten war es höchst aufregend, in all diesen Machenschaften herumzuwühlen. Mir ging es genauso, und der Redaktion auch. Zusammen deckten wir Vertuschungsmanöver auf, Wahlfälschungen, gemeine Intrigen und alle Arten von Amtsmißbrauch – manches davon in Orten, in denen es nicht einmal tausend registrierte Wähler gab. Verglichen mit der großen Politik war das natürlich völlig unbedeutend, aber die Leute hatten ihren Spaß dabei, und es trieb unsere kümmerliche Auflage in die Höhe.

In diesen winzigen Orten konnte ein Reporter auf Gold stoßen. In einer Siedlung in der North Bay ging im Vorgarten eines Gemeinderatsmitgliedes eines Tages eine Brandbombe hoch, der Bürgermeister starb urplötzlich eines natürlichen Todes, und ein anderes Gemeinderatsmitglied trauerte um drei seiner Verwandten, die beim Untergang eines Kreuzfahrtschiffes auf hoher See ums Leben gekommen waren.

Am selben Tag interviewte ich meinen ersten Cop. Bennie Hyman war zu alt und nicht groß genug für den Polizeiberuf, aber nach einem fünfjährigen Rechtsstreit hatte er sich die Berechtigung erkämpft, das Abzeichen der Miami Beach Police zu tragen. Gott allein weiß, warum er so scharf darauf war. Irgendwie wirkt ein zu klein geratener, extrem aggressiver Cop in mittleren Jahren provozierend auf die Leute. Sie schossen auf Bennie, verprügelten ihn mehrmals, zerrissen ihm das Hemd und schlugen ihm einen Zahn aus. Man griff ihn auf offener Straße an, im Streifenwagen, im Bereitschaftsraum und im Fahrstuhl des Hauptquartiers.

Eine Frau, die später aussagte: »Ich wollte schon immer mal einem Cop etwas ins Gesicht schmeißen«, haute ihm ihr Roastbeef-Sandwich um die Ohren. Sie bezahlte ein Bußgeld von fünfzig Dollar und zog glücklich von dannen. »Das war es wert«, sagte sie.

Bennie selbst wurde beschuldigt, einer älteren Frau, die in einem Lehnstuhl auf der Veranda eines Hotels in South Beach saß, ein Ohrläppchen weggeschossen zu haben. Er hätte auf flüchtende Gesetzesbrecher gezielt, sagte er, aber mit seiner Sehkraft stünde es nicht mehr zum besten.

Die späten sechziger Jahre waren eine goldene und glanzvolle Zeit für Miami Beach: die Wahlen zur Miss Universum, die Jackie-Gleason-Show – direkt aus der Welthauptstadt des Sun and Fun – die berühmtesten Revuen in den großen Hotels, Topstars während der Show-Saison. Frank Sinatra war wirklich nett zu mir, und Joan Crawford gestand mir traurig, wie einsam sie wäre. Miami Beach hatte alles. Die Stadt war voll von eigenwilligen Lokalgrößen, Berühmtheiten auf der Durchreise und schillernden Politikern.

Ich war jung und voller Enthusiasmus. Meine Arbeitswoche hatte sechs Tage und keine Stundenbegrenzung. Einmal war ich acht Monate lang der einzige Reporter der *Sun* und fast ununterbrochen damit beschäftigt, mir über alles überall Notizen zu machen. Das war unsere Versicherung; denn wir wußten nie ganz genau, wie viele Spalten wir zu füllen hatten. Eines Nachts gegen ein Uhr beugte sich mein Redakteur Ted Crail, ein freundlicher, aber unerbittlicher Mann, über meinen Schreibtisch. Man sah ihm an, daß er litt. Er wollte das, was alle wollen: mehr Artikel. Mehr Nachrichten. Mehr Stories. Er hatte noch Spalten übrig, die gefüllt werden mußten. Ich arbeitete schon seit morgens um sieben, ich hatte noch nichts gegessen, und in sechs Stunden sollte ich wieder anfangen.

»Das ist unmöglich. Ich kann nicht«, winselte ich, sank auf meine alte Remington und fing an zu weinen. Aber er gab nicht auf.

»Eine Story noch«, drängte er, »nur noch eine Story.« Er ballte die Fäuste und ging vor mir auf die Knie wie ein Boxtrainer, der seinen angeschlagenen Schützling anfeuert.

»Eine Story noch, nur noch eine Story.«

Unendlich müde setzte ich mich wieder aufrecht hin. Ich blätterte wie benommen meine Notizen durch und fand – noch eine Story.

Eines Abends fehlten mir noch Informationen, ohne die ich eine Story nicht abschließen konnte, und ich machte mich auf die Suche nach Detective Emery Zerrick, der dienstfrei hatte. In jener Nacht lernte ich Detective Sergeant Emmett Miller kennen. Er hatte blaue Augen, einen aufreizend gut entwickelten Bizeps und ein Kirk-Douglas-Grübchen. Unsere Affäre bereicherte mich um die Erkenntnis, daß es nicht ratsam ist, Beruf und Vergnügen miteinander zu vermischen.

Wenn ich etwas lerne, dann auf die harte Tour.

Zuerst suchte ich Zerrick in der Southwind Bar, die nur einen Block von der *Sun* entfernt und ein beliebter nächtlicher Treff für Cops war. Der Polizeichef hatte dem Lokal seinen Segen gegeben, indem er die Sperrstunde aufhob. Wenn man einen Polizisten brauchte, war die Southwind der richtige Ort dafür. Emery Zerrick spielte Poolbillard mit Emmet Miller. Irgendwann ging Emery, und ich gab Emmet meine private Telefonnummer. Viele Cops haben sie, um mich zu informieren, wenn etwas Wichtiges geschieht. Es hat lediglich berufliche Gründe. Das hier war etwas anderes. An Informationen dachte keiner von uns beiden.

Wie ich schon sagte, hatte die Bar eine Nachtkonzession. Emmett Miller hätte man sie verweigern sollen.

Er hatte drei Kinder aus einer früheren Ehe und lebte in Scheidung von seiner zweiten Frau. Nüchtern war er ein großartiger Mensch, aber wenn er trank, war er ein Hurensohn. Zuerst hatte er Angst, durch eine Affäre mit einer Journalistin würde der Verdacht an ihm hängenbleiben, die undichte Stelle der Abteilung zu sein. Aber abgeschreckt hat ihn das trotzdem nicht.

Sergeant Emmet Miller und ich feierten unsere Verlobung. Dann unsere Entlobung. Und so fort. Als Single zu leben erschien mir einfacher. Wenn es nötig war, schickte man einen Mann einfach nach Hause. Ich hätte mich an diese Einsicht halten sollen.

Unsere Arbeit ließ uns nur wenig Zeit füreinander. Irgendwann hatten wir es endlich geschafft, uns zum Lunch in der Lincoln Mall zu treffen. Als unsere Sandwiches kamen, wurde über Emmets Walkie-talkie ein Drei-Siebzehn gemeldet, der Code für einen Verkehrsunfall mit Verletzten. Das konnten wir ignorieren; seine Untergebenen würde es ohne ihn regeln. Kurz darauf änderte der Dispatcher den Code in einen Drei-Achtzehn um: Unfall mit Fahrerflucht. Unser gemeinsames Essen würde keinen ungestörten Verlauf nehmen. Der Code änderte sich noch einmal: das Opfer war ein Fünfundvierziger, eine Leiche. Der Lunch war gestrichen. Die Sandwiches blieben unberührt auf dem Tisch zurück.

In der Ferne waren Sirenen zu hören. »Liebling, sie spielen unser Lied«, sagte er.

Emmett raste in seinem Streifenwagen zum Unfallort. Da ich mich dicht hinter ihm hielt, wurde ich von den Verkehrsampeln nicht aufgehalten, und wir kamen zusammen dort an.

Das neunundzwanzigjährige Opfer lag auf dem Bürgersteig. Der junge Mann war mit einer Tüte Doughnuts aus einer Bäckerei gekommen, als ein Lieferwagen ihn erfaßt hatte. Das Opfer war über zwanzig Meter weit durch die Luft geschleudert worden. Der Fahrer hatte ihn auf der Straße liegengelassen. Die Doughnuts hatten sich über den halben Block verteilt.

Essen führt in diesem Job ohnehin nur zu Magenbeschwerden.

Die *Sun* hatte einen neuen Lokalredakteur, Bob Swift, der vom Miami *Herald* gekommen war. Er war sehr schlank und trug einen Schnurrbart. Seine Frau hieß Elvalee und war eine lebhafte, blonde Sexbombe. Sie feierten für ihr Leben gern Parties. Trotz häufiger Management- und Eigentümerwechsel hatte ich bis jetzt jeden Ärger vermieden, indem ich hart arbeitete und jeder Begegnung mit den Bossen auswich. Aber die gesamte Belegschaft der *Sun* war zur Hauseinweihungsparty des neuen Redakteurs eingeladen. Viele wichtige Leute würden da sein, viele Redakteure vom Miami *Herald*. Die Einladung schien einer Pflichtveranstaltung zu gleichen. Jeder ging hin. Ich wurde von Emmett begleitet und trug ein sehr kurzes, schwarzes Kleid und eine weiche Federboa, die um den Ausschnitt herumflatterte.

Ein schwarzes Kleid für einen rabenschwarzen Tag.

Bevor Emmett mich abgeholt hatte, war er schon im Southwind eingekehrt. Ich wußte, daß es nicht gut war, mit ihm zu tanzen, aber unsere reizende, neue Telefonistin wußte es nicht. Sie hatte ihm schon die ganze Zeit verliebte Blicke zugeworfen. Sie hatte sich eine neue Nase operieren lassen und sah nicht nur aufreizend aus, sondern fühlte sich offensichtlich auch so. »Tanz mit mir, tanz mit mir«, trillerte sie und öffnete die Arme sperrangelweit. Sie war temperamentvoll und hinreißend und hatte Blumen in ihrem Haar. Emmett strahlte. Ich hielt mich abseits und hoffte, daß mein neuer Boß nicht gesehen hatte, wie ich zusammen mit Emmett hereingekommen war.

Sie war winzig, gerade eins sechzig groß, und wog höchstens hundert Pfund. Er brachte das Doppelte auf die Waage und maß über einsneunzig. Für ungefähr fünfundvierzig Sekunden tanzten sie sehr gut miteinander. Dann wirbelten sie herum, und er bog sie weit nach hinten in einen Beugestütz. Ich wollte nicht mehr hinsehen. Ich hörte es krachen und sah, wie die Tanzfläche sich blitzartig leerte. Die Telefonistin schrie wie von Sinnen: »Meine Nase! Meine Nase!«

Von diesem Moment an gerieten die Dinge außer Kontrolle.

Ich unterhielt mich mit Hugo Wessel, der an einem Bier nippte. Er ist nicht nur ein erstklassiger Fotograf von *United Press International*, sondern auch berüchtigt für sein aufbrausendes Temperament. Einmal, als er Bilder der Catcher im Miami-Beach-Auditorium machte, griffen diese ihn aus irgendwelchen Gründen an. Fans mischten sich ein, und in Bedrängnis geratene Cops riefen über Funk nach Verstärkung. Die Schlacht fand erst ein Ende, als ein halbes Dutzend Polizisten den noch immer um sich schlagenden Hugo über ihren Köpfen hinaustrugen. Hugo ist kein Kleiderschrank, sondern äußerst schlank, aber sehr drahtig. Er war zusammen mit Heidi, seiner Verlobten, auf die Party gekommen. Sie unterhielt sich mit Freunden. Hugo fragte mich, ob ich den neuen Anbau des Swiftschen Hauses schon gesehen hätte. Ein Schlafzimmer, das über die Baumkronen hinausgebaut worden war. Ich hatte nicht.

Wir stiegen die Treppen hinauf, um es in Augenschein zu nehmen, traten auf einen Romeo-und-Julia-Balkon hinaus, unterhielten uns ein paar Minuten und kehrten dann auf die Party zurück. Emmett sah uns hinunterkommen. Ich ging voran; Hugo war hinter mir. Emmett begrüßte uns am Fuß der Treppe. Ich lächelte ihn an. Er schlug mir ins Gesicht. Ich war völlig verdutzt. Hugo trat vor mich und sagte: »Wo ich herkomme, behandelt man Frauen anders.«

Emmett schüttete ihm seinen Drink ins Gesicht, und Schnaps spritzte gegen die holzgetäfelte Decke. Das Glas zersplitterte auf dem gefliesten Fußboden. Emmett holte zu einem Schlag aus. Bevor er ihn jedoch anbringen konnte, traf Hugo ihn so hart seitlich am Kinn, daß er sich einmal um seine Achse drehte. Dabei öffnete er sein Jackett, und man sah den Revolver Kaliber .38 in seinem Schulterhalfter.

Hugo kannte Emmett nicht. Er hatte keine Ahnung, daß er ein Cop war. Er sah nur, daß der Mann eine Waffe hatte, und beschloß, ihm noch einen Schlag zu versetzen, bevor er den Revolver ziehen konnte.

Das konnte ich nachvollziehen.

Als Emmett seine Drehung beendet hatte, schlug Hugo noch einmal mit aller Kraft zu und schickte ihn inmitten der Glasscherben zu Boden, wobei Emmett sich den Knöchel brach.

Plötzlich kehrten meine Gefühle für ihn zurück. Das ging vielleicht auf eine Familientradition zurück. Manche Leute können einfach nicht trinken. Sie dürfen nicht einen einzigen Schluck anrühren. Auf dem Weg ins Krankenhaus wiederholte Emmett diese Einsicht unaufhörlich.

Und ich war gerührt: Als sie ihm in der Notaufnahme die Kleidung aufschnitten, sah ich, daß er den Slip mit dem Leopardenfellmuster trug, den ich ihm zum Valentinstag geschenkt hatte. Sein Knöchel mußte genagelt werden, und ein Knochen über dem Auge war ebenfalls gebrochen. Es bewies, was ich immer schon vermutet hatte: Ein großer, kräftiger Mann ist einem schlanken, drahtigen einfach nicht gewachsen.

Emmet war jetzt Lieutenant und für die Prüfung zum Police Captain vorgesehen. Ich konnte nicht zulassen, daß ein dermaßen dummer Vorfall zum Hindernis für seine Karriere wurde, vor allem, nachdem er Besserung gelobt hatte. Der Polizeichef durfte nichts davon erfahren. Aber die Augenzeugen arbeiteten allesamt in der Medienbranche, und es war ihr Beruf, Neuigkeiten zu verbreiten. Der Vorfall würde über kurz oder lang in irgendeiner Kolumne auftauchen.

Gene Miller vom *Herald*, ein zweimaliger Pulitzer-Preisträger, war auch Gast auf der Party. Ich rief ihn an und setzte ihm das Problem auseinander. Er sagte, er wollte sehen, was er für mich tun könnte. Und er ließ mich nicht im Stich. Das Police

Departement stellte Nachforschungen über die Schlägerei an, in die einer ihrer Lieutenants verwickelt war, aber sie fanden nie heraus, was wirklich geschehen war – obwohl jeder Journalist in der Stadt darüber Bescheid wußte. Es war ein sonderbarer Rollentausch: Normalerweise versucht die Presse, mit allen Mitteln herauszufinden, was die Polizei vor ihr geheimhalten will.

Emmett erklärte, daß er auf einem Parkplatz von einer Bande ihm unbekannter Schläger von hinten niedergeschlagen worden wäre.

Mir versprach er feierlich, nie wieder zu trinken. Ich hatte geholfen, die Karriere eines Mannes zu retten, vor dem ich mich so schnell wie möglich hätte in Sicherheit bringen müssen.

Bob Swift, mein neuer Boß, dachte, seine holzgetäfelte Decke wäre von Schimmelpilzen befallen, als er Monate später die Reste des vergossenen Drinks daran bemerkte.

Das schwarze Kleid trug ich erst in der Silvesternacht wieder – fast ein Jahr später. Wieder wurde ich von Emmett begleitet. Das alte Jahr war mit einem rauschenden Fest zu Ende gegangen, und wir hatten uns verabschiedet, um irgendwo noch einen Kaffee zu trinken. An einem Nachbartisch saßen zwei rüde, ziemlich betrunkene Teenager. Einer nahm einen schweren Teller und ließ ihn wie ein Frisbee durch den Raum segeln. Er flog nicht einmal nahe an mir vorbei, aber Emmett, der all seine guten Vorsätze vergessen und ausgiebig auf das neue Jahr angestoßen hatte, fühlte sich in seiner männlichen Ehre gekränkt.

Er schwankte auf ihren Tisch zu, zerrte beide am Kragen von ihren Stühlen, stieß sie heftig wieder zurück und befahl ihnen, sich zu benehmen. Sie waren urplötzlich wieder nüchtern und entschuldigten sich. Die anderen Gäste und das Personal applaudierten.

Das war alles, was Emmett brauchte.

Als die beiden gingen, drängte auch Emmett zum Aufbruch. Den Grund dafür verstand ich erst, als wir den Parkplatz erreichten. Er trieb die Jungen bei ihrem Wagen in die Enge und hatte offensichtlich vor, ihnen noch eine Lehre zu erteilen, als sich ein Fremder einmischte. Er war schlank und drahtig.

Emmett hätte in dem Restaurant das Richtige getan, sagte der Fremde ruhig. Doch jetzt wäre er dabei, einen Fehler zu machen. Er sollte die Jungen in Ruhe lassen. Das fand ich vernünftig. Doch Emmett machte keine Anstalten, den gut gemeinten Rat zu befolgen, und der Fremde streckte ihn zu Boden.

Auf dem Weg ins Krankenhaus überdachte er den Ablauf der Ereignisse noch einmal.

Er schwor seinen Kollegen, daß er auf einem Parkplatz von unbekannten Schlägern überfallen worden war. Er schwor mir, daß er nie wieder etwas trinken würde.

Es schadete seiner Karriere nicht im geringsten, daß er hin und wieder auf Parkplätzen hinterrücks überfallen wurde. Er wurde ins Southern Police Institute in Louisville, Kentucky, geschickt. Das hieß, man hatte noch Großes mit ihm vor. Nicht einen Tropfen Kentucky Bourbon hätte er während der Zeit dort angerührt, schwor er.

Ich flog zu seiner Abschlußfeier. Wir fuhren gemeinsam zurück und sprachen übers Heiraten.

Ich war mißtrauisch.

Er besorgte eine sturmumtoste Eckwohnung am Strand gegenüber vom Golfplatz. Er wüßte, daß er nie mehr ein Glas anrühren dürfte, und er würde es auch nie wieder tun, sagte er.

Es war eine sehr ruhige Hochzeit. Wir hatten keine Zeit für Flitterwochen und verbrachten die Nacht in Key Biscayne. Ohne Sandfliegen.

Fast vierundzwanzig Stunden lang war es eine gute Ehe.

Am nächsten Tag bezogen wir unsere Wohnung. Emmett, ich und mein Freund Bill Gjebre, ein Reporter von der Miami *News*, verstauten Kisten voller Bücher. Es war ein heißer Junitag. Eine freundlich lächelnde Nachbarin hieß uns willkommen und bat uns auf einen kalten Drink in ihr Apartment.

Wir nahmen dankbar in ihrem Wohnzimmer Platz, in dem

die Klimaanlage für angenehme Temperaturen sorgte. »Möchten Sie Eistee, oder darf ich Ihnen einen eigens für uns importierten Scotch anbieten?« fragte sie. Bill und ich wollten Tee.

»Ich werde den Scotch probieren«, sagte Emmett.

Ich wäre beinahe vom Stuhl gefallen. Er hatte mich verarscht.

Unsere Gastgeberin fragte, ob wir noch mehr wollten. Emmett hatte noch Durst. Sie holte die Flasche und stellte sie auf den Tisch. Ich fragte mich, wie ich aus diesem Schlamassel herauskommen sollte. Und wie diese Frau es schaffen wollte, Emmett wieder aus ihrem Apartment zu kriegen. Unsere Ehe wurde im kommenden März offiziell geschieden, aber für mich endete sie schon im Wohnzimmer meiner neuen Nachbarin.

Zu meinem Bekanntenkreis zählten inzwischen auch einige Richter. Für den Fall, daß ich wieder anfange, vom Heiraten zu reden, habe ich sie gebeten, mich so lange einsperren zu lassen, bis der Anfall vorüber ist. Sie haben es mir versprochen.

Während der kurzen Zeit, die ich im Stand der Ehe zubrachte, teilte ich Sorgen, Ängste und den nackten Terror, von denen Frauen heimgesucht werden, die mit Polizisten verheiratet sind. Wie könnte ich je das Picknick vergessen, das vom Wohltätigkeitsfonds der Polizei anläßlich der Feiern zum vierten Juli veranstaltet wurde? An diesem Tag erfuhr ich, wieviel Phantasie Polizeibeamte entwickeln können, wenn ihnen die Feuerwerkskörper ausgehen. Die anderen Frauen und ich kauerten unter den Tischen, und wir hofften gemeinsam, daß sie stabil genug waren, um vor Querschlägern Schutz zu bieten.

Der *Sun* erging es nicht anders als meiner Ehe. Sie ging den Bach runter. Seit ich dort arbeitete, war sie insgesamt fünfmal weiterverkauft worden. Der gegenwärtige Besitzer, ein wohlhabender Politiker, hatte sie benutzt, um seine Wahl in ein Staatsamt zu fördern. Nachdem er das Amt hatte, wollte er die Zeitung wieder loswerden. Es sah aus, als ob wir diesmal wirklich in Schwierigkeiten steckten.

Der Mann, der angeblich vorhatte, die Zeitung zu kaufen, war Eigentümer eines kleinen Anzeigenblattes namens *Miami Beach Reporter*. Die Titelseite war ausschließlich für seine eigene Kolumne und das Foto einer lächelnden Bikinischönheit reserviert. Im Innern des Blattes schrieb er Lobeshymnen auf die Leute, die bei ihm inserierten, und wüste Polemiken gegen solche, die es nicht taten. Er streute überall in der Stadt das Gerücht, er würde uns aufkaufen, die Belegschaft vor die Tür setzen und nur das Anzeigengeschäft übernehmen.

Das Schiff war am Untergehen, und ich brauchte einen Job. Ich dachte daran, was man mir beim *Herald* gesagt hatte, und suchte mir den Namen des Chefredakteurs, George Beebe, aus dem Impressum heraus.

Sehr geehrter Mister Beebe

Vor fünf Jahren hatte ich mich beim *Herald* um den Job eines Reporters beworben. Man sagte mir, daß es keinen Zweck hätte, solange ich kein Diplom in Journalistik oder eine fünfjährige Berufspraxis bei einer Tageszeitung vorweisen könnte. Seit dem 14. August 1970 arbeite ich seit fünf Jahren für die Miami Beach Daily Sun.

Wie sieht es aus?

Edna Buchanan

Seine Sekretärin rief mich am nächsten Tag an und bestellte mich zu einem ganztägigen Einstellungstest. »Haben Sie irgendwelche übermächtigen Wünsche, die Sie nur schwer kontrollieren können?« fragte mich der firmeneigene Seelenklempner.

Um Himmels willen, was hat er über dich gehört? fragte ich mich. Seine Stimme klang, als ob er alles über mich wüßte. Ich mußte schon mit irgend etwas herausrücken.

»Ja«, sagte ich und schlug die Augen nieder, »ungefähr zweimal in der Woche, und ich kann mich nicht dagegen wehren.«

Er beugte sich vor, ganz gespannte Aufmerksamkeit. »Erzählen Sie mir davon.«

Seufzend gestand ich es ein: »Ich fahre zu einem Dairy

Queen, um einen Hawaii-Eisbecher zu essen, den mit Pfirsich und Kokosnuß.«

Mehr hatte ich auf die schnelle nicht zu bieten. Und es stimmte sogar.

Ich blieb wochenlang ohne Nachricht vom *Herald* und war verzweifelt. Die Entscheidung lag bei Steve Rogers, dem Lokalredakteur.

Sehr geehrter Mister Rogers

Gibt es irgendeinen Grund für mich, zu trauern?

Edna Buchanan

Nachdem er meine karge Mitteilung erhalten hatte, rief er an und fragte, wann ich anfangen könnte. Das Herz schlug mir bis zum Hals, als ich es ihm sagte und mich verabschiedete. »Moment mal, haben Sie nicht etwas vergessen?« fragte er.

Ich wußte nicht, was er meinte.

»Das Gehalt. Sie haben vergessen, nach dem Gehalt zu fragen.«

NIEMAND LIEBT EINEN POLIZEIREPORTER

Ich konnte es kaum fassen.

Steve Rogers zeigte mir mein Postfach. Er ermahnte mich, es öfter zu kontrollieren. Ich nickte eifrig und kämpfte um einen verständigen Gesichtsausdruck. Ich war beim Miami *Herald*, ich hatte es endlich geschafft. Das war die große Chance. Er wollte wissen, ob ich noch Fragen hätte. Obwohl mein Kopf wie leergefegt war, tat ich immer noch, als wüßte ich, wovon er sprach, schüttelte den Kopf und floh aus seinem Büro, um mein leeres Postfach zu kontrollieren.

Wie aus einem inneren Zwang heraus tue ich das heute noch, wohl ein Dutzend Male am Tag. Welche immens wichtigen Anweisungen mir Roges an jenem ersten Tag sonst noch gegeben haben mochte – behalten habe ich davon nur diese eine.

Von Anfang an war es ein beruhigendes Gefühl, wenn ich sah, wie sich das Gebäude des Miami *Herald* groß und dauerhaft gegen die Silhouette der Stadt abhob. Ich fühlte mich sicher. Das geht mir immer noch so. Man kann es von überall her sehen: von der Autobahn aus, den Dämmen, von Downtown und vom Strand. Ich brauche nur aufzuschauen. Das *Herald*-Building nimmt einen ganzen Block direkt am Wasser ein. Die Parkplätze für die Belegschaft breiten sich langsam über die ganze Umgegend aus. Wenn frisches Papier angeliefert wird, macht der größte Frachtkahn der Welt am Hintereingang fest.

Der Redaktionsraum im fünften Stock hat die Ausmaße eines Konzertsaals und bietet eine überwältigende Aussicht. Im Osten jenseits der Glaskäfige der leitenden Angestellten sieht man Biscayne Bay, die am Wochenende wie gesprenkelt erscheint von den bunten Segeln zahlloser Jachten, die nach

Miami Beach führenden Brücken und die Silhouette des Ferienortes vor dem Hintergrund des Meeres. Der Blick ist so klar und schön, daß jede Störung sofort ins Auge fällt. Zweimal im Laufe der Jahre hat ein scharfsichtiger Redakteur in der Bucht treibende Leichen entdeckt und eilends die zuständigen Stellen davon in Kenntnis gesetzt. Nach Westen erstreckt sich der Blick über atemberaubende Hochhäuser, oberhalb der Stadt liegende Armenviertel, spektakuläre Sonnenuntergänge und die Lichter der Orange Bowl, des Sportstadions, über dem während der Spiele das Goodyear-Luftschiff schwebt. Braune Pelikane und Chalk's Wasserflugzeuge ziehen gravitätisch ihre Bahn an den Panoramafenstern der Redaktion vorbei, um vor Watson Island südöstlich des Gebäudes niederzugehen. Die blauweißen Maschinen fliegen direkt vor unseren Fenstern eine enge Kurve, was manchmal sogar alte Hasen in der Redaktion den Atem anhalten läßt. Einem meiner Besucher blieb vor Schreck die Luft weg, aber um uns herum ging alles seinen gewohnten Gang, sonst hätte er sich wohl Deckung suchend zu Boden geworfen.

Irgendwo in diesem gigantischen Bau, der von Vögeln und Luftfahrzeugen umschwirrt wird und unter dem Dauerbeschuß von Politikern steht, denen von hier aus auf die Finger geklopft wurde, wird tatsächlich eine Zeitung gedruckt. Aber wo genau das geschieht, kann ich nicht sagen. Die meisten neuen Mitarbeiter machen als erstes eine Besichtigungstour: Ich sauste los, um für meinen ersten Artikel zu recherchieren – es war eine Geschichte über einen kubanischen Flüchtling, dessen Eltern 1918 vor der Revolution in Rußland nach Havanna geflohen waren. Nun hatte der Sohn Kuba verlassen und dank einer Beihilfe des Programms zur Erhaltung des Kleingewerbes einen Betrieb eröffnet. Er war der einzige Hersteller des Sternenbanners im Süden der Vereinigten Staaten.

Ich machte mich an die Arbeit und berichtete kurz hintereinander über das Verbot von Hausbooten in Miami Beach, die gefährlich veraltete Ausrüstung der Feuerwehr von North Bay Village, einen Streik der Müllabfuhr in Hialeah, Golda Meirs

Appell für israelische Staatsanleihen, die unbeabsichtige Insektizidvergiftung städtischer Polizeihunde, den Kaufkraftzuwachs bei älteren Mitbürgern und eine Erdferkelgeburt im zoologischen Garten. Einige Reporter übten Kritik an meinen Stories. Es waren ihnen einfach zu viele. Zufällig waren es alles Männer, die meinten, meine Schreibmaschine litte wohl unter Ausfluß und daß eine Beschränkung auf einen Artikel pro Tag für uns alle das beste wäre.

Aber ich konnte mich einfach nicht mehr bremsen. Genausogut hätte man mir nahelegen können, das Atmen einzustellen. Der tägliche verzweifelte Kampf darum, die Seiten der *Sun* zu füllen, hatte mir eine extreme Arbeitsweise aufgezwungen, die ein Teil meiner Persönlichkeit geworden war. Je mehr Stories ich schrieb, desto glücklicher und produktiver fühlte ich mich. Vier, fünf oder mehr Artikel an einem Tag verstärkten lediglich den Drang, mehr und immer mehr zu schreiben. Es war wie eine Sucht. Wenn einer von diesen schweigsamen Reportern die Seiten wechselte und Redakteur wurde, änderte sich seine Einstellung zur Produktivität gründlich. Er war plötzlich entzückt über jede Story, die ich ihm brachte. Es hätten auch mehr sein können.

Nicht nur mein Übereifer war daran schuld, daß mich einige Redakteure während der ersten Monate beim *Herald* nicht für voll nahmen. Mir fehlte etwas, und ich glaubte auch zu wissen, was es war.

Ich drohte damit, in einem Sexshop einen Dildo aus Plastik zu kaufen und in einer Blumenvase auf meinem Schreibtisch aufzustellen.

Ganz so weit ist es dann doch nicht gekommen, aber vielleicht wird jetzt die Wut und Enttäuschung verständlich, die mich überkam, als bei einem Restaurant in der Nähe der Lincoln Mall das Dach davonflog. Ich war gerade drei Monate beim *Herald* und hielt mich im Hauptquartier der Polizei auf, um für einen Artikel über Juwelendiebe zu recherchieren. Entweichende Dämpfe aus einem leckgeschlagenen Gastank hatten sich unter der Decke des Restaurants angesammelt und waren explodiert. Das Dach hob ab wie von Geisterhand bewegt, und es regnete Trümmer und Gesteinsbrocken. Die Explosion fegte einen vorbeifahrenden Motorradcop von seiner Maschine, verwüstete das Restaurant, eine Druckerei und einen Früchtegroßhandel. Achtzehn weitere Geschäfte wurden beschädigt. Ich rief den Lokalredakteur an und raste zum Schauplatz des Unglücks. Er war siebzehn Blocks vom Polizei-Hauptquartier entfernt.

Feuerwehrleute trugen benommene Opfer der Explosion auf den Armen nach draußen. Die Polizei befürchtete das Schlimmste und forderte Leichensäcke beim Katastrophenschutz an. Die meisten davon wurden glücklicherweise nicht benötigt, denn das Unglück hatte nicht so viele Opfer gefordert, wie es zunächst aussah. Als das Dach davonflog, war es den meisten Leuten gelungen, auf die Straße zu stürmen, bevor es wieder herunterkam.

Ich beobachtete die Rettungsarbeiten, verfluchte, daß ich keine Kamera dabei hatte, und fragte mich, wo die Fotografen blieben. Das Gebäude des *Herald* war ganz in der Nähe, aber sie verpaßten all die heroischen Szenen. Später habe ich erfahren, daß sich der Redakteur vom Dienst nach meinem Anruf im Sessel zurückgelehnt und verkündet hatte: »Edna Buchanan behauptet, ein Restaurant am Strand sei in die Luft geflogen.« Er hatte dann beiläufig jemanden gebeten, es auf die Liste mit den Hinweisen zu setzen, denen man zu gegebener Zeit nachgehen würde. Wenn er soweit gedacht hätte, einen Blick aus dem Panoramafenster zu seiner Linken zu werfen, wäre ihm bestimmt die riesige, pilzförmige schwarze Rauchwolke aufgefallen. Als sie endlich eine Bestätigung für die Nachricht hatten, schickten sie mir eine Horde männlicher Reporter zur Verstärkung.

Kurz darauf war ich als erster Reporter vom *Herald* am Schauplatz der Entführung eines Wasserflugzeugs. Der offensichtlich desorientierte Täter verlangte, nach Afrika gebracht zu werden – mit einer Maschine, deren Treibstoffvorrat höchsten bis Bimini reichte. Man schickte mir schnellstens einen

Reporter hinterher. Ich unterbrach meine Arbeit, um ihm zu erzählen, was ich bis jetzt herausbekommen hatte, damit er die Story schreiben konnte.

Ich schwor mir, daß ich so etwas nie wieder zulassen würde.

Und deshalb freute ich mich, daß der Redakteur vom Dienst mich an einem späten Samstagabend zu einer Bar in Liberty City schickte, vor der eine üble Schlägerei stattgefunden hatte. Die Cops erschraken sich fast zu Tode, als ich mir mit den Ellbogen einen Weg durch die johlende, aggressive Menge bahnte. Wir waren die einzigen Weißen. Das ist ein wirklicher Fortschritt, ein Durchbruch, dachte ich voller Freude.

Am nächsten Tag erfuhr ich, daß man dem Redakteur, einem Berufsanfänger, schwere Vorwürfe gemacht hatte, mich dort hingeschickt zu haben. Kein neues Denken. Nur ein Versehen.

Im Jahr 1971 gab es nicht viele Polizeireporterinnen.

Ich berichtete über einige Gewalttaten in diesem Jahr, wenn ich als einzige Reporterin verfügbar war oder einen brandheißen Tip von einem alten Informanten bekam – wie zum Beispiel meiner Mutter, die zufällig vorbeikam, als sich ein verwundeter Polizist, hinter seinem Streifenwagen verschanzt, ein Feuergefecht mit einem Black Panther lieferte. Sie rief mich an und meinte, das würde mich interessieren.

Aber schließlich gelang mir doch noch ein echter Durchbruch. Ich wußte es, als ein Reporter in die Redaktion geschlendert kam und beiläufig erwähnte, daß er auf der Autobahn gerade an einem brennenden Volkswagen vorbeigekommen wäre. Vielleicht sollte man jemanden hinschicken, der sich darum kümmerte, ob es Opfer gegeben hatte. Derselbe Redakteur, der meine Meldung von der Explosion in Zweifel gezogen hatte, machte jetzt den Reporter zur Schnecke, weil er einfach an dem brennenden Wagen vorbeigefahren war. Während der Gardinenpredigt hörte ich ihn sagen, daß, wenn Edna Buchanan den brennenden Volkswagen gesehen hätte, ›sie jetzt von diesem Apparat aus mit Deutschland telefonieren würde, um den Fließbandarbeiter zu interviewen, der den Wagen montiert hat‹.

Während meines zweiten Jahres beim *Herald* berichtete ich über Strafprozesse, ebenfalls eine Goldgrube für Reporter. Man trifft auf Cops, Gauner, Kautionssteller und Anwälte: die Guten, die Schlechten und die Mehrheit, die eine Mischung aus beidem ist. In einem Gerichtssaal finden unter dem Titel ›So wahr mir Gott helfe‹ mehr Dramen statt, wird mehr geschauspielert und intrigiert als auf irgendeiner Bühne. Jeden Tag gibt es denkwürdige Aufführungen: so viele Geschichten und so wenig Zeit.

Die Verurteilten erwiesen sich immer als die Gesprächigeren – aus den verschiedensten Gründen. Einige versuchen sich Alibis zu verschaffen oder protestieren, weil sie nervös sind. Andere fühlen sich mißverstanden, und wenn man echtes Interesse an ihnen zeigt, sind die Callgirls, Katzendiebe oder Serienmörder in ihrem Mitteilungsdrang kaum noch zu bremsen.

Kim Brown war die erste praktizierende Satansjüngerin, der ich je begegnet bin. Sie hatte früher als Fotomodell gearbeitet und war jung und von exotischem Reiz. Ein Rentner aus Miami Beach hatte sie in sein Haus aufgenommen, was ihm aber schlecht gedankt wurde. Sie brachte ihn mit sechsundfünfzig Messerstichen um und stahl auch noch seinen Wagen.

Auf ihre linke Hand war das Zeichen des Satans tätowiert, und sie betete täglich vor einem Hexagramm, das sie in ihrer Zelle aufgestellt hatte. Ihren Zellengenossinnen, die im Gefängnis – wenigstens vorübergehend – den Weg zu Jesus Christus gefunden hatten, fiel das gewaltig auf die Nerven. Ich wollte Kim unbedingt zu ihrem Glauben und den religiösen Praktiken befragen und sprach deshalb mit ihrem Anwalt. Er witzelte ständig darüber, wie ›höllisch‹ schwierig es wäre, eine Verteidigung für sie aufzubauen. Ich versprach ihm, die Mordanklage, unter der sie stand, in dem Gespräch nicht zum Thema zu machen.

Man sperrte uns für das einstündige Interview zusammen in eine Zelle. Kim erzählte mir, daß sie Satan seit fünf Jahren anbetete; außerdem wäre sie Lesbierin, die Männer abgrundtief verabscheute. Ich hielt mich an die Verabredung und wollte über den Mord nicht sprechen, aber sie bestand auf einer liebevoll ausgeschmückten Beschreibung. Sie hätte es genossen, den alten Mann abzustechen und sogar dabei gelacht, erzählte sie. Das erklärte die sechsundfünfzig Messerstiche. Es erregte sie sichtlich, darüber zu sprechen. Sie redete immer schneller, rückte näher an mich heran, und ihre Augen begannen zu leuchten. Ich hatte das Gefühl, die sechzig Minuten müßten jetzt langsam um sein. Es wurde Zeit für den Aufbruch.

Ich versuchte, diskret die Aufmerksamkeit eines Aufsehers auf mich zu lenken, ohne Kim zu kränken, die mit erstaunlich festem Griff mein Knie umklammert hielt und gerade davon berichtete, wie es sie sexuell stimulierte, mit einem Messer zuzustechen. Vor der Zelle mußte es derweil einen Schichtwechsel gegeben haben. Die Beamten, die jetzt Dienst taten, hatten keine Ahnung von meiner Anwesenheit. Ich war also zusammen mit einer wahnsinnigen, hochgradig sexuell erregten Lesbierin, der man einen Mord zur Last legte und die den Teufel anbetete, in einer Gefängniszelle eingesperrt.

Zufällig kam einer der Wachen vorbei und fragte: »Was haben Sie hier zu suchen?« Eine Frage, die ich sonst äußerst ungern höre, die mir aber diesmal die Freiheit wiederschenkte.

Kim ließ sich auf einen Handel ein und bekannte sich schuldig, woraufhin der Richter sie lediglich wegen Totschlags verurteilte. Sie bekam sieben Jahre. Das Publikum im Gerichtssaal war außer sich. Der Ankläger trat unter Protest zurück und übte öffentlich harte Kritik an seinem Vorgesetzten, was erhebliches Aufsehen erregte. Kim war sehr erfreut. »Es war Satans Werk«, kommentierte sie das Urteil. Trotz der relativ leichten Strafe und der Tatsache, daß man sie sehr bald zur Bewährung ausgesetzt hätte, floh Kim kurze Zeit später aus dem Gefängnis.

Ich habe als Gerichtsreporterin viel gelernt und unglaublich hart gearbeitet. Das angenehme an diesem Job ist, daß man am Wochenende frei hat. Ich hatte also die Gelegenheit, ein Treffen von Journalistinnen in Orlando zu besuchen. Die Feministin Gloria Steinem und die *New-York-Times*-Reporterin Judy Klemesrud redeten Klartext mit uns. Wir hätten uns selbst darum zu kümmern, daß man uns für gleiche Arbeit auch den gleichen

Lohn zahlte. Die Reporter beim *Herald* haben keine Gewerkschaft, und sie werden nach Leistung und Berufserfahrung bezahlt. Das wäre genau die Methode, mit der die von weißen Männern dominierte Presse sich die unterbezahlten Frauen vom Leib hielte, erklärte man uns eindringlich.

Ich hatte es nie ernsthaft für möglich gehalten, daß man mich nicht fair behandelte. Sogar einige Gehaltserhöhungen hatte ich bekommen, aber meine Neugierde war erwacht. Wie findet man heraus, wieviel die Männer verdienen? Indem man sie fragt. Besonders junge Männer sind im allgemeinen nicht sehr verschlossen. Wenn man sich bereit erklärt, über sein eigenes Gehalt zu sprechen, werden sie kein Geheimnis aus ihrer Entlohnung machen. So würde es gehen. Ich wandte mich an einen Reporter, der ein Jahr vor mir beim *Herald* angefangen hatte. Wenn ich ihn dazu brächte, sein Gehalt preiszugeben, und die Zulage für das eine Jahr hinzufügte, würde ich es wissen. Zu meinem Erstaunen machte er überhaupt keinen Hehl aus der Summe. Ich war sprachlos. Er hatte einhundert Dollar weniger in der Woche als ich. »Und wieviel verdienst du?« fragte er dann.

»Schon gut«, sagte ich und machte, daß ich fortkam. Er ist immer noch beim *Herald* und unverbindlich nett mir gegenüber. Aber ich bin davon überzeugt, daß er es mir niemals vergessen hat. Ich nehme es ihm nicht übel.

Am Ende meines Jahres am Gericht wußte ich, wieviel ein Zeitungsartikel bewirken kann. Er kann Leute ins Gefängnis bringen und für ihre Entlassung sorgen.

Ein Artikel kann sogar die Gesetze ändern.

Ein wohlhabender Bürger Miamis war wegen zweier Morde zu zweimal lebenslanger Haft verurteilt worden. Man hatte ihn in aller Stille auf Bewährung in einen anderen Staat entlassen. Daraufhin schrieb ich eine dreiteilige Serie über das Bewährungssystem. Ich ging darin der Frage nach, wie ›lange‹ ein Leben in einem Gefängnis in Florida dauert.

Oft war es überraschend kurz. Die Anwälte sagten ihren Mandanten, sie müßten mit sechs bis zehn Jahren rechnen. Viele von ihnen mußte weniger absitzen; genaugenommen konnte die Strafe schon am Tag des Urteils zur Bewährung ausgesetzt werden. In Dade County wurden zu lebenslänglicher Haft Verurteilte schon in Tausenden von Fällen bereits nach kurzer Zeit wieder auf freien Fuß gesetzt und haben abstoßende Verbrechen begangen.

In ihrer nächsten Sitzung bestimmte die gesetzgebende Versammlung, daß ein wegen vorsätzlichen Mordes Verurteilter frühestens nach fünfundzwanzig Jahren einen Antrag auf Bewährung stellen kann. Dieses Gesetz stößt nicht überall auf Zustimmung. Einige Leute würden es wegen der überfüllten Gefängnisse und öffentlicher Sympathien für bestimmte Mörder sehr gern modifizieren. Aber noch ist es in Kraft.

In meinem dritten Jahr kehrte ich wieder zur Berichterstattung über allgemeine Themen zurück. Während der Zeit am Gericht war mir klar geworden, daß wir etwas falsch machten. Die Kriminalitätsrate in Miami blieb gleichbleibend hoch, aber wir überließen die Arbeit Reportern, die nicht darin versiert waren. Hauptsache, sie waren verfügbar, wenn die Schießerei losging. Es kam mir vor, als überantworteten wir unseren Job dem Zufall.

Bei Gericht war ich auf eine ganze Anzahl von Stories gestoßen, über die wir zum Zeitpunkt der Tat nichts gebracht hatten. Eher beiläufig machte ich Steve Rogers den Vorschlag, daß ein Reporter den wichtigsten Dezernaten der Polizei einen täglichen Besuch abstatten sollte, um die Protokolle durchzugehen und mit den Beamten zu reden. Von dort aus sollte er dann ins Leichenschauhaus und ins Gefängnis fahren und die nächtlichen Neuzugänge checken.

»Hört sich gut an. Warum machen Sie es nicht selbst?« sagte Rogers sofort. Er war einer von den Redakteuren, die weder Memos noch Redaktionskonferenzen brauchten, um eine Entscheidung zu treffen. Er nahm es auf die eigene Kappe.

Ich war wie vom Donner gerührt. Es war doch nur ein Vorschlag gewesen. Ich hatte nicht vorgehabt, mich freiwillig zu melden, aber passiert war es trotzdem.

So bin ich Polizeireporterin geworden.

Ich bin dabei geblieben. Mir ist seitdem mehrfach die Verhaftung angedroht worden; man hat mit Steinen nach mir geworfen und die Handtasche geklaut. Ich bekomme in regelmäßigen Abständen anonyme Briefe, Vorladungen und obszöne Telefonanrufe – sogar von meinen Redakteuren.

Polizeireporter sind nicht sehr beliebt. Der Job kann sehr einsam sein.

Glücklicherweise bin ich gern allein. Wenn ich herumnörgeln will, erzähle ich es meiner Katze, die nicht einmal mit dem Schnurrbart zuckt, wie abstrus es auch sein mag. Wahrscheinlich hätte sie auch ein paar verrückte Geschichten auf Lager. Und was meinen Hund betrifft, der hört mir zwar zu, aber es interessiert ihn nicht die Bohne.

Dieser Job ist Gift für zwischenmenschliche Beziehungen. Natürlich lerne ich jeden Tag neue Leute kennen, aber für gewöhnlich frage ich sie als erstes: »Haben Sie die Schüsse gehört?«

Langjährige Freundschaften fangen meistens anders an.

Ich war etwa ein Jahr dabei, als mich ein Bekannter zu einer Aufführung von Jesus Christ Superstar ins Miami-Beach-Auditorium einlud. Es war noch nicht sehr spät, als wir aus der Show kamen, aber ich hörte Sirenengeheul. Das ist zwar ein vertrautes Geräusch in Miami Beach; an jenem Abend waren es jedoch sehr viele Sirenen, und ich blieb stehen, um zu lauschen. Einige näherten sich von jenseits der Dämme. Feuerwehren aus anderen Distrikten waren von der ›Beach‹ zu Hilfe gerufen worden, die selbst über eine ausgezeichnete Wehr verfügte.

Das bedeutete Katastrophenalarm.

Ein geistesgestörter Mann hatte mitten in der besonders bei Senioren beliebten, gut besuchten Concorde-Cafeteria einen Eimer mit Benzin ausgekippt und ein brennendes Streichholz hineingeworfen. Das Lokal stand sofort in Flammen, die Lampen gingen aus, und die Menschen saßen in der Falle. Ehepaare, die fünfzig Jahre zusammen gewesen waren, verloren sich in der Dunkelheit und der allgemeinen Panik aus den Augen. Es gab über dreißig Verletzte, von denen mehrere später starben. Angestellte der Cafeteria, Polizisten und Feuerwehrleute retteten in heldenhaftem Einsatz viele Menschenleben.

Ich rief beim *Herald* an, um mich zu vergewissern, daß die Fotografen unterwegs waren, und raste zum Concord, wo ich in das noch rauchende Gebäude stürzte, um aus den Polizisten und Feuerwehrleuten so viele Einzelheiten wie möglich herauszuholen. Ich gab sie von einem Münztelefon auf der anderen Straßenseite aus durch. Es war kurz vor Redaktionsschluß. Ich hielt die Leitung offen, damit niemand anders – besonders keine anderen Reporter – sie benutzen konnte, und ließ meinen Bekannten Augenzeugen heranholen. Solche, die heil herausgekommen waren, und solche, die geholfen hatten. Ich stellte sie in einem Halbkreis um mich herum auf, so daß ich sie interviewen und ihre Antworten direkt an die Lokalredaktion weiterleiten konnte.

Am nächsten Morgen brachten wir eine umfassende Story auf der Titelseite. An die Musicalaufführung hatte ich nicht mehr die geringste Erinnerung. Und auch mein Bekannter hatte sich verabschiedet. Ich bin sicher, daß er sich von diesem Abend etwas anderes versprochen hatte.

Ähnlich erging es mir mit dem Herzchirurgen, mit ich mich eine Zeitlang traf. Es hatte nie auch nur die geringste Chance. Entweder meldete sich sein Pieper oder meiner. An unserem letzten gemeinsamen Abend taten sie es gleichzeitig. Sie piepten unisono, als wir an der Bar seines Clubs saßen und auf einen freien Tisch fürs Dinner warteten. Wir sahen uns tief in die Augen und wußten beide – es war sinnlos. Es ging nur noch darum, wer als erster das Telefon benutzte. Als er mich das nächste Mal anrief, erzählte er von seinen Heiratsplänen mit einer Krankenschwester.

Im Gegensatz zu den anderen Männern in meinem Leben

blieb mir der Verrückte, der das Concord niedergebrannt hatte, erhalten. Er stammte aus einer reichen Familie. Nachdem man ihn in eine Heilanstalt eingewiesen hatte, besserte sich sein Zustand sehr rasch, so daß er bald entlassen werden konnte. Kurz darauf bekam ich Anrufe von den beunruhigten Angestellten eines anderen Restaurants. Der Verrückte käme in ihr Lokal, erzählten sie, und er würde mit brennenden Streichhölzern nach den Kellnerinnen werfen.

Ich hatte schreckliche Angst davor, eine Kriminalstory zu verpassen oder dabei von einem anderen Reporter abgehängt zu werden. Deshalb war mir überhaupt nicht wohl dabei, als ich an einem Samstag in der Redaktion anrufen sollte. Man gab mir den Auftrag, einen Artikel über ein großes Einkaufszentrum zu schreiben. Ich berichte gern darüber, wenn viele Menschen ihren Spaß haben. Aber ich bin Kriminalreporterin und war an diesem Tag noch nicht einmal im Polizei-Hauptquartier gewesen. Wenn ich nun etwas Wichtiges verpaßte?

Der Redakteur sagte, ich sollte es vergessen und mich auf den Weg in das Einkaufszentrum machen. Früher habe ich einmal gedacht, ein Reporter hätte Befehlen zu gehorchen wie ein Soldat, aber das war vor meiner Zeit bei der *Sun*.

Ein Flugzeug war über der sechsunddreißigsten Straße in Miami abgestürzt. Ich rief von einem Münztelefon aus meinen Redakteur an, um ihm zu sagen, daß ich auf dem Weg zur Absturzstelle wäre. Er sagte nein; das wäre keine Miami-Beach-Story. Die *Sun* war zwar ein Lokalblatt, aber so engstirnig konnte man doch gar nicht sein – die Absturzstelle lag eben außerhalb der Stadtgrenze. Ich tat das einzig Mögliche in dieser Lage. »Hallo? Hallo? Ich kann Sie nicht verstehen«, sagte ich und hielt den Hörer in Armlänge von mir weg. »Irgend etwas ist mit dem Telefon nicht in Ordnung.«

Ich bahnte mir einen Weg durch die Trümmer an der Unglücksstelle und traf eine Kollegin von der *Sun*. Als sie von dem Absturz erfuhr, wollte sie sofort losstürzen. Der Redakteur versuchte, sie zurückzuhalten. »Warten Sie«, rief er ihr hinterher, »es ist keine Miami-Beach-Story.«

Für unsere Bilder und Berichte vom Schauplatz der Katastrophe bekamen wir einen Preis. Der Redakteur akzeptierte eine Belobigung dafür, daß er uns losgeschickt hatte.

Jetzt hatte ich die Lösung für das Problem mit dem Einkaufszentrum.

Ich tat das einzig Mögliche in dieser Lage. »Hallo! Hallo!« Ich hielt den Hörer eine Armlänge von mir weg... Im Polizei-Hauptquartier hatte ich Glück und stieß auf eine Story, die wir sonst vielleicht versäumt hätten: Ein hoher Polizeibeamter war während der Nacht mit einem gestohlenen Wagen erwischt worden. Er war nicht im Dienst, mit Gesichtsmaske und Perücke verkleidet und außerdem bewaffnet. Als man ihn verhaftete, trieb er sich in der Nähe eines Raumes in Miami Jai Alai herum, in dem in derselben Nacht plötzlich 333 695 Dollar lagerten. Mit einer Erklärung für sein Verhalten konnte er nicht aufwarten.

Ich arbeite unter dem Dauerstreß, niemals eine Story zu verpassen und bestimmte Termine auf jeden Fall einzuhalten. Angesichts dieser Prioritäten verlieren bestimmte Erfahrungen vollkommen ihren bedrohlichen Charakter. Als ich eines Nachts den Schauplatz eines Verbrechens verließ, versuchten zwei junge Männer, mich auszurauben. Ich schüttelte sie ab und erreichte unbeschadet den *Herald*. Erst viel später kam mir der Gedanke, die Polizei davon zu unterrichten. Es war kurz vor Redaktionsschluß gewesen.

»Denke nicht einmal daran«, knurre ich, wenn ein Fremder begehrlich nach meiner Handtasche schielt oder Anstalten macht, meinen Wagen zu knacken. Das ist nicht meine eigene Stimme. Sie gehört jemandem, der für den *Herald* arbeitet, dessen Redaktionsschluß kurz bevorsteht und der überhaupt keine Neigung verrät, sich mit etwas zu beschäftigen, das nichts mit seiner Story zu tun hat.

Unter diesem Termindruck stand ich einmal auf einem Balkon im zweiten Stock und lehnte mich über die Brüstung, um das brennende Wrack einer Frachtmaschine besser sehen zu können. Sie war mit randvollen Treibstofftanks abgestürzt, als ihre aus Weihnachtsbäumen bestehende Ladung verrutschte. Plötzlich gab die Brüstung unter meinem Gewicht nach. Ich fiel mitsamt Notizblock und Bleistift vornüber, als ich fragte: »Wie heißt ...« Ein Detective vom Morddezernat namens Arthur Felton konnte mich gerade noch festhalten, und beinahe wären wir beide hinabgestürzt. »... die Straße dort drüben?« fuhr ich fort und arbeitete unbeeindruckt an der Skizze weiter, auf der ich für die Redaktion so genau wie möglich die Schneise der Zerstörung festhielt, die das Flugzeug geschlagen hatte. Der Detective zitterte am ganzen Körper. »Sie müssen geisteskrank sein«, rief er sichtlich erschüttert. Er trägt es mir heute noch nach.

Normalerweise habe ich große Hemmungen, die mich an vielen Dingen hindern, aber wenn ich arbeite, zählt nur die Story – und der Redaktionsschluß, der mir im Nacken sitzt wie eine Lawine, die sich von einem Abhang gelöst hat. Ich lasse mich weder von Gangstern, Cops, feindseligen Menschenmengen oder bösartigen Hunden aufhalten – ich habe einfach nicht die Zeit, sie als Bedrohung wahrzunehmen. Man tut, was getan werden muß, und verschiebt die Angst auf später. Glücklicherweise braucht man sich aber auch dann nicht zu fürchten, denn der nächste Termin wartet schon.

So kam es, daß ich eines Nachts in meinem ersten Jahr als Polizeireporterin durch die Dunkelheit raste, ohne zu wissen wohin. Der Flug L-1011 der Eastern Airlines von New York City nach Miami Beach hatte mitten in den Everglades ein jähes Ende gefunden. Jeder hatte die Katastrophe kommen sehen. Jetzt war es passiert.

Der Absturz hatte sich in der Weihnachtswoche ereignet, und der Anruf kam kurz vor Mitternacht. Man sagte mir, die Überlebenden würden mit Hubschraubern ins Palmetto Hospital in Northwest Dade gebracht. Es blieb nicht mehr viel Zeit bis Redaktionsschluß. Ich war noch nie in meinem Leben dort gewesen und wußte noch nicht mal, wo das verdammte Hospital lag, aber ich machte mich auf den Weg und fuhr mit neunzig Meilen in der Stunde in die ungefähre Richtung. Meine Hoffnung, unterwegs einem Streifencop zu begegnen, den ich nach dem Weg fragen konnte, erwies sich als trügerisch. Der Highway erstreckte sich vollkommen verlassen vor mir in die Dunkelheit. Schließlich stieß ich auf ein Dutzend Biker in schwarzer Lederkleidung, die ihre schweren Maschinen auf dem Seitenstreifen abgestellt hatten. Ich machte auf der Stelle eine Vollbremsung. Der Wagen kam schleudernd zum Stehen. Ich kurbelte das Fenster herunter und schrie: »Wie komme ich zum Palmetto Hospital?« Sie sahen mich erschrocken an. Vielleicht bewog die Panik in meiner Stimme sie dazu, über ihren Schatten zu springen.

»Folgen Sie uns.« Sie liefen auf ihre Maschinen zu, und wir brachen unter großem Getöse auf. Drei von ihnen wiesen mir den Weg, der Rest der Meute hängte sich hinten dran.

Rund um das Krankenhaus wimmelte es von den blauen Blitzlichtern der Florida Highway Patrol. Die Biker winkten zum Abschied, wendeten und verschwanden wieder in der Nacht. Hubschrauber knatterten über meinen Kopf hinweg. Von den Schwerverletzten, die sie an Bord hatten, sind viele später gestorben. Das Personal des Palmetto Hospitals war speziell für solche Katastrophen ausgebildet und leistete Unglaubliches.

Erst drei Tage zuvor hatte eine Übung stattgefunden. Sogar die Ärzte und Pfleger, die man gerade aus dem Bett geklingelt hatte, wußten genau, was sie zu tun hatten.

Der erste Passagier, mit dem ich sprach, war eine junge Frau, die in einem Rollstuhl saß. Sie hatte keine ernsthaften Verletzungen davongetragen, war aber durch den Schock wie von Sinnen. Während des Fluges hatte sie ihr Baby in den Armen gehalten. Der Aufprall hatte es ihr aus den Armen gerissen, und es blieb in der Dunkelheit verschwunden. Mit dem nächsten Helikopter war eine Stewardeß angekommen, die der Frau ihr Kind wiederbrachte. Sie hatte seine Schreie in den stockdunklen Sümpfen gehört und den unverletzt gebliebenen Jungen gerettet. Das Wiedersehen von Mutter und Sohn hatte in der Notaufnahme stattgefunden.

Wir mußten so schnell wie möglich herausfinden, wie viele

Todesopfer es gegeben hatte. Die Absturzstelle in den Everglades war abgelegen und unzugänglich, und die Rettungsmannschaften brachten natürlich nur Überlebende zurück. Die PR-Abteilung der Eastern Airlines, der unser kurz bevorstehender Redaktionsschluß bekannt war, machte sich schon Hoffnungen. Nachdem so viele Überlebende eingeflogen worden waren, bestand die Möglichkeit, daß es überhaupt keine Toten gegeben hatte.

Ich fand den perfekten Zeugen, einen New Yorker Ex-Cop und Privatdetektiv, der beruflich nach Miami unterwegs war. Anders als ein gewöhnlicher Reisender würde er eine Leiche erkennen, wenn er sie sah oder berührte.

Der Mann lag auf einer Bahre und sagte, er hätte sich so schnell wie möglich von dem Flugzeug entfernen wollen, weil er befürchtete, es würde explodieren. Da er am Rücken verletzt war, hätte er kriechen müssen. Und zwar über ›eine Menge Leichen‹. Ich fragte ihn, ob er eine Zahl nennen könnte. Er schätzte zwanzig bis dreißig. Das war der erste glaubwürdige Hinweis darauf, daß es viele Todesopfer gegeben hatte. Schließlich stellte sich heraus, daß etwa hundert Menschen den Absturz überlebt hatten und ebenso viele nicht.

Wir versuchten sogar schon herauszufinden, wie es zu der Katastrophe gekommen war. Hatte der Pilot einen Fehler gemacht? War an Bord eine Bombe hochgegangen, oder war die Maschine von einem Blitz getroffen worden?

Der erste Hinweis kam von einem schwarzen Hafenarbeiter in mittleren Jahren, der seine verheiratete Tochter in Miami besuchen wollte. Er hatte schwere Verletzungen davongetragen und stand noch unter Schock, deshalb hatte er keine Schmerzen. Es hätte zunächst alles nach einer ganz normalen Landung ausgesehen, erzählte er. Die Lichter der Stadt und des Flughafens wären schon zu sehen gewesen. Aber dann hätte der Pilot den riesigen Jet plötzlich wieder hochgezogen und über die Everglades gesteuert. Kurz vor dem Aufprall hatte der Schwarze noch zu seinem Sitznachbarn gesagt: »Wo ist Miami? Dort unten ist alles dunkel.«

Er hatte den Hergang des Absturzes exakt beschrieben. Der Pilot, irritiert von einem defekten Kontrollinstrument, hatte beschlossen, die Landung abzubrechen und über den Everglades zu kreisen. Während des Interviews ließ der Schock bei dem Passagier nach, und er begann vor Schmerzen laut zu stöhnen. Die elektronischen Medien waren inzwischen auch vor Ort, und Reporter von Radio und Fernsehen liefen überall herum. Als sie sein Stöhnen hörten, stürmte die ganze Meute mit vorgehaltenen Mikrofonen quer durch die Notaufnahme, um die Schmerzensschreie des armen Kerls landesweit zu übertragen. Sie waren mit Scheinwerfern und Kameras bepackt und zogen Kabel hinter sich her. Beinahe hätten sie zwei Krankenschwestern über den Haufen gerannt, die mit Blutplasma unterwegs waren, um irgend jemandem das Leben zu retten.

Zeitungsreporter können sich ein menschlicheres Auftreten leisten und mit den Opfern von Tragödien sprechen, ohne sie mit grellem Licht zu blenden und ihnen Mikrofone vor die Nase zu halten. Es muß sehr aufregend sein, über Ereignisse zu berichten, während sie geschehen, und ich beneide Radio und Fernsehen um ihre Unmittelbarkeit. Aber ich habe es nie bereut, daß ich für eine Zeitung arbeite. Mitarbeiter einer zum Konzern gehörenden Senderkette haben mir einmal einen Job angeboten. Als der Nachrichtenchef das Büro betrat, in dem ich auf ihn wartete, kroch ich auf den Knien auf dem Fußboden herum. Aber ich hatte nicht etwa göttlichen Beistand herbeigefleht, um den Job zu kriegen. Mir war eine Kontaktlinse verlorengegangen. Trotzdem wollten sie mir einhundertsiebenunddreißig Dollar pro Woche mehr zahlen als der *Herald*. Das gab mir zu denken, und ich stellte der Redaktion meine Kündigung in Aussicht, überlegte es mir jedoch in letzter Minute anders. Es hat mir nicht leid getan.

Ich habe es in den Anfangsjahren meines Berufs fast ausschließlich mit Männer zu tun gehabt. Und natürlich habe ich manchmal mein Geschlecht zu meinem Vorteil ausgenutzt. Ich war die erste Reporterin – und wahrscheinlich auch die erste Frau, die es freiwillig getan hat –, die einen Blick in die Folterkammer des Sexualmörders Albert Brust werfen durfte.

Albert Brust war ein sanftmütiger Hausmeister, der zurückgezogen in einem Vorort lebte, bis eines Morgens ein Sommergewitter heraufzog und seine Nachbarin aus dem Haus gelaufen kam, um ihre draußen aufgehängte Wäsche vor dem Unwetter in Sicherheit zu bringen. Brust hatte es sich in seinem Hinterhof in einem Lehnstuhl bequem gemacht. Donner grollte, Blitze zuckten über den Himmel, und es begann zu regnen, aber er rührte sich nicht von der Stelle. Der fleißigen jungen Hausfrau fiel wieder ein, daß ihr Nachbar sich seit zwei Tagen nicht mehr bewegt hatte.

Sie rief die Polizei.

Brust hatte sich einen Kakao gekocht und ihn mit einem Schuß Blausäure abgerundet. Was zuerst nach einem gewöhnlichen Selbstmord aussah, nahm unvermittelt bizarre Ausmaße an. Die Wände seines Hauses waren schalldicht isoliert. Sein Kühlschrank war mit sorgfältig eingewickelten Fleischbällchen gefüllt, von denen jeder genug Blausäure enthielt, um drei Menschen zu töten. Es gab eine Folterkammer mit psychedelischer Beleuchtung, und in seiner Badewanne machte man unter einer Lage frisch angerührten Zements eine entsetzliche Entdeckung.

Albert Brust hatte ein junges Pärchen gekidnappt, das von zu Hause ausgerissen war. Den Jungen hatte er umgebracht und enthauptet, seine Leiche in die Badewanne gesteckt und mit Zement abgedeckt. Das Mädchen hatte er tagelang vergewaltigt und gequält. Dann fuhr er mit ihr nach Fort Lauderdale, wo er sie freiließ. Sie ging sofort zur Polizei, die nicht ein einziges Wort von ihrer merkwürdigen Geschichte glaubte und sie zurück zu ihren Eltern nach Indiana schickte.

Das Mädchen war fünfzehn Jahre alt.

Brust hielt sein Haus tadellos in Ordnung und war ein geschickter Handwerker, aber er hatte etwas übersehen: Der Zement schloß die Badewanne nicht luftdicht ab. Die Leiche begann zu verwesen, und der furchtbare Gestank durchzog das ganze Haus. Er hätte die Leiche aus dem Zement herausmeißeln müssen, um sich ihrer dann anderswo zu entledigen.

Ein ziemlich widerwärtiger Job.

»Ich habe mich verrechnet«, vertraute Brust seinem Tagebuch an. »Die Situation könnte mit großem, unerquicklichem Aufwand wieder bereinigt werden, aber die Sache ist den ganzen Ärger nicht wert.«

Den unerquicklichen Aufwand überließ er der Polizei. Schwitzende Detectives vom Morddezernat wechselten sich mit dem Meißel ab. Presseleute und Schaulustige hatten sich hinter der gelben Absperrung versammelt, die den Tatort eines Verbrechens anzeigte. Es war ein heißer Tag im Juli 1973. Das Gewitter war längst durchgezogen, und ein Händler mit Eiskreme und Softdrinks schob sich durch die Menge. Erschütterte Nachbarn bezeichneten Brust Journalisten gegenüber als Einzelgänger, der sich liebevoll um streunende Katzen gekümmert hatte.

Sie hatten beobachtet, wie er sie mit Fleischbällchen fütterte.

Die Anwesenheit der Medien hatte die Kinder aus der Nachbarschaft in helle Aufregung versetzt. Sie wollten wissen, für welches Programm ich arbeitete. Das werde ich ziemlich oft gefragt. Ich erklärte ihnen, daß ich für eine Zeitung schriebe. »Aber für welches Programm? Welches Programm?« riefen sie verdutzt. Ich begann noch einmal von vorn. Ein ungefähr siebenjähriger Steppke schien es endlich kapiert zu haben.

»Der Miami *Herald*! Pfui!« maulte er und senkte erbost beide Daumen. Warum hegte ein kleiner Junge, der vielleicht gerade Lesen gelernt hatte, einen Groll gegen unsere großartige Zeitung? Ich ging in die Knie, damit wir uns in die Augen sehen konnten, und bat ihn höflich um eine Antwort. »Sie ist zu schwer«, heulte er. »Samstags ist sie zu schwer!«

Er hatte mit Zeitungsaustragen sein Taschengeld aufbessern wollen, aber der Zeitungsstapel war zu schwer und unhandlich für einen Jungen seines Alters.

Damit konnte ich leben.

Unter den Presseleuten, die sich vor dem Haus von Brust versammelt hatte, waren Berichterstatter von Zeitungen, Nachrichtenagenturen, Radiostationen und Fernsehsendern – ich war die einzige Frau. Es dauerte Stunden, bis die Detectives die Leiche freigelegt hatten. Währenddessen warteten wir draußen in der brütenden Hitze, und mein Redaktionsschluß rückte näher und näher.

Ein stämmiger Lieutenant erklärte sich schließlich bereit, die Vertreter der Medien – einzeln – hereinzulassen und im Haus und der Folterkammer herumzuführen. Auf die Art würde es bis zum Abend dauern. Mir saß der Termin im Nacken, und ich mußte noch den ganzen Weg zurückfahren, um die Story zu schreiben.

»Ladies first!« rief ich.

Es war ein Reflex. Es entsprang purer Verzweiflung. Und es funktionierte.

Ich hatte diese klassische Story von Wahnsinn und Mord als erste im Kasten. Ich habe mich oft gefragt, ob mein Verhalten aggressiv war, was in meinem Beruf als Kompliment gilt, oder sexistisch, was man weniger schätzt. Dazwischen gibt es nur einen schmalen Grat. Ich denke, ich war noch nie so nahe daran, ihn zu überschreiten.

Die Story über Albert Brust war der Aufmacher für die Morgenausgabe des *Herald*. Im Lokalteil hatte ich auch einen großen Artikel und außerdem die Titelstory für *Tropic*, das Sonntagsmagazin des *Herald*. Es war ein schöner Tag. Ich glaube, mir ist damals zum erstenmal wirklich klar geworden, daß ich meinen Job beherrschte. Aber man darf sich in diesem Geschäft niemals auf seinen Lorbeeren ausruhen.

Nur die Story zählt – die für die nächste Ausgabe.

Das Gebäude des *Herald* wurde als Schauplatz für den Film *Mean Season* ausgewählt, und die Ausstatterin des Films, Linda Benedict, machte einen Besuch in der Redaktion. Sie wollte sich Anregungen holen, um Kurt Russell und die anderen Schauspieler, die Journalisten verkörpern, mit authentischer Kleidung ausstaffieren zu können. Wir machten nicht viel Eindruck auf sie.

»Reporter scheinen keinen großen Wert darauf zu legen, wie sie aussehen.« Sie rümpfte die Nase und sah sich im Redaktionsraum um.

Ich bat um mildernde Umstände, wenigstens in meinem Fall.

Im Bewußtsein, den *Herald* zu repräsentieren, trug ich in den ersten Jahren vorzugsweise Kleider und hochhackige Schuhe zur Arbeit. Ich schleppte mich darin durch die Everglades und kämpfte mich durch den glühend heißen Sand der Strände von Miami Beach, um Augenzeugen von Barracuda- oder Haifischattacken zu interviewen und heldenhafte Taten der Rettungsschwimmer festzuhalten.

Dann brach das Gebäude der Drogenfahndungsbehörde zusammen. Es war das Jahr 1974. Die DEA hatte damit begonnen, die Autos von Drogenhändlern zu konfiszieren. Sie stellten die Wagen auf dem Dach ihres Hauptquartiers in Downtown Miami ab. Offensichtlich war es genau ein Wagen zuviel gewesen, denn eines Tages stürzte das Dach ein und riß das gesamte Gebäude mit sich. Dabei starben sieben Bundesbeamte; sechzehn weitere wurden verletzt.

Einige waren noch immer unter Schutt und Autos begraben, und es wurde Katastrophenalarm ausgelöst. Ich hatte mich zu dem Feuerwehrchef durchgekämpft, der die Operation leitete, als ein Fernsehreporter ziemlich weit hinter der gelben Absperrung ein großes Geschrei anstimmte. »Was hat Edna Buchanan da zu suchen? Warum darf sie dorthin und wir nicht?«

Das war unfair. Sie konnten den Fernsehleuten mit ihrer sperrigen Ausrüstung natürlich nicht erlauben, die Arbeit der Rettungsmannschaften zu behindern. Aber auch ich wurde wieder hinter die Absperrung zurückgeschickt.

Wenig später, als ich mich gerade hinüberbeugte, um eine Frage zu stellen, hob ein in der Nähe stehender Cop das in Kniehöhe verlaufende Seil hoch. Er wollte einigen offiziellen Vertretern der Stadt den Zugang ermöglichen. Die Absperrung verfing sich in meinem Kleid und schob mir den Rock bis über die Taille nach oben. Es war eine sehr peinliche Situation.

Kurze Zeit später kehrten mehrere DEA-Agenten mit

beschlagnahmten Fahrzeugen zu ihrem Hauptquartier zurück. Sie fanden nur noch die Trümmer des Gebäudes vor und gerieten in ziemliche Erregung. Ihre Reaktion lockten einige übereifrige Kamerateams an, was die Aufregung der Agenten noch verstärkte. Ihre Tarnung für verdeckte Ermittlungen würde auffliegen, wenn die Bilder über den Sender gingen. Es gab ein Handgemenge mit viel Geschrei, Drohungen und Gezerre um die Kameras. Ich packte die Gelegenheit beim Schopf und schlüpfte unter dem gelben Seil hindurch, um den Rettern vor Redaktionsschluß noch ein paar letzte Fragen zu stellen. Dadurch fühlten sich einige Cops provoziert, die mich für verhaftet erklärten und in einen Polizeiwagen sperrten. Glücklicherweise öffnete jemand auf der anderen Seite die Tür, und ich entkam.

Daraufhin trug ich bei der Arbeit nur noch Hosen und bewahrte immer kniehohe Feuerwehrstiefel im Kofferraum meines Wagens auf.

Soviel zu Modefragen.

Für seine Rolle als Polizeireporter trug Kurt Russell billige, bügelfreie Anzüge und Hemden aus reiner Baumwolle. Linda Benedict steckte sie solange in einen Wäschetrockner, bis sie verknittert genug waren, um echt auszusehen.

Wie soll man sich passend anziehen, wenn man nie weiß, wohin einen der nächste Auftrag führt? Es kann eine Beerdigung sein, ein Aufruhr oder ein Großalarm der Feuerwehr.

Oder sie schicken dich in einem Luftkissenboot zu einem Flugzeugabsturz in den Everglades. Ich trug ein Kleid und Pumps, als ich auf das Boot sprang, worüber sich Dr. Joseph H. Davies, der Gerichtsmediziner von Dade County, köstlich amüsierte, denn er war eher dem Anlaß entsprechend gekleidet. Ein Flugzeug mit einer Ladung Faschingsgebisse war beim Absturz über den Everglades zerbrochen und hatte seine Ladung in der Gegend verstreut. Gebisse in den Bäumen, den Sümpfen, im Gebüsch – überall Gebisse. Ich bin leider nicht im Besitz irgendwelcher Studien über entsprechende ökologische Langzeitauswirkungen, sofern es denn welche gibt.

Dies ist kein Job, um sich gut anzuziehen oder weit vorauszuplanen. Als vor Tagesanbruch ein Haus abbrannte und fünf Kinder zusammen mit ihrem Hund umkamen, arbeitete ich siebzehn Stunden. Als jemand Bradley Glasscock von der Florida Highway Patrol erschoß, waren es zwanzig Stunden.

Ich bin dem kräftigen, jungen Polizisten das erste Mal bei einem schweren Verkehrsunfall begegnet, den ein Wagen voller Rastafaries verursacht hatte. Die Rastafaries sind eine jamaikanische Sekte, deren Anhänger die Haare in Dreadlocks tragen und Marihuana als Teil ihrer Religion betrachten. Um ein schlagendes Beispiel dafür zu liefern, wie Marihuana Denkprozesse beeinträchtigen kann, insbesondere das Vorausdenken, schoß ein Mann auf dem Rücksitz während einer Auseinandersetzung dem Fahrer in den Kopf. Bei fünfundsechzig Meilen die Stunde auf der linken Fahrspur.

Der Wagen schoß quer über den Highway und verursachte mehrere Totalschäden, bevor er von einem Hindernis gestoppt wurde. Die Insassen, die sich noch auf den Beinen halten konnten, kletterten heraus und suchten das Weite. Patrolman Glasscock, ein ernsthafter und aufrechter Polizist, versuchte, das Chaos zu entwirren. Er nahm die Unfälle zu Protokoll und forderte die beiden Star-Detectives Mike Gonzales und Louise Vasquez aus Miami an, damit sie den Mordfall untersuchten. Ich ließ meinen Wagen auf dem Seitenstreifen stehen und schlängelte mich durch den stehenden Verkehr, um meine Story zu bekommen.

Kurz darauf stapfte ich für eine andere Story mitten in der Nacht über den Asphalt desselben Highways. Patrolman Bradley Glasscock war tot. Ein Autofahrer, der eine Mautstelle passiert hatte, ohne zu bezahlen, hatte ihn erschossen. Ich bekam den Anruf um vier Uhr morgens und machte mich auf, um über die Jagd nach dem Mörder zu berichten.

Ein deutscher Schäferhund von der Abteilung K-9 wurde eingesetzt, um die Spur des Schützen aufzunehmen. Zum großen Unmut des Hundeführers sprang er sofort über einen Damm und stürzte sich in die Bucht. Kurz darauf kämpfte der Hund sich zurück ans Ufer und trug die Mordwaffe zwischen den Zähnen. Unter Wasser versagt auch der Geruchssinn eines Hundes. Wie also hatte er das gemacht?

Ich weiß es nicht. Aber ich war dabei und kann es bezeugen.

Ein Jahr später lud ich meine Mutter zum Essen ein. Ich wurde ans Telefon geholt, als das Essen kam, und setzte Mutter zusammen mit einem hastig eingewickelten türkischen Menü vor ihrer Haustür ab. Im Büro fegte ich ein Päckchen von meinem Schreibtisch, damit ich Platz hatte, um an meinem Artikel zu arbeiten. Später, als ich die Story über den jüngsten Mord an einem Highway Trooper fertig hatte, fiel es mir wieder in die Hände, und ich riß die Verpackung herunter. Der Inhalt schien aus der Twilight Zone zu stammen: eine Plakette – die Ehrung für die Story über den Mord an dem Trooper vor einem Jahr.

Mitunter haben Journalisten ein persönliches Interesse an einem Fall. Ein Autofahrer überfuhr ein kleines Mädchen auf einem Fahrrad. Er setzte zurück, zerrte sie und das Rad unter seinem Wagen hervor und schaffte sie an den Straßenrand, wo das Mädchen später starb. Dann machte er sich davon.

Das Mädchen war zwölf Jahre alt geworden.

Die Polizei tat ihr Äußerstes, um den Täter zu fassen, bevor das Verbrechen verjährte. Die Verhaftung erfolgte zwei Tage vor Ablauf der Frist. Sie schafften ihn in Handschellen herbei. Draußen hatten Fernsehteams Posten bezogen, während ich in der Eingangshalle des Polizeireviers wartete. Es gelang mir zusammen mit dem Täter und den zwei Detectives, in den Fahrstuhl zu schlüpfen. Die Beamten waren nicht gerade erfreut über meine Anwesenheit, aber sie verhielten sich wie Gentlemen. Das Morddezernat war im zweiten Stock, deshalb blieb mir nur Zeit für eine einzige Frage. »Erinnern Sie sich an den Unfall?«

»Ja«, erwiderte der Verdächtige. »Ich erinnere mich sehr gut daran.« Ich brachte es als wörtliches Zitat.

Am nächsten Tag legte er ein Geständnis ab. Später nahm er

sich einen gewieften Anwalt, der auf nicht schuldig plädierte. Er widerrief sein Geständnis, weil es auf unerlaubte Art zustande gekommen wäre. Ich bekam eine Vorladung für eine außergerichtliche Anhörung.

Das ist nichts Ungewöhnliches für uns, aber die Anwälte des *Herald* legen meist erfolgreich Beschwerde dagegen ein. Polizeireporter sollten nicht gezwungen werden, unter Eid auszusagen. Aber dieser Fall lag anders; der Kerl war drauf und dran, ungestraft davonzukommen, und ich mußte lediglich beschwören, daß ich ihn korrekt zitiert hatte.

Ich sagte aus, daß ich meinen Presseausweis sichtbar getragen, ein Reporternotizbuch in der Hand gehalten und mich ihm gegenüber als Journalistin zu erkennen gegeben hatte. Er hatte mich nicht für einen Cop halten können. Sein formales Geständnis hatte zwar keine Gültigkeit mehr vor dem Gesetz, dafür aber seine Antwort auf meine Frage.

Bevor eine Jury Kenntnis davon erhalten konnte, plädierte der Anwalt auf schuldig.

Ich hatte schon einmal als Zeuge vor Gericht erscheinen müssen. Während meines letzten Jahres bei der *Sun* hörte ich im Polizeifunk, daß in einem Schnapsladen in South Beach, etwa zwölf Blocks entfernt, ein Raubüberfall im Gange war. Ich erschien auf der Bildfläche, als der Besitzer gerade herausgelaufen kam. Ein knorriger, alter Mann, der schon fünf- oder sechsmal beraubt worden war. Er winkte aufgeregt und stürmte an mir vorbei auf den ersten Streifenwagen zu, der gerade um die Ecke kam. Ich winkte zurück und lief in den Laden, um zu sehen, was passiert war. Zerbrochene Schnapsflaschen bedeckten den Boden, und in einer Ecke lag zusammengekrümmt ein Mann. Er zitterte vor Angst am ganzen Körper. Ich fragte ihn, ob alles in Ordnung wäre, und holte mein Notizbuch hervor.

Es war kein gutes Interview.

Der Mann verdrehte die Augen und sagte immer wieder: »Ich weiß es nicht, Mann. Ich weiß überhaupt nichts.« Ich ging davon aus, daß der arme Kerl einen schweren Schock erlitten hatte.

»Haben Sie den Räuber gesehen? Wie sah er aus? Wohin ist er verschwunden?«

Der Besitzer und drei Polizisten drückten ihre Nasen gegen die Schaufensterscheibe und gaben mir Zeichen, ich sollte herauskommen. Sie funken mir immer dazwischen, wenn ich einem Augenzeugen einen Bericht entlocken will. Aus diesem hier hatte ich noch nichts Brauchbares herausgeholt. Also versuchte ich, sie zu ignorieren, und stellte weiter meine Fragen.

Das Interview war wirklich äußerst unergiebig.

Inzwischen sahen die Cops ziemlich wütend aus. Sie schwenkten ihre Waffen und forderten mich auf, endlich herauszukommen. Also gab ich es auf. Als ich auf den Bürgersteig trat, stürmten sie sofort hinein, überwältigten den Mann und legten ihm Handschellen an.

Er war der Räuber.

Ich sollte bei seinem Prozeß aussagen – zu seinen Gunsten. Die Verteidigung hoffte, ein positives Bild von ihm zu zeichnen, wenn ich zu Protokoll gab, daß er sich in meiner Gegenwart wie ein Gentleman benommen hatte. Ich legte einen Eid darauf ab. Genützt hat es ihm nicht allzuviel. Seine Richterin war Ellen Morphonios, die unter altgedienten Zuchthäuslern den Spitznamen die ›Zeitmaschine‹ trug, weil sie ihnen zu sehr viel Zeit hinter Gittern verhalf.

Ich sagte aus, er wäre ein perfekter Gentleman gewesen, aber ein lausiger Augenzeuge.

Die Zeitmaschine gab ihm zwanzig Jahre.

Ein Polizeireporter ist immer ein unwillkommener Gast. Der Beruf ist zuweilen sehr einsam und mühselig. Die Leute mögen es nicht, wenn man die schlechten Neuigkeiten weitererzählt; aber das liegt in der menschlichen Natur. Jemand gerät in Schwierigkeiten, du berichtest darüber, und er geht auf dich los, als ob seine Probleme deine Schuld wären und nicht seine. Die Wahrheit kann einem eine ganze Menge Ärger bereiten.

Die alten Griechen pflegten den Überbringer schlechter

Nachrichten zu töten. Manche Leute würden diesen Brauch nur allzugern wieder aufleben lassen.

Eine Story zu schreiben ist eine heikle Angelegenheit. Man weiß nie, ob sie wirklich beendet ist. Es bleibt immer noch etwas nachzuprüfen, irgendein Detail, das vielleicht alles verändert. Ein Zeitungsartikel kann das Leben eines Menschen ruinieren oder ihn noch zwanzig Jahre später heimsuchen. Er wird in einem Archiv für die Nachwelt aufbewahrt wie eine Polizeiakte. Man kann ihn nicht ungeschehen machen.

Ein Polizeireporter hat das Leben, den Ruf und die Karriere eines Menschen in der Hand. Also bleibt man dran – stellt noch eine Frage, klopft an noch eine Tür, macht einen letzten Telefonanruf und noch einen.

Es könnte der entscheidende sein.

Junge Katzen sind
die Schönsten
ihrer Art.
Leonardo da Vinci

Nebenschauplatz

WENN WEISSE KÄTZCHEN TANZEN

Ich hatte es mir nach dem Tod meiner Katze Nina geschworen: nie wieder ein Haustier. Der Verlust war mir sehr nahegegangen, und ich wollte so etwas kein zweites Mal erleben. Man sollte dem vielen Leid auf dieser Welt kein weiteres hinzufügen. Aber innerhalb von wenigen Tagen hatte ich eine solche Sehnsucht nach einem weißen Kätzchen, das aussah wie Nina, daß ich sogar davon träumte. Wenn ich mit dem Wagen unterwegs war, erwartete ich die ganze Zeit, daß eines unter einem geparkten Auto hervor auf die Straße lief. Aber es ist nie passiert.

Meine Bekannten bombardierten mich förmlich mit jungen Katzen – schwarzen, struppigen, grauweiß gestreiften, niedlichen Dingern. Sogar Sergeant Mike Gonzales trieb irgendwo ein Kätzchen auf und versuchte, es bei mir abzuladen. Seine Beharrlichkeit gab mir ziemlich zu denken.

Mein weißes Kätzchen wird mir schon eines Tages über den Weg laufen, dachte ich. Wie Kätzchen es eben zu tun pflegen. Dann rief meine Freundin Elayne Wolfson aus dem Vermißtendezernat bei mir an. Ein schwarzweißes Kätzchen, sagte sie. Ich weigerte mich entschieden. Ein Ehepaar, beide bei der Polizei, hatte das völlig verschreckte Tier mitten auf dem vielbefahrenen South Dixi Highway entdeckt. Der Verkehr war kurzfristig zum Erliegen gekommen, als die Rettungsaktion durchgeführt wurde. Die Wolfsons hatten drei deutsche Schäferhunde, ihr

Urlaub stand kurz bevor, und sie hatten davon gehört, was mir fehlte. Es ist erstaunlich, wie sich so etwas rumspricht. Ein sogar noch weichherzigerer Tierliebhaber, die Richterin Ellen ›die Zeitmaschine‹ Morphonios, auch bekannt unter dem Namen ›Richterin des Teufels‹, hatte mir ein Wort der Anteilnahme übermittelt.

Aber ich blieb abweisend, als Elayne mir am nächsten Tag im Polizeihauptquartier ein Polaroidfoto unter die Nase hielt. Ich hatte noch nie ein so häßliches Kätzchen gesehen. Es stammte offensichtlich aus dem Wurf einer unterernährten, streunenden Katze und war hinter einer Mülltonne zur Welt gekommen. Der Kopf war riesig, viel zu groß für den dürren Körper. Seine Vorderbeine waren krumm, und ein merkwürdig ausgefranster, weißer Schnurrbart hing ihm schief in dem schwarzen Gesicht. Ich *mußte* einfach ja sagen. Wäre sie wunderschön gewesen, wäre es mir leicht gefallen, nein zu sagen, aber um diese Kreatur würde sich auf der ganzen Welt sonst niemand kümmern.

Ich nahm Dixie Darling mit zu mir nach Hause. Wir hatten keinen sehr guten Start. Nach der aufreibenden Arbeit beim *Herald* verbrachte ich meine freie Zeit im Gefängnis, um einen Sexualmörder zu interviewen. Wenn ich dann spätabends nach Hause kam, hörte ich Dixie Darling schon schreien, bevor ich die Wagentür öffnete. Mein schlechtes Gewissen fraß mich fast auf. Sogar auf dem South Dixie Highway war das arme Tier glücklicher gewesen als jetzt. In ihrer Einsamkeit warf sie die Blumentöpfe um, zerriß jedes Blatt Papier und begann schon damit, die Vorhänge auseinanderzunehmen.

Sie brauchte Gesellschaft, damit sie Beschäftigung hatte. Zwei Katzen sind besser als eine. Aber ich hatte überhaupt keine Zeit, mich darum zu kümmern. Im Gefängnis unterhielt ich mich eines Tages mit dem Sergeant vom Dienst und erzählte ihm von meiner häuslichen Misere. Ich bräuchte ein Kätzchen.

»Schauen Sie bei mir vorbei, bevor Sie gehen«, sagte er. Das tat ich, und er führte mich in die Küche, wo er kurz verschwand und mit einem ängstlich miauenden, grauweißen Kätzchen auf dem Arm wiederkam. Es war das letzte aus einem Wurf des

Gefängnismaskottchens, einer graugestreiften Katze mit Namen Trustee.

Mit einem Seufzer vergaß ich all meine Träume von tanzenden, weißen Kätzchen. Das hier schrie auf dem ganzen Heimweg wie ein Baby.

Ich stellte Baby Dear Dixie Darling vor, die aber keine Sehnsucht nach einem Spielgefährten zu haben schien und statt dessen den Neuankömmling heimtückisch attackierte. Sie bereute es auf der Stelle. Wie so viele, die aus diesem Gefängnis entrinnen, erwies Baby Dear sich als unverbesserlich und nicht resozialisierbar, als waschechter Soziopath eben. Sie hatte immer mehr von einem wilden Tier an sich als von einer Hauskatze. Ein Tierarzt, den sie einmal zu schmerzhaft mit ihren Krallen bearbeitet hatte, bot mir an, sie kostenlos einzuschläfern. »Haustiere sollten Freude machen«, erläuterte er nicht unfreundlich, während er sich die blutige Hand hielt, »diese da ist eine Bedrohung.«

Ich war schockiert. Natürlich konnte ich verstehen, daß man in einem harmlos aussehenden Katzenkorb, auf dessen Namensschild ›Baby Dear‹ prangte, keine wütende Bestie vermutete, die einem fauchend an die Gurgel sprang. Aber dafür gleich die Todesstrafe zu beantragen? Wir suchten uns einen anderen Doktor.

Baby Dear ist jetzt zehn und ein wenig ruhiger geworden. Aber wenn man sie provoziert, greift sie blitzschnell an. Sie stößt erst einmal zu und läßt dann einen Doppelschlag folgen, der heimtückischer ist als der erste. Zweifellos hat sie sich das in der Zeit hinter Gittern angewöhnt.

Vielleicht hatte ihr damaliger Arzt doch recht. Einmal hatte sie Schaum vor dem Mund. »Ich fürchtete das Schlimmste und raste mit ihr in die Tierklinik. Doch der Arzt zog bloß eine Gräte heraus, die sich zwischen Oberlippe und Zähnen festgesetzt hatte, und präsentierte mir die Rechnung. Ein anderes Mal mußte eine klaffende Wunde an Baby Dears Seite mit einem Dutzend Stichen genäht werden. Der Arzt meinte, die Verletzung sähe nach einem erbitterten Kampf mit einem wilden Tier aus. Wie diesem katzenhaften Straßenkämpfer aus dem Knast mitten in Miami Beach ein wildes Tier über den Weg laufen konnte, will ich überhaupt nicht wissen.

Schlimmer noch war der Vorfall im Speisesaal des Boulevard-Hotels für Rentner.

Baby Dear hatte sich die ganze Nacht nicht zu Hause blicken lassen. Ein Angestellter vom Boulevard klingelte um elf Uhr morgens an der Tür. Sein grimmiges Gesicht verhieß nichts Gutes. »Gehört die graue Katze Ihnen?«

»Wo ist sie?«

»Folgen Sie mir.«

Wir marschierten zusammen in das Hotel und seinen hohlenartigen, verlassenen Speisesaal. Baby Dear kauerte mit dem Rücken zur Wand in der hintersten Ecke unter einem für zwei Personen gedeckten Tisch. Ihre Augen funkelten in dem düsteren, menschenleeren Saal.

Gestern abend, als festlich gekleidete Rentner hier ihr Dinner zu sich nahmen, war plötzlich ein kreischendes, fauchendes Etwas von der Decke herabgefallen und auf dem Tisch eines älteren Paares gelandet. Die Frau schrie. Ihr Gatte griff sich ans Herz. Fleisch und Kartoffeln waren durch die Gegend geflogen. Pelzumhang und Abendtäschchen segelten durch die Luft, als Baby Dear vom Tisch heruntersprang und im hintersten Winkel des Speisesaals Schutz suchte.

Die Hotelangestellten hatten gehofft, sie würde verschwinden, aber am nächsten Morgen war sie immer noch da, offensichtlich verletzt und verwirrt. Als die Leute ihr Milch und Wasser geben wollten, wurden sie mit einem wütenden Fauchen bedacht.

Ich raste nach Hause, kündigte telefonisch in der Tierklinik einen Notfall an und brachte einen Katzenkorb mit in den Speisesaal. Aus Angst, daß Baby Dear am Rückgrat verletzt sein könnte, setzte ich sie ganz vorsichtig hinein.

Der Arzt röntge ihren ganzen Körper. Er konnte keine Verletzung feststellen und händigte mir die Rechnung aus. Offensichtlich war sie über der heruntergezogenen Decke des Speisesaals hinter einer Ratte hergewesen und durch ein lockeres Paneel gefallen. Zu Tode erschrocken und unsicher, wo sie sich befand, hatte sie einfach gewartet, bis ich sie holen kam.

Ich hatte meine sorgfältig im Mietvertrag ausgehandelte Quote von zwei Katzen erreicht, und natürlich tauchte jetzt eine wunderschöne, weiße Katze miauend an meiner Haustür auf. Mein Nachbar Mister Goldstein und ich gaben ihr Futter. Sie war so friedlich, daß ich mich entschloß, ihr ein Zuhause zu suchen. Aber zuerst würde ich sie sterilisieren lassen. Als ich sie Wochen später wieder zu Gesicht bekam, war sie verletzt – voller Schrammen und Beulen und einer ernsthaft verletzten Pfote.

Der Tierarzt, der sie untersuchte, sagte mir, daß die Katze eine Geburt hinter sich hätte. Verhungerten da draußen jetzt etwa winzige Katzenbabies? Die Schwangerschaft läge schon einige Zeit zurück, versicherte er mir beruhigend. Ich brachte die Katze zum Haus meiner Mutter, wo sie sich im Gästezimmer erholen sollte. Meine Nachbarn unterzog ich einer eingehenden Befragung, ob sie kleine Kätzchen gesehen hätten. Keiner hatte etwas bemerkt, und ich vergaß es. Ein paar Tage später hörte ich im Morgengrauen ein zartes Gepiepse wie von jungen Vögeln. Doch als ich nach draußen kam, um nachzusehen, war alles still. Unter der Dusche glaubte ich, das Geräusch noch einmal zu hören, war mir aber nicht sicher. Am nächsten Morgen hörte ich es erneut.

Das hohe Fiepen kam von einer dichten Hecke, die das Grundstück von einem benachbarten, alten Hotel trennte. Ich ging in die Hocke, und da krabbelten winzige, schneeweiße Kätzchen durcheinander. Verängstigt und kurz vorm Verhungern. Sie mußten so leiden, weil ich ihnen die Mutter gestohlen hatte, die sie fütterte. Ich rannte ins Haus, um ihnen Milch anzuwärmen, hatte es aber auf dem Rückweg so eilig, daß ich die Milch auf meine Fußmatte schüttete und noch einmal von vorn anfangen mußte. Die Kleinen waren wild und verängstigt, aber dem Geruch der warmen Milch konnten sie nicht widerstehen. Sie wußten allerdings nicht, wie man aus einer Untertasse trinkt. Zwei von ihnen tappten hinein und plantschten darin herum. Ich tauchte meinen Zeigefinger in die Milch und benetzte damit ihre winzigen Schnauzen und Zungen. Sie waren eindeutig noch zu klein, um ohne ihre Mutter zu sein. Ich steckte sie alle in einen Korb und entschuldigte mich im Büro mit einem ›Notfall in der Familie‹. Dann brachte ich die Kätzchen zu demselben Tierarzt, der behauptet hatte, die Schwangerschaft ihrer Mutter läge schon länger zurück. Sie würde sie jetzt zurückweisen, sagte er mit feierlichem Ernst. Sie müßten mit der Flasche und nach einem peinlich genauen Plan gefüttert werden. Wenn man sie jetzt ihrer Mutter zurückgäbe, würde sie die Kleinen töten.

Er überreichte mir ihren Fütterungsplan und seine Rechnung.

Im Haus meiner Mutter öffnete ich vorsichtig den Korb, bereit, sofort dazwischenzugehen, wenn die Mutter Anstalten machte, die Kleinen anzugreifen. Die Katze marschierte schnurstracks auf den Korb zu und maunzte zärtlich. Dann sprang sie hinein, stillte ihre Jungen und leckte sie liebevoll sauber.

Wenn sich doch all meine Tagträume und Sehnsüchte so vollkommen erfüllten. Ich hatte mir ein weißes Kätzchen gewünscht. Und nun lag ich sogar mit fünf Stück über meiner Quote. Die Kätzchen machen mit Baby Dear, Dixie Darling und mir, was sie wollten. Wenn ich an der Schreibmaschine saß, kletterten sie an mir hoch, liefen über die Tasten und spielten mit dem Wagen.

Für drei von ihnen habe ich ein Zuhause gefunden, aber Fancy Flossie und Misty Blue Eyes sind geblieben.

Wenn man Leuten erklärt, daß man mit vier Katzen zusammenlebt, verändert sich ihr Gesichtsausdruck, und sie tauschen wissende Blicke.

Ihnen zu sagen, daß es fünf Katzen sind, ist noch schwieriger.

Ein winziger, grauer Kater irrte einsam und verlassen über den Deich bei South Beach, aber keiner von den zahlreichen Passanten beachtete sein mitleidheischendes Maunzen, obwohl ich es sogar von der anderen Seite des Parks aus hören konnte. Ohne darüber nachzudenken, ging ich in die Hocke und rief nach dem Kater, der aus beinahe fünfzig Meters Entfernung auf mich zugerannt kam und außer sich vor Erleichterung in meine Arme sprang. Mehr als eine Stunde versuchte ich vergeblich, fremde Leute dazu zu überreden, ihn aufzunehmen. Ich lag schon so hoffnungslos über meiner Quote, daß ich den Kater nicht mitnehmen konnte. Aber es fand sich niemand, und er war doch noch so klein.

Ein paar Tage später wurde mir vor Schreck ganz kalt, als ich dem schnurrenden Kater den Bauch kraulte und eine Beule entdeckte. Am nächsten Tag war sie schon größer. Ich rief den Tierarzt an. Er hätte entweder einen Bruch oder eine schnellwachsende Geschwulst, sagte ich. Der Doktor befühlte die Beule und nickte weise. »Es ist entweder ein Bruch oder ein schnellwachsender Tumor«, sagte er. Eine Operation wäre die einzige Möglichkeit, es herauszufinden.

Es war ein Bruch. Der Kater wurde an dem selben Tag davon befreit, als auch bei dem Schauspieler Burt Reynolds ein doppelter Bruch behoben wurde. Zu der Zeit lief auch Burts neuester Film, *Sharkey's Machine,* in Miami. So ist der Kater zu dem Namen Sharkey gekommen. Als Sharkey an dem Bruch operiert wurde, hat man ihn gleichzeitig kastriert.

Ich bezweifle, daß sie das auch mit Burt gemacht haben.

ZWEITER TEIL

Ein Polizist ist der kleine Junge, der gesagt hat, daß er Polizist werden will, und der dann auch einer geworden ist.
Raymon Burr

COPS

Ein guter Cop ist ein guter Mensch; ein schlechter Cop aber gehört zu den verabscheuungswürdigsten seiner Art.

In Wirklichkeit verbergen sich in jedem Cop sowohl ein schlechter als auch ein guter. Je nach Situation, persönlicher Verfassung und den Menschen, mit denen er zu tun hat.

Cops haben mir das Leben gerettet und versucht, mich zu verhaften. Ich habe über das gewaltsame Ende von fünfzig Polizisten berichtet. Darunter waren sechs Selbstmorde. Über Hunderte von Cops habe ich Artikel geschrieben. Diese Leute wurden angeschossen, zusammengeschlagen oder gerieten in ernste Schwierigkeiten. Ich habe auf ihren Beerdigungen Tränen vergossen und mir das Vertrauen ihrer Witwen, geschiedenen Frauen, Mütter und Kinder erworben.

Mit einem Cop habe ich kurze Zeit Tisch, Bett und Bankkonto geteilt.

Viele Leute neigen dazu, es zu vergessen, aber Polizisten sind auch Menschen.

Man hat mich als Kind gelehrt, zu einem Polizisten aufzublicken. Sie waren stark und unbesiegbar. Es waren die Leute, an die man sich wandte, wenn es Ärger gab. Deshalb berührt es mich immer sehr tief, wenn ein Cop weint.

Sie tun es.

Genauso wie sie die Gesetze übertreten.

Cops sind allzu menschlich, aber sie sind nicht genau wie du und ich. Sie stehen durch ihren Job im Abseits. Ihre Welt ist eingeteilt in ›wir‹ und ›die‹. Sie mißtrauen instinktiv jedem Außenseiter und insbesondere der Presse. Das Leben eines Polizisten verläuft in sehr engen Bahnen. Die meisten verkehren nur unter ihresgleichen; sie heiraten auch untereinander. Ihre Häuser liegen in denselben Stadtvierteln und Straßen. Durch diese

Nähe fühlen sie sich sicher. Es gibt außerhalb von Miami kleine Ortschaften, in denen fast ausschließlich Polizeibeamte leben.

In der guten alten Zeit, als das Leben noch einfacher war, fühlten die Leute sich sicherer, wenn nebenan ein Cop wohnte. Aber das hat sich geändert. Ein Cop ist jetzt der Mann, der zu Grillpartys in der Nachbarschaft nicht mehr eingeladen wird, weil irgend jemand sich einen Joint anstecken könnte. Was würde er dann tun? Würde er mitmachen und das Gesetz übertreten? Seinen Nachbarn oder seinen Schwiegersohn anzeigen? Oder würde er einfach nicht hinsehen?

Junge Polizisten sind am Anfang ihrer Karriere meist voller Eifer, reinen Herzens und haben hehre Ziele. Sie wollen den Menschen helfen, dem Gemeinwohl dienen und die Gesellschaft verändern. Sie kämpfen gegen die Bösen, müssen aber oft genug mitansehen, wie die Guten sich gegen sie wenden. Sie werden ständig in neue Konflikte hineingezogen, und fast immer sind sie die Gegner. Die Gesellschaft lehnt jede Form von Autorität ab, besteht aber darauf, beschützt zu werden. Es ist kein Wunder, daß Polizisten mit einem Gefühl der Entfremdung leben.

Und es ist auch nicht erstaunlich, daß sie sich ständig über den Verfall der Moral beklagen.

Die Cops von Miami sind allem ausgesetzt, was häßlich und böse ist: Drogenschmuggel, Geldwäsche, Massenmord, der Mafia, abgesetzten Diktatoren, fremden Flüchtlingen, illegalen Einwanderern, Massenmördern, Straßengangs, Spionen, Terroristen, internationalen Intrigen, Bombenattentaten, Grabschändungen, exotischen Krankheiten, bizarren Sekten, bizarrem Sex, Tieropfern, Voodoo, Waffenschmuggel, extremem Reichtum, bitterster Armut, unberechenbaren Politikern, Rassenspannungen und Aufständen.

Nach den Aufständen des Jahres 1980, als der Druck, mehr Polizisten einzustellen, besonders Angehörige von Minderheiten, immer größer wurde, stellten die Werber einen Trailer in Calle Ocho auf, an der Southwest Eight Street. Sie hielten junge Männer auf der Straße an und fragten sie: »Möchten Sie Polizist werden?«

Einige der jungen Latinos, die sie rekrutierten, sind vorbildliche Polizisten; aber unter ihnen finden sich auch die meisten Cops, die in Kokaindeals, Mord, Raub, Schutzgelderpressung und Korruption verwickelt sind, bei denen es um Millionen von Dollar geht – einem der verheerendsten Politskandale des modernen Amerikas.

Es ist nicht einfach, gute Polizisten zu rekrutieren. Früher gab es eine große Anzahl ehemaliger Soldaten, aber diese Quelle ist längst versiegt. Heutzutage müssen sich die Ausbilder mit Anfängern herumschlagen, die sich weigern, sich die Haare schneiden zu lassen, die an den Wochenenden frei haben wollen und diskutieren, statt zu gehorchen, wenn ein Sergeant einen Befehl gibt.

Man erwartet von Polizisten, daß sie ehrliche und anständige Leute mit lauteren Absichten sind. Man händigt aber Leuten, die diese Vorraussetzungen nicht erfüllen, Abzeichen und Waffe aus und schafft dadurch die Schwierigkeiten, mit denen wir zu kämpfen haben.

Es gibt junge Cops, die feuerrote Ferraris, Porsches oder einen Lotus fahren. Im Blut von zwei jungen Polizisten aus Miami, die tödlich verunglückten, wurde Kokain nachgewiesen.

Polizisten sind heutzutage ungeheuren Versuchungen ausgesetzt: dem großen Geld und Drogen. Vor zehn Jahren bekam ein Streifenpolizist Leute, die kiloweise Kokain oder Hunderttausende von Dollar bei sich trugen, überhaupt nicht zu Gesicht. Das ist anders geworden.

Vor ein paar Jahren machte eine Bootsladung Marihuana noch Schlagzeilen; man befürchtete den Verfall der Sitten, wenn jemand zwanzig Dollar bot, damit ein Verkehrsvergehen nicht angezeigt wurde. Heute finden die Cops Kleiderschränke, Koffer, Autos, Schulranzen und Brieftaschen, die bis obenhin mit Drogengeld vollgestopft sind.

Sie sind auch nur Menschen.

Zu der Zeit, als die Kriminalität das Leben in Miami ernsthaft beeinträchtigte und die Stadt in der Mordstatistik an erster

Stelle stand, hat man Vergleiche mit den wilden Tagen von Dodge City angestellt. Das ist eine Verharmlosung. Während einer schlechten Woche finden im Miami von heute mehr Menschen einen gewaltsamen Tod als in der gesamten Geschichte des ehrwürdigen Dodge City. Aber die Leute klammern sich an das Bild vom Wilden Westen und seiner unbeugsamen, rauhbeinigen Gesetzesvertreter, das sie aus dem Kino kennen. Der Mann mit dem Sheriffstern trat den üblen Burschen kräftig in den Hintern, wenn es nötig war, dadurch Recht und Ordnung aufrechtzuerhalten. Die Gangster von heute legen oft eine viehische Brutalität an den Tag; aber ihre Verfolger müssen sich wie Gentlemen benehmen.

Wenn ein Cop angespuckt wurde, konnte er etwas dagegen unternehmen. Wenn irgendein Querulant seine Nachbarn drangsalierte oder sich auf der Straße ungebührlich betrug, konnte ein Polizist einschreiten und ihn in Gewahrsam nehmen.

Heutzutage wird großen Wert auf das gute Verhältnis zwischen den Bevölkerungsgruppen gelegt. Die Cops müssen zurückstecken, immer weiter zurückstecken.

Aus diesem Grund wurde der Metropolitan Officer Joseph Pesek so gefeiert. Dutzende von Polizisten sind in letzer Zeit im Großraum von Miami wegen Brutalität im Dienst angeklagt worden, aber dieser zur Korpulenz neigende, über fünfzig Jahre alte Cop drehte den Spieß um. Man hatte ihn angegriffen, geschlagen, überfahren und beleidigt, als er ›die Schnauze voll hatte‹ und beschloß, sich ›das nicht länger gefallen zu lassen‹. Er strengte eine Zivilklage gegen einen betrunkenen Autofahrer an, der ihm einen Schlag gegen die Stirn versetzt hatte, und bekam Recht. Man verurteilte den Autofahrer zu zweitausendfünfhundert Dollar Geldstrafe.

Pesek hatte wirklich schon einiges hinter sich. Weil er einen Autofahrer aus einer Parkverbotszone verscheucht hatte, fuhr ihn der erboste Mann absichtlich über den Haufen, als er auf einer Kreuzung stand und den Verkehr regelte. Und er war auch schon von einem ausgeflippten Drogensüchtigen übel in den Finger gebissen worden.

»Warum sollte sich ein Cop so einen Scheiß bieten lassen?« sagte er. Das Leben eines Polizisten in Miami ist nicht einfach. »Die Leute beschimpfen und verfluchen uns. Für die sind wir der letzte Dreck. Aber wenn sie uns brauchen, vergessen sie plötzlich alle Schimpfnamen, mit denen sie uns belegt haben.«

Amen.

Mike Gonzales ist der beste Cop, den ich kenne. Polizeiarbeit ist etwas für jüngere Leute, aber Mike ist schon länger im Geschäft, als die meisten seiner Kollegen auf der Welt sind. Er ist seit sechsunddreißig Jahren Polizist in Miami. Mehr als zweiunddreißig davon hat er im Morddezernat verbracht.

Mike ist groß und hager. Er bevorzugt dunkle Anzüge und trägt eine schmale, goldgefaßte Lesebrille, die ihm Ähnlichkeit mit einem Bestattungsunternehmer oder Priester verleiht. Im Umgang mit Überlebenden, von Kummer gebeugten Familienangehörigen und reumütigen Verdächtigen auf der Schwelle zu einem Geständnis erscheint dieses Aussehen auch angebracht. Doch einmal ist Mike seine Unauffälligkeit beinahe zum Verhängnis geworden. Es war mitten in der Nacht am Schauplatz eines Mordes. Er entdeckte auf der anderen Straßenseite jemanden, der als Zeuge in Frage kam, und setzte sich in Bewegung. Die Fahrerin des Wagens, abgelenkt durch die Polizeiabsperrung und die Blitzlichter, erklärte später, daß da kein Mann im dunklen Anzug gewesen wäre.

Mike prallte auf die Motorhaube und wurde fast zehn Meter durch die Luft geschleudert. Er war siebenundfünfzig. Alle gerieten in Panik, nur Mike nicht. Viele jüngere Polizisten wären einfach auf der Straße liegengeblieben und hätten sich schon ihr Krankengeld ausgerechnet. Aber Mike stand wieder auf und setzte die Ermittlungen fort. Nur widerwillig ließ er sich von besorgten Kollegen dazu überreden, einen Arzt aufzusuchen. Humpelnd und lädiert, mit zerrissenem Anzug, tauchte er schon eine Stunde später wieder am Tatort auf.

Das konservative Image des Morddezernats, dessen perfekte

Verkörperung Mike Gonzales darstellte, schien sich vor einigen Jahren zu verändern. Einige der jüngsten Detectives des County wurden zu den bekanntesten Männern der Stadt. Ihre Frisuren waren gestylt und ihre Fingernägel manikürt. Die dreiteiligen Anzüge stammten vom Maßschneider, und ihre Krawatten waren aus Seide. Sie hatten keinerlei Hemmungen, ihren Goldschmuck vorzuzeigen, und an Tatorten achteten sie sorgfältig darauf, daß ihre Schuhe von Gucci keine Schlammspritzer abbekamen.

Ihre Aufklärungsrate war gering. Im Umgang mit der Presse wurden sie zunehmend wählerischer. Dazu hatten sie auch allen Grund, denn ihre teuren Klamotten konnten sie sich nur leisten, weil sie nebenbei für eine große Nummer im Kokaingeschäft arbeiteten. Als es aufflog, erschütterte der Skandal die Polizei in ihren Grundfesten. Fast alle Angehörigen des Morddezernats wurde versetzt, gefeuert oder verhaftet.

Ich habe immer gewußt, daß ich niemals einem Mann trauen könnte, dessen Fingernägel gepflegter waren als meine.

Eine Journalistin muß die Cops vergessen lassen, daß sie eine Frau ist. Sie müssen sie als Vertraute betrachten, als absolut verläßlichen Profi, und wenn das alles nicht hilft, als Person, an die sie sich derart gewöhnt haben, daß sie diese Person einfach übersehen. Und auf keinen Fall darf man Beruf und Vergnügen miteinander verwechseln. Ich glaube, das habe ich begriffen. Die Grundregel für mein Verhalten bei der Arbeit ist ganz einfach: Wenn dir etwas wirklich Spaß macht und wenn du dich dabei einfach nur wohlfühlst, dann ist etwas daran faul. Natürlich habe ich nicht den Sinn für das gewisse Etwas im Blick eines Mannes verloren, die reizenden Lachfältchen, einen guten Körper, Wahrheitsliebe und Ernsthaftigkeit.

Aber das sehe ich bei jedem Mann gern, nicht nur bei einem Polizisten.

Es war ein sonniger Samstagmorgen in Coconut Grove, als ich die beiden Sergeants der Mordkommission, Mike Gonzales und Ed McDermott, das erste Mal traf. Bei einer Schießerei in einem Schnapsladen hatte es einen Toten gegeben. Man schrieb das Jahr 1971, und es war einer der ersten Artikel, den ich für den *Herald* über ein Gewaltverbrechen schrieb. Ich zitterte förmlich vor Ehrgeiz und hatte keine Ahnung, was vor sich ging, als ich über das gelbe Seil kletterte, das den Tatort absperrte. Zwei Männer, beide groß und schwarzhaarig, rannten sofort auf mich zu und fragten laut, ob ich im Gefängnis landen wollte. Ihr Tonfall war rüde und bedrohlich. Ich bezweifelte nicht, daß sie es ernst meinten. Mike Gonzales und Ed McDermott hatten mir einen gehörigen Schrecken eingejagt.

Es war der Beginn einer wunderbaren Freundschaft.

Viele Polizisten können nicht locker mit der Presse umgehen, weil sie sich ihrer selber nicht sicher sind – ihres Jobs, ihrer Intelligenz, ihrer Männlichkeit – oder weil sie etwas Illegales oder Peinliches zu verbergen haben. Mike Gonzales und Ed McDermott waren weder unsicher, noch hielten sie mit etwas hinter dem Berg. Sie waren ganz einfach überrascht. Es gab nicht viele Frauen, die 1971 über Verbrechen berichteten.

Mike Gonzales besteht heute noch darauf, daß es McDermott war, der mir Arrest angedroht hatte. Mike hat ein ausgezeichnetes Gedächtnis. Er weiß genau, wie das rosa Kleid aussah, das ich damals trug, und wie ich es hochhob, um ›anmutig‹ mit meinen Pumps über das Seil zu steigen. Ich glaube, daß es beide zusammen waren, die mir damals einen solchen Schrecken eingejagt haben.

Als sie sich von ihrer anfänglichen Überraschung erholt hatten, zeigten sie sich sehr kooperativ. Es ist eine Freude, Polizisten zu begegnen, die wissen, worüber sie sprechen.

Der Besitzer des Ladens war schwer verletzt, hatte aber ein Feuergefecht mit dem Räuber zu seine Gunsten entschieden. Herumfliegende Kugeln hatten Whiskeyflaschen zertrümmert, die Ladentheke und den Schädel des Mannes, der den Raub verübt hatte.

Vor dem Eingang stand noch sein Fluchtwagen. Ein Aufkleber – UNTERSTÜTZT DIE POLIZEI – prangte auf der Frontscheibe. Der tote Räuber war ein ehemaliger Zuchthäusler und arbeitete als Wachmann. Das Abzeichen in seiner Tasche war

›dreimal so groß wie meins‹, beklagte sich Gonzales. Es war vergoldet, ähnelte dem eines Sergeant und wies den Gangster als Mitglied einer ›Sonderpolizei‹ aus. Für die Detectives war es ein besonders krasses Beispiel für die gefährliche Einstellungspraxis bei Sicherheitsfirmen. Im *Herald* wurde dieses Thema später ausführlich behandelt und führte zu strengeren Bestimmungen bei der Überprüfung von privaten Wachdiensten.

Mike Gonzales ist heute Lieutenant im Morddezernat und einer der besten Cops des Landes. In Miami liegt das Durchschnittsalter von Polizisten niedriger als anderswo. Der Verschleiß war sehr hoch. Aufstände, streßbedingte Zusammenbrüche und die Korruptionsskandale im Zusammenhang mit dem Kokain haben ihren Tribut gefordert. Aber Mike hat niemals der guten alten Zeit nachgetrauert, wie so viele Polizisten seiner Generation. Unermüdlich, voller Eifer und neuer Ideen richtet er den Blick in die Zukunft. Nur sein gesunder Menschenverstand und sein Einfühlungsvermögen sind wie früher. Von ihm und den Detectives, die er ausgebildet hat, habe ich viel gelernt.

Natürlich gilt das auch für Ed McDermott, einen zurückhaltenden, kräftigen Iren und Polizisten der alten Schule. Seit seiner Scheidung lebte er allein und hat wenig Bekannte. Er ist immer sehr für sich geblieben, und stets ging eine gewisse Traurigkeit von ihm aus. Man war zwar mit ihm befreundet, lernte ihn aber nie wirklich kennen.

Er war der erste Mann, der mich mit ins Leichenschauhaus nahm.

Wir waren an dem Tag gerade zusammen unterwegs, als uns die Meldung erreichte, daß man eine Frau in ihrem Haus erschossen aufgefunden hätte. Auf dem Weg dorthin erwachte das Funkgerät noch einmal zum Leben. Vor dem Memorial Jackson Hospital war mit quietschenden Reifen ein Auto vorgefahren. Der Fahrer hatte es noch bis in die Notaufnahme geschafft – mit durchgeschnittener Kehle.

Er lebte noch, und das Krankenhaus war ganz in der Nähe.

Die Frau konnte warten – weglaufen würde sie uns mit Sicherheit nicht.

Den Mann zu finden erwies sich als einfach. Wir brauchten nur der Blutspur zu folgen. Der Wagen war blutbespritzt, seine weiße Hose, und unter dem Untersuchungstisch, auf dem er lag, sammelte es sich zu einer großen Pfütze. Er röchelte entsetzlich. An eine Befragung war nicht zu denken.

McDermott bemerkte die Anschrift des Mannes auf seinem Führerschein und hob erstaunt eine Augenbraue. Wir waren dorthin unterwegs gewesen, als uns die Meldung von seiner spektakulären Ankunft im Krankenhaus erreichte. Die ermordete Frau hatte uns dort erwartet.

Sie lag ausgestreckt über der Schwelle zur Hintertür und trug einen BH und eine weite lange Hose. Fast hätte sie es geschafft. Im wirklich letzten Moment hatte eine Kugel zwischen die Schulterblätter sie an der Flucht gehindert.

Scherben von einer zersplitterten Kristallschale lagen auf dem Wohnzimmerteppich. Aus der Vordertür führte eine Blutspur hinaus ins Freie.

Wir setzten uns an den Tisch in der großzügig ausgestatteten Küche und leerten auf der Suche nach einem Ausweis ihre Handtasche. Was wir fanden, waren ein Lippenstift, ihr Kamm und eine Quittung über eine Anzahlung, die sie in einer Boutique geleistet hatte. Sie würde die Kleider nicht mehr brauchen.

Ich kam mir sehr indiskret vor. Wir waren einfach in ihr Haus eingedrungen und schnüffelten in ihren persönlichen Sachen – das ist ein Begleitumstand des Todes.

Leichen haben keine Intimsphäre.

Ein lebender Mensch erweckt kaum das berufliche Interesse von Detectives der Mordkommission. Aber nach dem Ableben eines Menschen versuchen sie mit der Besessenheit von eifersüchtigen Liebhabern, auch das kleinste Detail über ihn in Erfahrung zu bringen. Sie wollen Dinge wissen, die der Tote auch seinen nächsten Angehörigen nicht anvertraut hat. Um den Toten besser kennenzulernen, als er sich selber kannte, bleibt nichts von der Neugier der Detectives verschont.

Sie wollen wissen, was du gegessen hast und welche Kleidung und was für Bücher du bevorzugt hast. Deine Trinkgewohnheiten sind für sie ebenso von Interesse wie dein Sexualleben. Sie lesen dein Tagebuch und deine Post, und der Inhalt deines Bankschließfachs wird genauso analysiert wie der deines Magens. Was auch immer du vor deinen Mitmenschen geheimhalten wolltest – vielleicht irgendwelche Besonderheiten oder körperliche Fehler –, die Detectives sehen es sich genau an. Sie sind dabei, wenn du im Leichenschauhaus auseinandergeschnitten wirst.

Dieses Wissen ruft bei mir in regelmäßigen Abständen den beinahe neurotischen Zwang hervor, den Inhalt meiner Brieftasche zu ordnen, das überquellende Handschuhfach auszumisten oder meinen Wäscheschrank aufzuräumen. Das geschieht nicht aus Ordnungsliebe, denn ich bin ein ziemlich unordentlicher Mensch. Es geschieht deshalb, weil mich ab und zu die Vorstellung plagt, ich könnte unter einen Bus geraten oder von einem wütenden Leser über den Haufen geschossen werden, und die Cops würden routinemäßig den Inhalt meiner Handtasche überprüfen. Ich möchte einfach nicht, daß sie die uralte Tafel Schokolade finden, die benutzten Papiertaschentücher oder die verklumpten Hustenbonbons.

McDermott rief von der Küche der Ermordeten aus im Krankenhaus an und erfuhr, daß der Mann durchkommen würde. Seine Frau wurde ins Leichenschauhaus gebracht, wohin wir uns ebenfalls auf den Weg machten. Sie lag auf dem Rücken, und ein Ausdruck ungläubigen Staunens hatte sich in ihre Züge eingegraben. So, als könnte sie immer noch nicht glauben, wie die Dinge sich entwickelt hatten.

Wir standen zu beiden Seiten der Bahre und sahen auf sie hinunter. Ihre weit aufgerissenen Augen schienen unsere Blicke zu erwidern. McDermott wirkte traurig, aber das sah damals immer so aus, sogar, wenn er lächelte. Und in diesem Moment lächelte er nicht. Ich hatte nicht die geringste Ahnung, wonach wir suchten. Nach den Spuren eines Kampfes, sagte er und hob behutsam den rechten Arm der Frau an, um ihn sorgfältig nach

Schnittwunden, Rissen, abgebrochenen Fingernägeln, alten Verletzungen, Anzeichen von Drogenmißbrauch oder Ähnlichem abzusuchen. »Sie können sich den anderen vornehmen«, sagte er, ohne aufzuschauen.

Ich hatte noch nie eine frische Leiche berührt. Der Arm fühlte sich unerwartet warm und weich an. Er wies weder Verletzungen noch irgendwelche Einstiche auf. Die Fingernägel hatten gerade eine Maniküre hinter sich und waren mit einem glänzenden rosa Lack bemalt.

Außer ›unserer‹ Leiche lagen noch andere auf den Metalltischen im Autopsieraum, der von denen, die dort arbeiteten, als ›die Grube‹ bezeichnet wird. Einige wenige sahen müde und abgezehrt aus, aber die meisten hatten das unverwechselbare Aussehen von Leuten, die jemand brutal bei irgend etwas unterbrochen hatte. Das ergrauende Haar einer Frau in Nachthemd und Morgenmantel war sorgfältig auf Lockenwickler gedreht. Sie hatte offensichtlich eine Verabredung gehabt und sich von ihrer besten Seite zeigen wollen.

Die Augen eines Neunzehnjährigen mit völlig zerschmettertem Gesicht zeigten einen Ausdruck aufrichtigen Erstaunens. Ein Arzt entnahm seinem Körper gerade eine durchsichtige Flüssigkeit. Die Urinprobe sollte klären helfen, warum der junge Mann seinen Wagen ohne ersichtlichen Grund gegen einen Ficus-Baum gesetzt hatte. Eine Leiche kann nichts mehr für sich behalten.

Ein engelhafter, kraushaariger Säugling schien zu schlafen. Auf seiner Karte war vermerkt: Plötzlicher Tod im Kindbett. Warum mußte der kleine Kerl diese Welt erst betreten, wenn er sie doch schon so bald wieder verlassen mußte? Es hatte etwas Niederträchtiges.

Ein Gefühl der Entrüstung überkam mich. Ein engagierter Journalist steht immer auf der Seite der Unterdrückten, des herumgestoßenen kleinen Mannes, der Opfer von Ungerechtigkeit. Und der Tod ist nun einmal die größte Ungerechtigkeit. Niemand geht mit seinen Opfern brutaler und rücksichtlsoser um als er. Ich wollte alles über sie wissen. Was war schiefgegangen? Warum mußte es auf diese Weise enden?

Aber McDermott wollte seinen Fall weiterverfolgen und zog mich am Arm aus dem Leichenschauhaus.

Der Ehemann erzählte uns später, wie sich das Drama abgespielt hatte. Es hatte mit einer Bluse begonnen, die zu tief blicken ließ. Zu aufreizend, befand er und verlangte, daß seine Frau sie auszog, bevor sie ausgingen.

Aber sie dachte nicht daran, und da hatte er ihr die Bluse vom Leib gerissen. Rasend vor Zorn griff sie nach der großen Kristallschale und warf damit nach ihm. Sie traf ihn am Hals und schlitzte seine Kehle auf. Während das Blut aus ihm herausspritzte, holte er die Waffe, die er zu ihrem gemeinsamen Schutz besorgt hatte, und erschoß seine Frau, bevor sie durch die Hintertür verschwinden konnte.

Seit dieser Fall abgeschlossen wurde, haben sich in Miami Tausende von Morden ereignet, aber diesen werde ich nicht vergessen. Genausowenig wie Ed McDermott.

Sie glauben, das Leben eines Polizisten sei hart. Und was ist mit dem Leben einer Polizistin? Sie steht unter einem weitaus größeren Druck. Sowohl beruflich wie auch privat. Polizeibeamte, Männer und Frauen, die in ihrem Beruf erfolgreich sind, schaffen das oft nur auf Kosten ihres Privatlebens. Louise Vasquez ist eine Ausnahme von dieser Regel. Sie versteht es äußerst erfolgreich, das Doppelleben einer Polizistin zu meistern.

Sie ist eine großartige, offenherzige Frau mit acht Kindern und dreizehn Enkeln. Sie hat mehr Morde aufgeklärt als Sherlock Holmes und genug Vergewaltiger verhaftet, um ein Gefängnis damit zu füllen. In ihrer Freizeit ist sie eine geschickte Handwerkerin und managt ein Haus voller Kinder und Haustiere. Ich selbst habe ein Pferd dort gesehen, ein Pony, einen Waschbären, eine Katze mit ihren Jungen und Freckles, einen Cockerspaniel, der gern singt, wenn er am Klavier begleitet wird. Louise setzte sich auch für eine neue Strafgesetzgebung in Florida ein und ist Kapitän eines Softballteams, das bei der Polizeiolympiade siegte. Und bei all dem ist Louise ihrem offenen, geradlinigen Charakter treu geblieben, der sie schon immer ausgezeichnet hat.

Sie ist eine blauäugige Irin und hat einen Mann namens Vasquez geheiratet. Er heißt Eddie mit Vornamen und ist nicht bei der Polizei, sondern handelt mit Sportartikeln. Er ist sehr stolz auf seine tüchtige Frau. Bei dem Anblick von Blut wird ihm schlecht. Er fürchtet sich davor.

»Vor allem mag ich es nicht«, erzählte er mir, »wenn Louise die ganze Nacht nicht nach Hause kommt, weil sie einen Verdächtigen beschatten muß.«

Sie hat sich schon Feuergefechte mit bewaffneten Gangstern geliefert. Einmal spielte sie den Lockvogel, um eine illegale Abtreibungspraxis auszuheben. Kurz vor dem Eingriff sollten Detectives ihres Teams hereinstürzen und die Verhaftung vornehmen. Aber die Männer, die sie unterstützen sollten, waren im Verkehr steckengeblieben.

Als Louise merkte, daß niemand ihr zu Hilfe kommen würde, nahm sie die Verhaftung selbst vor – allein und unbewaffnet.

Als wir uns das erste Mal begegneten, mochte mich Louise, glaube ich, nicht besonders. Ich bin sogar davon überzeugt. Sie war die Partnerin von Mike Gonzales. Detectives der Mordkommission ermittelten damals auch bei Vergewaltigungen, und die Abteilung war in den Verdacht geraten, Statistiken zu schönen und mit den Opfern von Vergewaltigungen sehr unsanft umzugehen. Ich war auf die Story angesetzt. Die wütenden Detectives fühlten sich zu Unrecht angegriffen; aber ich faßte sie auch nicht gerade mit Samthandschuhen an. Trotz dieses unerfreulichen Beginns sind wir Freundinnen geworden, und ich habe es nie bereut.

Als Louise vor zwanzig Jahren in die Polizei von Miami eintrat, wurden Frauen dort nicht gerade mit offenen Armen aufgenommen. Sie war eine Vorkämpferin und ebnete den Weg für alle, die nach ihr kamen. Sie erinnert sich, daß sie bei den Eignungstests beinahe ertrunken wäre – achtzig Meter tauchen und dabei ein Gewicht ziehen –, aber sie stand es durch. Und mit demselben Mut und Durchsetzungsvermögen hat sie mehr komplizierte Fälle gelöst als jeder andere Detective.

Sie gibt niemals auf. Als ein Serientäter am Tatort einer Vergewaltigung einen Schlüssel zurückließ, klapperten Louise und ihr Partner jedes Haus im Umkreis von zehn Blocks ab, um das passende Schloß zu finden.

Der Schlüssel paßte zur Wohnungstür einer alleinlebenden, älteren Frau. Louise zeigte ihr die Phantomzeichnung des Vergewaltigers. »Das ist ja mein Sohn«, sagte sie mit einem freundlichen Lächeln. »Woher haben Sie ein Bild von ihm?«

Ein anderer Vergewaltiger war von einem Nachbarn des Opfers angeschossen worden. Er floh barfuß und hinterließ eine dünne Blutspur. Ein Polizeihund verlor schon nach der ersten Querstraße die Witterung. Es hätte keinen Zweck, sagte der Hundeführer, die Spur wäre hier zu Ende. Doch Louise und ihr Partner verfolgten die kaum sichtbaren Blutstropfen mit beharrlicher Verbissenheit über eine Entfernung von sechs Blocks. Sie krochen auf Händen und Knien herum, um die Spur wiederzufinden.

Die Blutstropfen wurden kleiner und folgten einander in immer größeren Abständen. Zertretene Kirschen von den Bäumen entlang der Straßen und die blasser werdenden Tropfen erschwerten die Aufgabe zusätzlich. Einige Male verloren sie die Spur und kamen zu dem Schluß, daß der Täter die Flucht mit einem Auto fortgesetzt hatte. Aber jedesmal setzte sie ein Tropfen Blut wieder auf die Fährte, die nach vielen Umwegen schließlich vor der Tür eines Hauses endete. Der letzte Tropfen war genau auf die Schwelle gefallen.

Der Bewohner des Hauses hatte nicht nur viel Blut verloren, sondern auch seine Fingerabdrücke am Tatort hinterlassen.

Louise ist unkompliziert und von großer Bescheidenheit. Sie benutzt einfach ihren gesunden Menschenverstand und tut ihren Job. 1983 wurde sie zur Polizistin des Jahres gewählt. Man verwöhnte sie mit langstieligen Rosen, einer Hotelsuite, Körben voller Früchte, einer teuren Frisur und einer Maniküre. Zwei Tage später kehrte sie nach Miami und in die Wirklichkeit zurück. Sie saß am Steuer ihres zuverlässigen, alten Honda und trug die praktischen Schuhe, auf denen sie, falls nötig, vierundzwanzig Stunden unterwegs ist, sofern die Aufklärung eines Falles es erfordert.

Louise liebt es eher unauffällig, aber sie kann auch ganz schön Krach schlagen, wenn es sein muß. Als ihre sieben Kinder erwachsen und aus dem Haus waren, beantragten Eddie und sie die Adoption für einen kleinen Jungen namens Joey. Die zuständige Behörde machte ihre Zustimmung davon abhängig, daß Louise für ein Jahr aus dem Polizeidienst ausschied. So stand es in ihren Vorschriften. Louise strengte einen Prozeß an und gewann. Sie hatte bereits bewiesen, daß sie eine gute Polizistin *und* eine gute Mutter sein konnte. Joey ist zur Zeit auf dem Juniorcollege und Star des dortigen Baseballteams. Chris, Louises ältester Sohn, war während seiner Zeit auf dem College ein erfolgreicher Footballspieler. Keins ihrer Kinder ist in die Fußstapfen der Mutter getreten und hat bei der Polizei angefangen, aber als Chris sich verliebte, war es eine Frau wie seine Mutter – eine Polizistin.

Den meisten Männern fehlt es an Selbstbewußtsein, sich in eine Frau zu verlieben, die eine Waffe trägt und Leute ins Gefängnis bringen kann. Unverheiratete Polizistinnen haben mir erzählt, daß Männer, die den Mut aufbringen, sie um ein Rendevouz zu bitten, sich häufig als Sonderlinge entpuppen. Sie verbinden etwas ganz Spezielles mit Handschellen und Uniformen.

Nehmen Sie Christine Echroll: groß, blond, schön und mit den Gesichtszügen und grünen Augen einer nordischen Prinzessin. Sie ist eine scharfsinnige und belesene Frau, die gern reist. Im Hauptberuf ist sie Sergeant in der Abteilung für Sexualdelikte bei der Metropolitan Police.

Auf dem Flug von New York nach Miami lernte sie einen attraktiven Mann kennen, mit dem sie sich auf Anhieb gut verstand. Sie hatte ihren Beruf wohlweislich unerwähnt gelassen, aber als die Maschine über Miami kreiste und sie schon voller Vorfreude über ihre Pläne fürs Wochenende sprachen, hielt sie es für angebracht, darüber zu sprechen. Der Mann vertiefte sich daraufhin demonstrativ in eine Zeitschrift und sprach kein Wort mehr. Er hat sich nicht einmal von ihr verabschiedet.

Sie glauben, das Leben eines Polizisten ist hart? Und was ist mit dem einer Polizistin?

Gewalt ist im Leben eines jeden Cops präsent, aber manche tragen schon seit zwanzig Jahren die Marke und haben außer auf dem Schießstand noch nie einen Schuß abgefeuert. Andere wiederum orientieren sich zu stark an Fernsehfilmen. Sie können der Versuchung nicht widerstehen, Szenen aus Miami Vice nachzuspielen, und geraten dabei in echte Schwierigkeiten. Und es gibt Cops mit der unheimlichen Gabe, zur richtigen Zeit am richtigen Ort zu sein.

Stellen Sie sich vor, ein Polizist hört auf dem Weg zum Essen die Beschreibung eines Fluchtwagens, der bei einem Bankraub benutzt wurde. In diesem Moment fädelt sich das gesuchte Fahrzeug vor ihm in den Verkehr ein. Wie wollen Sie erklären, daß Dinge, die den meisten Leuten während ihres gesamten Lebens nicht passieren, sich bei einigen Polizisten wieder und wieder ereignen?

Man wird Sherwood Griscom einfach nicht gerecht, wenn man alles auf den Zufall schiebt.

Buck Griscom war Dirty Harry, bevor Clint Eastwood auch nur an ihn gedacht hat. Als dieser Einzelgänger 1986 seine Marke zurückgab, um sich zur Ruhe zu setzen, mischte sich nur wenig Bedauern in den kollektiven Seufzer der Erleichterung, der durch die Stadtverwaltung von Miami Beach ging. Sie hatten nie einen besseren Polizisten gehabt, aber Griscom war ein Garant dafür gewesen, daß ihre ständige Flucht vor Schadensersatzklagen und Presseattacken niemals einschlief. Sie wußten nie, was Griscom als nächstes tun würde und ob sie deshalb vielleicht ins Kreuzfeuer der öffentlichen Kritik gerieten.

Er war der tödlichste Cop von South Florida. Sein Revier war der ›Playground of the World‹, und es ist ziemlich erstaunlich, wie er das in diesem Urlaubsort geschafft hat, der zum größten Teil von älteren Leuten bewohnt wird. Miami Beach erstreckt sich über achtundachtzig Häuserblocks direkt am Strand. Es gibt dort weder Ghettos noch Aufstände, und das Knallen von Schüssen gehört nicht zur Tagesordnung, aber Griscom war in mehr Feuergefechte verwickelt, als er sich erinnern kann. Von den acht Männern, die er angeschossen hat, sind fünf nie wieder aufgestanden.

Für eine Folge von Miami Vice ist das vielleicht nur eine magere Ausbeute, aber im wirklichen Leben grenzt es ans Phantastische.

Buck Griscom ist ein ruhiger, ausgeglichener Mensch, der in seiner Freizeit Gedichte schreibt. Für ihn war kein Kindheitstraum in Erfüllung gegangen, als er Polizist wurde. Nach der Entlassung aus der Navy suchte er nach einer Beschäftigung. Er bewarb sich gleichzeitig bei Polizei und Feuerwehr, weil er Wert auf einen sicheren Job legte. Die erste Zusage kam von der Polizei.

Aber er war genau der Cop, den man an seiner Seite wissen wollte, wenn es Ärger gab. Über die erste Schießerei, an der er beteiligt war, habe ich am 20. Juli 1966 einen Artikel für die *Sun* geschrieben. Er, Emmett Miller und ein Berufsanfänger namens Pete Corso töteten einen Gangster während einer Beschattungsaktion. Sowohl Emmett Miller als auch Pete Corso sind später in die obersten Ränge der Miami Beach Police aufgestiegen.

Griscom wurde zur Legende.

Das geschah zu einer Zeit, als sich die Polizei von South Florida heftiger Kritik ausgesetzt sah, weil sie zu häufig von der Schußwaffe Gebrauch machte. Griscom hatte sich jedesmal blitzschnell aus der Situation heraus entschlossen zu schießen, und er hatte dabei nur gefährliche Kriminelle getötet, die ihm vorher nie begegnet waren. In je mehr Vorfälle dieser Art er verwickelt wurde, desto strenger wurden sie von internen Kommissionen und öffentlichen Anklägern untersucht. Griscom ging immer ohne jeden Makel daraus hervor.

In lebensbedrohlichen Situationen haben Cops schon oft auf den Falschen geschossen; manchmal haben sie sogar ihre eigenen Partner oder gänzlich Unbeteiligte getötet. Als Polizisten zu einem Überfall auf einen Supermarkt gerufen wurden, erschossen sie in ihrem Eifer, die Tageseinnahmen zu retten, irrtümlich den zweiten Geschäftsführer. Feuerwaffen sind gefährliche Werkzeuge, die sogar in kundigen Händen Schaden anrichten können. Jedenfalls sehr oft.

Einer Spezialeinheit der Miami Police wurden im Hauptquartier Maschinenpistolen ausgehändigt. Einer der Beamten ließ seine Waffe fallen. Er erwischte sie nicht mehr, so daß sie auf den Boden krachte – mit dem Abzug. Unter den Verletzten befand sich ein Cop aus einem Bereitschaftsraum unten in der Halle und eine Sekretärin aus einem nahegelegenen Büro.

Feuerwaffen fordern zu tödlichen Irrtümern geradezu heraus. Das macht die makellose Personalakte von Buck Griscom um so erstaunlicher.

Die Männer, die mit ihm zusammengearbeitet haben, hegen den Verdacht, daß er außer schnellen Reflexen und einem guten Auge noch etwas anderes besitzt: einen sechsten Sinn. Er hat es im Gefühl, bevor irgend etwas geschieht.

Zum Beispiel an dem Tag, als er mit seiner Frau zu einer lange geplanten Urlaubsreise aufbrechen wollte. Es war sein letzter Arbeitstag, und seine Frau packte schon die Koffer, damit sie am nächsten Tag früh aufbrechen konnten. Aber irgend etwas stimmte nicht. »Ich glaube nicht, daß wir wegkommen«, sagte er zu ihr. »Heute wird noch etwas Schlimmes passieren.« Da war er sich ganz sicher.

Einige Stunden später steuerte er seinen Streifenwagen durch den dichten Sonntagsnachmittagsverkehr auf der Collins Avenue, als ihm ein nagelneues Cadillac-Cabriolet mit offenem Verdeck entgegenkam. Griscom und der Fahrer wechselten einen kurzen Blick. »Seine Augen waren so tot wie die eines Fisches«, sagte er später. »Wenn dich jemand so ansieht, hat er etwas zu verbergen.«

Er riß den Streifenwagen in eine Hundertachtziggradkurve.

Der andere Fahrer ergriff mit Vollgas die Flucht. Als der Caddy zwischen stehenden Autos eingekeilt war, stellte sich Griscom neben ihn und brüllte: »Keine Bewegung!« Der Fahrer nickte folgsam, richtete im gleichen Moment eine Waffe auf Griscom und drückte ab. Die Kugel schlug nur Zentimeter über seinem Kopf in das Dach des Streifenwagens ein. Griscom zog seinen Revolver und erwiderte das Feuer. Der Caddy ruckte vorwärts und prallte gegen ein Taxi. Griscom stürzte hinterher und zog den Fahrer aus dem Wagen. Da erst bemerkte er, daß er ihn verwundet hatte. »Der arme Kerl. Ich dachte nicht, daß ich ihn getroffen hätte«, sagte er später.

Der Verletzte war ein von der Polizei in Michigan gesuchter junger Mann, der den Cadillac gestohlen hatte. Bei dem Schußwechsel an der Wirbelsäule getroffen, starb er nur wenige Wochen später.

Ein anderes Mal hatte er kurz vor dem Aufbruch zur Nachtschicht das sichere Gefühl, er sollte nicht ohne seinen ›Schnellader‹ losfahren. Das ist ein Gerät, mit dessen Hilfe sich alle sechs Kammern in der Trommel eines Revolvers gleichzeitig laden lassen. Bis zu jenem Tag war Griscom nie gezwungen gewesen, den Schnellader zu benutzen, aber er wußte, heute nacht würde er ihn gebrauchen.

Er, seine Frau Fran und die Kinder stellten die ganze Wohnung auf den Kopf. Sie suchten vergeblich. Als er dann ohne den Schnellader zum Dienst fuhr, war Fran den Tränen nahe.

Er fühlte sich so unsicher, daß er einen anderen Cop bat, ihn auf seiner Streifenfahrt zu begleiten. Aber der hatte sich von der Angst anstecken lassen und lehnte mit der Begründung ab: »Du wirst in eine Schießerei geraten.«

Nachdem fast die halbe Nacht alles gut gegangen war, fiel ihm um vier Uhr zwanzig ein beschädigter Mietwagen auf. Er hatte den Verdacht, daß das Fahrzeug in einen Unfall mit Fahrerflucht verwickelt sein könnte, und gab dem Fahrer das Signal, anzuhalten. Der Fahrer gab sofort Gas, und die Jagd begann.

Sie führte über den MacArthur-Deich, über die Brücke nach

Miami Beach und wieder zurück. Während der zweiten Hundertachtziggradwende sprang einer der Insassen, von Griscom unbemerkt, aus dem Wagen und versteckte sich in dem Gebüsch und den Bäumen, die den Mittelstreifen säumten. Als Griscom langsamer fuhr, um den Streifenwagen ebenfalls zu wenden, stürzte der Gangster aus dem Gebüsch hervor und steckte die Waffe durch das geöffnete Fenster auf der Beifahrerseite. »Wenn du dich bewegst, bist du tot«, drohte er.

Griscom ließ sich aus dem Wagen fallen, so daß der Schuß ihn verfehlte. Der Streifenwagen fuhr ohne ihn weiter. Er krachte gegen eine am Ufer stehende Pinie.

Griscom lief auf den Schutz der Bäume zu und erwiderte das Feuer. Er zwängte sich gerade durch die Büsche, als der Wagen, den er verfolgt hatte, direkt auf ihn zuraste. Griscom versuchte fluchend, in der Dunkelheit seine Waffe nachzuladen. Jetzt hätte er den Schnellader gut gebrauchen können.

Der Mann, der auf ihn geschossen hatte, war verwundet. Die Insassen des Wagens wurden schließlich gestellt. Nach einer Jagd, an der sich fünfzig Streifenwagen aus vier Abteilungen beteiligt hatten. Der Verwundete war aus dem Zuchthaus entflohen, wo er eine Strafe wegen Mord und Bankraub absaß. Einige Tage später öffnete er mit einer Kugelschreibermine seine Handschellen und entkam aus dem Jackson Memorial Hospital.

Es gibt Leute, die von Griscom angeschossen wurden und es ihm nicht einmal nachtragen. Ein völlig Fremder schüttelte ihm einmal in einem Coffee Shop überschwenglich die Hand. »Ich habe meine Ausbildung abgeschlossen, mich mit meiner Familie ausgesöhnt und habe einen guten Job«, verkündete er strahlend.

Griscom gratulierte ihm und wollte wissen, bei welcher Gelegenheit sie sich begegnet wären. Der junge Mann krempelte ein Hosenbein hoch.

»Ich erinnerte mich, als ich die Narbe sah«, erzählt Griscom. »Der junge Mann war ein Räuber, den ich in einer Allee hinter einer Synagoge angeschossen hatte.«

Die Jagd nach einem Gangster führte Griscom einmal über fast sämtliche Dächer der Stadt und endete mit einer Schlägerei auf einem Bankgebäude, von wo aus der Räuber in die Tiefe stürzte.

Er brachte den Juwelendieb Jack ›Murph the Surf‹ Murphy so oft hinter Gitter, daß Murphy und seine ›Surfkumpane‹ sich allen Ernstes darüber beschwerten, Griscom würde ihre Kreise stören. Ungehalten erzählte Murphy einem Richter, Griscoms unbeirrte Präsenz hätte dermaßen abschrecken gewirkt, daß sein Komplize Allen Kuhn sich nach einem Juwelenraub deswegen sogar unter Wasser davongemacht hätte, nachdem Griscom ihn in einem Boot in Strandnähe gestellt hatte.

Buck Griscom nahm seine Arbeit ernst, und sie ließ ihn auch zu Hause nicht los. Seine Frau, vor der ich den größten Respekt habe, erzählte, sie hätte ihren Mann nur dann glücklich gesehen, wenn er ›jemanden geschnappt hatte‹. Er hatte sich sogar in seiner Wohnung ein ›Spitzeltelefon‹ legen lassen, über das Informanten ihn auf seine Kosten erreichen konnten.

Mit dem Gedichteschreiben begann er, nachdem der Hurrikan ›Donna‹ ihn und seinen Partner eine Straße hinuntergeweht hatte, während sie noch das Brett festhielten, das sie vor ein zersplittertes Ladenfenster nageln wollten. Die Gedichte handeln von der Liebe zu seiner Frau, zurückgelassenen Waisenkindern, Ungerechtigkeit und gefallenen Helden.

Griscom ist während des Dienstes aufs Meer hinausgeschwommen, um nächtliche Schwimmer zu retten, die von den Gezeiten abgetrieben worden waren; er hat in einem städtischen Bus die Rolle eines Geburtshelfers gespielt, und er hat mehr Leben gerettet als genommen, und doch hat die amerikanische Liga für Menschenrechte jahrelang versucht, ihn aus dem Polizeidienst entfernen zu lassen. All die Erschossenen zeichnen einfach ein schlechtes Bild ...

Sein sechster Sinn oder die unzähligen Zufälle haben Griscom im Laufe der Jahre zu einer Legende werden lassen. Als er routinemäßig einen Wagen stoppte, der irgendwie seine Aufmerksamkeit erregt hatte, entdeckte er auf dem Vordersitz eine

Geldbörse. Im gleichen Moment kam aus seinem Funkgerät die Beschreibung eben dieser Börse. Sie war erst vor wenigen Minuten von Straßenräubern einer älteren Frau gestohlen worden. Die Frau war bei dem Überfall schwer verletzt worden.

Ein emsiger Gangster hatte an einem Abend die Empfangschefs mehrerer Hotels ausgeraubt. Griscom und sein Partner fahndeten nach dem Täter. Sie sahen sich in einer Bar um und waren gerade wieder auf der Straße, als ein Wagen langsam an ihnen vorbeifuhr. »Das ist er«, stieß Griscom hervor.

Sie ließen ihn anhalten. Am Steuer saß der Gangster; auf dem Rücksitz fanden sie seine Maskierung. Der Räuber war völlig perplex, und Griscoms Partner erging es nicht anders.

Eines Nachts waren sie in einem zivilen Streifenwagen unterwegs, als Griscoms Partner links in die Einundsiebzigste Straße einbiegen wollte. »Nein«, sagte Griscom unvermittelt, »laß uns zur Fünfundsiebzigsten fahren und einen Kerl in einem gestohlenen Wagen schnappen.« Als die beiden dort ankamen, stand an einer roten Ampel ein Wagen mit abgewürgten Motor. Natürlich war der Wagen gestohlen.

Ich fragte Griscom einmal, welches Verbrechen er am meisten verabscheute. »Wenn jemand eine alte Frau vergewaltigt, bringt mich das wirklich aus der Fassung«, sagte er. »Wenn der Täter sie nicht nur vergewaltigt, sondern ihr dabei auch noch brutal wehtut. Dafür gibt es einfach keine Entschuldigung.« Ich brachte es als Zitat in einem Artikel für ein Magazin.

Kurz darauf wurde eine zweiundsiebzigjährige Witwe in ihrem Apartment in South Beach vergewaltigt und ermordet. Auf ihrem Kaffeetisch fand man ein Exemplar des Magazins. Sie war mitten in der Lektüre meines Artikels über Sherwood Griscom und die seiner Meinung nach schlimmsten Verbrechen von ihrem Mörder unterbrochen worden. Zufällig wurden Buck Griscom die Ermittlungen in dem Fall anvertraut. Zufällig war ich die Reporterin, die darüber berichtete.

Der Zufall erklärt vieles, aber welche Erklärung gibt es für Sherwood Griscom?

Der erfolgreichste Polizist von Miami liefert keinen Stoff für Artikel über Schießereien, Verfolgungsjagden und Verhaftungen. Es ist Dr. Joseph H. Davis, der Gerichtsmediziner von Dade County. Er arbeitet in aller Stille zwischen seinen Toten. Sein Büro war für zigtausend Menschen die letzte Zwischenstation auf dem Weg zum Friedhof, aber am wichtigsten sind für Davis die Leute, denen es erspart bleibt, in seinem Leichenschauhaus zu enden.

Joe Davis hat Tausenden von Menschen das Leben gerettet, mehr als jeder Polizist, Rettungsschwimmer oder Feuerwehrmann. Er hat dafür gesorgt, daß lebensgefährliche Straßenkreuzungen ›entschärft‹ wurden, und er hat dazu beigetragen, Gesetze gegen Trunkenheit am Steuer und gefährliche Pestizide durchzubringen. Auf seine Anregungen gehen Verbesserungen an Heizlüftern und Sicherungskästen für Privathäuser zurück sowie neue Bestimmungen für Elektroinstallationen in Swimmingpools.

Das erste Büro von Joe Davis befand sich in einer ausgedienten Garage. Als Leichenschauhaus diente ihm auch schon mal ein gemieteter Tiefkühl-Lkw.

In den Jahren 1980–81, als die Mordrate in Miami alle Rekorde brach und landesweit Schlagzeilen machte, wurde Davis' antiquierte Leichenhalle, die sich praktischerweise in einem Nebengelaß der Notaufnahme des Jackson Memorial Hospital befand, von Leichen geradezu überschwemmt. Als ich eines Tages dort erschien, um für eine Story zu recherchieren, war gut die Hälfte der kostbaren Parkplätze von einem riesigen, summenden Tiefkühltrailer in Beschlag genommen. Man hatte ihn von Burger King geleast, um mit dem ungeheuer angewachsenen Leichenaufkommen fertig zu werden.

Die Story fand ziemlichen Anklang, und bald versuchte die BBC per Überseegespräch Interviewpartner an die Strippe zu bekommen. Verärgerte County-Beamte sagten, die Story würde dem touristischen Image Miamis schaden, und die Belegschaft im Büro des Gerichtsmediziners war stinksauer – auf mich. Aber an der Story stimmte alles, und der Trailer ist heute noch in Gebrauch. Aber nicht mehr lange. Die entsetzten Politiker haben irgendwie das Geld für den Neubau eines Gebäudes beschafft, in dem das gerichtsmedizinische Institut seinen Sitz haben soll. Es ist bereits im Bau.

Mit diesem Ergebnis kann ich leben.

Das Gebäude wird den Namen von Joseph Davis tragen, dessen Vorstellungskraft ihn Dinge erkennen läßt, die anderen entgehen. Als Davis im Jahre 1956 die Stelle als Leichenbeschauer antrat, war Mike Gonzales bereits bei der Mordkommission von Miami. Sie sind sich das erste Mal anläßlich eines Skelettfundes in einem Mangrovensumpf begegnet. Eine junge Mutter war schon vor Wochen als vermißt gemeldet worden, und man befürchtete, sie wäre einem Verbrechen zum Opfer gefallen. Es erschien allerdings zweifelhaft, ob die verstreuten Knochen jemals als die ihren identifiziert werden könnten. Der einzige Hinweis bezog sich auf drei auffällige Ringe, die sie an einem Finger zu tragen pflegte. Aber am Fundort der Knochen wurden weder Schmuck noch Finger gefunden.

Joe Davis war noch nicht lange in Miami und sehr wißbegierig. Er fragte die Cops nach den Löchern im Erdboden, die sich überall um das Skelett herum fanden. Das wäre das Werk von Landkrebsen, erklärte ihm Gonzales. Die Detectives gelangten bald zu der Ansicht, daß der Doktor jedes Interesse an dem Fall verloren hatte und ›mit den Landkrebsen herumspielte‹.

Irrtum. Denn Davis fragte sich, ob nicht irgendwelche Tiere, vielleicht sogar die Landkrebse, der Frau den Schmuck ›abgenommen‹ hatten, wenn der Mörder ihn nicht gestohlen hatte.

›Wenn ich ein Landkrebs wäre und fände einen verwesten Finger mit Ringen daran, was würde ich dann tun?‹ überlegte er. ›Wenn ich mit meiner Beute an Ort und Stelle bliebe, könnte sie mir jemand wegnehmen. Bewegte ich mich in Richtung Straße, könnte ich überfahren werden. Nähme ich sie mit nach Hause, müßte ich vielleicht mit anderen Landkrebsen teilen.‹ Er kam zu dem Schluß, daß er an der Stelle eines Landkrebses das nächste, abseits gelegene Erdloch aufsuchen würde, um die Beute in Ruhe zu verspeisen.

Das nächste Loch dieser Art befand sich ganz in der Nähe unter einem Baumstumpf. Davis begann, mit einem Stück Holz darin herumzustochern.

Als die Detectives sich langsam Sorgen um den Geisteszustand des neuen Doktors zu machen begannen, kehrte er zu ihnen zurück. Er trug einen Zweig in der Hand, an dem ein Landkrebs hing, der mit seinen Scheren eisern einen Fingerknochen festhielt.

An dem Knochen steckten drei auffällige Ringe.

Fünfundzwanzig Jahre später wurde Davis um drei Uhr morgens aus dem Bett geklingelt, um ihn zum Schauplatz eines rätselhaften Mordes zu rufen – wie man seinen Nachtschlaf schon unzählige Male unterbrochen hatte. In einem alten Holzhaus stieg er die Treppen bis zu einem Apartment im dritten Stock hinauf. Wenn er erstaunt darüber war, daß ich ihm die Tür öffnete, so ließ er es sich nicht anmerken. Zufällig begleitete ich in dieser Nacht die Detectives.

Eine Frau saß tot auf dem Sofa in ihrem Wohnzimmer. Ihr Freund hatte sie gefunden und die Polizei benachrichtigt.

Sie hatte so schwere Verbrennungen, daß die Haut sich in großen, durchsichtigen Fetzen vom Körper gelöst hatte. Achtzig Prozent ihrer Haut waren verbrannt, vom Hals bis hinunter zu den Fußsohlen. Ihre Kleidung, lavendelfarbene weite Hosen und eine Strickweste, war trocken und unbeschädigt. Im Zimmer waren keinerlei Brandspuren zu sehen, und es roch auch nicht nach Rauch.

Weder in der ordentlichen Küche noch in dem sauberen Badezimmer gab es irgendwelche Hinweise, zum Beispiel ätzende Flüssigkeiten, die die tödlichen Wunden hätten hervorrufen können. In der bescheidenen Wohnung stand alles auf seinem Platz, bis auf eine Bratpfanne, die verkehrt herum auf dem Herd lag. Die Detectives und ein Assistent von Dr. Davis waren ratlos.

Davis schob sich energisch an mir vorbei. Er hob das weiße Laken an, verscheuchte mit dem Fuß eine respektlose Fliege von der Wange der Frau und sah sie sich an. In der Küche warf er kurz einen Blick auf die Bratpfanne und wandte sich dann dem winzigen Badezimmer zu. Dort zog er mit Hilfe einer Pinzette einige Hautfetzen aus dem Abfluß der Badewanne. Er prüfte die Wassertemperatur, indem er ein Thermometer unter den aufgedrehten Hahn hielt. Es war siedend heiß.

Dann erzählte er uns, wie es sich abgespielt hatte.

Die Frau und ihr Freund hatten getrunken und waren in Streit geraten. Er schlug sie mit der Bratpfanne bewußtlos. Um sie wiederzubeleben, trug er sie ins Badezimmer und legte sie in die Wanne. Nachdem er den Abfluß verstopft hatte, drehte er den Hahn bis zum Anschlag auf und war so betrunken, daß ihm erst viel zu spät auffiel, daß er kochend heißes Wasser einlaufen ließ. Er ließ das Wasser ablaufen, trocknete die verbrannte Frau ab und kleidete sie an. Er hatte sie ins Wohnzimmer getragen, weil er vorgehabt hatte, sie in ein Krankenhaus zu bringen. Erst jetzt bemerkte er, daß sie bereits tot war, und ging in eine Kneipe, um die ganze Sache bei ein paar Drinks noch einmal zu überdenken. Er kehrte zurück und ›fand‹ die Leiche.

Als man ihn mit dieser Schilderung konfrontierte, brach er zusammen und gestand, daß es sich genau so abgespielt hatte.

Die tägliche Arbeit in Miami stellt höchste Anforderungen an einen Polizisten. Nicht umsonst gehört die Miami Police zu den besten und erfahrensten Polizeitruppen der Welt. Aber diese Dinge anderen Menschen mitzuteilen ist nicht immer einfach.

Ein zweiundzwanzig Jahre alter Cop hat in dieser Stadt zum Beispiel folgendes erlebt: In einer ruhigen Wohngegend begegnet er mitten auf der Straße einem nackten Mann, der den völlig entstellten Kopf einer Frau bei sich trägt. Er wirft damit zweimal nach dem Polizisten.

»Ich habe sie umgebracht. Sie ist der Teufel«, schreit er unablässig.

Was soll dieser junge Cop auf die Frage antworten: »Na, wie war's denn heute?«

Und was ist mit den beiden Detectives, die zwei Wochen lang durch das Dade County hetzten und versuchten, die Leichenteile einzusammeln und zusammenzusetzen, die in den Gewässern rund um Miami auftauchten? Irgendwo kommt ein Torso an die Oberfläche. Als nächstes findet man eine Hand. Dann wird ein Bein angeschwemmt. Was würden Sie sagen, wenn Sie einer von diesen Cops wären?

Worüber soll man sich mit ›normalen‹ Menschen dann noch unterhalten? Wem erzählen Sie normalerweise, wie Ihr Tag gelaufen ist? Die Cops haben wenigstens ihre Kollegen. Es ist kein Wunder, daß sie sich am wohlsten fühlen, wenn sie mit ihresgleichen Tür an Tür wohnen.

Ich glaube, ich kann es verstehen.

Eine Zeitlang wohnte ich in einem Apartment ohne eigene Waschmaschine und hatte mir angewöhnt, mit meiner Wäsche gegen zwei Uhr morgens in einen Waschsalon zu gehen. In meinem Beruf hat man ungewöhnliche Arbeitszeiten, aber in der Hauptsache ging ich um diese Uhrzeit dorthin, weil es dann leer und friedlich war. Am Tage wimmelte es von geschwätzigen jungen Hausfrauen, die sich gegenseitig damit zu übertrumpfen versuchen, wer die meisten Stunden in seinem Job abreißt. Oder es geht um ein neues Rezept für Fleischklopse.

Wir haben keinerlei Gemeinsamkeiten. Wenn man keine Kinder hat und sich auch nicht um Fleischklopse kümmern muß, kommt die unvermeidliche Frage nach dem Beruf. Sie möchten wirklich alles darüber wissen. Wie soll ich diesen netten Leuten meinen Job erklären?

Ich könnte sagen: »Stellt euch vor, was ich heute erlebt habe, Mädels. Kennt ihr eigentlich diesen Geruch?« Ich hatte heute eine von der Polizei versiegelte Tür aufgebrochen, hinter der eine verwitwete Wäschereiarbeiterin gemeinsam mit ihrer Tochter gestorben war, nachdem man ihr den Strom abgestellt hatte.

Die Witwe war mit ihren Zahlungen in Verzug geraten, und der Zähler wurde einfach abgeklemmt. Sie und ihre elfjährige Tochter saßen abends bei Kerzenlicht, und gegen die Kälte verbrannten sie Holzkohle in einem Campingofen. Sie starben an Kohlenmonoxidvergiftung.

Die Leichen blieben tagelang unentdeckt. Den Kollegen in der Wäscherei fiel es nicht weiter auf, daß die Frau nicht mehr zu ihrer mies bezahlten Arbeit erschien. Und auch in der Schule fragte sich niemand, warum eine gute Schülerin plötzlich den Unterricht schwänzte. Alle waren völlig mit ihren eigenen Sorgen beschäftigt, bis der Verwesungsgeruch schließlich die Nachbarn alarmierte und sie die Polizei riefen.

Die Nachbarn meinten, daß die Tochter eine ›richtige kleine Dame‹ gewesen wäre. Ich wollte ein Foto von ihr, um es zusammen mit dem Artikel zu bringen. Es würde mehr sagen als alle Worte. Der Besitzer des Hauses meinte, auf einer Wäschekommode stünde ein Schulfoto von ihr. In dem Schlafzimmer, in dem sie gestorben waren. Ich könnte es mir ausborgen, aber die Polizei hätte die Tür versiegelt.

Es war stockfinster in dem Apartment. Ich tastete nach einem Lichtschalter. Natürlich funktionierte er nicht, denn man hatte ja den Strom abgestellt. Ich wollte den unsympathischen Hausbesitzer um eine Taschenlampe bitten, aber er war verschwunden.

Die Matratze, auf der Mutter und Tochter gelegen hatten, war mit dem Verwesungsgeruch gesättigt. Man hatte die Toten in Leichensäcke gesteckt und abtransportiert, aber dieser Geruch würde immer hier zurückbleiben. Mit einem Taschentuch vor der Nase tastete ich in der Dunkelheit umher und versuchte möglichst nicht zu atmen. Ungeschickt, wie ich nun mal bin, stolperte ich und stützte mich irgendwo ab – ich faßte in etwas Feuchtes, Klebriges, von dem auch meine Kleidung etwas abbekam. Das Foto habe ich gefunden und in der Redaktion abgeliefert. Dann fuhr ich nach Hause, um die Kleidung zu wechseln.

Ich wüßte wirklich nicht, worüber ich mich mit den jungen Frauen an den Waschautomaten unterhalten sollte. Als ich um zwei Uhr morgens müde und ausgelaugt meiner Wäsche zuschaute, wie sie in den Trommeln umhergewirbelt wurde, dachte ich, daß es Polizisten ähnlich ergehen müßte. Nur allzuoft erleben sie Dinge, die man als wohlerzogener Mensch besser für sich behält.

Ich kann es verstehen.

Die besten Cops, die ich kenne, lieben ihren Beruf. Sie würden nie etwas anderes tun wollen. Sie wissen, was auf den Straßen passiert. Sie verstehen die menschliche Natur, und man wird sie nie zu höheren Polizeioffizieren machen. Polizisten, die eine steile Karriere machen, wissen normalerweise, wie man Intrigen spinnt, Gesetzestexte und theoretische Abhandlungen liest und gut bei Prüfungen abschneidet. Die wirklich großen Cops haben dafür keine Zeit. Sie sind unterwegs und tun ihre Arbeit.

Und die Allerbesten von ihnen scheinen wie magisch von der Arbeit bei der Mordkommission angezogen zu werden, deren Fälle die größte Herausforderung darstellen. Einige von ihnen, wie zum Beispiel Joe Davis, sind Cops ohne Abzeichen, die ihre Arbeit im Leichenschauhaus verrichten und dort Botschaften des Todes übersetzen. Ich hatte das große Glück, ihnen bei ihrer Arbeit zusehen zu dürfen. Was ich dort gelernt habe, hat mich nicht nur persönlich, sondern auch in meiner Karriere weitergebracht.

Die besten Cops sind Leute, die sich Mühe geben – Leute wie Mike Gonzales und Louise Vasques –, die geradeheraus sind und zuhören können. Die einfachen Leute, die Herumgestoßenen, die Verängstigten und die wirklich Verstörten, sie alle haben keine Scheu, mit Cops wie ihnen zu sprechen. Seit Jahren versuchen Mike und Louise Leuten beizustehen, die am Rand der Gesellschaft leben. »Wenn ich Ihnen irgendwie helfen kann, rufen Sie mich an.«

Und diese Menschen rufen an. Immer. Sie brauchen Hilfe, Ratschläge und ein tröstendes Wort. Ungeachtet ihres anstrengenden Berufs bringen Mike und Louise Zeit dafür auf.

Davor habe ich immer große Achtung gehabt.

Im Laufe der Jahre bin ich ihrem Beispiel gefolgt. Genau wie ihnen begegnen mir viele Leute, die zwar nicht für die Schlagzeilen taugen, aber Hilfe brauchen. Es geht dabei um so einfache Dinge wie ein Empfehlungsschreiben oder so komplizierte wie Kämpfe mit der Bürokratie und Verstrickungen in Gewalttaten.

Die Leute, denen nur Cops helfen können, verweise ich an Mike und Louise. Wenn ein Reporter das Problem lösen kann, bin ich an der Reihe.

Uns allen ist damit gedient.

Wer Verbrecher für todunglückliche
Menschen hält, verkennt die Realität.
Professionelle Gangster lieben ihren Beruf.
Sie fühlen sich pudelwohl dabei.
Muriel Spark

GAUNER

Bösewichte sind nie langweilig, oder sie sind wirklich mies.

Sie sind genauso Menschen aus Fleisch und Blut wie Cops. Das macht sie so gefährlich. Wer seine Deckung vernachlässigt, ist schon verloren; er verwechselt Waghalsigkeit und schneidiges Auftreten mit Charisma. Aber solche Menschen werden Opfer ihres eigenen Charmes. Ohne ihn hätten sie früher gemerkt, in welche Schwierigkeiten sie sich bringen.

Böse und schöne Menschen, die völlig frei von Skrupeln sind, haben uns schon immer fasziniert. Ihre romantische Geschichte reicht von Robin Hood und Jesse James bis zu Willie Sutton und D. B. Cooper.

Schriftsteller müssen sich davor in acht nehmen, sie zu glorifizieren. Gauner sind schillernde Persönlichkeiten, ihre Bemerkungen die idealen Zitate, und manche sind sogar sympathisch, aber sie sind keine netten Menschen. Wenn man ihre Geschichte erzählt, ist es sehr hilfreich, den Opfern ebensoviel Platz einzuräumen.

Die meisten Kriminellen haben kein Mitleid verdient; man sollte seinem Herzen die Zügel anlegen. Traurige Stories von schäbigen Verlierern haben ihren ganz besonderen Reiz. Bis man daran denkt, was sie immer und immer wieder getan haben und auch in Zukunft tun werden, wenn man ihnen Gelegenheit dazu gibt. Sie sagen, man habe ihnen keine Chance gegeben; aber das ist nicht wahr. Sie haben Dutzende Chancen ungenutzt verstreichen lassen.

Männer, die im Gefängnis sind, besitzen eine magische Anziehungskraft auf ansonsten intelligente Frauen, die dann ungeheure Energien dafür aufwenden, diese Männer rauszuholen. Ich habe das nie verstanden. Wenn ein Mann hinter Gitter muß, geschieht das meist aus gutem Grund. Der einzige Vorteil dabei ist, daß man sich nicht fragen muß, wo er sich gerade aufhält.

Aber irgend etwas Besonderes muß es wohl haben. Würden sonst in regelmäßigen Abständen nette, gute, vernünftige Frauen in der Redaktion auftauchen, die große Stapel von Gerichtsakten an sich drücken und Reporter für ihren privaten Kreuzzug gewinnen wollen, der nur das Ziel hat, ihren unschuldig verurteilten Mann aus dem Gefängnis zu holen? Aber nie ist es die treusorgende Ehefrau oder langjährige Freundin, die ihrem Mann beistehen will; es ist unweigerlich eine Fremde, die den Gangster durch einen Brief oder sogenannte Freunde kennengelernt hat. Vor dem Beginn seiner kriminellen Karriere hat sie den Mann nicht gekannt. Aber sie investiert ihre Zeit, ihr Talent und ihr Geld, um Rechtsanwälte zu bezahlen, an Politiker und Bewährungskomissionen zu schreiben und seinen Fall vor Journalisten zu vertreten. Wenn sie ihn herausholt, kann sie von Glück sagen, wenn er nur mit dem Geld das Weite sucht, das ihr noch geblieben ist.

Ich will nicht behaupten, daß ich keine Männer gekannt habe, die ins Gefängnis gehörten. Aber wenigstens waren sie noch nicht drin, als ich ihre Bekanntschaft machte. In der heutigen Zeit brauchen Frauen dringend Verhaltensmaßregeln, wenn sie nicht untergehen wollen. Eine lautet: Verrate einem bösen Buben niemals deine intimsten Geheimnisse oder deine private Telefonnummer. Und laß ihn um Himmels willen nicht näher als auf Armeslänge an dich heran.

Als ich das erste Mal von Jack ›Murph the Surf‹ Murphy hörte, war er als der größte Clown von Miami Beach bekannt. Er trug ein Narrenkostüm und beeindruckte die Touristen, besonders natürlich die Frauen, mit einem Unterwasserstunt, mit dem er durch die großen Hotels tingelte.

Sein Leben nahm eine überraschende Wendung, als er seine Körperbeherrschung und seinen Wagemut dazu benutzte, um in das naturhistorische Museum von New York City einzusteigen und den berühmtesten Saphir der Welt, den jahrhundertealten Stern von Indien, zu stehlen. Im Schutz der Nacht machten sich Murphy und seine zwei ebenfalls aus Miami stammenden Komplizen mit dem golfballgroßen, fünfhundertfünfundsechzigkarätigen Edelstein davon. Außerdem gehörten noch der einhundertsiebzehnkarätige Midnight Star und der unbezahlbare, einhundertkarätige DeLong-Rubin zu ihrer Beute. Die ›Beachboys‹ waren über Nacht berühmt.

Jack schien das öffentliche Interesse und die Schlagzeilen zu genießen. Er war ein Wunderkind gewesen und hatte im Pittsburgh Symphonie Orchestra Violine gespielt. Er war witzig, humorvoll und charmant, außerdem gefährlich, und ihn umgab die Aura des tragischen Verlierers. Das Publikum raste vor Begeisterung. Sein Stil und sein rebellischer Geist machten ihn auch zum Liebling der Presseleute. Ein guter Dieb war er gewiß nicht, denn er ließ sich jedesmal erwischen. Trotz all der vordergründigen Scherze blieb er den Menschen treu, die ihn mochten.

Bonnie, Jacks temperamentvolle, blonde Freundin, begleitete ihn getreulich zu jedem öffentlichen Gerichtstermin, bei dem er einen Auftritt hatte – bis sie irgendwann Selbstmord beging.

Die Beachboys – Jack Murphy, Allen Kuhn und Roger Clark – saßen wegen des Sterns von Indien zwei Jahre ab. 1967 wurden sie entlassen, und ich hängte mich an ihrem ersten Tag in Freiheit an sie dran, um für die *Sun* über ihre Heimkehr zu berichten. Jeder verurteilte Straftäter mußte sich bei seiner Ankunft in der Stadt zunächst bei der Polizei registrieren lassen; deshalb schauten wir als erstes beim Hauptquartier vorbei. Dann folgte eine Stippvisite im Büro ihres Anwalts, des extravaganten, silberhaarigen Harvey St. Jean. Anschließend ging es zum Lunch in ein Straßencafé in der Lincoln Mall.

Die Leute betrachteten die Beachboys eher als Lokalmatadore denn als gerade entlassene Zuchthäusler. Man schüttelte ihnen die Hand und wünschte ihnen alles Gute. Alte Damen winkten, und junge Mädchen kicherten. Jeder schien Jack zu mögen. Später verstrickte er sich dann in Mord und Gewalttaten und ruinierte dieses Image.

Aber damals waren Jack und seine Partner wie berauscht von der neugewonnenen Freiheit. Sie vertilgten Shrimps und Zitronenkuchen, sprachen davon, ihre Sonnenbräune wiederaufzufrischen, und prahlten mit dem neuen Leben, das sie anfangen und zu dem eine Vortragstournee durch die Vereinigten Staaten gehören sollte, um die Jugend vor den Gefahren des Verbrechens zu warnen.

Aus der Tournee ist dann doch nichts geworden, aber es gab ziemlich schnell den ersten Ärger. Allen Kuhn, der sich immer als Kopf des Beachboy-Trios betrachtet hatte, kaufte einen schicken Cadillac Convertible. Der Wagen wurde gleich in der ersten Nacht von Unbekannten in Brand gesteckt. Kuhn behauptete, die Täter zu kennen: die Sondereinsatztruppe der Miami Beach Police. Sie patrouillierten in neutralen Autos durch die Stadt und führten einen nicht erklärten Krieg mit dem Ziel, alle bekannte Räuber und Diebe aus der Stadt zu vertreiben. Die Mitglieder der Task Force waren voller Begeisterung und gingen manchmal etwas unorthodox vor.

»Diese Cops sind meine einzigen Feinde in der Stadt«, sagte mir Kuhn.

Die Polizei wies den Vorwurf zurück, seinen Caddy angesteckt zu haben, hielt es aber für eine ausgezeichnete Idee, wenn er die Stadt verließe, besser noch den Staat. In derselben Nacht schlitzten unbekannte Täter die Reifen eines teuren Wagens auf, der einem Gangster namens Big Tony gehörte. Sein richtiger Name war Anthony Esperti. Er stand unter dem Verdacht, in einige Sprengstoffanschläge während des Buchmacherkrieges verwickelt zu sein, der die Polizei damals in Atem hielt. Erzürnte Gangster beschuldigten die Cops, ein falsches Spiel zu spielen.

»Wir nennen es nicht Belästigung«, erklärte der Polizeichef. »In unserem Sprachgebrauch heißt es hautnahe Beschattung.«

Es gab noch einen anderen unerwünschten Bürger, den die Polizei lieber außerhalb der Stadtgrenzen gesehen hätte. Er dealte von seinem Surf Shop in South Beach aus mit Heroin, wurde gemunkelt. Kurz vor Tagesanbruch warf ein Unbekannter eine Bombe, die offensichtlich für den Surf Shop bestimmt war, aber ihr Ziel verfehlte und auf dem Dach eines vierundzwanzig Stunden geöffneten Restaurants explodierte.

Niemand wurde ernsthaft verletzt. Sogar die Betrunkenen, die nach durchzechter Nacht über ihrem Kaffee dösten, schafften es noch, sich in Sicherheit zu bringen, als die Decke herunterkrachte. Der Sachschaden war nicht unerheblich. Ich machte Fotos von deprimiert aussehenden Angestellten, die das Chaos wieder beseitigen sollten, und von dem Geschäftsführer. Zusammen mit einem Feuerwehrmann stand er inmitten der Verwüstung, und sie blinzelten durch das Loch in der Decke ins Tageslicht.

Ich rief bei der *Sun* an, um meinen Redakteur, Bob Swift, auf dem laufenden zu halten. Das war ein Fehler; je weniger man mit ihnen zu tun hat, um so besser. Bob fragte, ob ich das verwüstete Restaurant von oben durch das Loch in der Decke fotografiert hätte. Nein, sagte ich, da oben wäre nichts außer dem Loch, das die Explosion gerissen hätte. Die besten Motive fänden sich unten, wo die Bombe detoniert wäre.

Aber Swift bestand auf seinem Foto von oben. Ich trug hochhackige Schuhe und einen Minirock. Außerdem verliere ich in der Höhe sehr leicht das Gleichgewicht.

Bob sollte sein Foto bekommen.

Ich hoffte, sie würden ablehnen, deshalb fragte ich die Feuerwehrmänner, ob sie mich ihre Leiter hinaufsteigen lassen würden. Unglücklicherweise schlagen Feuerwehrmänner einem nicht so leicht etwas ab. Es muß an der Hitze liegen und dem vielen Rauch, den sie einatmen. Es wäre ihnen ein Vergnügen, sagten sie.

Einer schob mich von unten an, einer zog mich von oben, der dritte hielt meine Kamera, und die anderen sahen zu.

Die Leiter wieder herunterzukommen war eine noch größere

Qual; aber ich hatte meinem Redakteur seinen sehnlichen Wunsch erfüllt.

Später im Büro betrachtete er die Fotos eher beiläufig. »Du hattest recht«, sagte er. »Die anderen Fotos sind besser.« Ohne auch nur aufzublicken, warf er das vom Dach aus geschossene Foto in den Papierkorb.

Bald bekam Big Toni Esperti größere Probleme als nur aufgestochene Reifen. An Halloween betrat ein gut gekleideter Mafiakiller, der unter dem Namen der ›Vollstrecker‹ bekannt war, in North Bay Village einen vollbesetzten Nachtclub und sah sich um. Er war gerade von einer Geschäftsreise nach Kalifornien zurückgekehrt und trug viel Geld in den Taschen seines schicken Seidenanzugs mit sich herum. Er sollte es niemals ausgeben. Big Toni wirbelte an der Bar herum und pumpte den Vollstrecker voll Blei.

Die Schießerei war überfällig gewesen. Der Vollstrecker hatte Toni verboten, nach North Bay Village zu kommen. Als Toni dies ignorierte und mit einer Freundin in einem dortigen Nachtclub feierte, ging eine Bombe hoch.

Sie beschädigte das Gebäude schwer und fegte Big Tonis Freundin von ihrem Barhocker. Der Vorfall führte zu neuen Streitigkeiten. Der Höhepunkt kam dann an Halloween. Big Toni konnte sich einfach nicht von North Bay Village fernhalten. Als sie an der Bar saßen und an ihren Drinks nippten, schneite der Vollstrecker herein. Tony sah ihn zuerst und traf ihn fünfmal.

In dem Moment schien er das Richtige getan zu haben.

Dann geriet Murph the Surf, der doch ein Vorbild für die Jugend Amerikas sein wollte, in noch ernstere Schwierigkeiten.

Zwei schöne, junge Frauen trieben im Whiskey Creek, einem Wasserlauf, der seinen Namen von den Schwarzbrennern bekommen hat, die ihn einst benutzten. Sie waren tot. Man hatte sie erwürgt und aufgeschlitzt. Zusammen mit dem Makler, für den sie arbeiteten, waren sie in einen großen Versicherungsbetrug verwickelt. Als sie das letzte Mal lebend gesehen wurden, befanden sie sich in der Begleitung von Jack Murphy.

Es gab Gerüchte, daß man Murphy wegen Mordes anklagen würde, aber wochenlang passierte nichts. Dann geschah doch etwas. Die steinreiche Witwe Olive Wofford, ein regelmäßiger Gast in der Gesellschaftskolumne von Maude Massensgale, wurde an einem herrlichen Sonntagnachmittag auf ihrem Besitz in Miami Beach das Opfer eines spektakulären Raubüberfalls.

Ein Mann klingelte an der Tür und wollte angeblich ein Paket abgeben. Statt dessen bedrohte er das Hausmädchen mit einer Waffe und verschaffte sich Zutritt zu dem Woffordschen Herrenhaus. Unter den drei maskierten Banditen, die ihm folgten, war auch Murph the Surf. Er hatte sich einen dünnen, schwarzen Slip über den Kopf gezogen, um sein bekanntes Gesicht zu tarnen.

Sie fesselten das Hausmädchen und die achtjährige Nichte von Mrs. Wofford und überraschten die Witwe in ihrem Schlafzimmer. Sie rieten ihr, den Safe zu öffnen, oder sie würden das kleine Mädchen mit kochendem Wasser übergießen. Mrs. Wofford öffnete den Safe und drückte dabei einen Knopf, der im Polizeihauptquartier Alarm auslöste. Binnen einer Minute waren die ersten beiden Beamten zur Stelle. Einer der Räuber stand draußen Wache und entdeckte sie. Er stürmte ins Haus und rief: »Die Cops sind da!«

Von Panik erfüllt, stoben die Gangster in alle Richtungen davon. Murphy wollte durch eine gläserne Schiebetür entkommen, doch sie war verschlossen. Der Riegel hielt sogar drei Schüssen aus seiner verchromten .45er Automatik stand. Der ehemalige Stuntman sprang in seiner Verzweiflung durch die geschlossene Glastür und zerschnitt sich dabei Gesicht und Knie.

Augenblicke später sah ein Cop zwei Männer am Deich entlanglaufen. Einer von ihnen war Murphy. Die beiden lieferten sich mit den Cops ein Feuergefecht, wobei diese absichtlich zu tief hielten, damit ihre Kugeln nicht die Touristen gefährdeten, welche die Collins Avenue auf der anderen Seite des Wasserlaufs entlangpromenierten.

Murphy wurde schließlich in die Enge getrieben. Er warf die verchromte Automatik auf ein Hausdach und hob die Hände. Seine Komplizen wurden nacheinander zur Strecke gebracht. Einer hatte sich in den Mangroven auf dem alten Firestonegelände versteckt. Den zweiten fand man in dem Pfortenhäuschen eines weitläufigen Besitzes, eine Querstraße entfernt, und dem dritten wurden die Handschellen angelegt, als er wie ein normaler Spaziergänger durch das Villenviertel schlenderte.

Als ich auf dem Schauplatz ankam, war der Trubel noch im Gange. Immer mehr Journalisten kamen dazu. Sie wollten Neuigkeiten über Murph the Surf. Die Polizei hatte offiziell mitgeteilt, man hätte ihn ins Mount Sinai Hospital transportiert, aber ein freundlicher Cop flüsterte mir ins Ohr, daß es das St. Francis Hospital war.

Sie hatten Murph the Surf an einen Rollstand gekettet. Er trug eine gelbe Krankenhauskluft, die ihm nicht besonders gut stand. Eine klaffende Wunde zog sich dicht unter seinem linken Auge entlang, und außerdem hatte er einen tiefen Schnitt in der Unterlippe davongetragen. Seiner guten Laune tat das keinen Abbruch. »Hi, Honey«, sagte er.

»Jack«, rief ich, »was ist passiert?«

»Ich hab' mich beim Rasieren geschnitten«, kam es zurück.

Er winkte, als sie ihn zum Röntgen fuhren.

Die nächsten siebzehn Jahre sollte er hinter Gittern verbringen.

Murphy wurde wegen des versuchten Raubüberfalls und wegen vorsätzlichen Mordes am Whiskey Creek verurteilt. Der Ankläger hatte die Todesstrafe gefordert, doch Murphy bekam zweimal lebenslänglich plus zwanzig Jahre. Der Richter bezeichnete ihn als ›unbelehrbaren Kriminellen und Gefahr für die Öffentlichkeit‹. Er setzte noch hinzu, daß Murphy niemals wieder in ›eine freie Welt und gesetzestreue Gesellschaft zurückkehren dürfte‹.

Im Gefängnis fand Murph the Surf den Weg zu Jesus Christus.

Das geht den meisten so.

1985 wurde er in den offenen Vollzug verlegt, damit er die Möglichkeit hatte, zu predigen. Ich saß an einer Story über Murphys bevorstehende Entlassung auf Bewährung und wollte mit Leuten reden, die ihn kannten. Olive Wofford, sein letztes Opfer, war bereits eines natürlichen Todes gestorben. Harvey St. Jean, sein Anwalt, wurde ermordet. Der Fall ist nie aufgeklärt worden. Emmery Zerrick, der Polizeiveteran, der einige seiner besten Jahre mit der Jagd auf Murph the Surf zugebracht hat, erfreut sich bester Gesundheit. Verziehen hat er ihm nichts. »Wenn ich ihn vor die Mündung bekommen, werde ich nicht eine Sekunde zögern, abzudrücken. Das können Sie drucken«, grollte er.

Ich habe ihm die Bitte erfüllt. Murphy kam 1986 auf Bewährung frei. Er wurde eindringlich davor gewarnt, sich in South Florida wieder blicken zu lassen. Er war gepflegt und adrett wie immer – mit neunundvierzig Jahren in die Freiheit entlassen. Er hatte große Pläne, wollte ein Buch schreiben, im Fernsehen auftreten und Vorträge für zweitausendfünfhundert Dollar das Stück halten, um jungen Amerikanern den Pfad der Tugend nahezubringen. Sogar Murph the Surf hatte Schwierigkeiten, bei diesen Worten ernst zu bleiben.

»Gott hat Sinn für Humor«, sagte er und lachte leise.

Ungefähr zwei Monate, nachdem ich beim *Herald* angefangen hatte, stand Steve Rogers eines Morgens vor meinem Schreibtisch. »Wir haben erfahren, daß sich Willi Sutton, der Bankräuber, in Sarasota aufhält. Hätten Sie Interesse daran?«

Ob ich daran interessiert war? Ich brauchte nicht mal ins Archiv zu gehen und mich mit den vergilbten Zeitungsausschnitten vertraut zu machen, die wir dort über Willie ›the Actor‹ Sutton aufbewahrten. Er war einer der Helden meiner Kindheit gewesen, und ich hatte damals jede Zeile verschlungen, die über ihn geschrieben wurde. Willie the Actor war ein Verbrecher, der niemals eine Waffe abgefeuert oder jemanden verletzt hat. Seine Banküberfälle waren perfekt geplant und wurden stilvoll und präzise in Szene gesetzt. Für einen Meisterdieb hat er sich zu oft erwischen lassen, doch er war einer der schwarzen, tollkühnen Prinzen, die die Träume meiner Kindheit bevölkerten.

Wir hatten nichts weiter als einen Tip – aufgeschnappt von einem geschwätzigen Fernsehreporter. Willie the Actor, erst kürzlich aus dem Attica State Prison in New York entlassen, wollte den Rest seiner Tage in der Obhut seiner verheirateten Tochter verbringen. Die Tochter legte keinen Wert auf Publicity. Man hatte sie noch nie öffentlich mit ihrem berühmt-berüchtigten Vater in Verbindung gebracht, und ihre Identität war ein Geheimnis.

Wir hatten den Namen eines Motels in Sarasota, wo Willie um zwei Uhr nachmittags einem Fernsehteam aus Miami ein Exklusivinterview geben sollte. Das war alles. Zusammen mit dem Fotografen Albert Coya nahm ich ein Flugzeug nach Sarasota und hoffte, daß wir Sutton zuerst erwischen würden. Coya stammte aus Kuba. Er hatte noch nie von dem berühmtesten Bankräuber Amerikas gehört. Ich erzählte ihm, daß Willie the Actor niemals eine Bank geknackt hatte, sondern vor Schalteröffnung einfach hineinspaziert war. Er kam als Wachmann verkleidet, als Fahrstuhlmonteur, Fensterputzer, Postbote und Feuerwehrmann. Einmal hatte er sogar so getan, als wollte er einen Strauß Blumen abgeben. Manchmal mußte er ein Dutzend Angestellte abfangen, bis endlich derjenige eintraf, der die Kombination für den Tresor kannte. In der Zwischenzeit machte Sutton den Damen Komplimente und wies gutgelaunt daraufhin, daß er niemanden von den Anwesenden bestehlen wollte, lediglich die Bank.

Man hat damals Banküberfälle wesentlich ernster genommen als heute, und Willie Sutton wurde insgesamt viermal geschnappt und verurteilt. Das letzte Mal, im Jahre 1952, bekam er dreißig Jahre bis lebenslänglich.

Es war gut möglich, daß es sich bei dem Interview in Sarasota um Willies Abschiedsvorstellung handelte. Seinem Gnadengesuch war stattgegeben worden, weil man einen alten

Mann nicht hinter Gittern sterben lassen wollte. Willie war jetzt fast siebzig, litt unter Herzbeschwerden, Arterienverkalkung und einem chronischen Lungenemphysem, das ihn keuchend nach Luft schnappen ließ. Man schien es plötzlich sehr eilig zu haben mit seiner Entlassung. Willie the Actor war jetzt ein Teil der amerikanischen Folklore. Als junger Mann hatte er die Strafverfolger oft genug düpiert und war ihnen im letzten Moment entkommen. Sie wollten verhindern, daß es ihm ein letztes Mal gelang, indem er in ihrem Gewahrsam starb.

Er saß gekrümmt und in eine Decke gewickelt in einem Rollstuhl, als er am Weihnachtsabend in die Freiheit geschoben wurde. Die Fotos auf den Titelseiten zeigten ihn gebeugt, zerbrechlich und mit schlohweißem Haar. Eine New Yorker Zeitung bezeichnete den einstigen Desperado als ›besiegten und hinfälligen alten Mann‹.

Es konnte nicht weiter schwierig sein, solch eine Berühmtheit in einer Kleinstadt ausfindig zu machen, dachten wir. Aber nicht einmal unser Taxifahrer konnte uns weiterhelfen, der sogar über Funk seine Kollegen befragte. Vergeblich. Ich rief bei sämtlichen Banken in der Stadt an, aber auch dort war er nicht gewesen. Auch in Sarasota mußten sich entlassene Häftlinge bei der Polizei melden. Der dafür zuständige Beamte im Hauptquartier fand Willie Suttons Meldeanschrift. Ich wollte schon nach der Karte greifen, als der Beamte einen Vermerk entdeckte. Die Tochter von Sutton hatte darum gebeten, keine Informationen herauszugeben. An niemanden.

Ich konnte weder den Beamten noch seinen Vorgesetzten überreden, und in der Etage darüber hatte ich ebenfalls kein Glück. Ich konnte jetzt nachempfinden, wie es J. Edgar Hoover ergangen war, als Willie die Liste der meistgesuchten Personen anführte, und Hoover ihn nicht aufspüren konnte. Doch ohne diese Story wollte ich nicht nach Miami zurückfliegen.

Die letzte Möglichkeit war das Motel, in dem Willie the Actor sich mit dem Fernsehteam verabredet hatte. Früher war er immer vor der Zeit aufgetaucht, noch bevor die Banken ihre Schalter öffneten. Wir trieben uns vor dem Motel herum, als ein dunkler Kompaktwagen vorfuhr und ein Mann ausstieg. Als die Frau am Steuer Coyas Kamera bemerkte, bedeckte sie ihr Gesicht mit der Hand, und der Wagen schoß davon.

Der rothaarige Mann schritt energisch auf das Motel zu. Zu einem karierten Jackett mit einer bunten Krawatte trug er ein fröhliches Grinsen zu Schau. Aber ich hätte ihn auch so erkannt. Es war Willie the Actor, derselbe Mann, der am Weihnachtsabend zusammengekrümmt und weißhaarig in einem Rollstuhl gehockt hatte.

Vermutlich dachte er, wir wären die Leute, mit denen er verabredet war. Auf jeden Fall schienen wir ihn zu erwarten. Er begrüßte uns mit einem kräftigen Händedruck. Wir luden ihn ein, uns in einen Coffee Shop zu begleiten. Er brannte förmlich darauf, endlich seine Ansichten über den traurigen Zustand Amerikas loszuwerden.

»Ich will nicht prahlen«, sagte er und rückte seine Krawatte zurecht, »aber ich habe niemals jemanden verletzt. Heutzutage gibt es brutale Verbrechen und blanken Haß. Ich habe niemanden gehaßt.« Auch mit dem Familienleben stünde es in Amerika nicht zum besten. »Die Kunst der Konversation ist verlorengegangen. Daran trägt das Fernsehen die Schuld.«

Ein lukrativer Vertrag mit einer Kreditkartenfirma verschaffte ihm ein gutes Einkommen; er wäre dabei, ein Buch zu schreiben, und mitten in den Vorbereitungen für eine Vortragsreise.

Während ich mir eifrig Notizen machte, überkam mich wieder das altvertraute Gefühl. Der Redaktionsschluß rückte näher und näher. Ich brauchte dafür nicht auf die Uhr zu sehen. Es war höchste Zeit, den Artikel für die Morgenausgabe fertigzustellen.

»Gerüchte«, sagte Sutton lebhaft. »Davor habe ich Moment wirklich Angst. Wenn einer irgendwo eine Bank ausraubt, bin ich hoffentlich tausend Meilen weit weg.«

Wir hätten das Fernsehen völlig rausdrängen können, aber ohne die TV-Leute wäre es gar nicht zu dem Interview gekommen, also brachten wir Willie in das Motel zurück, wo die

Reporter und Kameraleute schon auf ihn warteten. Sie kannten mich nicht und hielten mich für Suttons Tochter. Zum Abschied stellte ich ihm noch eine letzte Frage. All die Pläne für eine Gefängnisreform, Vorschläge zur Erhöhung der Sicherheit in Banken und Vorträge, um die Jugend Amerikas vor dem Leben in der Kriminalität zu warnen – meinte er das ernst, oder war es die letzte Rolle von Willie the Actor?

»Natürlich ist das mein voller Ernst.« Er schüttelte mir enthusiastisch die Hand, drückte mir einen väterlichen Kuß auf die Wange und ging. Nach einigen Metern drehte er sich um, zeigte kurz ein verschlagenes Grinsen, winkte und verschwand.

Der Geschäftsführer des Motels erlaubte mir, meinen Artikel auf einer alten Schreibmaschine hinter der Rezeption zu schreiben. Während Coya seinen Film nach Miami schickte und ich meinen Text übers Telefon durchgab, war das Fernsehteam immer noch dabei, Sutton zu interviewen.

Ihr Sender hatte den ganzen Tag für das Exklusivinterview mit Willie Sutton getrommelt. Als das Team in Miami aus dem Flugzeug stieg, prangte ihnen auf den Zeitungsständern schon die Frühausgabe des *Herald* entgegen – inklusive Titelstory und Farbfotos. Das nächste Mal würden sie mich nicht für Suttons Tochter halten.

Willie the Actor vollendete sein Buch und posierte in Werbespots für Kreditkarten. Er verkörperte seine letzte Rolle in dem ihm eigenen unverwechselbaren Stil. Der letzte Vorhang fiel für ihn erst fast elf Jahre nach dem spektakulären Rollstuhlabgang aus dem Zuchthaus.

Ich denke, Soziopathen wie Murph the Surf und Willie the Actor fehlt irgend etwas, das die Menschen im allgemeinen daran hindert, zu Verbrechern zu werden: ein Gewissen. Entweder sie haben nie eins gehabt, oder es ist ihnen früh im Leben abhanden gekommen. Es gibt aber auch Kriminelle, bei denen scheint etwas dazugekommen zu sein. Etwas abgrundtief Böses.

Ein so durch und durch verdorbener Mensch wie Robert Carr ist mir noch nie im Leben begegnet. Rothaarig, sommersprossig und mit dem sympathischen Grinsen eines Huckleberry Finn ist er der lebende Beweis dafür, daß die wirklichen Ungeheuer niemals so aussehen. Fünfzehn Menschen sind ihm zum Opfer gefallen, die meisten hat er vergewaltigt und gequält, vier davon getötet. Es waren alles Frauen und Kinder.

Ich habe mit Robert Carr mehr als hundert Stunden in einer Gefängniszelle verbracht und geredet. Es gibt keinen Menschen auf der Welt, den ich besser kenne. Ich wünsche mir, das alles vergessen zu können, aber solange Robert Carr am Leben ist, muß jemand diesen real gewordenen Alptraum im Gedächtnis behalten.

Im Frühsommer 1976 bekam ich von einem Cop den Hinweis, daß ein auf frischer Tat ertappter Vergewaltiger vier Morde gestanden hätte. Zwei Detectives von der Metropolitan Police sollten ihn bei einer Tour durch das ganze Land begleiten, auf der er sie zu den Gräbern führen würde. Die Leichen wären in Mississippi, Louisiana und Connecticut verscharrt. Die Ermittlungen würden unter größter Geheimhaltung durchgeführt, weil man erst sichergehen wollte, daß der Verdächtige nicht gelogen hätte.

Die Cops hassen es, an der Nase herumgeführt zu werden. Sie wußten nicht, ob er die Wahrheit gesagt hatte, aber mir war es sofort klar. Ich hatte meinen Informanten nach den Namen der Opfer gefragt. Unter ihnen befanden sich ein seit zwei Monaten vermißtes Mädchen aus Miami und zwei elfjährige Jungen, von denen seit vier Jahren jede Spur fehlte.

Mir wurden die Knie weich, und ich mußte mich setzen. Sie hießen Mark und Todd. Meinem Informanten sagten die Namen nichts, aber die Akte lag auf meinem Schreibtisch. Ich brauchte sie für eine Magazinstory, in der ich über rätselhafte Vermißtenfälle in Miami berichten wollte. Die Polizei war vor längerer Zeit zu dem Schluß gekommen, daß die beiden Jungen von zu Hause ausgerissen waren, und hatte den Fall zu den Akten gelegt. Nur ihre Angehörigen dachten noch an sie. Der

Vergewaltiger wurde als Trinker und Herumtreiber ohne festen Wohnsitz aus Connecticut beschrieben. Er konnte von den beiden Jungen eigentlich nur wissen, wenn er etwas mit ihrem Verschwinden zu tun hatte.

Zwei Tage später führte der Killer eine Gruppe von Cops zu einer abgelegenen Stelle in einem Wald in Hancock County, Mississippi. »Grabt hier«, sagte er, und kurze Zeit später stießen sie tatsächlich auf die erste Leiche.

Mit derselben unfehlbaren Sicherheit führte Robert Carr die Polizisten zu den anderen Opfern, unter denen sich auch eine Prostituierte aus Connecticut befand.

Nach ihrer Rückkehr nach Miami schlugen mir der Gerichtsmediziner, der Ankläger und ein Detective von der Mordkommission, die alle an den Grabungen teilgenommen hatten, vor, ich sollte Robert Carr im Gefängnis aufsuchen, um ihn zu interviewen. Sie waren von dem Mann fasziniert.

»Sie werden ihn mögen«, sagte sie. Das glaubte ich nicht, denn er war ein bösartiger Killer. Dann rief Carr persönlich bei mir an, um den Kontakt herzustellen. Er sagte, er hätte alle Presseberichte über seinen Fall gelesen. Meine Stories wären der Wahrheit sehr nahe gekommen, deshalb wollte er mir weitere Informationen liefern.

Ich hatte ihn mir als aalglatten, redegewandten Schwindler vorgestellt, der arglose Opfer in sein Auto locken konnte, ohne Gewalt anzuwenden. Das erwies sich als Fehleinschätzung.

Carr sprach sehr leise und machte einen beinahe schüchternen Eindruck. Er wirkte wie jemand, mit dem man zusammen aufgewachsen ist: der Mann von nebenan, der Pfadfinderführer oder der Automechaniker aus der Nachbarschaft. Seine Opfer sind bereitwillig in seinen Wagen eingestiegen. Und wenn sich die Tür hinter ihnen geschlossen hatte, saßen sie in der Falle. Er hatte den Griff abgeschraubt, so daß sich die Beifahrertür von innen nicht mehr öffnen ließ.

Er schlug mir vor, seine Story aufzuschreiben. Ich sollte ein Buch daraus machen, um solche Tragödien in Zukunft zu verhindern. Er hatte nichts mehr zu verlieren; die Todesstrafe schien ihm sicher. Andere verurteilte Killer wirkten gegen Carr wie Schuljungen. Ich hatte kein Interesse daran, noch mehr über ihn zu schreiben oder ihn jemals wiederzusehen.

Er schrieb mir lange, eindringliche Briefe auf gelbem Gefängnisbriefpapier und rief mich so oft an, daß ich schon den Verdacht hatte, in seiner Zelle gäbe es einen eigenen Anschluß. In einem seiner Briefe stand, er würde es mir nicht verübeln, daß ich nicht länger hineingezogen werden wollte, aber ›vielleicht bin ich tot, bevor alles zu Papier gebracht ist, und irgend jemand sollte diese Geschichte kennen‹.

Er hatte recht. Ich wollte nichts mehr damit zu tun haben. Aber wie war dieser Mann zu einem Ungeheuer geworden? Seine Opfer hatten alle die Chance gehabt, zu entkommen. Warum ist keiner geflohen? Warum sind sie überhaupt zu ihm in den Wagen gestiegen? War sein unbändiger Trieb, der ihn zwang, zu vergewaltigen und zu morden, wirklich nicht heilbar?

Meine Neugier behielt schließlich die Oberhand, und ich begann, eine Menge Zeit im Gefängnis zuzubringen. Wir fingen ganz von vorn an. Carr besaß ein fotografisches Gedächtnis. Sein Vater hatte die Familie verlassen, als das Kind neun Monate alt war. Carr schwor, daß er sich daran erinnern konnte, wie sein Vater ihn in den Armen gehalten hatte. Er wußte noch ganz genau, wie er als Dreijähriger sämtliche Hühner seines Großvaters getötet und mit vier Jahren aggressive Experimente mit dem anderen Geschlecht angestellt hatte.

Was auch immer bei ihm schiefgelaufen wäre, sagte er mir, er hätte es von Geburt an in sich gehabt.

Die erste Zeit standen wir unter besonderer Bewachung, wenn ich Carr im Gefängnis besuchte. Bald jedoch war ich zu einem Teil des Tagesablaufs geworden. Die Beamten schenkten mir nicht mehr Aufmerksamkeit als einem Möbelstück. Ich verbrachte oft sechs bis acht Stunden bei Carr und nahm alles, war er sagte, auf Tonband auf. Angst hatte ich nicht vor ihm, jedenfalls nicht bewußt. Eines Abends, wir hatten eine ausgedehnte Sitzung hinter uns, und ich war fertig zum Aufbruch, war weit und breit niemand zu sehen. Ich drückte auf einen Klingelknopf, aber nichts rührte sich. Dann rüttelte ich an den Gitterstäben und rief laut nach einer Wache. Keine Reaktion. Carr lächelte und rauchte eine Zigarette. Es dauerte zwanzig Minuten, bis jemand kam und mich endlich befreite. Sie hatten nicht mehr an mich gedacht.

Zufällig las ich an dem Abend in Carrs psychiatrischen Gutachten. Er wurde darin als äußerst gefährlich und unberechenbar charakterisiert. Einer der Gutachter hatte Carrs Bewachern dringend empfohlen, ihm niemals den Rücken zuzudrehen.

Das erschreckte mich nicht besonders. Carr war ein Feigling. Ich wußte, daß er seine Opfer zuerst gefesselt hatte. Sie waren hilflos, wenn er sie erdrosselte. Am nächsten Tag prüfte ich noch schnell mein Aussehen im Spiegel, bevor ich mich auf den Weg ins Gefängnis machte. Ich trug eine Bluse und dazu einen langen Seidenschal.

Ich zog andere Sachen an.

Wir saßen uns Tag für Tag gegenüber, und er erzählte mit ruhiger Stimme seine Geschichte, ohne etwas auszulassen. Hinterher hatte ich jedesmal bohrende Kopfschmerzen, und meine Haut juckte am ganzen Körper. Ich hatte das dringende Bedürfnis, kochendheiß zu duschen, als könnte ich mich auf diese Art von all dem befreien. Trotzdem teilte ich mittlerweile Carrs Ansicht, daß seine Geschichte es wert war, erzählt zu werden. Niemals zuvor hatte ein Sexualmörder, der über einen derart entwickelten Intellekt verfügte, sich so vorbehaltlos bereit erklärte, seine kranke Psyche zu offenbaren. Sein Leben würde bald zu Ende sein, davon war er überzeugt. Deshalb wollte er eine letzte Beichte ablegen.

Carr weigerte sich, mit seinem Anwalt zusammenzuarbeiten. Er hatte mich von Anfang an davor gewarnt, daß er sich auch gegen mich wenden würde. Es war ihm bewußt, daß er allen Schaden zufügen mußte, die ihm nahe standen, und er beschwor mich, es niemals zu vergessen. Ich gab ihm mein Wort.

Zu jedermanns Überraschung mußte Carr nicht sterben, sondern wurde von einer Richterin namens Natalie Baskin zu mehr als dreihundert Jahren Gefängnis verurteilt.

Diese Zahl bedeutete wenig – er würde in fünfzehn Jahren für eine Bewährung in Frage kommen.

Carrs Leben war nicht länger bedroht, und er begann sich den Tag vorzustellen, an dem die Bewährungskommission seinen Fall prüfen würde. Daraufhin änderte sich seine Einschätzung der Lebensbeichte, die er vor mir abgelegt hatte, erheblich. Er wollte Einzelheiten streichen, die bewiesen, daß er vorsätzlich gemordet hatte, denn er war zu der Auffassung gelangt, seine Taten wären in zeitweiliger geistiger Umnachtung begangen worden. Er wäre aber jetzt geheilt und hätte natürlich auch den Weg zu Gott gefunden.

Ich sollte aus seiner Geschichte die Passage mit den getöteten Hühnern streichen und die frühere Selbsteinschätzung, er wäre mit dem Drang zu töten zur Welt gekommen. Außerdem sollte ich die Tatsache verschweigen, daß er auf der Suche nach einem Opfer schon tagelang quer durch Miami gefahren war. Und daß er, als er sich endlich für die sechzehnjährige Tammy Huntley entschied, schon die Schaufel im Kofferraum hatte, mit der er sie begraben wollte. In der von ihm geforderten Version kam der Vorsatz, sie zu töten, nicht vor.

Die ursprüngliche Fassung war dreifach abgesichert. Durch Lügendetektortests, meine Anwesenheit und die Aussagen von Überlebenden. Ich hatte nicht vor, ihn an der Wahrheit herumspielen zu lassen. Carr schrieb mir lange Briefe aus einer im Norden Floridas gelegenen psychiatrischen Klinik. Er unterstrich seine Forderungen so nachdrücklich mit roter Tinte, daß die Feder das Papier aufriß. Eines Nachts bekam ich ein Ferngespräch aus Chattahoochee. »Ich könnte einfach hier herausspazieren«, prahlte Carr. Er würde nach Miami kommen, um seinen Anwalt und den Ankläger zu töten und ihnen dann ›die Zungen herauszureißen‹.

Ich nahm die Drohung ernst, denn er hatte das schon getan. Deshalb rief ich die Klinikleitung an und fragte, warum sie den

Insassen gestatteten, auf Staatskosten Ferngespräche zu führen und Drohungen auszustoßen. Außerdem wollte ich wissen, ob Carr sich wirklich so einfach absetzen könnte. Sie waren überrascht, das zu hören, und versprachen, nachzusehen. In Roberts Carrs Zelle wurden Ausbruchswerkzeuge, Geld und ein Essensvorrat gefunden. Er bereitete sich offensichtlich gerade auf einen Ausflug vor.

Zur Zeit sitzt er im Hochsicherheitstrakt des Staatsgefängnisses von Florida.

Zumindest hoffe ich das.

Das Buch über Robert Carr habe ich abgeschlossen, aber ich glaube nicht, daß damit auch seine Story zu Ende ist. In seinen jüngsten Briefen an Bekannte und die Familie spricht er ausführlich über seine Pläne. Man würde ihn sehr bald entlassen, schon binnen weniger Monate wäre er ein freier Mann, schreibt er. Ich befragte daraufhin Gefängnisbeamte, aber sie bestritten es. Vielleicht weiß er ja etwas, das sie nicht wissen.

Eines weiß ich ganz sicher: Wenn man Carr freiläßt, wird er jemandem weh tun, der noch nicht einmal geboren war, als er ins Gefängnis ging.

Es gibt Kriminelle, die haben kein Gewissen. Andere, wie Robert Carr, sind gefährlich, weil sie zuviel von irgend etwas haben.

Etwas Bösem.

Sex ist das größte
Nichts aller Zeiten.
Andy Warhol

SEX

Sex kann einen in solche Schwierigkeiten bringen, daß ich mich frage, warum die Leute es immer noch tun.

Ich sage oft im Scherz, mein Job habe mich zu einem keusch lebenden Single gemacht. Aber vermutlich ist Keuschheit am Ende gar nicht so schrecklich. Sex tötet Menschen und bringt sie ins Gefängnis. Sie werden zusammengeschlagen, gehen bankrott oder geben sich der Lächerlichkeit preis. Ganz zu schweigen davon, daß er sie ruiniert: persönlich, politisch und beruflich. Auf der Suche nach Sex kann man in sein Unglück rennen, und wer Glück hat und welchen findet, den macht er vielleicht zum Krüppel, infiziert ihn oder bringt ihn um.

Andererseits ist er natürlich das Größte: der amerikanische Zeitvertreib schlechthin.

Jeder Zeitungsartikel dreht sich in irgendeiner Form um Sex. Ob es um Geld, Macht oder Politik geht, Sex spielt dabei immer eine Rolle. Jeder will ihn, und manche mögen's heiß. Viele könnten ohne ihn auskommen. Wo sind die kalten Duschen, wenn man sie wirklich nötig hat?

Hier nicht. In Miami liegt Sex in der Luft. Genauso wie Gewalt. Vielleicht liegt es am Wetter. Abends ist es oft sehr schwül; das Mondlicht legt sich wie ein metallener Schaft auf die silbrig schimmernde See, und es duftet um Mitternacht nach Jasmin. Das alles schafft ein Klima aufgereizter Verrücktheit.

Eine junge Frau war in einer verlassenen Gegend von Miami vergewaltigt worden. Der erste Mensch, dem sie bei ihrer verzweifelten Suche nach Hilfe begegnete, war ein junges Mädchen. Es war ebenfalls das Opfer einer Vergewaltigung geworden.

Die Polizisten reagierten mit Skepsis, als eine gekidnappte und vergewaltigte Studentin darauf beharrte, daß ihr Peiniger einen Hut getragen hatte, der mit blinkenden Lämpchen geschmückt war. Im Morgengrauen bemerkte ein Detective in der Nähe des Tatortes einen Autofahrer, der eine Schirmmütze trug. Sie blinkte in allen Farben des Regenbogens. Als der Mann vor Gericht stand, produzierten die Batterien immer noch Strom, so daß auch die Geschworenen, die ihn verurteilten, in den Genuß des Schauspiels kamen.

Ich hatte für den *Herald* einen Artikel geschrieben, über all die Männer – Ärzte, Rechtsanwälte, Ingenieure, sogar Mitarbeiter von Tageszeitungen – die sich auf dem Biscayne Boulevard eine Nutte gesucht, aber einem Polizeilockvogel aufgesessen und von der ›Schwanzbrigade‹ hopsgenommen worden waren. Kurz darauf fand ich in meinem Postfach eine Notiz, offensichtlich von einem Angestellten des *Herald*. Der Schreiber nannte mich darin eine ›Schwanz ab!‹-Frau und verzichtete auf eine Unterschrift. Vielleicht bin ich pervers, aber ich habe es genossen, daß die geilen Böcke genau wie die Nutten in der grünen Minna Platz nehmen mußten. Das war nur gerecht. Wegens des Wirbels, den die Story entfacht hat, haben die Cops allerdings einen Rückzieher gemacht. Sie verteilen jetzt lediglich Bußgeldbescheide an die Männer, so, als ob sie eine rote Ampel mißachtet hätten. Die Prostituierten wandern noch immer in den Knast.

Das Sexualleben eines Menschen sollte seine Privatsache bleiben; aber wenn es ihn umbringt, wird daraus eine Angelegenheit öffentlichen Interesses. Und es ruft eine Menge posthumer Pikiertheit hervor. Falls es so etwas gibt.

Ich habe über einen Priester berichtet, einen Bräutigam in den Flitterwochen und über meinen Nachbarn. Ihnen allen wurde Sex zum Verhängnis. Auf Autoaufklebern liest man es normalerweise nicht, aber es stimmt trotzdem: Sex ist lebensgefährlich.

Und er kann zu unglaublich peinlichen Situationen führen. Prominente Politiker sterben im Lotterbett mit Frauen, mit denen sie nicht verheiratet sind; geachtete Richter werden aus dem Amt gejagt, weil sie die Finger nicht von der Frau des Angeklagten lassen können. Cops geraten in Schwierigkeiten, weil sie Sex mit Verdächtigen wollen, den Opfern von Verbrechen und anderen Cops.

Das Besondere an Verbrechen, die mit Sex zu tun haben, besteht darin, daß sie oft in einen Mantel des Schweigens gehüllt sind.

Wenn die Leiche eines prominenten Kardiologen unter einer Autobahnbrücke gefunden wird, ruft die Ärzteschaft voller Empörung nach Gerechtigkeit. Eine pompöse Gedenkfeier wird abgehalten und eine Belohnung ausgesetzt. Nachdem die Polizei den Fall gelöst hat, herrscht nur noch eisiges Schweigen. Der Herzspezialist war seinem Sexualtrieb zum Opfer gefallen. Eine fünfzehnjährige Prostituierte hatte ihm eine Kugel in den Kopf geschossen.

Als mein Nachbar angeschossen wurde, traf ich auf Sergeant Russ Leasberg von der Mordkommission des Miami Police Department und geriet sogleich mit ihm aneinander. Ich kannte meinen Nachbarn nicht besonders gut. Er arbeitete als Klempner, und sein Zustand war kritisch. Als ich routinemäßige Nachforschungen über den Vorfall anstellte, antwortete Leasberg ausweichend auf meine Fragen und wollte nichts preisgeben. Ich hatte den Verdacht, daß etwas vertuscht werden sollte. Der Detective gehörte zu jenen etwas altmodischen Männern, die bestimmte Dinge am liebsten unerwähnt ließen, besonders Reporterinnen gegenüber.

In der offiziellen Verlautbarung der Polizei hieß es, der Klempner wäre auf der Straße ausgeraubt und angeschossen worden. Das war gelogen – Männer halten zusammen. Der Detective wollte vor der Frau des Opfers geheimhalten, daß ihr Mann bei einer Prostituierten gewesen war, als auf ihn geschossen wurde. Auch ich wollte sie nicht verletzen oder in eine peinliche Situation bringen. Aber sie hat die Wahrheit selbst herausgefunden. Ich habe sie nach ihrer Scheidung wiedergetroffen, und sie sprach das Thema an. Das Krankenhaus hatte ihr die Kleidung ihres verletzten Ehemannes zugeschickt. Als sie daran ging, sie zu waschen, ging ihr ein Licht auf. Ihr lieber Mann hatte zwar einige Einschußlöcher im Körper, aber seine Kleidung war völlig unversehrt geblieben.

Er hat es schließlich überlebt. Was man von einem Bräutigam nicht sagen kann. Er kam mit seiner frisch angetrauten Ehefrau nach Miami Beach, und nachdem sie in tiefen Schlaf gesunken war, schlich er hinaus, um die Flitterwochen ohne sie fortzusetzen. Dabei ging es turbulenter zu, als er erwartet hatte. Die Nutte, zu der er gegangen war, inszenierte einen Raubüberfall, bei dem der Mann erschossen wurde.

Jeanie Rivera hat etwas gesucht. Vielleicht ist Liebe die richtige Bezeichnung dafür. Als sie es gefunden hatte, brachte es ihr kein Glück.

Aus einer Bar in South Beach nahm sie einen Fremden mit nach Hause. Außer ihrer wunderschönen, schneeweißen Katze hat niemand gesehen, wie sie gestorben ist. Erbärmlich miauend strich das Tier all den fremden Männern um die Beine – Cops, Detectives und Kriminaltechnikern –, die sich in dem kleinen, im zweiten Stock gelegenen Apartment drängten, als ich dort eintraf.

Jeanie Rivera lag barfuß auf dem Fußboden des Wohnzimmers. Sie war zusammengeschlagen und erwürgt worden, und der Täter hatte ihr einen Kissenbezug über den Kopf gezogen. Es war ein ständiges Kommen und Gehen. Die Wohnungstür stand offen, während die Cops ihrer Arbeit nachgingen, und so hatte sich auch ein verspielter kleiner Hund aus der Nachbarschaft, angelockt durch den Trubel, in der kleinen Wohnung eingefunden. Als erstes ging er auf Jeanie Riveras bereits völlig verängstigte Katze los.

Der kleine, braune Kläffer hetzte das zu Tode erschrockene Tier hin und her und über den Körper seiner toten Herrin hinweg. Erbitterte Flüche wurden laut, als sich die Spurensicherer bei ihrer Arbeit gestört fühlten.

Schließlich setzte ein Cop den Hund vor die Tür und gab ihm einen Tritt, der ihn die Treppe hinunterbeförderte. Doch nur zehn Minuten später stürmte der hartnäckige Köter wieder laut kläffend durch die Tür, und die wilde Hatz kreuz und quer über die Leiche von Jeanie Rivera ging von vorne los.

Ein erboster Lieutenant griff sich den Hund und warf ihn aus der Tür. Er jagte ihn gerade mit Fußtritten die Treppe hinunter, als ihm ein Fernsehteam mit laufender Kamera entgegenkam und diesen offensichtlichen Akt brutaler Polizeiwillkür einer hilflosen Kreatur gegenüber im Bild festhielt.

Während der Lieutenant sich abmühte, bei den Fernsehleuten eine gerechte Darstellung seines Falles zu erreichen, traf der Gerichtsmediziner am Tatort ein. Ich stand im Türrahmen und sah zu, wie er neben der Leiche niederkniete, um einen ersten Blick darauf zu werfen. Der Doktor hielt irgend etwas zwischen Daumen und Zeigefinger und betrachtete es eingehend. Ich hörte, wie er einen Detective darüber informierte, daß es sich bei ›dem Täter offensichtlich um einen älteren Menschen handelt‹. Behutsam steckte er ein langes, weißes Haar in eine Plastiktüte für Beweismaterial. Dann zupfte er mit einer Pinzette äußerst penibel weitere lange, weiße Haare und einige kurze, braune von der Leiche herunter.

Ich suchte den Blick des Detective, der sich aber nicht äußerte. Die Abteilung stand bereits in dem Ruf, der Spurensicherung die Arbeit nicht eben leicht zu machen. Zum Teil war das auf einen Streifencop zurückzuführen, der, während er auf das Eintreffen der Detectives wartete, die Mordwaffe nicht nur aufgehoben, sondern sie auch noch völlig geistesabwesend nachgeladen hatte.

Draußen schnappte ich mir den Detective. »Sagen Sie es ihm«, erklärte ich drohend, »oder ich werde es tun.« Er kehrte in das Apartment zurück.

Seine Stimme klang nicht sehr glücklich, als er sich an den Gerichtsmediziner wandte.

»Doc, was die Haare angeht...«

Es lag mir fern, ihn bloßzustellen. Aber Jeanie Rivera wollte nichts weiter als ein bißchen Liebe. Und jemand mußte doch dafür sorgen, daß alles seine Ordnung hatte.

Als Jimmie Lee Wilson Sex zum Verhängnis wurde, bedauerten viele Leute, daß es nicht schon früher passiert war.

Jimmie Lee Wilson saß in der Todeszelle, als ich das erste Mal etwas von ihm hörte. Er hatte zwei Saisonarbeiterinnen brutal vergewaltigt. Damals galt dieses Delikt in Florida noch als Kapitalverbrechen.

Ein hochklassiger Strafverteidiger sorgte dafür, daß Wilson einen neuen Prozeß bekam. Die Opfer waren inzwischen beide verheiratet; weder sie noch ihre Ehemänner zeigten die geringste Neigung, die Tortur eines Prozesses durchzustehen. Jimmie Lee Wilson verließ die Todeszelle nach acht Jahren als freier Mann.

Drei Monate später begann in South Dade County eine Serie scheußlicher Sexualverbrechen. Ein Killer lauerte jungen Paaren bei ihren Rendezvous auf und hatte bereits zwei junge Leute erschossen. Zwei weitere hatte er schwer verletzt und für tot liegen gelassen. Die Frauen wurden vergewaltigt. Nach dem Killer von South Dade County wurde eine Großfahndung eingeleitet. Die Cops fanden ihn und umstellten das Haus. Es wurde gestürmt, als er gerade mit seiner Familie zu Abend aß.

Es handelte sich natürlich um Jimmie Lee Wilson. Aus der unerfreulichen Sache mit den Saisonarbeiterinnen hatte er etwas gelernt: hinterlasse keine Zeugen.

Als er verhaftet wurde, war die Todesstrafe in Florida abgeschafft. Der oberste Gerichtshof hatte sie für verfassungswidrig erklärt. Das Äußerste, das Wilson für die Morde und Vergewaltigungen zu erwarten hatte, war ein Leben im Gefängnis.

Er war ein großer, kräftiger Bursche, den seine Mitgefangenen haßten und fürchteten. Mehr als einmal wurde er beschuldigt, im South Dade County Jail Männer vergewaltigt zu haben. Erfinderische Detectives benutzten ihn als Druckmittel, wenn sie einen widerspenstigen Gefangenen zur Kooperation überreden wollten. Sie drohten damit, ihn andernfalls in die Zelle von Jimmie Lee Wilson verlegen zu lassen. Die allgemeine Erleichterung war groß, als er schließlich ins Staatsgefängnis verbracht wurde, wo er fünfmal lebenslänglich plus einhundertsechzig Jahre absitzen sollte.

Verbüßt hat er nicht einmal einen Teil davon. Und wieder war es Sex, der ihn in Schwierigkeiten brachte.

Da Wilson seine schlechten Angewohnheiten nicht abgelegt hatte, wurde er aufs neue zur Plage für seine Umwelt. Aber nicht für lange. Am Abend werden die Zellentüren aufgesperrt, um den Gefangenen Gelegenheit zur Erholung zu geben. Einer seiner Mitgefangenen war der Meinung, er würde seine Freizeit am sinnvollsten nutzen, wenn er Jimmie Lee Wilson mit einem messerscharf gefeilten Löffel bearbeitete, bis er kein Lebenszeichen mehr von sich gab. Keiner der fünfundneunzig Zeugen konnte sich an irgend etwas erinnern.

Man fühlte sich beinahe an das Leben auf den Straßen von Miami erinnert.

Die Tat ereignete sich während der Weihnachtswoche, und eine unserer Leserinnen war ganz überwältigt von der Symbolik, die in diesem Zeitpunkt lag. Sie wollte etwas für die fünfundneunzig Männer in dem Zellenblock tun. Da die Geldsumme, die sie ihnen hätte schicken können, nicht bedeutend genug war, um sie durch fünfundneunzig zu teilen, hatte sie für jeden einzelnen eine kleine Obsttorte gebacken. Sie rief mich an und erkundigte sich mit ihrer angenehmen Stimme nach der Postanschrift.

Sie hat sie bekommen.

Wenn man über einen Vergewaltiger schreibt, der noch frei herumläuft, ist es sehr wichtig, ihm eine Art Markennamen zu verpassen. Auf diese Weise können Öffentlichkeit, Polizei und Medien sich auf etwas beziehen, und der Mistkerl wird vielleicht schnell gefaßt. Zumindest ist die allgemeine Empörung so groß, daß die Verantwortlichen der Fahndung nach dem Betreffenden Vorrang einräumen.

Wir hatten den Bandanna-Vergewaltiger, den Flashbulb-Vergewaltiger, den A/C-Vergewaltiger, den Coral-Cables-Vergewaltiger, den Silver-Toothed-Vergewaltiger und den Umbrella-Vergewaltiger.

Der Pillowcase-Vergewaltiger ist uns erhalten geblieben.

Der Blitzlicht-Vergewaltiger verkleidete sich als Jogger. Die Kamera trug er in einer Papiertüte, seine Waffe in einer Tasche seines Trainingsanzugs. Nach der Tat zwang er die Opfer mit vorgehaltener Waffe dazu, nackt vor seiner Kamera zu posieren. Die Cops haben ihn schließlich gekriegt, aber bevor sie ihn auch nur einem Verhör unterziehen konnten, entließ ihn ein Richter in die Obhut seiner Ehefrau. Es wurde nicht einmal eine Kaution festgesetzt. Die ermittelnden Detectives waren mehr als aufgebracht. Der Richter verstand die ganze Aufregung überhaupt nicht. Die Polizei hätte nicht mehr als die Fingerabdrücke des Mannes auf einer Blitzlichtbirne, die der Täter verloren hatte, und ein früheres Opfer, das angefangen hatte zu schreien, als er vorbeigejoggt war.

Die Cops konnte diese Argumentation nicht nachvollziehen. Mir geht das bei den merkwürdigen Vorstellungen, die sie von einer Vergewaltigung haben, oft genauso. Ihnen ist es zuzuschreiben, daß bei diesen Verbrechen immer noch vieles im Dunkeln bleibt. Die Öffentlichkeit über einen frei herumlaufenden Vergewaltiger aufzuklären verstößt gegen ihre Prinzipien.

Sie hielten es zwei Jahre lang geheim, daß sie hinter dem Bird-Road-Vergewaltiger her waren.

Er hielt sich immer an ein ganz bestimmtes Vorgehen: Wenn er in der Dunkelheit eine Frau entdeckte, die allein mit dem Wagen unterwegs war, hängte er sich hinter sie und gab beharrlich Blinkzeichen. Einige hielten ihn für einen Polizisten und folgten seiner vermeintlichen Aufforderung, am Straßenrand anzuhalten. Manche Frauen glaubten, ihn zu kennen, oder hielten ihn für einen guten Samariter, der sie auf einen Defekt an ihrem Wagen aufmerksam machen wollte.

Jedenfalls drehten sie das Fenster herunter, wenn sie ihn heranschlendern sahen, und er stieß ihnen eine 45er Automatik ins Gesicht. Sechzehn Vergewaltigungen gingen eindeutig auf sein Konto, aber die Polizei glaubt, daß es mehr waren.

Ich hatte von den Fällen gehört und begann Material für eine Story zu sammeln. Die Cops waren wütend. Der zuständige Lieutenant rief sogar meinen Redakteur an und bestand auf einer Nachrichtensperre. Die Begründung ist immer die gleiche. Wenn der Täter erst wisse, daß man ihm auf den Fersen sei, bestehe kaum noch Chance, ihn zu fassen.

Das kann ich nicht nachvollziehen. Jemand, der solche Verbrechen begeht, *rechnet* damit, auf der Fahndungsliste zu stehen. Und wenn die Polizei ihn innerhalb von zwei Jahren nicht stellen kann, sollte man wenigstens die Frauen warnen, die nachts allein mit dem Wagen unterwegs sind.

Trotz aller Proteste seitens der Polizei erschien die Story in der Sonntagsausgabe. Der Vergewaltiger wurde knapp eine Woche später verhaftet.

Nachdem sie den Artikel gelesen hatten, meldete sich ein halbes Dutzend bisher unbekannter Opfer. Sie alle hatten geglaubt, die einzigen zu sein, bis sie die Story lasen. Von ihnen erhielt die Polizei genauere Informationen über den Mann und die Autos, die er fuhr. Eine der Frauen hatte ihn sogar einige Zeit nach der Tat an einer Tankstelle gesehen. Das neue Material reichte aus, um ihn zu identifizieren.

Er wurde zu mehrmals lebenslänglicher Haft verurteilt.

Man könnte annehmen, daß solche Erfahrungen die Einstellung der Detectives verändert hätten. Aber als ich die nächste Story über einen Vergewaltiger vorbereitete, den die Cops nicht fassen konnten, versuchten sie wieder zu verhindern, daß etwas davon an die Öffentlichkeit drang.

Eine ungestörte Kommunikation zwischen Polizei und Presse hat der Gerechtigkeit schon oft zum Sieg verholfen. An zwei aufeinander folgenden Wochenenden wurden junge Liebespaare an derselben Verkehrsampel in Downtown Miami von einer zehnköpfigen Jugendgang ausgeraubt, deren Anführer mit einer Waffe um sich schoß. Sie vergewaltigten die Frauen. Die Männer wurden zusammengeschlagen und ihre Autos demoliert. Eine der Frauen wurde zehnmal vergewaltigt, und man schlug ihr die Vorderzähne aus. Zum Schluß steckten sie ihr eine Weinflasche zwischen die Beine.

Ich schrieb die Story. Die Cops hatten keine Spur.

Daraufhin rief mich eine verängstigte und wütende Leserin an, die in der Gegend wohnte und den zweiten Überfall beobachtet hatte. Sie traute sich nicht, mit der Polizei zu sprechen, kannte aber die Spitznamen und Adressen von mehreren der Schläger und beschrieb mir genau, was sie gesehen hatte. Ich arrangierte ein Treffen mit Sergeant Mike Gonzales an einem neutralen Ort für die Zeugin. Ich versprach ihr, daß niemand etwas von dem Anruf erfahren würde.

Alle Bandenmitglieder wurden verhaftet. Sie hatten Fingerabdrücke auf den Autos hinterlassen; die Opfer identifizierten sie mit Bestimmtheit. Das Strafmaß belief sich im Schnitt auf dreißig Jahre.

Die Ausnahme war der Mann mit der Waffe. Er bekam neunzig Jahre.

Manchmal klappt es eben doch.

Menschen, die für einen Wechsel eintreten und die Mauer des Schweigens einreißen wollen, müssen stark sein. So stark wie die beiden Detectives Mike Gonzales und Louise Vasques. Für Roxcy Bolton hatte dieser Kampf schon begonnen, als wir anderen noch nicht einmal daran dachten.

Roxcy ist einzigartig. Und das ist schade, denn wir bräuchten mehr Menschen ihres Schlages. Sie hat mehr für die Gleichberechtigung der Frau getan als irgend jemand sonst, den ich kenne. Und es geschieht nicht aus Eigennutz. Sie bewirbt sich nicht um ein öffentliches Amt; sie schreibt kein Buch und ist nicht darum bemüht, eine Karriere zu machen. Roxcy muß nicht arbeiten und kann sich um die Erziehung ihrer Kinder kümmern. Trotzdem kämpft sie um gleichen Lohn für alle und Tagesmütter für die Kinder arbeitender Frauen.

Roxcy Bolton besitzt einen eisernen Willen und große Beharrlichkeit. Sie ist hochgewachsen und geradeheraus. Overalls und Turnschuhe wirken an ihr so selbstverständlich wie Modellkleider. Die strahlend blauen Augen verraten eine Menge Pioniergeist. Sie entstammt einer Farmerfamilie aus Duck Hill, Mississippi, und wurde zu Floridas erster Feministin.

Ob es sich um die Bewältigung eines riesigen Berges schmutziger Wäsche oder die Ausmerzung einer sozialen Ungerechtigkeit handelt, ihre Leistungsfähigkeit grenzt manchmal ans Unheimliche. Mit ihrer kräftigen Stimme bringt sie die Dinge auf den Punkt. Es ist mehr als ein Kampf gegen das Schweigen, es ist seine Zertrümmerung. Ihre Penetranz geht über das Maß einer durchschnittlichen Nervensäge so weit hinaus, daß Universitätsgremien, politische Versammlungen oder Absperrketten der Polizei zu bloßen Stichwortgebern ihrer glänzenden Attacken verkümmern.

Gott segne sie.

Sie ›streitbar‹ zu nennen würde das Wesentliche verfehlen. Für sie gibt es nur eine Bezeichnung: UNERSCHÜTTERLICH.

Hier eine Szene aus einer Ratsversammlung von Dade County:

Bürgermeister: Wir werden den besten Mann für den Ausschuß ...

Stimme aus dem Publikum: Sie meinen ›Person‹. Die beste Person.

Bürgermeister: Mrs. Bolton, Sie stören den Ablauf dieser Sitzung.

Die Stimme: Person!

Bürgermeister: Ein einziges Wort noch ...

Die Stimme: Person!

Sie öffnete die ›Businessmen's Grilles‹ in den großen Warenhäusern von Miami für Frauen. Ausgerüstet mit Schlafsäcken und Notrationen stürmte sie mit einigen anderen das Büro des Universitätspräsidenten von Miami und forderte eine Fünfzigprozentquote auf allen Ebenen von Verwaltung und Lehre.

Oft hat sie den Kampf allein aufgenommen, aber sie ließ sich nicht entmutigen. Sie hat in Miami eine Hilfsorganisation für obdachlose Frauen gegründet, und dank ihrem Mut und Durchsetzungsvermögen entstand hier auch das erste Zentrum für vergewaltigte Frauen im ganzen Land.

Als der Downtown-Vergewaltiger Frauen in Treppenhäusern öffentlicher Gebäude und Toiletten auflauerte, waren Opfer mit geringem Einkommen am härtesten betroffen. Oft waren sie darauf angewiesen, nachts in Hotels und Büros sauberzumachen oder in Restaurants zu bedienen. Nach der Arbeit mußten sie dann zu verlassenen Parkplätzen laufen oder an einsamen Haltestellen auf einen Bus warten. Roxcy war betroffen über die wachsende Zahl von Vergewaltigungen. Sie organisierte eine Demonstration und marschierte an der Spitze von hundert Geschäftsfrauen, Politikerinnen, Aktivistinnen und Hausfrauen die Flagler Street in Downtown Miami hinunter. Wahrscheinlich war es die erste Demo gegen Vergewaltigung überhaupt.

Roxcy setzte sich für eine Verbesserung der Straßenbeleuchtung ein, forderte Vorrang für Strafverfahren gegen Vergewaltiger und die Anwesenheit von Polizistinnen bei den Ermittlungen in solchen Fällen. Der Polizeichef von Miami hatte Sicherheitsgitter an seinem Haus anbringen lassen, was Roxcy zu der Bemerkung provozierte: »Wenn er sich in seinem eigenen Haus nicht mehr sicher fühlt, wie soll es da um neun Uhr abends einer Frau in Downtown Miami gehen, die auf dem Heimweg von der Arbeit ist?«

Wenn die Polizei nicht in der Lage war, allein damit fertig zu werden, so sollten sie Soldaten von der Homestead Air Base anfordern und mit ihnen die Streifen verstärken, schlug Roxcy vor. Sie hatte der Polizei nicht zum erstenmal vorgeworfen, daß sie Statistiken verfälschte und Vergewaltigung auf die leichte Schulter nahm. Und im Grunde gaben die Cops das sogar zu. Die Mitglieder der aus Männern und Frauen bestehenden Sondereinheit gegen Vergewaltigungen bezeichneten sich im Scherz als ›Muschi-Brigade‹. Landesweite Statistiken bewiesen, daß von drei Fällen nur einer angezeigt wird. Roxcy machte die Haltung der Polizei dafür verantwortlich.

Ich war an einem Wochenende im Polizeihauptquartier und ging Aufzeichnungen durch, als ich auf einen Bericht stieß, der mir sonderbar vorkam. Manchmal sind die wichtigen Fakten diejenigen, die fehlen. Man liest zwischen den Zeilen und befürchtet das Schlimmste.

Eine völlig verängstigte junge Frau wurde nackt auf einer Straße in Miami aufgegriffen. Sie sagte, fünf Männer in einem weißen Lieferwagen hätten sie vergewaltigt. Ganz am Ende der Aussage hatte der Vernehmungsbeamte noch ein einziges Postskriptum hinzugefügt: Das Opfer behauptete, ihre Peiniger wären Angestellte der Stadt.

Welche städtischen Angestellten fuhren nachts in einem Lieferwagen durch die Straßen von Miami?

Cops bei einer Verhaftungsaktion oder einer Beschattung. Es lag nahe, daß es fünf Cops gewesen waren, die sich über das Opfer hergemacht hatten, eine noch minderjährige Prostituierte namens Wanda Jean, die aus ihrem Heimatort in Kentucky ausgerissen war.

Das Police Department hatte sie irgendwo versteckt. Ich vermutete, man wollte erreichen, daß sie die Beschuldigung zurücknahm und die Stadt verließ.

Aber bevor es dazu kam, hatte Roxcy Bolton irgendwie von Wanda Jean erfahren und sich sogar die Adresse des Motels verschaffen können, in das die Polizei sie gebracht hatte. Der Generalstaatsanwalt war völlig ahnungslos; die Cops ließen nicht das geringste nach außen dringen. Roxcy dampfte geradezu vor Empörung, als sie das Motel betrat. Ein stämmiger Polizist in Zivil patrouillierte betont unauffällig mit einer Zeitung unter dem Arm in der Halle auf und ab. Roxcy war im richtigen Motel, aber sie hatte keine Ahnung, in welchem Zimmer das Mädchen versteckt gehalten wurde. Sie marschierte den Flur entlang und ließ ihre mächtige Stimme ertönen: »Wanda Jean! Hier ist Roxcy!«

Der Polizist stand kurz vor einer Herzattacke. So unauffällig es irgend ging, bewegte er sich auf das Münztelefon in der Halle zu.

Als Roxcy den Namen des Mädchens rief, wurde eine Tür einen Spaltbreit geöffnet, und ein schmales, verängstigtes Gesicht lugte hervor. »Hier ist Roxcy. Ich bin eine Freundin.«

Das Mädchen machte die Tür auf und ließ Roxcy herein, die sofort verkündet: »Wanda Jean, wir gehen zum Generalstaatsanwalt.«

»Okay«, sagte das Mädchen. Der Polizist sah hilflos zu, wie sie das Motel verließen.

»Ich habe Wanda mitgebracht und möchte zu Ed Carhart«, erklärte Roxcy im Büro des hohen Justizbeamten. Die Detectives Mike Gonzales und Louise Vasques waren bereits anwesend. Sie schauten nicht besonders glücklich drein. Vergewaltigungen fielen in ihr Ressort, und Roxcys frühere Anschuldigungen hatten die ganze Abteilung ziemlich schlecht aussehen lassen – und jetzt auch noch das.

Louise fragte Wanda Jean, ob Roxcy sie eingeschüchtert hätte. Nein, das hätte sie nicht, sagte Wanda Jean. »Aber sie hat dir angst gemacht, nicht wahr?«

Wanda Jean verneinte auch dies. Angst hätten ihr die fünf Cops gemacht, die über sie hergefallen wären. Carhart, der Chefankläger war und außerdem ein empfindsamer Mann, hörte sich alles an. Er verabschiedete sich an diesem Tag von Roxcy mit den Worten: »Vertrauen Sie dem System.«

Er hatte die Wahrheit gesagt. Die fünf Täter wurden verurteilt.

Sie mußten ihre Zeit absitzen. Das ist das Schlimmste, was einem Cop passieren kann. Fünf Minuten auf der falschen Seite der Gitterstäbe sind schon zuviel für einen Cop. Einer der Verurteilten ruft mich ab und zu an, wenn er ein wenig Trost braucht. Er sagt, ich sei der einzige Mensch gewesen, der ihn fair behandelte. Ich hatte über dieselben fünf Cops schon früher einen Artikel geschrieben. Sie hatten eine junge Touristin aus England aus den Klauen eines Verrückten gerettet, der sie an einer Bushaltestelle angegriffen hatte. Wenn ich über die Anklage berichtete, unter der sie später standen, habe ich nie ihre Verdienste unerwähnt gelassen – die Dinge, die sie richtig gemacht hatten. Ich habe geschrieben, daß sie Familie haben, daß sie Menschen sind. Sie waren gute Cops, die man ungenügend beaufsichtigt hat. Sie haben als verdeckte Ermittler gearbeitet, im übelsten Teil der Stadt, auf sich allein gestellt. Das ist kein Job, der an die positiven Seiten eines Menschen appelliert.

Sex hat sie in diese Schwierigkeiten gebracht.

Viele gute Cops sind schon durch Undercover-Jobs besonders in der Drogen- und Bordellszene ruiniert worden. Sie müssen die Gangster glauben machen, sie ständen auf deren Seite – und manchmal tun sie es auch

Roxcy und Ed Carhart haben zusammen Wanda Jeans High-School-Abschlußfeier besucht. Wanda Jean wollte aufs College und sich danach um einen Job in der Sozialarbeit bemühen.

Ich hoffe, sie hat es getan.

Roxcy wohnt in Coral Gables, das unter dem Namen ›City Beautiful‹ im ganzen Land bekannt ist. Als es in dieser wohlhabenden Gemeinde zu mehreren Vergewaltigungen kam, versuchten die Beamten der Stadt vergeblich, es geheimzuhalten. Bald war es überall bekannt: Der Mann hatte dreimal Frauen in ihren eigenen Betten vergewaltigt; einmal war er gestört worden. Roxcy war außer sich vor Zorn und begann sofort damit, einen nächtlichen Streifendienst zu organisieren. Trupps von drei oder vier mit starken Taschenlampen ausgerüstete Frauen sollten durch die Straßen patrouillieren. Außerdem sollten sie einen Hund dabeihaben.

Die Stadtväter dachten an das Medienecho, und beinahe hätte sie der Schlag getroffen. Die Polizei warnte vor der Gefährlichkeit eines solchen Unternehmens und versuchte fast schon hysterisch, Roxcy und die ersten Freiwilligen davon abzuhalten. Coral Gables imagebewußt zu nennen ist stark untertrieben. So sind zum Beispiel Baumhäuser verboten; Lieferwagen dürfen nachts nicht auf öffentlichen Straßen abgestellt werden, und einmal hat man sogar versucht, die Anzahl von Hunden und Katzen pro Haushalt festzulegen.

Die ermittelnden Detectives zogen keine Konsequenzen daraus, daß sie ein Phantombild des Vergewaltigers besaßen und eine genaue Beschreibung eines T-Shirts, das er getragen hatte. Ich wollte natürlich sofort beides veröffentlichen, aber sie weigerten sich, es herauszugeben.

Diese Ignoranz macht mich wahnsinnig. Man fragt sich unwillkürlich, auf wessen Seite die Cops eigentlich stehen. Gewöhnlich verliere ich dann die Geduld und frage gereizt an, ob sie eigentlich Angst davor hätten, den Täter zu kriegen. Davon werden sie natürlich auch nicht gesprächiger; aber ich verstehe es einfach nicht. Ungeduld zählt zu meinen größten Schwächen, das gebe ich gern zu.

Ich habe einfach keine Lust mehr, es den Polizisten wieder und wieder auseinanderzusetzen: Wenn das T-Shirt eine Besonderheit hat, und wir veröffentlichen seine Beschreibung, wird es vielleicht jemand wiedererkennen. Die Frau, die es dem Mann geschenkt hat; ein Arbeitskollege, der ihn darin gesehen hat, oder vielleicht die Frau in der chemischen Reinigung. Der *Herald* wird von einer halben Million Menschen gelesen. Das erhöht doch eindeutig die Chance, etwas über den Besitzer des Kleidungsstücks zu erfahren.

Die Cops weigerten sich immer noch. Die Information wäre nicht für die Öffentlichkeit bestimmt. Die Frauen waren darüber so erbost, daß sie das Polizeiquartier belagerten, bis das Bild und die Beschreibung freigegeben wurden. ›Jou Jou‹ stand in großen Lettern auf der Brust des T-Shirts. Wir brachten es in der nächsten Ausgabe.

Um sieben Uhr morgens kam ein Mann ins Polizeihauptquartier von Miami Springs. Vorn auf seinem T-Shirt stand in großen Lettern ›Jou Jou‹. Der Mann hatte in der Nacht einer Frau, die er in einer Bar kennengelernt hatte, die Geldbörse gestohlen. Von dieser Tat wollte er sein Gewissen befreien. Die Nachtschicht des diensthabenden Sergeant ging gerade zu Ende. Er übergab die Sache einem Kollegen und fuhr nach Hause. Dort warf er einen Blick in die Morgenausgabe des *Herald*.

So schnell wie möglich kehrte er ins Hauptquartier zurück, denn er hatte den Mann und sein T-Shirt wiedererkannt. Es hatte wieder einmal funktioniert.

»Kein Kommentar«, hieß es dazu bei der Coral Gable Police.

Roxcy, Louise Vasques und ich sind Freundinnen geworden. Zwischen Roxcy und Louise gab es zwar anfangs Spannungen, aber das ist längst Geschichte. Roxcy sagt: »Louise weiß jetzt, daß es mir einzig und allein um eine Veränderung der Gesellschaft geht. Wir haben Frieden geschlossen. So sollten Schwestern in aller Welt miteinander umgehen.«

Damit hat sie recht. Jede ist auf ihre Art ein großartiger Mensch. Wenn ich Probleme habe, sind Rocxy und Louise die ersten, die ich anrufe.

Sie wissen beide, wie man mit schwierigen Situationen fertig wird. Louise ist in der Lage, sie abrupt zu beenden. Sie verhaftete ein Ehepaar wegen eines Sexualdelikts. Der Mann hatte seine Stieftöchter vergewaltigt; seine Frau hatte nichts getan, um ihn daran zu hindern. Zum erstenmal wurde in Miami eine Mutter zusammen mit ihrem Mann zu einer Gefängnisstrafe verurteilt. Die Opfer waren neun, achtzehn und zwanzig Jahre alt. Die beiden Ältesten mußten plötzlich für fünf kleine Kinder sorgen.

Linda kämpfte mit aller Kraft für den Zusammenhalt der Familie. »Ich fühle mich meinen Schwestern gegenüber verantwortlich«, sagte sie. Das Martyrium der Kinder dauerte über sechs Jahre. Nicht ein einziges Mal wurde Anzeige bei der Polizei erstattet. Alle Mädchen sagten, sie hätten ihre Mutter unter Tränen gebeten, ihnen beizustehen.

Linda war achtzehn, als ich ihr begegnete. Sie war Mutter

von zwei kleinen Kindern und arbeitete für drei Dollar fünfundachtzig die Stunde bei McDonalds. In der Schule war sie für gute Leistungen ausgezeichnet worden und hatte sich berechtigte Hoffnungen auf ein Universitätsstipendium gemacht. Weil sie schwanger war, mußte sie mit sechzehn von der Schule abgehen. Bevor sie aus dem Haus der Eltern floh, führte sie ein ernstes Gespräch mit ihrer Schwester. Ihr Stiefvater hätte ›in ihrem Zimmer nicht das geringste verloren‹, erklärte sie ihr. »Wenn er es trotzdem tut, sag es mir, denn deine Mutter wird sowieso nichts unternehmen.«

Es geschah trotzdem. Als Linda davon erfuhr, sagte sie: »Ich war so wütend auf mich selbst, daß ich der Kleinen nicht hatte beistehen können! Meine Schwester ist ähnlich wie ich. Ich habe immer für sie gesorgt wie eine Mutter, die ihr den richtigen Weg zeigen muß.«

Linda hatte keine Ahnung, wen sie um Hilfe bitten sollte, also wählte sie die Nummer der Auskunft und schilderte ihr Problem. Man gab ihr, Gott sei Dank, die Nummer der Polizei in Miami und den guten Rat, dort anzurufen.

Als die Eltern im Gefängnis saßen, räumten Diebe die Wohnung aus. Sie stahlen sämtliche Kleidung der kleinen Mädchen. Linda war nach Broward County gezogen, um so weit wie möglich von ihrem schrecklichen Stiefvater weg zu sein. Weil sie kein Geld hatte, um die Kaution zu hinterlegen, gab es in dem einzigen Apartment weder Strom noch Telefon. Jeden Tag fuhr sie mit vier verschiedenen Bussen und ging noch eine Meile zu Fuß, um zu ihrem schlechtbezahlten Job zu kommen.

Ich habe sie einige Male nach Hause gefahren und ihr Kleidung und Schuhe von Roxcy gebracht. Man tat wirklich alles, um der jungen Mutter Steine in den Weg zu legen. Gegenüber von dem McDonalds, in dem sie arbeitete, war eine Bank. Aber sie konnte dort weder ihren Lohnscheck einlösen noch ein Konto eröffnen. Ich rief dort an, um nach dem Grund zu fragen. Man sagte mir, man würde nur einen Führerschein als Ausweis akzeptieren, und den hätte sie nicht. Die Bank ist in Miami Beach, und gut betuchte Rentner können dort ohne Problem ein Konto eröffnen, ob sie einen Führerschein besitzen oder nicht. Ich stellte den Bankleuten in Aussicht, sie würden in meinem Artikel lesen, daß eine arme, junge Schwarze bei ihnen kein Konto eröffnen dürfte. Mit einem Mal war es kein Problem mehr.

Einige Leute von der St. Thomas University hatten meinen Artikel über den Fall gelesen und verschafften Linda dort einen Job. Sie hat mir kürzlich eine Kopie ihres Abschlußzeugnisses geschickt, das ihr die Möglichkeit gibt, ein College zu besuchen.

Es war die schönste Neuigkeit seit langem.

Als Kriminalreporterin, besonders in Miami, hat man selten Gelegenheit, gute Nachrichten zu verkünden oder über ein Happy-End zu berichten. Die beiden meistgesuchten Sexualverbrecher von South Florida haben Polizei, Presse und Verwaltung jahrelang in Atem gehalten, ohne daß es gelungen wäre, ihrer habhaft zu werden. Keinem Vergewaltiger sind in der Geschichte Floridas mehr Frauen zum Opfer gefallen als dem Gentle Rapist. Laut Aussage der Polizei ist es sogar gelungen, ihn zu identifizieren, aber in keinem einzigen Fall konnte Anklage gegen ihn erhoben werden. Die Identität des Pillowcase-Vergewaltigers ist immer noch ein Geheimnis. Trotz einer wahrhaft gigantischen Fahndungsaktion konnte die Polizei ihn nicht festnehmen.

Ich war noch nicht sehr lange beim *Herald*, als ich zum erstenmal etwas vom Gentle Rapist hörte. Damals, 1971, trug er noch einen anderen Namen. Man nannte ihn den Coconut-Grove-Vergewaltiger, weil er ein bizarres Faible für diesen mit schattigen Bäumen bestandenen Stadtteil Miamis entwickelt hatte, in dem bevorzugt jüngere Leute wohnen.

Er trug stets ein knallbuntes Trikot, dazu einen Leopardenfellumhang und eine spezielle Ausrüstung, die an seinem Gürtel hing. Diese bestand aus einem Beutel, in dem er seine Perücke aufbewahrte, Muskatpfeffer, einer Startschußpistole, Masken,

Handtücher, Gleitcreme und ein Spermien abtötendes Mittel. Man hat ihn später auch in schwarzen Leggins und einer Strumpfmaske gesehen. Man vermutet, daß er sich im Gebüsch umzieht, kurz bevor er in die Wohnungen seiner Opfer eindringt. Er zwingt sie dazu, Reizwäsche zu tragen und sich in obszönen Posen vor ihm zur Schau zu stellen. Er versichert ihnen, sie nicht schwängern zu wollen, und hält Vorträge über korrekte Kleidung und Moral.

Wenn er zwei Frauen vorfand, hat er sie beide vergewaltigt: Frauen, die sich ein Zimmer teilen, Schwestern, Mutter und Tochter. Er scheint mühelos in der Lage zu sein, die Telefonleitungen seiner Opfer in den riesigen Kabelschächten von Apartmenthäusern zu finden und durchzuschneiden.

Einmal hätte ihn ein Beamter der Miami Police fast geschnappt, so nahe war er an ihn herangekommen. Der Hurensohn hat in jener Nacht sogar seine Ausrüstung eingebüßt, aber er konnte sich losreißen und gewann ein Wettrennen die Straße hinunter. Fünfzig Beamte, die mit Scheinwerfern der Feuerwehr jeden Winkel ausleuchteten, haben vergeblich nach ihm gesucht.

Mike Gonzales und Louise Vasques, die als erstes Team auf ihn angesetzt wurden, waren auf eine ungewöhnliche Methode verfallen. Im Jahre 1973 diktierten sie mir einen offenen Brief an ihn. Sie wären ehrlich an ihm interessiert, hieß es unter anderem darin. Vielleicht könnten sie ihm sogar helfen – nach seiner Verhaftung, versteht sich –, obwohl wir in dem Brief auf diesen Punkt nicht weiter eingingen. Am Schluß folgte eine Telefonnummer, unter der er sie erreichen konnte.

Wir ließen den Brief an den Vergewaltiger in der Zeitung veröffentlichen. Die konkurrierenden Detectives von der Metropolitan Police hatten dafür nur Hohn und Spott übrig – wahrscheinlich deshalb weil sie nicht selbst auf den Gedanken gekommen waren. Der Brief erwies sich als Erfolg. Eine Anzahl von Sexualstraftätern ergriff die Gelegenheit, endlich mal mit der Polizei über ihre geheimen Obsessionen und Probleme sprechen zu können. Der Mann, den sie suchten – da sind sie sicher –, hat ebenfalls angerufen. Aber er legte sehr schnell wieder auf und meldete sich nie mehr.

Aber das Interesse von Mike und Louise war erwacht, und sie trafen sich mit Psychologen und Psychiatern. In ihrer Freizeit organisierten sie Gesprächsrunden in einem psychiatrischen Krankenhaus in South Florida. Viele der für eine spezielle Therapie dort einsitzenden Triebtäter hatten sie selbst verhaftet. Sie wurden als Berater für die Produktion eines Films engagiert, der bei der Verhinderung von Sexualverbrechen helfen sollte, und haben landesweit Vorträge gehalten. Louise ist zweimal in eine Beraterkommission der gesetzgebenden Versammlung berufen worden.

Der Coconut-Grove-Vergewaltiger blieb weiterhin unauffindbar, aber es stellte sich heraus, daß er nicht nur in Miami sein Unwesen trieb. Bei den in anderen Counties als Bicycle-Vergewaltiger oder The Cape bekannten Tätern handelte es sich um denselben Mann.

Die Ermittler der verschiedenen Abteilungen hatten immer geglaubt, daß der Täter aus der Gegend stammte. Er schien sich auszukennen und wußte, wo alleinlebende Frauen wohnten. Anscheinend war er dort zu Hause.

Weil er mit seinen Opfern immer in höflichem Ton sprach, verlieh man ihm den Namen ›Gentle Rapist‹. Als die Polizei widerwillig zugab, daß er für mindestens fünfundvierzig Vergewaltigungen verantwortlich war und keine Aussicht bestand, ihn bald zu fassen, rief Roxcy zusammen mit einer Gruppe von Frauen die Vigilanten ins Leben. Diese Organisation sollte auf der Basis von nachbarschaftlicher Beobachtung Gewalt- und Sexualverbrechen verhindern helfen. Das Ziel war, die Leute für die alltäglichen Kriminalität in ihren Stadtvierteln zu sensibilisieren. Betty Ann Good, die bei dem Gründungstreffen dabeigewesen war, suchte für die Verbreitung der Idee Unterstützung bei der Polizei. Die zeigte sich durchaus kooperativ, hatte aber etwas gegen den Namen Vigilanten, Bürgerwehr, einzuwenden. Auf ihre Anregung hin wurde der Name in ›Citizens Crime Watch‹ geändert.

Sie hat sich erfolgreich entwickelt und zählt heute über eine Million Mitglieder.

Wie viele Verbrechen der Gentle Rapist begangen hat, ist nicht genau bekannt. 1978 belief sich die geschätzte Zahl auf zweihundert. Wie viele Vergewaltigungen gar nicht erst gemeldet wurden, wird man niemals erfahren. Zur Zeit dauert die Suche nach dem Täter bereits sieben Jahre. Ein Polizeimajor, der all der Enttäuschungen und Mißerfolge überdrüssig war, befahl den Männern und Frauen seiner Abteilung, den Fall nicht mehr zu diskutieren, weil sonst die Disziplin ernsthaften Schaden nehmen würde.

Man sollte doch annehmen, daß ein Mann, der seine Ausrüstung an einem mit Stickereien verzierten Gürtel trägt und darüber einen Umhang aus Leopardenfell, nicht schwer auszumachen ist. Aber man bekam ihn einfach nicht zu fassen.

Seine Identifizierung gelang drei Jahre später. Zufällig. In der Frauenzeitschrift *Cosmopolitan* erschien ein Bericht über ihn.

Jesse Patmore, ein ehemaliger Detective im Sittendezernat, hatte nach den Aufständen in den achtziger Jahren die Nase voll von Miami und seinem Job. Er führte einen Kramladen in North Carolina, wo er eines Tages müßig die *Cosmo* seiner Frau durchblätterte. Seine Aufmerksamkeit wurde von einem Artikel über ›Superthief‹ gefesselt, der fünfzehn Jahre wegen Einbruch, Raub und schwerem Diebstahl absaß und damit prahlte, daß er bei zweitausend Einbrüchen 133 Millionen Dollar erbeutet hätte. Er kämpfte um vorzeitige Bewährung. Noch ein Krimineller, der auf Vortragsreisen die Menschen vor Dieben wie seinesgleichen warnen wollte.

Der Ex-Detective vertiefte sich in die Story, wobei er jedoch bald einen Stift zur Hand nahm, um sich Passagen in dem sensationell aufgemachten Artikel anzustreichen. Bestimmte Ähnlichkeiten zwischen Superthief und dem Gentle Rapist fielen ihm auf. Zum Beispiel hatten beide den Polizeifunk abgehört, um sich über die Bewegungen der Streifenwagen zu informieren. 1969, kurz nachdem Superthief nach Florida gekommen war, hatte der kostümierte Vergewaltiger das erste Mal zugeschlagen. Superthief war Schlosser und Elektronikexperte; der Gentle Rapist knackte jedes Schloß und fand jede Telefonleitung.

Superthief besaß einen Helikopter, zwei kleine Flugzeuge, einen Lieferwagen, mehrere Autos und Motorräder. Der Vergewaltiger hatte die Polizei oft durch seine Beweglichkeit düpiert. Superthief unterstrich seine Gewaltlosigkeit; der Gentle Rapist hatte seine Opfer, bevor er sich verabschiedete, oft damit getröstet, daß es keine echte Waffe gewesen war, die er ihnen an den Kopf gehalten hatte. Superthief verbrachte seinen Jahresurlaub gewöhnlich in Maine; die Polizei hatte oft über die ›Sommerpause‹ des Vergewaltigers spekuliert.

Das Foto von Superthief glich bis aufs Haar der Phantomzeichnung vom Gentle Rapist.

Patmore führte ein Ferngespräch und teilte seine Vermutungen den ehemaligen Kollegen vom Dezernat mit. Sie verglichen Fingerabdrücke, die der Gentle Rapist hinterlassen hatte, mit denen von Superthief, John Mac Lean.

Sie waren identisch.

Die Opfer brannten darauf, in einem Prozeß als Zeugen aufzutreten, darunter solche, die geheiratet hatten und in einen anderen Staat gezogen waren oder deren Vergewaltigung beinahe zehn Jahre zurücklag.

Es sollte nie dazu kommen.

Die anfängliche Begeisterung über den großen Fang schwand dahin, als sich herausstellte, daß die meisten Verbrechen bereits verjährt waren. Bei den übrigen erwies sich die Beweislage als nicht eindeutig genug. Der jetzt fünfunddreißigjährige MacLean würde gar nichts zugeben, weil dann seine vorzeitige Bewährung für die Diebstähle gefährdet war.

Er verweigerte jedes Gespräch mit der Polizei, aber Mike Gonzales und Louise Vasques fuhren trotzdem in das Gefängnis, weil sie auf ein Interview mit dem Mann hofften, dem sie so lange auf den Fersen gewesen waren. Es war fast neun Jahre her, seit sie mit einem offenen Brief an diesen Mann Aufmerksamkeit im ganzen Land erregt hatten.

Der Mann hatte sie zehn Jahre lang zum Narren gehalten. Als er jetzt ihre Namen hörte, erklärte er sich zu einem Gespräch bereit.

Sie saßen ihm also schließlich doch noch gegenüber.

»Es war wirklich dramatisch«, erzählte Mike. »All die Jahre... als ob wir es mit einem Phantom zu tun gehabt hätten.«

Viele ihrer Annahmen erwiesen sich als zutreffend. »Er sah aus, wie ich ihn mir vorgestellt hatte, und er verhielt sich auch so«, sagte Mike. »Der familiäre Hintergrund entsprach exakt meinen Erwartungen, und seine Faszination für die technische Ausrüstung der Polizei hat mich nicht erstaunt. Ich hätte allerdings nicht erwartet, daß er ein professioneller Dieb ist.«

John Arthur MacLean, polizeibekannt als Superthief, the Gentle Rapist, The Cape, der Bicycle-Vergewaltiger und der Coconut-Grove-Vergewaltiger, war sehr entgegenkommend, aber er hat niemals auch nur das Geringste zugegeben. Es ist nie zu einer Anklage wegen Vergewaltigung gekommen, und er wird bald wieder frei sein.

Wie deprimiert müssen seine Opfer gewesen sein, die sich noch an alles erinnerten und gegen diesen Mann aussagen wollten, als man ihnen erklärte, daß es nach dem Gesetz zu spät wäre. »Er hat uns alle ausgetrickst«, sagte Louise.

Es gibt nur eine einzige gute Nachricht: Der frühere Detective Patmore erkannte, daß er im Innersten ein Cop geblieben war. Er verkaufte den Laden. Dann kehrte er nach Miami und in den Polizeidienst zurück.

Ein anderer Täter, der Pillowcase-Vergewaltiger, stellte die Polizei von South Florida ebenfalls vor ein unlösbares Problem. Auch die größte und aufwendigste Fahndungsaktion in der Geschichte des Staates hat die Cops seiner Verhaftung nicht einen Schritt nähergebracht.

Genau wie beim Gentle Rapist dauerte es seine Zeit, bis er zu diesem Namen kam. Polizeibekannt wurde er unter dem

Namen Alisien-Lake-Vergewaltiger, der sechs Frauen in dem Apartmentkomplex in Dade County angegriffen hatte. Weder die Polizei noch das Management der gigantischen Wohnanlage hielten es für nötig, die Bewohner über die Verbrechen zu informieren.

Aber was die weiblichen Mieter nicht wußten, das betraf sie sehr wohl. Es war kein Problem für den Sexgangster, durch eine offene Glasschiebetür in eines der mehrstöckigen, stadthausähnlichen Apartments einzudringen. Die Frauen hätten sich ganz einfach davor schützen können, wenn sie von der Hausverwaltung oder der Polizei gewarnt worden wären, nachdem die ersten Vergewaltigungen stattgefunden hatten. Die monatlich erscheinenden Hausmitteilungen enthielten unverbindlichen Klatsch und die neuesten Kochrezepte.

Die sexuellen Attacken wurden darin nicht erwähnt.

»Nur ein Familienstreit, nichts weiter.« Mit dieser Auskunft wurden neugierige Mieter abgespeist, denen das häufige Auftauchen von Streifenwagen und Detectives aufgefallen war. Schließlich wandte sich das völlig verängstigte sechste Opfer an mich. Sie wollte wissen, ob an den Gerüchten über andere Opfer etwas dran wäre. Mit dieser Frage ging ich zur Polizei, die sich endlich bequemte, mit der Wahrheit herauszurücken.

Die Frauen machten dem Management heftige Vorwürfe. Die Cops beklagten sich darüber, da man ihnen unnötig die Arbeit erschwerte. Da der Vergewaltiger jetzt wüßte, daß man ihn jagte, würde er sich ein anderes Revier suchen, und sie könnten noch einmal von vorn anfangen. Obwohl die riesige Wohnanlage nicht ausreichend zu überwachen war, hatten die Cops gehofft, ihn auf frischer Tat zu ertappen. Die weiblichen Mieter sollten dabei als Köder dienen.

Ich hielt dagegen, daß es doch ein Erfolg wäre, wenn das Management durch die Publicity gezwungen würde, mehr für die Sicherheit der Frauen zu tun. Und der Vergewaltiger würde in dem neuen, für ihn ungewohnten Revier vielleicht einen Fehler machen, der zu seiner Festnahme führen konnte. Und das wäre doch auch begrüßenswert. Oder?

Das Opfer Nummer sechs verklagte die Eigentümer der Wohnanlage auf eine Million Dollar Schadensersatz. Um sich finanzielle Einbußen zu ersparen, hätten sie es unterlassen, die Mieterinnen über die Angriffe zu informieren. Als Folge davon wäre sie einer Vergewaltigung zum Opfer gefallen. Auch nach dem Überfall auf sie hatte das Management die anderen Frauen in dem Komplex nicht vor der Gefahr gewarnt. »Ich möchte am liebsten selbst von Tür zu Tür gehen und ihnen allen sagen, daß sie sich schützen sollen«, sagte die Frau beinahe unter Tränen.

Wir unterhalten uns oft, aber sie spricht eigentlich von nichts anderem als von Gerechtigkeit. Der Schaden ist nicht wieder gutzumachen, aber es wäre ihr schon damit geholfen, wenn es eine Verhaftung gäbe, einen Prozeß und eine Verurteilung. Sie wechselt oft die Wohnung und geht immer wieder zur Polizei, weil sie glaubt, ihren Peiniger gesehen zu haben oder jemanden, der ihm ähnelt. Sie mußte ihre Magenbeschwerden stationär behandeln lassen und litt am Vorabend der Verhandlung unter so schweren Depressionen, daß sie ihre Schadensersatzklage zurückzog. Es war ihr unmöglich, das schreckliche Erlebnis noch einmal öffentlich nachzuvollziehen. Obwohl kein Tag vergeht, an dem sie nicht daran erinnert wird.

Auf dem Höhepunkt der Affäre sah sich das Management endlich gezwungen zu handeln. Sie gaben dem Apartmentkomplex klammheimlich einen anderen Namen und ließen in einer nächtlichen Aktion sämtliche Schilder auswechseln. Ein Fernsehjournalist, der dort eine Wohnung hat, war empört, daß er von den Vergewaltigungen erst aus dem *Herald* erfuhr. Und seine Empörung steigerte sich noch, als er kurze Zeit später vergeblich versuchte, nachts ein Taxi zu seinem Apartment zu bestellen. Der Fahrer hätte die Adresse nicht finden können, teilte man ihm bei seinem zweiten Anruf mit.

Wie hätte es ihm auch gelingen sollen? Die Alisian Lake Apartments gab es nicht mehr. In jener Nacht waren sämtliche Hinweisschilder ausgetauscht worden.

Zu weiteren Vergewaltigungen ist es dort nicht mehr gekommen, obwohl von der Polizei zu erfahren war, daß der Täter wahrscheinlich mit dem Manager telefoniert hat. Der erregte Anrufer hatte gedroht, daß ihn das große Aufsehen nicht daran hindern würde, weiterzumachen.

Er hatte nicht zuviel versprochen. Vier Jahre später wußte sich ein frustrierter Detective Sergeant nicht mehr anders zu helfen, als mit der ergebnislos gebliebenen Fahndung nach dem Pillowcase-Vergewaltiger an die Öffentlichkeit zu gehen. Ein junger, weißer Amerikaner, der bevorzugt Karrierefrauen in exklusiven Apartmentkomplexen überfällt und dessen Aktionsradius sich über drei Counties von South Miami bis nach Deerfield Beach erstreckt. Derselbe Mann hatte einst in Alisian Lake begonnen. Die Zahl seiner Opfer belief sich inzwischen auf vierundvierzig. Erst vor kurzem ist es gelungen, einen Blick auf sein Gesicht zu werfen, das er bis dahin erfolgreich hinter Masken, Handtüchern oder seinem eigenen T-Shirt versteckt hatte. Genausogut hätte er unsichtbar sein können.

Seine Opfer sind alle jung, schlank, attraktiv und in gehobenen Berufen erfolgreich. Er pflegt durch nicht verschlossene, gläserne Schiebetüren oder offenstehende Fenster in die Wohnungen der Frauen einzudringen. Manchmal kehrt er Wochen später zurück, schmiert obszöne Grüße auf den Badezimmerspiegel, masturbiert auf ihre Unterwäsche oder vergewaltigt sie noch einmal.

In Coral Gables fiel er in einem hochmodernen Apartmenthaus über eine Frau her. Einen Monat später war ihre Nachbarin das Opfer. Ein erst kürzlich eingestellter Wachmann beobachtete, wie die Frau ihren Wagen abstellte und ins Haus ging. Der Sexgangster folgte ihr in dreißig Meter Abstand. Aus der Entfernung war daran nichts Ungewöhnliches.

Die Polizei hat Beamtinnen in gefährdeten Apartments einquartiert, aber der Köder wurde immer ignoriert. Zeitweilig waren mehr als einhundert Detectives gleichzeitig im Einsatz. Die Fahndung hat fast eine Million Dollar verschlungen und Abertausende von Arbeitsstunden gekostet. Zehntausende von Frauen hat man auf eigens dafür abgehaltenen Treffen über die Gefahr aufgeklärt, und mehr als sechshundert Männer wurden als Verdächtige peinlich genau überprüft, bis ihre Unschuld erwiesen war. Das FBI wurde eingeschaltet und eine computerisierte Rasterfahndung eingeleitet.

Die Strafverfolgungsbehörden von Dade, Broward und Palm Beach hielten über hundert Koordinierungstreffen ab. Sie wissen eine ganze Menge über den Mann, hinter dem sie her sind.

Er ist Ende Zwanzig bis Anfang Dreißig, zwischen einsachtzig und einsneunzig groß und wiegt etwa fünfundachtzig Kilo. Er ist schlank, muskulös und hat eine reine Haut. Bei seinen Verbrechen kleidet er sich in Jeans, T-Shirt und Turnschuhe der Größe 45; zuweilen trägt er eine schwarze Digitaluhr aus Plastik. Seine Hände zeugen nicht von regelmäßiger körperlicher Arbeit; sie sind weder rauh noch schwielig. Das ungewöhnlichste ist seine Blutgruppe. Er hat die sehr häufige Gruppe Null, aber mit einem besonderen Zusatzmerkmal, das nur bei einem Prozent der Bevölkerung anzutreffen ist. Mittwochs, donnerstags und freitags schlug er besonders häufig zu; aber auch an jedem anderen Tag. Er hat Probleme damit, seine Erektion aufrechtzuerhalten.

Sergeant David ›Piekfein‹ Simmons, der die Jagd nach dem Vergewaltiger seit 1983 leitet, ist seitdem rund um die Uhr erreichbar. Er ist ein sehr gepflegter Mann von jungenhaftem Aussehen. Der sechsunddreißig Jahre alte Polizist wird wegen seiner Vorliebe für maßgeschneiderte Kleidung von seinen Kollegen ›Piekfein‹ genannt. Eine ähnliche Sorgfalt legt er auch bei der Fahndung an den Tag, die er leitet.

Selbst die kleinsten Veränderungen im Verhalten des Täters erregen seine Aufmerksamkeit. Am Anfang wachten seine Opfer meist kurz vor dem Morgengrauen davon auf, daß er ihnen ein Kissen aufs Gesicht drückte. Dann wurde er unverfrorener und drang schon in früheren Abendstunden in die Wohnungen ein, wenn die Frauen noch nicht schlafen gegangen waren.

Er stellte das Telefon einer Frau in den Kühlschrank, wo die Polizeibeamten es später fanden, und kappte die Leitungen mit einem Messer, mit dem er ihnen auch kleinere Verletzungen beibrachte und die Unterwäsche aufschlitzte. Außer daß er ihnen befahl, ›das Maul zu halten‹ und ihn nicht anzusehen, sprach er sehr wenig. Manchmal jagte er die Frauen durch ihre Wohnung oder wirbelte sie solange um ihre eigene Achse, bis sie die Orientierung verloren. Er bedeckte immer ihr Gesicht mit Kopfkissen, Decken oder Bettwäsche. Auch sein Gesicht war stets verhüllt. Der große Aufwand ließ Sergeant Simmons vermuten, daß das Gesicht des Täters durch eine Narbe oder sonst einen Makel verunstaltet war.

Auch Frauen, die nicht im Erdgeschoß wohnen, sind vor ihm nicht sicher. Er ist schon bis in den dritten oder vierten Stock hinaufgeklettert. Eine junge Frau wurde durch ein Geräusch auf dem Balkon ihrer im zweiten Stock liegenden Wohnung aufgeschreckt. Die Schiebetür war offen, aber das Fliegengitter verriegelt. »Verschwinden Sie!« rief sie, als sie einen Schatten bemerkte. »Ich rufe die Polizei!« Der Mann zerschnitt mit einem Messer das Gitter und war über ihr, bevor sie ihr Telefon erreicht hatte. Er hatte ein T-Shirt über sein Gesicht gezogen.

Ein anderes Mal war eine Glastür nicht verschlossen, weil eine Frau gerade ihre Holzvertäfelung lackierte und frische Luft hereinlassen wollte. Als der Mann sie überwältigte, ergoß sich brauner Terpentinersatz über ihn, wovon sie eine Dose in der Hand gehalten hatte.

Nach der Tat, als sie gefesselt und mit einem Tuch über den Augen dalag, hörte sie, wie er im Badezimmer versuchte, sich von den Flecken zu reinigen. Die Polizei überprüfte jedes Geschäft im Umkreis, das Fleckentferner oder Ähnliches verkaufte, aber niemand konnte sich an einen Kunden erinnern, der der Mann hätte sein können.

Früher fesselte der Psychopath seine Opfer für gewöhnlich mit einem Kopfkissenbezug, aber mit der Zeit ist er einfallsreicher geworden. Eine Frau hat er mit der Seidenschärpe des Abendkleides gebunden, das sie auf einer Hochzeit tragen wollte. Manchmal spielt der Mann mit den Autoschlüsseln einer Vergewaltigten oder unterzieht ihren Führerschein einer gründlichen Überprüfung. Später bekam sie Anrufe von jemandem, den sie nur atmen hörte. Der Täter stiehlt auch Bargeld und Schmuck. Er sagt, daß er Geld bräuchte. Das könnte stimmen. Um vierundzwanzig Frauen zu vergewaltigen, hat er Hunderte belauern müssen. Die Polizei vermutet, daß er seine abartige Neigung zum ›Beruf‹ gemacht hat.

»Es kostet ihn viel Zeit«, meinte Simmons. »Entweder sitzt er stundenlang im Wagen und beobachtet Frauen, die nach Hause kommen, oder er versteckt sich ganz in der Nähe.« Vielleicht treibt es ihn sogar jede Nacht hinaus. Von einer Frau wollte er wissen, wer ›der Mann in dem braunen Pontiac‹ gewesen wäre, der sie fünf Tage vorher besucht hatte.

Die Polizei überprüfte die üblichen Verdächtigen – vorbestrafte Triebtäter – und wandte sich dann jenen Leuten zu, die ihren Beruf zum Vorwand nehmen könnten, um in die Wohnungen von Frauen einzudringen. Von Zeitungsboten über Dachdecker bis zu Fernsehinstallateuren wurden etliche Männer überprüft. Man untersuchte sogar gemeinsam mit den Boy Scouts of America die Knoten, mit denen er seine Opfer verschnürte, um eine Gemeinsamkeit zu finden.

Es gab keine.

Im ersten Bericht über den Fall wurde auch eine Telefonnummer veröffentlicht, unter der rund um die Uhr Hinweise entgegengenommen wurden. In den ersten Stunden nach Erscheinen der Samstagsausgabe des *Herald* meldeten sich über hundert Leute, aber es war keine echte Spur darunter. So einfach war es dieses Mal nicht.

Simmons griff sogar auf die Idee zurück, die Mike und Louise mehr als zehn Jahre zuvor gehabt hatten. Er versuchte, mit dem Vergewaltiger Kontakt aufzunehmen.

»Es wäre schön, wenn er anriefe, und wir miteinander sprechen könnten«, sagte der Detective. »Er hat ein großes Problem. Wir sollten gemeinsam darüber nachdenken, wie er seine inneren Konflikte lösen kann, ohne seine Mitmenschen zu quälen.«

Die Cops glauben, daß er einmal angerufen hat, weil ihm seine Neugierde keine Ruhe ließ. In dem Bericht des *Herald* hatte es geheißen, daß die äußerst seltene Charakteristik seines Blutes eine Identifizierung des Täters erleichtern würde. Um 19 Uhr 26, zwei Tage nach Erscheinen des Artikels, klingelte der Apparat, der an die Sondernummer der Polizei angeschlossen war.

Ein hektisch sprechender Mann verlangte zu wissen, was es mit dieser Besonderheit im Blut des Vergewaltigers auf sich hätte. »Machen Sie schnell, oder ich lege auf«, drohte er. Der diensthabende Cop begriff nicht, sondern erklärte, daß die Information nicht zur Veröffentlichung bestimmt wäre. Der Anrufer legte auf.

Wissenschaftler von der FBI-Akademie in Quantico, Virginia, erstellten ein fünfseitiges psychologisches Profil des Pillowcase-Vergewaltigers. Es enthält so banale Erkenntnisse wie die, daß der ein Einzelgänger sei, der starke sexuelle Phantasien habe. Die Frauen hatten ihn als sonnengebräunt und muskulös beschrieben. Die Wissenschaftler ›schlossen‹ daraus, daß ›sein Körperbewußtsein sehr entwickelt wäre, er viel Zeit in der Sonne verbrächte und seine körperliche Verfassung durch Hobbies wie . . . Gewichtheben und Jogging verbesserte‹.

Weiterhin vermuteten sie, daß er kein eigenes Haus besäße und es deshalb Nachbarn geben müßte, die ihn zu ungewöhnlichen Zeiten kommen und gehen sähen. Daß er keine Schwierigkeiten hat, sich in großen Wohnanlagen zurechtzufinden, war bereits allgemein bekannt; ebenfalls die ungewöhnlichen Zeiten, zu denen die Taten stattfanden.

Falls er mit jemandem zusammenlebte, wäre es höchstwahrscheinlich eine extrem dominante Frau – Mutter, Ehefrau oder eine Tante –, womit er erhebliche Probleme hätte.

Dieser enorme seelische Druck wäre zum Teil verantwortlich für die Taten, die er begehe, um ›sich zu beweisen, daß er ein Mann ist und sexuell vollwertig‹ – was natürlich nicht stimmt. Er hätte als Heranwachsender mit Sicherheit Damenunterwäsche gestohlen und als Kind mehr Ablehnung als Fürsorge erfahren. Und seine Opfer würde er sich nicht danach aussuchen, ob die Gelegenheit günstig wäre, oder sie entsprächen genau seinen Vorlieben. Sie mutmaßten auch eine Verbindung zu Alisian Lake: Er hätte dort gewohnt, gearbeitet oder die Anlage von zahlreichen Besuchen her gut gekannt. An seine beruflichen Fähigkeiten würden keine allzugroßen Anforderungen gestellt. Er könnte Leibwächter oder Hotelpage sein, Auslieferungsfahrer, Cabby oder im besten Fall ein durchschnittlich bezahlter Angestellter. Sein Wagen wäre ein älteres Modell mit hoher Kilometerleistung.

Nach den Vergewaltigungen wäre er mit selbstgefälliger Befriedigung darüber erfüllt, daß man ihn nicht geschnappt hätte. Ein Mann, der überall übersehen wird, sich aber nichts sehnlicher wünscht als Beachtung. Vielleicht hätte er über seine Probleme auch schon mit einem Freund, Therapeuten oder Priester gesprochen – natürlich, ohne ihr ganzes Ausmaß zu offenbaren.

Mehr hatte das FBI nicht zu bieten. Die meisten Leute könnten so ein Profil erstellen, und viel Menschen würden ihm entsprechen.

Glücklicherweise sind nur sehr wenige Vergewaltiger darunter.

Sogar IBM schaltete sich ein. Experten aus New York und Miami versuchten gemeinsam mit den Spezialisten der Polizei, Computer sinnvoll für die Fahndung zu nutzen. Sie bekamen eigene Räumlichkeiten zur Verfügung gestellt, wo sie gemeinsam mit Detectives über Listen, Luftaufnahmen, Karten und Fotos der Gegenden brüteten, die der Sexgangster heimgesucht hatte.

Sie teilten die ungeheure Datenmasse in fünf Gruppen ein, eine Methode, der sich auch die Polizei von Georgia bei der Fahndung nach dem Kindermörder von Atlanta bedient hatte. Die Informationen bezogen sich unter anderem auf:

– Den Lebensraum der Opfer: Wo sie einkaufen, arbeiten, sich die Haare machen oder ihre Autos warten lassen und wo sie sportlichen Aktivitäten oder Ähnlichem nachgehen.

– Tausende von Namen: Zeugen, Verdächtige und Listen von Mietern, auf jede denkbare Art miteinander verknüpft und aufeinander bezogen. Wenn ein Name mehr als einmal auftaucht, will die Polizei den Grund wissen.

– Spuren und Ergebnisse jeder Einzelermittlung, die mit dem Fall zu tun hat: So läßt sich zum Beispiel feststellen, ob die Beschreibung eines Fahrzeugs, sein Kennzeichen oder die Fahrgestellnummer im Laufe der Ermittlungen schon einmal eine Rolle gespielt haben.

– Alle Ermittlungsakten, die sich in dem Fall bis dahin angesammelt hatten. Für das Einlesen dieser Tausende von Seiten mußten die Beschäftigten der Datenverarbeitung Sonderschichten einlegen.

– Die Einzelheiten von mehr als zehntausend Befragungen, die von der Polizei in Verbindung mit verdächtigen Personen und Fahrzeugen durchgeführt wurden.

Mehrere Meter Fallakten wurden in ein Computersystem eingespeist, das in der Lage ist, eine solche Menge von Informationen, die dem Inhalt der Kongreßbibliothek entspricht, in Sekundenschnelle nach bestimmten Wörtern, Namen, Redewendungen oder Teilinformationen abzusuchen. Ohne Verzögerung gibt der Computer die Namen von Verdächtigen aus, die einer bestimmten Beschreibung entsprechen, einen besonderen Akzent haben oder andere Charakteristika aufweisen.

Und dieser riesige Aufwand war – umsonst. Der Vergewaltiger war und blieb ein flüchtiges, nicht zu fassendes Phantom. Aber irgendwann muß ihn sein Glück einfach verlassen. Simmons ist sicher: »Auch er unterliegt dem Gesetz der Wahrscheinlichkeit.«

Obwohl die Fahndung ihr eigentliches Ziel verfehlt hatte, brachte sie dennoch einige unerwartete Ergebnisse. So gelang es der Polizei endlich, den langgesuchten A/C-Vergewaltiger festzunehmen. In den Jahren 1980–81 hatte er als angeblich von der Hausverwaltung geschickter Handwerker Frauen in ihren

Wohnungen überfallen. Seltsamerweise ging er den Cops aber nicht als Vergewaltiger ins Netz, sondern als Exhibitionist. Die Bewohner eines Apartmentkomplexes hatten sich über einen ›Flitzer‹ beschwert, woraufhin Polizeibeamte den Mann verhafteten, als er nackt durch die Anlage rannte. Sein angejahrter Buick Monte Carlo war so geparkt, daß er blitzschnell fliehen konnte – den Zündschlüssel hatte er auf dem linken Hinterreifen deponiert.

Er paßte ins Bild, das die Cops sich vom Pillowcase-Vergewaltiger gemacht hatten, aber der Mann beharrte darauf, nur ein harmloser Exhibitionist zu sein, der vorbeikommenden Frauen Angst einjagte. »Einige haben Zeter und Mordio geschrien«, erzählte er den Detectives, andere hätten sich einfach abgewandt. Und eine ›hat mich in ihre Wohnung eingeladen‹. Wenn die Frauen sich wirklich hätten erschrecken lassen, wäre er in sein Auto gesprungen und nackt davongefahren.

Zur Zeit seiner Verhaftung lebte er in einer Wohnung im früheren Alisian-Lake-Komplex – zusammen mit einer Frau. Er hatte sie vor dem Pillowcase-Vergewaltiger gewarnt, und sein Bruder wohnte in einem Apartmenthaus, das der Vergewaltiger heimgesucht hatte. Der Mann war nicht der Pillowcase-Vergewaltiger, aber irgend etwas in seinem Gesicht ließ die Beamten in alten Fallakten graben. Eine L-förmige Narbe am Hals und eine Pockennarbe über seiner linken Augenbraue paßten zu einer vier Jahre alten Beschreibung des A/C-Vergewaltigers. Als man ihm das auf den Kopf zusagte, gab er zu, fünfmal als angeblicher Servicemann in die Wohnungen von Frauen eingedrungen zu sein. Hätte er sie allein angetroffen, wäre er über sie hergefallen.

Nach der Vergewaltigung einer Fünfzehnjährigen hätte er beinahe Selbstmord begangen, wäre aber statt dessen dazu übergegangen, sich öffentlich zu entblößen. Er und der Pillowcase-Vergewaltiger haben einige Wohnanlagen zur gleichen Zeit heimgesucht. Während sie in Treppenhäusern und Waschräumen herumlungerten, sind sie vielleicht sogar einmal buchstäblich übereinander gestolpert.

Es schien endlich der Durchbruch zu sein, als sich ein Ex-Cop meldete und behauptete, der Pillowcase-Vergewaltiger zu sein. Ich hatte schon über ihn berichtet; er war 1982 auf eine Anzeige wegen ruhestörenden Lärms hin zu einer Party geschickt worden und hatte den Gastgeber erschossen. Die Anzeige stellte sich hinterher als Racheakt eines Verwandten heraus, der nicht zu dem Grillfest eingeladen worden war.

Der Cop wurde gefeuert. Da er vor kurzer Zeit bereits in einen ähnlichen Fall verwickelt gewesen wäre, hätte man das ohnehin vorgehabt, wäre aber aus irgendeinem Grund nicht dazu gekommen, gab der Polizeichef später bekannt und entschuldigte sich für das Versehen. Nun war der junge Mann wieder in Schwierigkeiten. Diesmal hatte er seine Freundin getötet. Als die Cops ihn abholten, fanden sie einen blutigen Kopfkissenbezug und eine schwarze Maske in seinem Wagen. Das machte sie ziemlich hellhörig.

Nach seinem Rausschmiß bei der Polizei hatte er als Wachmann in einem großen Hotel in Miami Beach angefangen. Vor einem Arbeitskollegen hatte er damit geprahlt, der meistgesuchte Mann von South Florida zu sein, der Pillowcase-Vergewaltiger. Der Mann hatte es nicht für nötig gehalten, die Polizei zu verständigen.

Das gleiche ›Geständnis‹ hatte er auch vor seiner Freundin abgelegt, die er später getötet hat. Weil sie ihm nicht glaubte, stieg er über den Balkon in ihre Wohnung ein und tauchte mit einer Halloweenmaske über dem Kopf neben ihrem Bett auf. Sie hatte sich daraufhin erschrocken einigen Freunden anvertraut, aber niemand ging zur Polizei. Eines Abends kreuzte er überraschend in ihrem Apartment auf. Nach einem völlig belanglosen Streit ging er in ihrem Schlafzimmer in Combatstellung und schoß fünfmal auf sie.

Simmons verhörte ihn fünf Tage lang beinahe ununterbrochen. Immer wieder kamen sie an den kritischen Punkt, an dem der Polizist endlich Einzelheiten hören wollte, die ihm der Ex-Cop dann mit einem schlauen Grinsen servierte. Er ging allerdings nie so weit ins Detail, daß Simmons ihn auf irgend etwas festnageln konnte.

Er hätte keines seiner Opfer ernsthaft verletzt, sagte er, und die Knoten wären so locker geknüpft gewesen, damit sich die Frauen von allein hätten befreien können. In der Nähe der Tatorte hätte er oft auf das Eintreffen der Polizei gewartet, um sich an ihrer Beschränktheit zu ergötzen. Es wäre seine Rache für den Rausschmiß gewesen.

Seine Geschichte klang plausibel. Er entsprach der Beschreibung des Vergewaltigers, brachte die physischen Voraussetzungen mit und hatte sogar ein Motiv. Die Taten wären eine Reaktion auf die Belastung im Polizeidienst gewesen. Vorgesetzte hätten ihn und seine Kollegen dazu gezwungen, konfiszierte Drogen zu verkaufen und betrunkene Autofahrer zu bestehlen. Es wäre ungerecht, daß er als einziger hätte gehen müssen, sagte er.

Er pflegte Simmons und sein Team mit der Feststellung zu quälen, daß ›ihr Jungs bei jedem Fall etwas Wichtiges übersehen habt. Wenn es euch einfällt, habt ihr mich an den Eiern‹.

Ein Bluttest war natürlich der sicherste Weg, um herauszufinden, ob es sich wirklich um den Pillowcase-Vergewaltiger handelte. Im Prinzip erklärte er sich damit einverstanden, hielt die Beamten jedoch hin. Denn er genoß das Aufsehen, wenn er von seiner Zelle aus zu den täglichen Treffen mit den Detectives stolzierte. Simmons bekam innerhalb von drei Tagen nur fünf Stunden Schlaf.

Neun Vergewaltigungen hatten sich ereignet, während der Mann nachweislich entweder Streifendienst geschoben hatte oder für das Hotel im Einsatz gewesen war. Aber es war nicht auszuschließen, daß er sich unbemerkt davongeschlichen hatte.

Viel wichtiger erschien mir, daß keinem der Opfer ein Akzent an dem Vergewaltiger aufgefallen war. In der Personalakte des Ex-Cops fanden sich jedoch immer wieder kritische Anmerkungen seiner Vorgesetzten, weil er nicht in der Lage zu sein schien, sich mit englischsprechenden Mitbürgern zu verständigen.

Schließlich brachte der Bluttest die Klärung. Simmons war es irgendwann leid gewesen, sich von dem Mann an der Nase herumführen zu lassen, und hatte sich die richterliche Genehmigung besorgt, den Verdächtigen einem Blut- und Speicheltest zu unterziehen – gegebenenfalls auch gegen seinen Willen. Eine Gefängniskrankenschwester entnahm das Blut und drückte ihm ein Baumwollknäuel in die Hand, auf dem er herumkauen sollte. Die Proben wanderten ins kriminologische Labor, wo ein Serologe seinen freien Tag damit verbrachte, die Tests durchzuführen.

Innerhalb von Minuten stellte sich heraus, daß er Blutgruppe 0 hatte, genau wie etwa die Hälfte der männlichen Bevölkerung.

Nach einer halben Stunde wußten wir, daß er ein 0-Sekreter war: Die Blutgruppe läßt sich in Körperflüssigkeiten wie Speichel oder Schweiß nachweisen. Achtzig Prozent der Leute mit Blutgruppe 0 sind Sekreter. Der Vergewaltiger gehörte dazu.

Die Spannung erreichte langsam ihren Höhepunkt. Es dauerte drei Stunden, bis die aufwendigen Tests zur Bestimmung spezieller Untergruppen abgeschlossen waren. Nach schier endlosem Warten erreichte uns schließlich die Nachricht, daß das im Blut des Pillowcase-Vergewaltigers aufgefundene spezielle Merkmal bei dem Ex-Cop fehlte.

Offensichtlich hatte er das ganze Theater inszeniert, um für seine Mordanklage eine Verteidigung wegen Unzurechnungsfähigkeit aufzubauen. Außerdem hatte es ihm wohl auch das enorme öffentliche Interesse an dem Fall angetan. Er wollte nicht die Rolle eines Wachmannes spielen, der seine Freundin erschossen hat, sondern in die Haut des meistgesuchten Sexualverbrechers von South Florida schlüpfen.

Später am Tag rief mich seine Mutter an und bat mich fast hysterisch um Hilfe. Ihr Sohn hätte ihr unter Tränen seine Unschuld geschworen. Jetzt würde er nicht nur wegen Mordes unter Anklage gestellt, man versuchte ihm auch noch die Vergewaltigungen in die Schuhe zu schieben. Er hätte den Mord vor Zeugen begangen, sagte ich. Außerdem versuchten die Detectives zu beweisen, daß er nicht der Pillowcase-Vergewaltiger wäre.

Alle hätten immer bloß auf ihrem Sohn herumgehackt, entgegnete sie. Wenn er verrückt wäre, hätte er niemals die psychologischen Tests für die Aufnahme in den Polizeidienst von Miami bestanden.

Der Gedanke war ebenso logisch wie ernüchternd. Die Ermittlungen in diesem Fall haben mehrere Sexgangster entlarvt, von denen sich aber ›leider‹ keiner als der gesuchte erwies.

Eine junge Frau in einer Wohnanlage, in der der Vergewaltiger bereits zweimal zugeschlagen hatte, war dabei, sich auszukleiden, als sie auf ihrem Balkon einen Mann entdeckte. Sie besaß die Geistesgegenwart, das Licht zu löschen, bevor sie zum Telefon griff. Als die Polizei eintraf, masturbierte er immer noch. Der Mann hatte das College absolviert und war Geschäftsführer eines bekannten Restaurants. Außerdem wohnte er in der Anlage und entsprach der Beschreibung. Sogar seine Schuhgröße paßte. Nach Miami war er 1981 gekommen, in demselben Monat, als der Pillowcase-Vergewaltiger zum erstenmal zugeschlagen hatte. Die Frau, die er belauert hatte, entsprach dessen Opferschema.

Er sah gut aus und gab zu, nicht nur sie, sondern auch ein Dutzend andere Frauen beim Ausziehen beobachtet zu haben. Aber er hätte niemals eine Frau vergewaltigt. Mitten in der Nacht wurde der Serologe aus dem Bett geholt. Die Tests ergaben, daß es sich bei dem Spanner nicht um den Pillowcase-Vergewaltiger handelte.

Am Dienstag, den 11. Februar 1986, zeigte er das erste Mal sein Gesicht. Eines seiner Opfer, eine sechsunddreißigjährige Geschäftsfrau, brachte ihn mit einem Trick dazu, dieses lange bewährte Geheimnis zu enthüllen.

Sie erwachte um 0 Uhr 45 mit dem Gefühl, nicht mehr allein zu sein. Als sie die Augen aufschlug, stand ein Mann in ihrem Schlafzimmer. Er schaute seelenruhig aus dem Fenster. Sie stieß einen Schrei aus. Der Vergewaltiger hatte sein Gesicht noch nicht verhüllt und stürzte sich auf sie, um ihr ein Kissen aufs Gesicht zu drücken. Er drohte, sie zu töten, wenn sie nicht gehorchte.

Als er ihr befahl, ihn niemals anzusehen, kam ihr der rettende Gedanke. Ohne ihre Brille wäre sie blind wie eine Fledermaus, sagte sie. Er glaubte ihr nicht, und sie deutete auf die Brille auf ihrem Nachtschrank. Blinzelnd und die Augen zusammenkneifend spielte sie ihm eine starke Sehschwäche vor. Schließlich war er überzeugt und verhüllte weder ihr Gesicht noch seins.

Natürlich hatte sie gelogen. Das Licht, das von draußen ins Zimmer fiel, ermöglichte es ihr, sich sein Gesicht während der vielleicht viertelstündigen Tortur genau einzusprägen. Anschließend fesselte er sie und stahl ihre Brieftasche. Sie hörte, wie er draußen zu seinem Wagen lief und davonfuhr.

Sie war Opfer Nummer vierundvierzig.

Am nächsten Tag bekam sie in ihrem Büro einen Anruf: »Ich möchte noch einmal mit dir schlafen«, sagte der Anrufer. Sie hängte erschrocken ein. Die Polizei glaubt, daß es der Vergewaltiger war.

Nach jahrelangen Mißerfolgen war das endlich ein Schritt nach vorn. Der Polizeizeichner John Valor erarbeitete zusammen mit dem Opfer ein Bild von dem Gesicht des Psychopathen. Obwohl es eher unauffällig und ausdruckslos war, wurde es zu einem der bekanntesten Gesichter Floridas, das auf einer halben Million Steckbriefe prangte. Man steckte es in Supermarkteinkaufstüten und druckte Poster davon, die überall dort aufgehängt wurden, wo viele Menschen zusammenkamen. Gruppen von jugendlichen Delinquenten halfen bei der Verteilung des Posters ebenso wie High-School-Absolventen. Druckereibesitzer erledigten die Vervielfältigung gratis. Jeder half, wo er konnte.

Viele Männer sahen dem Vergewaltiger ähnlich. Ein Kellner in einem vielbesuchten Restaurant wurde von zahlreichen Leuten verdächtigt. Ehefrauen zeigten ihre Männer und Mädchen ihre Freunde an, die alle dem Konterfei auf dem Steckbrief bis aufs Haar glichen. Eine Frau aus Broward County sprach am Telefon mit mir. Sie war davon überzeugt, mit dem Vergewaltiger zwei Jahre zusammengelebt zu haben. Es hörte sich an, als ob ihr Verdacht wirklich begründet wäre. Anfangs weigerte sie sich sogar, mir den Namen des Mannes zu nennen. Ich begann bereits, mir Notizen zu machen, als sie mir im Flüsterton noch ein Geheimnis anvertraute. Ihr früherer Liebhaber wäre nicht nur der Pillowcase-Vergewaltiger, sondern auch der Mann, der das Cyanid in die Tylanolkapseln füllen würde.

Auch eine ehemalige Lehrerin von Sergeant Simmons schaute vorbei. Sie hatte keinen Verdächtigen, erinnerte sich aber noch sehr genau daran, daß der jetzige Detective immer einer ihrer ›Lieblingsschüler‹ gewesen wäre, der selbst dann, wenn er sich auf dem Schulhof geprügelt hätte, wie aus dem Ei gepellt in den Unterricht zurückgekehrt wäre. Er war eben schon damals piekfein.

Sogar Zuchthaus- und Gefängnisinsassen teilten es Simmons mit, wenn sie glaubten, eine Spur zu haben. Sechs mediale Spinner versenkten sich in Trance und boten ihre Hilfe an. Es herrschte kein Mangel an Verdächtigen. Die Beamten gingen vierhundert konkreten Hinweisen nach.

Aber nicht ein einziger führte zu dem richtigen Mann.

Die Polizei erfand sogar eine neue Form des Steckbriefs und beauftragte einen bekannten Bildhauer, eine lebensgroße Büste des Pillowcase-Vergewaltigers zu schaffen. Seine Adresse hatten sie aus dem Branchenbuch. Sie verfielen auf ihn, weil ihnen die Anzeige zusagte. Von Tony Lopez stammen unter anderem die Friedensfackel in Bayfront Park, eine Skulptur des kubanischen Generals Antonio Maceo y Grajeles in Little Havanna sowie die Büste von Andrew Jackson in der Jackson High School. Dies war sein erster Vergewaltiger.

Das Opfer erklärte sich bereit, ihm zu helfen. Als das Gesicht ihres Peinigers in dem roten Lehm langsam Gestalt annahm, floh sie weinend aus dem Atelier.

Die Büste wurde mit großem Pomp eingeweiht. Die Polizei betonte ausdrücklich, daß sie den Vergewaltiger nicht glorifizieren wollte. Aber durch eine öffentlich aufgestellte Büste vergrößerte sich die Chance, den Täter zu identifizieren.

Darauf folgte das Unvermeidliche: das Pillowcase-Vergewaltigungs-T-Shirt. ›Wanted: Pillowcase Rapist‹ ist quer über die Brust gedruckt. Darunter sind vier Gesichter des Verbrechers zu sehen: das Fahndungsbild mit kleinem Schnurrbart, eine glattrasierte Version, eine mit Bart und als vierte eine mit einem Kopfkissenbezug verhüllte Figur.

Der Verkauf geschähe in öffentlichem Interesse, erklärte der Händler. Die Käufer wären lebendige Anschlagsäulen und würden bei der Fahndung helfen. Der Preis betrug sechs Dollar.

Trotz der ganzen Aufregung gelang es nicht, den Vergewaltiger zu identifizieren. Vielleicht ist die Ähnlichkeit nicht ausreichend. Es war dunkel in dem Zimmer, und die Frau trug keine Brille. Aber es ist trotzdem erstaunlich, daß er unerkannt bleibt. Der Mann hat Florida sechs Jahre lang heimgesucht.

Jemand, der ihn kennt, muß einen Verdacht haben.

Warum meldet er sich nicht?

Ich glaube, er hat es getan. Der Name verbirgt sich in der ungeheuren Masse von Informationen, die die Polizei bereits zusammengetragen hat. Wir werden es erst nach seiner Verhaftung erfahren. Wahrscheinlich ist es ähnlich wie bei Son of Sam in New York. Man hatte ihn rein zufällig wegen einer Verkehrsübertretung verhaftet und entdeckte, daß sein Name der Polizei bereits bekannt war. Mehrere gesetzestreue Bürger hatten pflichtbewußt ihren Verdacht gemeldet, daß es sich bei David Berkowitz um Son of Sam handelte, und recht damit behalten. Aber man hatte ihre Hinweise zugunsten vieler anderer, die stichhaltiger erschienen, ignoriert.

Wie man an diesem Fall sieht, hat die Mitwirkung der Öffentlichkeit nicht weitergeholfen. Bis jetzt noch nicht. Aber vielleicht war die öffentliche Fahndung doch zu etwas gut. Zum Zeitpunkt dieser Veröffentlichung hat der Vergewaltiger noch nicht wieder zugeschlagen. Das Opfer Nummer vierundvierzig, die geistesgegenwärtige und mutige Frau, die ihn dazu brachte, sein Gesicht zu zeigen, war bis jetzt das letzte. Vielleicht hat ihn sein Fehler so in Panik versetzt, daß er es jetzt ruhiger angehen läßt, einen Psychiater aufgesucht oder sich einer Gruppentherapie angeschlossen hat.

Vielleicht sitzt er wegen eines anderen Verbrechens im Gefängnis oder ist nicht mehr am Leben, hat Selbstmord begangen oder ist unter einen Lastwagen geraten.

Vielleicht hat es ihn auch in die Flucht getrieben, daß sein Bild ihn von jeder Straßenecke aus anstarrte, und nun lebt er seine krankhaften Phantasien in einer anderen Stadt aus.

Wenn Drogen die Antwort sind,
wie lautet dann die Frage?
Anonymes Graffito

DROGEN

Der illegale Drogenhandel gewinnt immer mehr Einfluß in Miami und überschwemmt diese Stadt geradezu mit seinen Gewinnen. Das Produkt wird als Ballast von Flugzeugen abgeworfen und im Morgengrauen an menschenleeren Stränden angeschwemmt. Es wird zu Wasser, in der Luft oder in menschlichen Körpern eingeschmuggelt. Die Transportflugzeuge umgehen entweder waghalsig die Radarüberwachung oder ignorieren sie einfach. Als ich auf einer drei Minuten von Downtown Miami entfernten künstlichen Insel wohnte, wurden die stillen, friedlichen Nächte immer wieder von dem Lärm extrem niedrig fliegender Maschinen gestört, vom lautem Platschen im samtenen Wasser der Bucht und dem Aufbrüllen PS-starker Bootsmotoren. Dem Rausch, dem Geld und der Action – wer könnte diesen Verlockungen widerstehen? Es ist nicht möglich, die Tausende von Meilen lange Küste Südfloridas, seinen Luftraum und die unzähligen Wasserstraßen zu kontrollieren, ohne unvertretbar hohen Aufwand zu treiben. Viele Gesetzeshüter haben den sinnlosen Versuch aufgegeben und die Seiten gewechselt. Die Drogen haben nicht nur Polizisten zu Kriminellen gemacht, sondern auch Geschäftsleute jeden Kalibers und Politiker. Drogen korrumpieren jeden. In Miami sind sie der Wirtschaftszweig mit den höchsten Zuwachsraten.

Als ich vor knapp zwanzig Jahren mit der Berichterstattung über Verbrechen anfing, bestand die Szene aus Jugendlichen, denen wegen des Besitzes von ein paar Gramm Marihuana schwere Strafen drohten. Heute sind es internationale Rauschgiftkartelle mit Milliardenumsätzen. Die Veränderungen sind so gewaltig, und Gier, Hemmungslosigkeit und Korruption haben ein solches Ausmaß erreicht, daß dies alles für einen einzelnen kaum noch zu begreifen ist. Wir haben mörderische Kokainkriege erlebt, eine Invasion kolumbianischer ›Kokaincowboys‹, die Kuba Connection und menschliche Drogenpakete. Jetzt müssen wir mitansehen, wie in Downtown Miami sogenannte Crackhouses gedeihen und in den Vororten regelmäßig Kokainlabors in die Luft fliegen.

Auch die Drogenstories sind in Miami überlebensgroß. Es gibt so viele unglaubliche Geschichten, die wahr sind, daß auch der Mythos von dem toten Baby inzwischen zu den modernen Märchen gehört.

Aber ich will es hier ganz deutlich sagen: Es gibt kein mit Kokain gefülltes totes Baby. Jedenfalls nicht zu dem Zeitpunkt, an dem dieses Buch entstanden ist.

Die Story taucht als Nachricht regelmäßig in seriösen und weniger seriösen Publikationen auf. Sie hat schon die Titelseiten der *Washington Post*, des *Times Magazine* und des *National Inquirer* verunziert. Mit geringen Abweichungen ist die Geschichte stets folgendes: Einem aufmerksamen Zollbeamten oder Angestellten einer Fluglinie fiel ein anscheinend krankes Baby auf, das in den Armen seiner Mutter schlief. Eine genauere Untersuchung ergab, daß das Baby tot und sein Körper mit reinem Kokain gefüllt war, das ins Land geschmuggelt werden sollte.

Das tote Baby taucht mindestens einmal im Jahr auf, und ich gehöre zu den Reportern, die losgeschickt werden, um dieser Meldung auf den Grund zu gehen. Es hat noch nie gestimmt; aber ich sehe sein blasses, kleines Gesicht ganz deutlich vor mir, so oft hatte ich schon damit zu tun.

Das tote Baby wird nicht sterben, aber viele Erwachsene kommen dabei um.

Man nennt sie Maultiere, die menschlichen Packesel des Drogenhandels. Manchmal hat ihre letzte Mahlzeit den Wert von fünfzigtausend Dollar. Und wenn sie schließlich qualvoll an dieser Mahlzeit zugrunde gehen, lernen sie etwas über Kondome, das kluge Frauen bereits wissen: Sie können platzen und einen in ernsthafte Schwierigkeiten bringen. In ihrem Fall sind sie tödlich.

Eines dieser Maultiere starb in einem Hotelzimmer in Miami Beach. Ein Pfund Kokain verteilt auf zweiundachtzig doppelt verpackte Kondome. Vierzehn davon waren beschädigt, und das Gift hatte den Verdauungstrakt paralysiert, so daß der Körper seine Fracht nicht auf natürlichem Weg wieder loswerden konnte. Da der Mann den eigentlichen notwendigen chirurgischen Eingriff nicht riskieren konnte, hatte er vergeblich versucht, sich mit Klistierspritzen, Abführmitteln und Pflaumen zu behelfen.

Andere sterben daran, daß die Ballons platzen. Ein Mann hatte 110 davon – grüne, rote, blaue und gelbe – in seinen Gedärmen, als er ins Leichenschauhaus gebracht wurde. Die ersten Autopsieresultate dieser Art versetzten die Gerichtsmediziner noch in Erstaunen, wurden dann aber rasch zur Routine.

Die Body Packer schlingen die Kondome oder Ballons normalerweise kurz vor dem Abflug nach Miami herunter. Manche brechen zusammen, bevor sie die Zollkontrolle passiert haben. Andere sterben in schäbigen Hotelzimmern und tragen ein Vermögen in sich, an das sie nicht herankommen. Ich frage mich manchmal, ob all die großkotzigen Koksnasen eine Ahnung davon haben, welchen Weg der Stoff von Kolumbien aus nimmt, um in ihre Riechorgane zu gelangen.

Als Anfängerin habe ich Artikel über junge Leute geschrieben, denen die Fixe noch im Arm steckte, wenn man sie zusammengekrümmt in irgendeiner schmutzigen Toilette fand. Heute sind es berufstätige Erwachsene – Anwälte und Geschäftsleute –, die aufgegriffen werden, wie sie nach einer Überdosis Kokain, oft sogar nackt, in den Straßen Amok laufen. Ihre Körpertemperatur ist extrem hoch, so daß noch Stunden nach ihrer Ankunft im Leichenschauhaus rektal über 42 Grad Celsius gemessen werden können. Dazu kommen die Leute, deren Tod in direktem Zusammenhang mit Drogen steht. Manchmal bleiben gleich sechs von ihnen nach einer Schießerei in einem Apartment zurück, oder es werden drei oder vier Leichen in den Kofferraum eines Wagens gestopft. Süchtige, denen die Kokainparanoia das letzte bißchen Verstand geraubt hat, greifen ihre Freunde und Mitglieder der Familie an. Sie gehen aufeinander los oder legen Hand an sich selbst.

Drogenhändler sind profitorientierte und erbarmungslose Geschäftsleute. Sie töten auch gänzlich Unbeteiligte, wenn diese etwas sehen, das nicht für ihre Augen bestimmt ist. Die Mafia war immer eine beliebte Zielscheibe für die Presse; aber sie hat wenigstens die Familie des Opfers und Unschuldige verschont, wenn sie sich von einem unliebsamen Konkurrenten trennte.

Viele Drogenhändler aus Miami, und besonders die erste Welle der kolumbianischen Kokaincowboys, halten nicht viel von solchen ausgeklügelten Vorgehensweisen. Es ist allerdings auch nicht verwunderlich, daß jemand, der eben noch durch die Wildnis seines abgelegenen Heimatlandes geritten ist und sich plötzlich am Steuer eines teuren Audi oder Mercedes in den Straßen von Miami wiederfindet, keine Hemmungen hat, von seinen automatischen Waffen Gebrauch zu machen, wenn ihm jemand im Weg steht.

Auch einigen Rastafaris, eine jamaikanische Glaubensgemeinschaft, der hauptsächlich Waffen und Marihuana am Herzen liegen, fehlt ein gewisses Verständnis für diese Dinge. Alles wird zum Ziel, wenn die Schießerei erst einmal angefangen hat. Klingelt die Avon-Beraterin an der Tür, muß sie leider auch dran glauben. Wenn jemand vor ihnen in ein belebtes Einkaufszentrum flieht, warten sie nicht, bis er wieder herauskommt. Sie gehen hinein und eröffnen das Feuer.

Den Gesetzeshütern sind schon so oft rekordverdächtige Mengen an eingeschmuggelten Drogen in die Hände gefallen, daß es sich nicht mehr zu lohnen scheint, über die beschlagnahmten Kilos, Tonnen, Lkw- oder Schiffsladungen zu berichten. Wo das Zeug herkommt, gibt es noch mehr davon – viel mehr.

Als ich beim *Herald* anfing, war ein Pfund Marihuana noch eine Nachricht wert. Zu jener Zeit war ich auch das erste Mal bei einer Drogenrazzia dabei und mußte lernen, daß man Informationen nicht so einfach an einen Kollegen weitergeben kann. Opa-Locka, eine kleine Stadt im Nordwesten von Dade County mit Straßennamen aus Tausendundeiner Nacht, hatte einen neuen Polizeichef bekommen, einen ehemaligen New Yorker Drogenfahnder, der für die Bundesbehörden gearbeitet hatte. Er vertraute mir an, daß der Film *The French Connection* nach seinen Erfahrungen als Undercover-Agent gedreht worden war. Seitdem haben mir das noch zwei weitere Ex-Rauschgiftcops erzählt, aber damals war ich schwer beeindruckt.

Opa-Locka hatte zwar eine Ali-Baba-Avenue, aber im Vergleich zu New York damals noch kein nennenswertes Drogenproblem. Doch der neue Chief wollte schon die ersten Ansätze im Keim ersticken. Er hatte eine Poolbillardhalle als örtlichen Verteiler ausgemacht und lud mich ein, an der Razzia teilzunehmen. Ich rief den Redakteur vom Dienst an, der wiederum einen lockenköpfigen Volontär namens Herb beauftragte, den Polizeifunk abzuhören. Wenn irgend etwas auf eine Schießerei oder etwas anderes hindeutete, das der Story größere Bedeutung verlieh, sollte Herb den Lokalredakteur verständigen.

Ich versteckte mich also zusammen mit dem Chief und seinen Männern im Gebüsch vor der Poolhalle, und wir warteten gemeinsam auf das Auftauchen der Verdächtigen. Im Büro brannte Herb darauf, seine Aufgabe erfüllen, aber das Radio gab nicht einen Ton von sich. Er war noch neu im Geschäft und hatte Angst, ihm wäre etwas entgangen. Also rief er bei der Polizei von Opa-Locka an und wollte wissen, ob die Razzia bereits stattgefunden hätte. Da sie ihn nicht kannten, wußten sie natürlich von nichts. Währenddessen lagen wir in den Büschen, hielten Ausschau und schlugen nach Moskitos. Herb war jetzt fast sicher, daß er die Meldung von der Razzia verpaßte. Er wählte die Nummer der Billardhalle und fragte, ob die Polizei schon eingetroffen wäre.

Wir lagen immer noch in den Büschen, als die Leute die Poolhalle plötzlich scharenweise verließen. Sie sprangen sogar aus den Fenstern und rannten in alle Richtungen davon. Wir konnten hören, wir drinnen immer wieder die Toilettenspülung betätigt wurde. Als der Chief und seine Männer mitbekamen, was los war, stürmten sie hinein. Überall lagen kleine Beutelchen mit Rauschgift auf dem Fußboden, aber es war niemandem zu beweisen, daß er sie hatte fallen lassen.

Die Polizei hat niemals herausgefunden, wer ihre Razzia auf dem Gewissen hatte. Ich habe es Herb auf den Kopf zugesagt. Er hat es zugegeben.

Nicht ganz zehn Jahre später war Miami Schauplatz eines regelrechten Krieges zwischen Kokaindealern, und die Polizei hatte ganz andere Sorgen, als sich um eine Poolbillardhalle zu kümmern. Eines der heftigsten Gefechte fand statt, als Kokain-Cowboys am hellichten Tag mit einem ›Kampfwagen‹ die Dadeland Mall heimsuchten, eines der größten und belebtesten Einkaufszentren des County.

Frauen und Kinder liefen um ihr Leben, als Hochgeschwindigkeitsgeschosse aus Maschinenpistolen die Schaufensterflächen zertrümmerten, in parkende Autos einschlugen und durchlöcherte Benzintanks ihren Inhalt auf den Parkplatz ergossen.

Ein junger Lagerhelfer verzehrte gerade seinen Lunch im Hinterzimmer eines Schnapsladens, als er ein merkwürdiges Geräusch hörte, das ihn in den Verkaufsraum lockte. Dort schoß ein Mann mit einer Maschinenpistole um sich. Der Junge suchte unter dem Ladentisch Deckung und kroch auf Händen und Füßen nach draußen auf den Parkplatz. Doch die Killer verfolgten ihn sogar noch mit Feuerstößen, als er Deckung unter einem abgestellten Wagen suchte. »Warum schießen sie auf mich?« schrie er. »Ich habe ihnen nichts getan!«

Doch die Killer zerschossen sogar ein Fenster ihres waffenstarrenden Lieferwagens und verletzten ihn schließlich am Knöchel. Sie wollten ihn genauso töten wie den Verkäufer des Ladens, den sie in Schulter und Brustkorb trafen.

Leute, die neugierig aus einem Restaurant in der Nähe gelaufen kamen, konnten nicht wieder zurück, weil der verschreckte Besitzer die Türen hinter ihnen verriegelt hatte. Dreißig Menschen suchten Schutz in einem Schönheitssalon. Ein Passant, der voller Panik losgerannt war, als die Schießerei begann, schwor, eine Kugel wäre so nah an seinem Ohr vorbeigeschwirrt, daß er ›sie hören konnte‹.

Als die Täter verschwunden waren, hinterließen sie zwei tote Kunden und zwei verletzte Verkäufer. Die beiden Opfer waren in einem weißen Mercedes vorgefahren und wollten in dem Spirituosenladen Chivas Regal kaufen. Einer von ihnen war der Boß einer der fünf von Dade County aus operierenden kolumbianischen Dealerringe, der andere sein Leibwächter. Ihre Mörder hatten Rache für den Mord an einem anderen Dealerboß nehmen wollen.

In dem Laden waren sämtliche Flaschen zu Bruch gegangen, und alles war übersät mit Einschußlöchern. Die beiden Toten sahen aus ›wie Schweizer Käse‹, sagte Dr. Charles Diggs, ein Gerichtsmediziner. »Ich hatte damit begonnen, die Einschußlöcher in ihren Körpern zu zählen, aber es dann aufgegeben. In meinem ganzen Leben habe ich noch nie so eine Schießerei gesehen. Das ist ein neues Chicago.«

Die Killer gehörten offensichtlich zu den Leuten, die sich wenig aus irdischen Gütern machen. Nach der Schießerei ließen sie nicht nur ihre Waffen fallen, sondern auch den neuen, gepanzerten Ford-Lieferwagen auf dem Parkplatz zurück. Teure Ausrüstung bedeutete ihnen ebensowenig wie Menschenleben.

Der Lieferwagen hatte erst 108 Meilen auf dem Tacho. Seine Ausstattung sorgte dafür, daß die erschütterten Polizisten sich fragten, was passiert wäre, wenn sie dieses Fahrzeug wegen einer Verkehrsübertretung gestoppt hätten. Es gab Halterungen für die Waffen und von innen durchsichtige Spiegelscheiben, auf denen ›Happy Time Complete Party Supply‹ zu lesen war. Die Beamten entdeckten einen zweiten Treibstofftank, acht kugelsichere Westen, und unter den mehr als einem Dutzend Feuerwaffen befanden sich Maschinenpistolen und mit Schalldämpfern versehene Automatiks. Dazu kamen noch einige tausend Schuß Munition, darunter Dum-Dum-Geschosse, die entsetzliche Wunden hinterlassen.

Der Lieferwagen trug noch das Emblem des Händlers, der ihn verkauft hatte. Ich rief dort an, sobald ich in die Redaktion zurückgekehrt war. Der freundliche Manager war noch nicht von der Polizei befragt worden. Er sagte, daß seine Firma solche Ausstattungen nicht im Programm hätte. »Damit haben wir nichts zu tun, und die Kunden haben auch nicht verraten, wo sie den Wagen panzern lassen wollten.« Er war sehr hilfsbereit und gab mir Namen und Adresse des Kolumbianers, der den Wagen bar bezahlt hatte.

Ich wollte sofort losstürzen, um den Besitzer des Panzerwagens ausfindig zu machen, aber ein Redakteur hielt mich zurück. »Es könnte sehr gefährlich werden«, warnte er mich. »Nehmen Sie einen Fotografen als Begleiter mit.«

Er rief die Fotoredaktion an, und sie versprachen, sofort einen Mitarbeiter nach unten in die Halle zu schicken. Als ich dort schon ungeduldig umherlief, kam mit wippendem Ponyschritt eine Volontärin angerannt. Sie war eine zartgebaute, fünfundachtzig Pfund leichte College-Absolventin. Die ganze Situation war in ihren Augen nicht besonders komisch. Wir fanden das Haus und die Wohnung und lauschten gespannt an der Tür, als wir Geräusche von drinnen hörten. Nachdem wir geklopft hatten, nahmen wir vorsichtshalber auf beiden Seiten der Tür Aufstellung, aber niemand eröffnete das Feuer. Als die Tür aufging, drehte ich mich nach meiner Fotografin um. Sie hatte den Atem angehalten, ihre Augen waren weit aufgerissen, und die Kamera hing unbeachtet an ihrem Hals. Eine hübsche, junge Blondine bewohnte jetzt das Apartment. Sie war gerade eingezogen und kannte den Vormieter nicht.

Wir bekamen die neue Adresse des Mannes schließlich von der Eigentümerin des Hauses: Dade County Jail. Dort saß er seit Wochen wegen bewaffneter Entführung und Verletzung der Einwanderungsgesetze. Den Wagen hatte er offensichtlich für jemand anderen besorgt.

Wegen der Schießerei im Dadeland-Einkaufszentrum ist nie gegen jemand Anklage erhoben worden.

Die wilden Zeiten gehören der Vergangenheit an, seit den Kokaincowboys aufgegangen ist, daß durch schlechte Publicity hervorgerufene Unannehmlichkeiten nicht unbedingt sein müssen. Die öffentliche Aufmerksamkeit richtet sich jetzt vornehmlich auf das relativ neue Phänomen der Crackhouses. In ihnen wird gemordet. Ihre Opfer sind nicht die Reichen und Schönen, die den Drogen verfallen. Um sie tut es mir nicht leid. Niemand hat sie gezwungen, Kokain zu nehmen. Jetzt müssen sie damit leben oder sterben. Aber was mich wirklich bedrückt, sind die Mütter mit kleinem Einkommen, die Kinder, die Behinderten und die Älteren, deren schäbige Wohnblocks von skrupellosen Dealern und Hausbesitzern zu Crackhouses gemacht werden. Und Leute wie Louis, der weinend durch die Korridore des Polizeihauptquartiers lief, als ich ihn das erste Mal sah.

Er war ein aufgeweckter, junger Schwarzer, der einmal eine Zukunft vor sich hatte. Jetzt liefen ihm Tränen übers Gesicht, das bereits schweißüberströmt war. Die letzten paar Tage hatte er in einem Crackhouse verbracht. Nachdem sein Geld aufgebraucht war und er ohne jede Hoffnung dastand, hatte er nur noch den verzweifelten Wunsch, den Teufelskreis zu durchbrechen, in dessen Bann er immer wieder sich selbst und anderen Leid zufügte. Weil er nicht wußte wohin, ging er zur Miami Police. Die Cops am Empfang waren sehr freundlich, aber sie konnten ihm nicht helfen. Cracktherapien sind kostspielig und auf lange Zeit ausgebucht.

Es gibt Tausende, die in der gleichen Lage sind wie Louis.

In den Crackhouses herrscht vierundzwanzig Stunden am Tag Hochbetrieb. Das wichtigste Möbelstück ist eine Glasplatte, die mit Klebestreifen in unterschiedlich große Felder eingeteilt ist. Jeder Abschnitt hat seinen Preis: 5, 10, 20 oder 25 Dollar. Auf einer Platte häuft sich Kokain im Wert von 5000 bis 6000 Dollar. Es dauert etwa eine Stunde, bis es abgesetzt ist.

Jedes Kind, das schon sprechen kann, kennt ein Crackhouse in der Nähe. Sechsjährige stehen Schmiere, falls ein Streifenwagen in der Gegend auftaucht. Meistens sind Crackhouses nichts weiter als ständig überfüllte, kleine Wohnungen. Man klopft einmal an, und in der Tür öffnete sich eine Klappe. Die Betreiber haben Walkie-talkies und tasten dich zuerst ab – genau wie die Cops. Normalerweise stehen die Kunden draußen vor der Tür Schlange wie vor einer Drogerie. Die Pfeifen werden benutzt, bis sie zerbrechen. Der letzte Kunde war vielleicht eine Prostituierte, die einen Freier mit dem Mund befriedigt hat, um das Crack zu kaufen. AIDS, Herpes oder Gelbsucht, hier kann man sich alles holen. In manchen Blocks gibt es bis zur vier Crackhouses. Wenn man die Kunden nach anderen Häusern fragt, kennt jeder mindestens fünfzehn. Es ist leichtverdientes Geld.

»Ich bin das schwarze Schaf der Familie«, sagte Louis bei unserer ersten Begegnung. Er wurde in Miami geboren und ist das fünfte von zwölf Kindern, von denen keines raucht oder trinkt. »Meine Mutter hat uns immer behütet«, erzählte er. »Viele Eltern überlassen ihre Kinder sich selbst, aber bei meiner Mutter war das nicht so. Als Kind schwor ich mir, mich niemals mit Drogen einzulassen, und ich hatte wirklich alles unter Kontrolle. Ich hatte mit dreizehn oder vierzehn eine Nierenoperation, und die Ärzte gaben mir ein Schmerzmittel, damit ich besser schlafen konnte. Ich wollte es nicht. Niemand sollte mit einer Nadel in meine Nähe kommen. Ich habe niemals Bier oder Schnaps getrunken. Einen Eiergrog am Weihnachtsabend, das war alles.«

Die entscheidende Wende in Louis' Leben war ein Schulfreund, den er seit Jahren aus den Augen verloren hatte. Der Mann kann weder lesen noch schreiben, aber er hat es zu Wohlstand gebracht. Er trägt teure Kleidung und Goldschmuck, und ihm gehören ein Jaguar und ein Mercedes. »Der Mann ist Analphabet. Ich kann lesen, schreiben und habe zwei Jahre College absolviert«, sagte Louis, der verheiratet ist und fünf Kinder hat.

Der Mann bot ihm einen Job und die Chance, das Geheimnis seines Erfolgs kennenzulernen:

Er klärte mich über Kokain auf, zeigte mir, wie man es streckt und Crack daraus herstellt. Er hat es hereingeschmuggelt und damit gehandelt. Dann drängte er mich, es auszuprobieren, damit ich guten von schlechtem Stoff unterscheiden lernte. Das war mein Fehler. Es hat mir geholfen, meine Sexualität zu entdecken. Ich bin immer sehr schüchtern gewesen, aber wenn ich drauf war, fiel es mir leicht, mit den Frauen zu reden. Wenn ich geraucht hatte, suchte ich mir eine Frau und ein Hotelzimmer für fünf Dollar die Stunde.

Wenn du ein Crackhead bist, gehörten Lügen und Betrügen zum Alltag, genau wie Schießereien und Erniedrigungen. Und du mußt dir das alles ansehen. Irgendwann bist du nur noch depressiv. Manchmal ist das Coke mit Speed verschnitten. Das merkst du erst, wenn es dich vor Unruhe, vor Nervosität schier zerreißt. Du glaubst, du bist nicht mehr du selbst. Ich hab's tagelang erlebt, und ich wäre fast verrückt geworden.

Ich habe keinen Platz mehr, wo ich wirklich hingehöre. Meine Frau und ich haben fünf Kinder. Die meisten ihrer Verwandten sind im Drogengeschäft. Sie setzt mich unter Druck, weil wir kein großes Haus oder einen teuren Wagen haben. Sie droht, mich deswegen zu verlassen. Leute, mit denen ich zur Schule gegangen bin, haben schnell Erfolg gehabt. Sie verdienen unglaublich viel Geld. Andere sehen das und wollen auch etwas vom Kuchen abhaben. Sie haben Vierzigstundenjobs, und das Wenige, das sie nach Hause bringen, geht für Steuern drauf, das tägliche Leben, Essen für die Kinder. Mit der Zeit macht dich das mürbe. Und jeden Tag siehst du im Fernsehen, wie die Reichen und Schönen leben. Und deine Frau sieht das auch. ›Warum kann mein Mann das nicht?‹ beginnt sie sich zu fragen. Langsam, aber sicher verlieren sie den Kontakt zur Wirklichkeit. Sie wollen so leben wie die Leute in Dallas und Dynasty. Jeder will einmal ganz oben stehen.

Bei meinem Bruder und seiner Frau gehörte Alkohol zum

täglichen Leben. Sie sind jetzt alle auf Crack – ausnahmslos. Mein Bruder ist Diabetiker und muß sich täglich Insulin spritzen. Und er braucht inzwischen jeden Tag sein Crack.

Louis hat als Verhaltenstherapeut in einem Krankenhaus gearbeitet. Er ist ein talentierter Musiker, dessen Intelligenz es ihm unmöglich macht, die Augen vor dem Verfall um ihn herum zu verschließen.

Bildung erweitert deinen Horizont. Wer keine Schule besucht hat, blickt nicht über das Ghetto hinaus. Sie machen einfach weiter, bis sie mit einer Pfeife im Hals sterben. Wenn du in ein Crackhouse kommst, findest du die Fenster vergittert. Wenn draußen ein weißes Gesicht auftaucht, gehört es entweder einem Polizisten oder einem Spitzel. Drinnen greifen sie dann zu den Maschinenpistolen. Ich habe hier drinnen halbe Kinder gesehen, die wie alte Leute aussahen. Heute morgen war hier ein Mädchen, dessen Brüste noch nicht einmal entwickelt waren.

Das Kokain bringt die Schwarzen dazu, sich gegenseitig zu bekämpfen. Neulich sah ich drei Typen die Straße entlanggehen. Die Kerle waren auf Koks und machten eine Menge Lärm. Plötzlich fiel der in der Mitte einfach hin. Die beiden anderen versuchten vergeblich, ihn wieder auf die Beine zu bringen. Einer sagte: »Ich hole einen Krankenwagen!« Er rannte zu einer Telefonzelle. Der andere lief hinter ihm her und traktierte ihn solange mit Schlägen, bis er den Gedanken aufgab.

Ein Weißer namens Michael, ich und diese Frau, wir gingen mal zu einem anderen Crackhouse, wo die Pieces Stoff größer sind und wo man seine Ruhe hat. Draußen lag ein Haufen Müll herum, in dem sich etwas bewegte. Als ich genauer hinsah, lag da ein Mann drin. Er hatte Schaum vor dem Mund. Leute standen herum und schauten gleichgültig zu. Michael wurde beinahe hysterisch und begann, Kartons beiseite zu räumen. Er fing an zu schreien, und die Leute wurden neugierig. Aber niemand rührte auch nur einen Finger. Wenn drinnen jemand zusammenbricht, schmeißen sie ihn einfach draußen auf den Müll.

Meine Tochter ist jetzt dreizehn Monate alt. Sie soll nie erfahren, womit sich ihr Vater abgibt. Es heißt, nach fünf Tagen hat man das Zeug aus seinem Körper. Ich habe es geschafft, aufzuhören, konnte alle Rechnungen bezahlen, und es ging mir gut. Aber eines Tages ging ich mit zwanzig Dollar in der Tasche wieder hin. Insgesamt habe ich dreihundert Dollar ausgegeben und verbrachte den ganzen Tag dort. Du sollst um sechs Uhr deine Frau abholen. Du rufst sie an und sagst, du hättest einen Platten. Man fängt sofort wieder an zu lügen. Dann sehe ich all diese schönen Sachen in der Werbung und denke, daß ich meiner Tochter etwas mitbringen will. Aber es ist sowieso zu spät, und ich gebe das Geld für Crack aus.

Ich wurde depressiv und sah die Nummer vom Kokain-Nottelefon im Fernsehen. Ich habe gehört, was Don Johnson über Drogen gesagt hat. Diese Leute wissen, wovon sie reden. Es führt zu nichts. In den Crackhouses sagen sie, man käme, um ›dem Teufel einen zu blasen‹. Sie haben recht. Auf diese Weise geht Amerika vor die Hunde. In den Vierteln der Schwarzen geht es nur noch um Drogen.

Bei meinem letzten Job habe ich tagelang blaugemacht, weil ich drauf war. Natürlich haben sie mich rausgeschmissen. Depressionen, die abrupten Stimmungsumschwünge, das alles saugt dir das Mark aus den Knochen. Du kannst nur noch daran denken, wie du an neuen Stoff kommst. Vorher bist du ein normaler Mensch. Hinterher würdest du für eine frische Pfeife töten. Wenn du ein Feigling warst, plötzlich bist du ein Held. Du hast keine Angst mehr vor dem Knast oder dem Tod. Das Gift schleicht sich überall hin. Es ist ein blühendes Geschäft.

Das letzte Mal hörte ich von Louis, als er mir eine Information verkaufen wollte. Ein bekannter Sportler hielte sich in dem

Crackhouse auf, das er gerade verlassen hätte. Ich sagte ihm, daß wir für Tips nicht bezahlten. Er erwiderte, er würde es bei *Sports Illustrated* versuchen.

Wenn ich jemand von Crack reden höre, muß ich sofort an Emilio denken. Ich weiß noch nicht mal, ob er überhaupt noch lebt. Bei unserem letzten Telefonat klang er anders als sonst. Er sagte, er würde jetzt seit siebzehn Tagen ununterbrochen Crack rauchen. Dann kamen die typischen Geräusche eines Handgemenges aus dem Hintergrund. »Nimm die Pistole«, hörte ich jemanden schreien, und Emilio legte sofort auf.

Das war vor mehr als einem Jahr. Seine Zukunftsaussichten schienen trübe zu sein, aber er hat sich schon an rauheren Orten aufgehalten. Emilio überlebt immer.

Wenn ihm wirklich etwas zugestoßen wäre – wenn er verletzt wäre, tot oder im Gefängnis –, würde ich wahrscheinlich nichts davon mitbekommen, auch wenn die Titelseiten voll davon wären. Er hat schon so oft den Namen gewechselt – für Undercoverjobs und zu seinem Schutz –, daß ich etwas über ihn in der Zeitung lesen könnte, ohne es zu merken. Es sei denn, ich würde auf den für ihn typischen Drive stoßen, seinen Stil. Die Verwaltung würde mich sicher nicht darüber informieren. Es wäre zu peinlich für sie.

Emilio ist waghalsig, lebhaft und extravagant. Es ist gefährlich, in der Öffentlichkeit mit ihm gesehen zu werden. Der letzte Anruf kam vermutlich aus Virginia oder Washington. D.C., wo ihn das Zeugenschutzprogramm der Regierung zuletzt angesiedelt hatte.

Sein Leben ist ein Roman, und ich weiß noch nicht einmal alles darüber. Mit fünfzehn hat er an der Seite von Fidel Castro in der Sierra Maestra gekämpft. Nach der Revolution kam die Desillusionierung, was ihn in scharfen Gegensatz zu den neuen Machthabern brachte. Er floh aus einem kubanischen Gefängnis und schlug sich in die USA durch, wo er in die Armee eintrat und mit einer raschen Rückkehr in seine Heimat rechnete.

Während der Kubakrise kam ihm der Verdacht, daß Präsident Kennedy und Nikita Chruschtschow einen Deal auf Kosten des freien Kuba abgeschlossen hatten. Emilio und ein befreundeter Exilkubaner desertierten. Sie kamen nach Miami, um Freiwillige für ihre eigene Invasion Kubas zu rekrutieren. Der Versuch schlug fehl. Sie kehrten zu ihrer Einheit zurück und stellten sich. Nach siebenunddreißigtägiger Einzelhaft wurde Emilio schließlich entlassen, weil man ›Gnade vor Recht‹ ergehen lassen wollte.

Zum Drogendealer ist er eher zufällig geworden. Sein alter Freund aus der Armee tauchte nach Jahren wieder auf und machte ihm den Vorschlag, ins Drogengeschäft einzusteigen. Die Gewinne würden dafür verwendet, Waffen für die Befreiung Kubas zu kaufen. Der glühende Patriot Emilio sagte sofort zu. Aber wie so viele Unternehmen dieser Art erwies sich auch dieses als Farce. Die Verschwörer wurden fett und kauften sich teure Häuser, Anzüge und Autos.

Emilio war um eine Enttäuschung reicher, aber aus dem profitablen Geschäft stieg er nicht deswegen aus, sondern aus Liebe. Er fing etwas mit der Frau eines Komplizen an und heiratete sie. Das kostete ihn die Teilhaberschaft in dem Drogenhandel. Er machte auf eigene Rechnung weiter und schwor, daß er die anderen ins Gefängnis bringen würde, sollte er je verhaftet werden.

Und so geschah es auch.

Sie schnappten ihn mit anderhalb Kilo Heroin in New York. Er bekannte sich schuldig, machte sein Versprechen wahr und trat als Undercover-Agent in staatliche Dienste. Und er machte auch diesen Job mit unbändigem Eifer und großer Energie. Nachdem er der Regierung einige wirklich dicke Fische ans Messer geliefert hatte, teilte ihm sein zuständiger Agent mit, daß sämtliche Anklagen gegen ihn fallengelassen würden. Er könnte sich als freier Mann betrachten. Aber Emilio, der Frau und Kinder hatte, fühlte sich als Patriot, wenn er diese Arbeit tat, und wollte darauf nicht verzichten. Er hatte sich mit einem anderen DEA-Mann angefreundet, für den er zu arbeiten begann. Aber die staatlichen Mittel waren knapp, und die Drogenfahndung bewilligte ihm lediglich ein paar hundert Dollar im Monat. Emilio versuchte, seinen chronischen Geldmangel zu beheben, indem er Drogenkäufer ausraubte. Damit könne er leben, erklärte er, da das Geld von Leuten stammte, die die Gesetze übertreten.

Emilio erzählte seinem Agenten nichts von seiner Nebenbeschäftigung. Aber wenn die Drogenfahnder es nicht bereits vermuteten – sie fanden es auf die harte Tour heraus. Eines schönen Tages erleichterten Emilio und sein Komplize zwei potentielle Drogeninteressenten um 11 500 Dollar. Aber es ging nicht so glatt über die Bühne wie geplant, und eskalierte in einer wilden Verfolgungsjagd durch South Miami. Emilio und sein Komplize entkamen mit knapper Not in ihrem mit Einschußlöchern übersäten roten Cadillac. Sie teilten die Beute und trennten sich. Als Emilio am nächsten Morgen die Geschichte der Schießerei im *Herald* nachlas, war er ziemlich erschüttert.

Die Männer, die er ausgeraubt hatte, waren Agenten der Bundesdrogenbehörde.

Er meldete sich sofort bei der DEA, um sich zu entschuldigen. Natürlich würde er das Geld zurückzahlen, aber da der andere Mann mit seinem Anteil bereits verschwunden wäre, bat er um eine Rückzahlung in Raten. Emilio warf den Drogenfahndern vor, daß sie seinen Agenten nicht über die geplante Aktion informiert hätten, da er niemals wissentlich einen Bundesagenten ausrauben oder gar auf ihn schießen würde. Es wurde nie Anklage erhoben. Emilios Rückzahlungsangebot wurde stillschweigend akzeptiert, und man stellte ihm sogar offizielle Quittungen der Behörde dafür aus.

Sie konnten es sich auch gar nicht leisten, Groll gegen Emilio zu hegen. Er besaß den angeborenen Instinkt eines Straßenkämpfers und hatte ein untrügliches Gespür für Menschen. Er war der Beste, den sie jemals hatten. Durch seinen Einsatz hat man Hunderte von Verhaftungen vornehmen und große Mengen von Kokain und Heroin in New York, Kalifornien, Mexico und Miami beschlagnahmen können. Er brauchte nur bei wenigen Prozessen persönlich in Erscheinung zu treten, und sie hüteten ihn wie ihren Augapfel. Einmal vereitelte er sogar die Entführung eines Freundes von Richard Nixon, C. G. ›Bebe‹ Rebozo. Eine Gruppe radikaler Exilanten wollte ihn auf hoher See von seiner Jacht kidnappen und bis zur Zahlung von fünf Millionen Dollar Lösegeld in einem Bungalow versteckt halten. Emilio verriet den Plan an die U. S. Marshals.

Als in der Drogenszene ein Preis auf seinen Kopf ausgesetzt wurde, verschafften die Behörden ihm und seiner Familie im Rahmen des Zeugenschutzprogramms in Orlando eine neue Existenz. Aber die Regierung war nicht einmal in der Lage, seine sämtlichen Möbel heil dort hinzubringen. Außerdem fühlten seine Frau und seine Kinder sich einsam. Also machten sie sich wieder auf ins vertraute Miami, was die Behörden in höchste Alarmbereitschaft versetzte.

Bei einem Einsatz für die DEA in Kalifornien hatte er einen Autounfall und zog sich einen schmerzhaften Bandscheibenschaden zu, doch die Berufsgenossenschaft weigerte sich, für die Behandlung aufzukommen. Er war hoch verschuldet, hatte starke Schmerzen und brauchte dringend eine Operation. In dieser Situation keimte in ihm der Verdacht, daß man ihn fallenlassen wollte. Als wir uns das erste Mal begegneten, war Emilio sehr schlecht auf die Behörden zu sprechen und zeigte mir ein Foto aus glücklicheren Tagen. Es zeigte ihn grinsend hinter dem Schreibtisch eines hohen DEA-Beamten. Auf dem Schreibtisch stapelte sich beschlagnahmtes Kokain.

»Wenn sie ihn töten, hängen wir mit drin«, grämte sich ein Regierungsbeamter aus Washington. Trotz des ganzes Ärgers hielt er Emilio für einen ›erstklassigen Informanten‹, der, ›wenn er in eine Bar geht, innerhalb einer Viertelstunde über alles Bescheid weiß, was dort läuft‹. Er nannte Emilio einen ›verdammt netten Kerl, aber eine Gefahr für sich selbst‹.

Das stimmte. Seine Tarnung war aufgeflogen, und seitdem er nach Mimai zurückgekehrt war, hatte man ihm bereits zweimal nach dem Leben getrachtet.

Er hätte nur noch Sehnsucht nach einem Job und einem normalen Familienleben, sagte er. Mit Wochenenden am Meer und vielleicht einem bißchen Angeln.

Aber sein Leben hatte sich hoffnungslos in bürokratischem Gestrüpp verheddert. Er war weder eingebürgert, noch besaß er eine gültige Aufenthaltserlaubnis. Die Regierung hätte es für ihn regeln wollen, klagte er. Aber man hatte es auch nach drei Jahren noch nicht geschafft, ihm Unterlagen zu schicken, die er für seine Steuererklärung brauchte. Und er wollte ins Anzeigengeschäft oder in die Werbung einsteigen und wäre schon zufrieden, wenn man ihm einen zweimonatigen Kurs bezahlte.

Aber die Verantworlichen in Washington hielten nicht viel davon, Emilio im Rahmen des Zeugenschutzprogramms eine Berufsausbildung zu bezahlen. Es wäre ein Faß ohne Boden, meinten sie. »Wir lassen einen Zeugen für fünfhundert Dollar eine Schlachterlehre machen, und plötzlich beschließt er, lieber Automechaniker zu werden. Wo soll man da aufhören?«

Sie boten ihm einen Job als Tellerwäscher für hundert Dollar die Woche an. Der Arbeitsmarkt in Mimai wäre eine Katastrophe, meinten sie. »Besonders für einen Kubaner, der ausschließlich kämpfen, mit Drogen handeln und Spitzeldienste leisten kann.«

Außerdem wäre Emilio eigenmächtig nach Miami zurückgekehrt, wo sein Leben doch offensichtlich bedroht wäre.

Ein Sprecher der U. S. Marshals bestritt, daß seine Behörde Emilio jemals einwandfreie Papiere versprochen hätte. Außerdem wären in seinem Fall ohnehin die Einwanderungsbehörden zuständig. Diese wiederum meinten, ohne eine private Eingabe an den Kongreß könnten sie ihm keine Daueraufenthaltserlaubnis ausstellen.

Emilio war verzweifelt. Als Undercover-Agent hatte er zahllose gefährliche Situationen unbeschadet überstanden, aber diese bürokratischen Hindernisse waren für ihn völlig unverständlich. »Ich habe keine Angst vor dem Tod«, erklärte er mir einmal sehr ensthaft. »Man kann nur einmal sterben. Aber in diesem Papierkrieg stirbst du einen langsamen Tod. Ich habe keine Angst vor den Killern, die sie auf mich ansetzen, sondern vor dem Justizministerium.«

Die Situation wurde noch komplizierter, als Emilio verhaftet wurde. Mehrere bewaffnete Männer hatten versucht, ihn aus einem Nachtclub in Little Havanna zu entführen. Er entwischte ihnen durch ein Toilettenfenster und war sehr erleichtert, als er in einer Seitenstraße auf eine Polizeistreife stieß, die jedoch einen .38er Revolver bei ihm fand und ihn wegen unerlaubten Waffenbesitzes festnahm. Er erklärte seine Situation, woraufhin sie die Beschuldigungen auch auf Falschaussage ausdehnten.

Auch der Richter glaubte kein Wort seiner haarsträubenden Geschichte. Dann traten Bundesagenten auf den Plan und verlangten seine Freilassung, da er für sie arbeitete. Im Gefängnis würde man ihn sofort töten. Das Büro des Generalstaatsawalts gab zähneknirschend seine Einwilligung, weigerte sich aber, die Anklage wegen unerlaubten Waffenbesitzes fallenzulassen. Das wiederum paßte den Bundesbehörden überhaupt nicht, da eine rechtskräftige Verurteilung Emilios Glaubwürdigkeit als Zeuge in einem New Yorker Verfahren schädigen würde.

Um seine Freilassung zu feiern, führte Emilio seine Frau zum Essen aus, wurde aber von zwei Männern erkannt, die vor dem Restaurant auf ihn und seine Frau warteten. Er telefonierte mit der DEA, die ihn mit Hilfe der Polizei aus der Falle befreite.

Emilio hatte jetzt wirklich Angst, daß sie ihn und seine Familie aus dem Schutzprogramm herausnähmen. Wenn er in die Öffentlichkeit ginge, würde das die Regierung vielleicht dazu bringen, ihm zu geben, was ihm zustand. Seine Karriere und die Erfahrungen mit den Bundesbehörden würden eine interessante Story abgeben.

Ich schrieb sie, und die wütende Reaktion erfolgte augenblicklich. »Er hätte genausogut sagen können: ›Hier bin ich. Macht mit mir, was ihr wollt‹«, sagte der Mann aus Washington erbittert.

Sie erklärten öffentlich, er wäre aus dem Programm gestrichen, gaben ihm aber inoffiziell zu verstehen, daß sie ihm wieder eine neue Identität verschaffen würden. Emilio war aufgeregt wie ein Kind vor einer Schulaufführung. »Welche Rolle werde ich spielen?« fragte er mich. »Bin ich Amerikaner oder Kubaner?« Er wurde ernsthaft ermahnt, alle Verbindungen mit Miami abzubrechen. Wir nahmen Abschied. Für immer, wie ich dachte.

Aber er rief mich sofort von seinem neuen Haus an, in der Nähe von Washington D. C. Man hatte ihm einen Job in der Haushaltswarenabteilung eines Kaufhauses verschafft. Eines Tages war er am Telefon und bebte förmlich vor Stolz und Patriotismus. Er hatte einen Staubsauger an Nancy Kissinger verkauft.

Er rief mich in meinem Büro und zu Hause an. Oft mehrmals am Tag und für ausgedehnte Plauderstündchen. Seine Telefonrechnungen würden wohl von allen Bürgern des Landes gemeinsam beglichen. Er vermißte das aufregende Leben in Miami und war immer noch erstaunlich gut informiert. Er wußte trotz der beträchtlichen Entfernung immer noch als erster, was sich in der kubanischen Kolonie und in der Drogenszene von Miami ereignete. Wenn ich nicht daheim war, spielte er mir temperamentvolle Latinorhythmen auf meinen Anrufbeantworter. Oder er gefiel sich in dunklen Andeutungen wie: »Baby, Geld ist doch nur bedrucktes Papier.«

Ich hatte das Gefühl, daß ihn der Job im Kaufhaus nicht mehr ausfüllte. Miami hatte ihn wieder in seinen Bann gezogen, und ich wußte nie, ob er von der Zelle in der Halle aus anrief oder aus tausend Meilen Entferung. Wahrscheinlich war er wieder mit der Regierung im Geschäft und arbeitete als verdeckter Ermittler. Ich versuchte, ihn davon zu überzeugen, daß sein Glück nicht ewig anhalten würde. Warum führte er nicht das Leben, von dem er immer geträumt hatte, und ließ die Finger von diesen Spielchen? Es mußte eines Tages einfach schiefgehen.

Er hätte Geld in eine Schweinezucht gesteckt, sagte er, und versuchte, sich mit dem Geschäft vertraut zu machen. Ich konnte nur hoffen, daß er die Wahrheit sagte. Dann geriet seine einundzwanzigjährige Stieftochter in ernste Schwierigkeiten und wurde in Miami wegen Mordes angeklagt. Sie und zwei andere junge Frauen waren vor einem Homosexuellentreff mit einem zweiundsiebzigjährigen Mann in Streit geraten. Er hatte keine größeren Blessuren davongetragen, starb aber kurze Zeit später an einem Herzanfall.

Der Gerichtsmediziner nannte es Mord, weil die Frauen von seinem schwachen Herzen gewußt hätten, als sie ihn angriffen. Sie floh zu ihrer Mutter und Emilio. Er rief mich an und holte sie ans Telefon, damit sie den Tathergang für meine Story beschriebe. Dann brachte er sie nach Miami, wo sie sich der Polizei stellte. Emilios Anwalt, Bill Cagney, der früher im Dienst der Bundesbehörden gestanden hatte, erwirkte einen Freispruch für sie, was uns alle sehr erleichterte. Sie war ein nettes Mädchen, nur ein bißchen durcheinander.

Das nächste Mal, als Emilio mich wegen seiner Tochter anrief, war sie tot. Es nahm ihn dermaßen mit, daß ich ihn kaum verstehen konnte. Ich rief im Leichenschauhaus in Miami an und hoffte immer noch auf eine Verwechslung, aber es stimmte. Sie war mit ihrem Kleinwagen bei Regen gegen einen Betonpfeiler gerast. Sie ist nur sechsundzwanzig Jahre alt geworden.

Als ich für ein paar Tage beruflich nach Washington mußte, hatte ich mich mit Emilio am Flughafen verabredet, damit wir uns wieder mal sehen und vor meinem Rückflug vielleicht einen Drink nehmen konnten. So weit von Miami entfernt erschien es mir ungefährlich, mich an einem öffentlichen Ort mit ihm zu treffen. Kurz vor meiner Abfahrt zum Flughafen rief er an und erbot sich, mich hinzufahren. Leider bin ich darauf eingegangen.

Es war der alte Emilio, der mir gegenüberstand: gutaussehend und unverwüstlich. Da er mir ein paar Sehenswürdigkeiten zeigen wollte, nahmen wir nicht den direkten Weg zum Flughafen. Es nieselte leicht, als wir am Weißen Haus und am Washington Monument vorüberfuhren. Emilios seltsamer Patriotismus war wieder einmal stärker als er, und ihm stiegen die Tränen in die Augen. Dann kamen wir an der kubanischen Botschaft vorbei. Er steigerte sich in eine erbitterte Tirade gegen Castro und fuhr schneller. Viel zu schnell, wie es schien. Dann gab er richtig Gas, aber es war zu spät. Die Cops, die zusammen mit der Wache vor der Botschaft in Bereitschaft standen, hatten seinen Wagen entdeckt. Einer zeigte auf uns und rief den anderen etwas zu. Zwei von ihnen lösten sich aus der hektischen Betriebsamkeit. Sie liefen auf ihre Motorräder zu. Emilio trat das Pedal bis aufs Bodenblech durch, als sie sich an uns hängten.

Die Straßen waren naß und vom Feierabendverkehr verstopft. Emilio verfluchte auf spanisch die Polizeisirenen, die immer näher zu kommen schienen. Ich fing beinahe an zu schreien: Warum verfolgen sie uns? Was hast du getan? Worin bist du verwickelt? Worin werde ich hier verwickelt?

Wir gerieten ins Schleudern; der Wagen krachte über Bordsteine, und wir überfuhren zwei rote Ampeln. Irgendwie schüttelte Emilio die Cops ab, aber ich hatte nicht die geringste Ahnung, wo wir uns befanden.

Ich wollte zum Flughafen – jetzt.

Emilio wollte mir die Berge zeigen. Seine Berge, die im Herbst so schön waren.

Ich wollte sofort zum Flughafen.

Wir waren irgendwo in Virginia oder Maryland. Emilio wurde mit einemmal sentimental. Er hatte sich unsterblich verliebt.

Ich wollte nur noch zum Flughafen.

Er hielt meine Hand und drückte sie leidenschaftlich an seine Lippen, während er mit der anderen das Steuer festhielt. Ich riet ihm, auf die Straße aufzupassen. Er bat mich, bei ihm zu bleiben. »Mach dich nicht lächerlich«, sagte ich zu ihm, »und bring mich bitte zum Flughafen.« Er verlegte sich aufs Betteln, versuchte, mich zu überreden, malte mir in den schillerndsten Farben aus, wie sehr er mich und Miami vermisse.

Ich schwor mir, nie wieder zu diesem Mann in ein Auto zu steigen. Nicht einmal die Stadtgrenzen von Miami würde ich je wieder überschreiten, wenn ich nur wohlbehalten dort ankäme. Zum Flughafen! Zum Flughafen! Ich wurde beinahe hysterisch.

Widerstrebend und zu Tode betrübt, brachte er mich hin, bestand sogar darauf, mich in die Abfertigungshalle zu begleiten, obwohl ich sagte, das wäre nicht nötig. Ich hatte diesen Mann noch nie außerhalb der Redaktion, einem Gerichtssaal oder dem Büro seines Anwalts getroffen. Ein Fremder hätte meinen können, wir wären unglückliche Liebende.

Er bettelte so herzzerreißend und mitleiderregend, daß ich anklagende Blicke von Mitreisenden erntete. Eine reizende, ältere Dame formte sogar mit den Lippen das Wort: Bleib!

Ich versuchte Emilio zu erklären, daß wir nicht einmal Freunde wären, höchstens Bekannte. Ihm liefen Tränen die Wangen hinunter. »Verlaß mich nicht. Bitte, verlaß mich nicht, Baby«, flehte er. Endlich wurde es Zeit, an Bord zu gehen, aber meine Erleichterung war nur von kurzer Dauer. Wenn ich nicht bei ihm bliebe, verkündete er, würde er mit nach Miami kommen, und war schon mit einem Bein in der Maschine, als sie ihn schließlich mit vereinten Kräften zurück aufs Rollfeld schafften.

Ich habe ihn nie wiedergesehen, aber er rief mich weiter an und hielt sich oft in der Stadt auf. Eines Tages hatte ich ihn kurz vor Redaktionsschluß am Apparat. Er steckte in Schwierigkeiten, weil er irgendwo in Miami einen Mann angeschossen hatte. So außer sich hatte ich noch nie jemanden erlebt. Es wäre Notwehr gewesen, sagte Emilio. Jemand hätte bei einem Deal ein falsches Spiel getrieben. Er wüßte nicht, ob der Mann noch lebte.

Ich bekam von ihm den Vornamen des Opfers, die Zeit und den Ort. Ich überprüfte es. Emilio hatte die Wahrheit gesagt. Das Opfer befand sich noch auf der Intensivstation, würde es jedoch überleben. Damit war nicht zu spaßen, und ich drängte Emilio, sich zu stellen. Er entgegnete, daß der Mann ihn weder identifizieren noch anklagen würde.

Er hatte recht. Der Mann erzählte den Cops, ein junger

Schwarzer hätte ihn ausgeraubt und angeschossen. An das Gesicht des Täters könnte er sich nicht erinnern.

Ich schwor Emilio, wenn der Mann es nicht überstände, würde ich mit der Geschichte zur Polizei gehen, ob sie mir nun glaubten oder nicht. Und ungeachtet der Tatsache, daß ich Emilios Nachnamen immer noch nicht kannte.

Das Opfer erholte sich von seinen Verletzungen.

Emilio und ich führten danach noch mehrere Ferngespräche. Meistens sprach er über Politik, seine Schweinezucht und die Sportauszeichnungen seines Sohnes – bis zu unserem letzten, so abrupt unterbrochenen Gespräch.

Ich hoffe, daß Emilio seinen Traum von einem ganz normalen Leben verwirklicht hat – am Wochenende ans Meer und vielleicht ein bißchen angeln. Wo immer er sich auch aufhält, ich hoffe, es geht ihm gut. In seiner Gesellschaft wird sich niemand langweilen. Durch ihn weiß ich, daß das Leben niemals nur schwarz und weiß ist.

Jeder Mensch gehört irgendwohin.
Myron Cohen

VERMISST

Für die Hinterbliebenen ist nur eines schlimmer als ein gewaltsamer Tod: Wenn sie einen geliebten Menschen verlieren, ohne daß sich sein Schicksal jemals klärt. Von da an schrecken sie zusammen, wenn es an der Tür klingelt, und müssen jede Menschenmenge nach dem vertrauten Gesicht absuchen. Wenn man eine Zeit in dieser Vorhölle zubringt, bedeutet sogar die Todesnachricht eine Erlösung.

Alles ist besser als endloses Hoffen und Bangen.

Manche Leute glauben, mein Engagement für die Vermißten und Verlorengegangenen sei ein Erbe aus meiner Kindheit: Mein Vater hatte sich aus dem Staub gemacht, ohne eine Adresse zu hinterlassen. Es ist wahr, daß Vermißtenanzeigen und anonyme Leichenfunde mich faszinierten. Ich spüre den unwiderstehlichen Drang, die Betroffenen nach Hause zurückzubringen oder die Ergebnisse bis zu ihrem Tod zu rekonstruieren. Aber genauso ziehen mich mysteriöse Mordfälle in ihren Bann, und mein Vater starb damals keines gewaltsamen Todes.

Außerdem liebte ich ihn nicht. Ich kannte ihn ja kaum. Er war kein guter Mensch, ein Trinker, Spieler und Schürzenjäger, der Frau und Kinder im Stich gelassen hat. Ich habe fast mein ganzes Leben den Wunsch gehabt, ihm zu begegnen, einmal sein Gesicht zu sehen oder seine Stimme zu hören. Ich hätte ihm gern ein paar Fragen gestellt. Aber er ist gestorben, bevor ich Gelegenheit dazu bekam. Im Bett.

Ich bekam die Nachricht an einem Samstagnachmittag in der Redaktion. Ein Mann war am Telefon und sagte, man hätte meinen Vater gefunden. Mein Herz machte einen Sprung. Wie ich ihn beerdigen lassen wollte? Man muß es meinem Gesicht angesehen haben, denn ein Redakteur fragte, ob alles in Ordnung wäre.

»Mein Vater ist gestorben.«

Er war jetzt voller Mitgefühl. »Gehen Sie nach Hause und nehmen sich frei, solange Sie wollen.«

Ich bin an jenem Tag nicht mal früher gegangen. Warum hätte ich es tun sollen? Ich habe diesen Mann nie gekannt.

Ich bin Journalistin geworden, weil ich eine Schwäche für Geheimnisse habe, für die scheinbar unzusammenhängenden Details, aus denen das Leben eines Menschen sich zusammensetzt. Jede Geschichte hat ihre Auflösung. Kreuzworträtsel oder Puzzles haben mich nie gereizt. Warum sollte ich die Geduld aufbringen, sie zu lösen, wo doch die Wirklichkeit so viele offene Fragen bereithält. Ich fühle mich davon herausgefordert, die Existenz eines Menschen zu rekonstruieren, dessen Spuren ich oft über Tausende von Meilen verfolgen muß, um seine Geschichte zu Ende erzählen zu können.

Im Großraum Miami werden jedes Jahr Tausende von Menschen als vermißt gemeldet. Mehr als neunzig Prozent davon tauchen eines Tages genauso plötzlich wieder auf, wie sie verschwunden sind. Viele mit einem dümmlichen Grinsen im Gesicht. Beinahe der ganze Rest findet sich als Opfer von Unfällen, plötzlichen Erkrankungen und Mordtaten in Krankenhäusern oder Leichenschauhäusern wieder an. Nur ganz wenige werden nie wiedergesehen.

Was für ein grausames Schicksal, für immer verloren zu gehen. In Miami kann einem das leicht passieren. Diese unkontrolliert wachsende Metropole ist der Ankunftsort für Flüchtlinge aus aller Welt und Drehscheibe des Verkehrs mit Lateinamerika. Die Stadt hat im eigentlichen Sinne keine Geschichte, und sie wird von Hunderttausenden von Durchreisenden und Touristen bevölkert. Die Behörden von Miami tun ihr möglichstes, um die Verlorengegangenen wieder nach Hause zu schicken und die unbekannten Toten zu identifizieren. Aber manchmal sind auch sie machtlos.

Es kann eine Freude sein, über vermißte Personen zu schreiben. So eine Story kann Familien zusammenführen, sie endlich von der grausamen Ungewißheit erlösen und die Toten dort zur letzten Ruhe betten, wo sie hingehören. Oder sie kann zum Alptraum für einen selbst werden.

Wie die Geschichte von Amy.

Auf meinem Schreibtisch in der Redaktion liegt die Patientenakte von Amy Billig. Ein Zahnarzt aus Miami hat darin penibel vermerkt, daß er drei Backenzähne mit Silberkronen und zwei obere Schneidezähne mit Porzellankronen versehen hat.

Amy ist im Alter von siebzehn Jahren verschwunden, ohne die geringste Spur zu hinterlassen, und es vergeht nicht ein Tag, an dem ich nicht an sie denke. Wenn irgendwo ein Fund nicht identifizierbarer Knochen gemeldet wird, schicke ich eine Fotokopie ihrer Zahnformel an den zuständigen Gerichtsmediziner.

Dreizehn Jahre ist es jetzt her, daß Amy verschwunden ist. Sie war eine Schönheit, obwohl ihr das noch nicht bewußt war. Ein warmherziges, junges Mädchen, das verspielte Gedichte schrieb, mit Wasserfarben malte und Flöte und Gitarre spielte. Sie aß streng vegetarisch, war eine glühende Feministin und unersättliche Leserin, die Sylvia Plath liebte, chinesisches Essen, Second-Hand-Klamotten, kleine Kinder und ihre Familie. Tiere waren ihr ein und alles.

Wenn Amy noch lebt, ist sie jetzt eine Frau von dreißig. Aber wahrscheinlicher ist, daß sie bereits am Tag ihres Verschwindens starb. Als Opfer von Theodore Bundy, Christopher Wilder, Robert Carr oder eines anderen noch nicht gefaßten Massenmörders, die Frauen jagen wie Tiere. Die Polizei ist ebenfalls dieser Ansicht. Alles spricht dafür. Manchmal glaube ich es auch, aber dann kehre ich mit klopfendem Herzen von einem Gespräch mit Amys Mutter zurück und denke: »Mein Gott! Amy ist noch am Leben, und wir müssen sie finden.«

Susan Billigs Besessenheit wirkt ansteckend. Sie spricht aus ihren strahlend blauen Augen und dem sicheren Klang ihrer Stimme: »Ich weiß, daß Amy noch lebt. Wenn sie tot wäre, würde ich es fühlen.«

Sie hat nicht aufgegeben zu fragen und die Augen offen zu halten. »Ich werde bis zu meinem Tod nach ihr suchen«, sagte sie. »Ich werde sie wiedersehen oder sie begraben. Ich bin ihre Mutter und bin es ihr schuldig, sie zu finden.«

Susan Billig hat auf der Suche nach ihrer Tochter Luxushotels und Rotlichtviertel gesehen. Sie befand sich in Gesellschaft von Mördern und gesuchten Verbrechern. Endlose, gefährliche Hetzjagden von Küste zu Küste haben sie finanziell ruiniert und in tiefe Verzweiflung gestürzt. Susan Billig hat bei der Suche nach ihrer Tochter mehr durchgemacht als jede Mutter, die ich kenne.

Amy hatte nichts für Exaltiertheiten übrig. Alles Übertriebene und Oberflächliche war ihr zuwider. In ihren Tagebüchern und Gedichten hat sich ein liebenswertes, glückliches junges Mädchen verewigt, das dabei ist, sich und die Welt zu entdecken:

In dem Buch, darin wohnt
mit güldenem Gewand und Sternen im Haar eine Fee,
die ich frag' nach den Rätseln der Schönheit, des Lebens,
die mich lehrte zu fliegen hoch über den Städten,
in den Strahlen der Sonne, getragen von Winden,
und mich mahnte zu achten und ehren
die Dinge und Menschen, die Amy begegnen
tagtäglich aufs neu.

Amy, 2.5.74

Susan Billig ist davon überzeugt, daß ihre gefühlvolle und sensible Tochter Furchtbares erleiden mußte. Sie glaubt, sie sei von einer Motorradgang entführt und vergewaltigt worden und werde auch jetzt noch als Sklavin festgehalten.

Amy wurde am 9. Januar 1957 als langersehntes erstes Kind

von Susan und Ned Billig geboren. Die beiden waren zu dem Zeitpunkt zehn Jahre verheiratet, und die Mutter hatte bereits vier Fehlgeburten hinter sich.

Amy erschien ihren Eltern wie ein Wunder.

»Ich schaute sie an und fragte mich, womit ich es verdient hatte, so ein wunderschönes Kind zu haben«, erinnerte sich ihre Mutter.

Joshua, ihr einziger Sohn, kam am Valentinstag des folgenden Jahres zur Welt. Das Glück der Familie ist auf den Seiten ihres Fotoalbums festgehalten: Ned beim Spielen mit den Kindern im Central Park; Josh und Amy beim Zähneputzen und beim Planschen in der Badewanne; die schüchtern lächelnde Amy während ihrer ersten Ballettstunde.

Es gab kein Anzeichen für die Katastrophe, die über die Familie hereinbrechen sollte. Sue Billig war keine extrem fürsorgliche Mutter, die von übertriebenen Ängsten heimgesucht wurde. Die Kinder entwickelten sich prächtig, lernten früh sprechen und lesen, spielten mit ihren Eltern Scrabble und verfügten über einen großen Wortschatz.

Im Mai 1969 kehrten die Billigs New York den Rücken, weil ihnen die Stadt zu ›gewalttätig‹ war, und ließen sich in Coconut Grove nieder, einem Vorort von Miami, der ihnen sehr gut gefiel. Ned eröffnete eine Galerie, während Sue ihren Beruf als Innenarchitektin ausübte.

Das friedliche Leben der Familie Billig in Florida endete am 4. März 1974, einem sonnigen, warmen, ganz normalen Tag. Amy schlang ihr Frühstück hinunter und beeilte sich, um pünktlich in die High-School zu kommen. Ned fuhr in seine Galerie. Sue hatte Besuch von ihrer Mutter aus New York, und nachdem die beiden Frauen das Haus in Ordnung gebracht hatten, gingen sie kurz vor Mittag an den Strand. Bald darauf kehrte Amy aus der Schule zurück und rief ihren Vater an, um sich zwei Dollar zu borgen. Sie wollte mit Freunden essen gehen. Amy hatte einen kurzen Baumwollrock und Plateausandalen aus Kork an. Das lange, braune Haar trug sie offen. Ihre schlanke, langbeinige Gestalt hätte ihre Mutter ›auch aus tausend Metern Entfernung in jeder Menschenmenge erkannt‹.

Die Galerie ihres Vaters hätte sie in etwa zwanzig Minuten erreichen können.

Sie ist nie dort angekommen.

Ihre Mutter glaubt, sie hätte sich von einem Fremden im Auto mitnehmen lassen, und das wäre ihr Verhängnis gewesen. »Sie hat sich sicher gefühlt, weil so viele Leute aus Coconut Grove per Anhalter nach Downtown Miami fahren.« Amy kam zum Dinner nicht nach Hause. Niemand aus der Familie hätte das getan, ohne telefonisch Bescheid zu sagen. Ned glaubte, daß Amy sich anders entschieden hätte und deshalb nicht in der Galerie erschienen wäre. Ihre Freunde hatten vergeblich auf sie gewartet.

Detective Mike Gonzales, ein Freund der Familie, kümmerte sich persönlich um die Sache. Er fragte Josh, ob seine Schwester vielleicht von zu Hause ausgerissen wäre. »Das würde sie niemals tun«, antwortete der Junge.

Fast alle der von besorgten Eltern als vermißt gemeldeten Jugendlichen kehrten nach kurzer Zeit freiwillig und wohlbehalten nach Hause zurück. »Keine Panik«, sagte Gonzales, der selbst Kinder in dem Alter hatte. »Ruft mich an, wenn Amy bis morgen früh noch nicht wieder da ist.«

Um sechs Uhr morgens meldete sich Sue bei dem Detective. »Ich habe Angst«, sagte sie. »Amy ist etwas zugestoßen.«

Langsam und zögerlich kam der Fahndungsapparat der Polizei in Gang.

»Ich nehme es ihnen sehr übel, daß sie an jenem Tag keine großangelegte Suche gestartet haben«, sagt Sue Billig. »Ich hätte Hubschrauber erwartet und Polizisten, die Freiflächen und Grünanlagen durchkämmen. Wir haben zusammen mit unseren Freunden die gesamte Nachbarschaft nach ihr abgesucht – Polizeibeamte habe ich dort nicht gesehen.« Erst nachdem die Polizei Amys Freunde befragt hatte, glaubte sie an die Möglichkeit eines Verbrechens. Sechs Tage nach ihrem Verschwinden, am 10. März, war sie zum erstenmal Gegenstand einer Pressenotiz:

POLIZEI VERMUTET ENTFÜHRUNG
EINES SIEBZEHNJÄHRIGEN MÄDCHENS
AUS COCONUT GROVE

Am selben Abend hatte ein Benefizkonzert stattgefunden, das einen Erlös von achthundertundfünfzig Dollar einbrachte, und bei einer örtlichen Bank wurde ein Spendenkonto eingerichtet. Alle Einwohner von Coconut Grove fühlten sich verpflichtet, die Suche nach Amy Billig zu unterstützen. Nachdem eine Belohnung von tausend Dollar ausgesetzt worden war, hatten Leute Amy in einem Jeep, Cadillac, Bus oder Laden gesehen. Keiner der Hinweise erwies sich als stichhaltig. Die Billigs engagierten einen kostspieligen Privatdetectiv und verlangten das Eingreifen des FBI.

Sue wurde jede Nacht von Alpträumen heimgesucht. Sie verlor über zehn Kilo an Gewicht. Kurze, handschriftliche Einträge kennzeichnen die Stationen der vergeblichen Suche nach ihrer Tochter – ein Notizbuch für jedes Jahr.

Am 16. März 1974, zwölf Tage nach Amys Verschwinden, rief eine Frau bei den Billigs an, die sich Susan Johnson nannte. Sie behauptete, Amy wäre von einer Motorradgang, den Outlaws, entführt worden.

Ein Kautionssteller, dessen Tochter mit Amy auf die gleiche Schule ging, brachte zwei Outlaws ins Haus der Billigs. Sue erinnerte sich an ›ziemlich rauhe Burschen, ganz in Leder gekleidet. Ihre Brieftaschen waren mit Ketten an den Gürtelschnallen befestigt.‹ Sie telefonierten mit dem ›Florida-Boß‹.

»Wenn sie sich auf dem Territorium der Outlaws befindet, werden wir sie zurückbringen«, versprach der ›Boß‹. Als die Outlaws zwei Tage später wieder anriefen, war ihre Hilfsbereitschaft wie weggeblasen. Sie empfahlen den Billigs, ›die ganze Sache zu vergessen‹.

Am 18. März wurde Amys Kamera in der Nähe der Mautstelle eines nach Süden führenden Highways gefunden. Die mit ihrem Namen versehene Instamatic enthielt einen Film. Einige der belichteten Bilder zeigten ein weinüberwachsenes Gebäude und im Hintergrund einen weißen Lkw. Die Weinsorte ist im Süden Floridas nicht heimisch. Das Haus hatten die Billigs noch nie gesehen. Sie glauben, Amy habe die Kamera absichtlich verloren, um einen Hinweis zu hinterlassen. Die Polizei meint, sie sei schon vor Amys Verschwinden gestohlen oder verloren gegangen. »Ein Dieb hätte doch sofort Amys Namen von der Kamera entfernt«, hält Sue dagegen.

Schlimme Träume suchten sie heim, in denen Amy aus fahrenden Autos gestoßen wurde.

Am 19. März kam ein Anruf von einem Freund aus Baltimore. Er wüßte von einem Anwalt, der eine Motorradgang vertrat, die Pagans. Es ginge das Gerücht, sie hätten ein Mädchen aus Miami.

Am Tag von Amys Verschwinden waren tatsächlich Biker in Coconut Grove gesehen worden. Sie hatten sich dort auf dem Weg zu den alljährlich stattfindenden Motorradrennen in Daytona versammelt. »Man konnte von den kleinen Restaurants am Main Highway aus sehen, wie sie in Fünferreihen vorüberdonnerten«, erzählte Sue Billig.

Am 20. März, um 9 Uhr, sechzehn Tage nachdem Amy verschwunden war, traf die erste Lösegeldforderung ein. Um 2 Uhr 45 kam der zweite Anruf. Im Hintergrund war eine gedämpfte Stimme zu hören. »Mama, Mama, bitte . . .«

Der Anrufer befahl Sue, sich in Rot, Weiß und Blau zu kleiden und dreißigtausend Dollar in einem schwarzen Aktenkoffer in die Lobby des Fontainebleau-Hotels zu bringen. Sie sollte allein kommen, ohne Polizei.

Bis auf eine wurden alle Forderungen erfüllt. Cops in Zivil hatten sich unter die Touristen gemischt, als Sue zusammen mit der Polizistin erschien, die sich als ihre Nachbarin ausgab. Das Lösegeld hatten sich die Billigs von Freunden und Verwandten geliehen. Es befand sich in einem vorher hellbraunen, mit einem Sender versehenen Aktenkoffer. Man hatte ihn sich von einem Detektivbüro ausgeborgt und in aller Eile schwarz überstrichen. Sue und Ed hatten außer ihrem Privatdetektiv, Frank Rubino, noch weitere Ermittler mitgebracht sowie einen Helikopter und elektronische Ausrüstung gemietet.

Die beiden Frauen setzten sich in der Lobby auf ein Sofa. »Ich hatte große Angst, jemand würde uns das Geld wegnehmen, und wir mußten doch jeden Cent wieder zurückzahlen.« Sue hatte den Griff des Koffers so fest umklammert, daß man ihre Hand später mit Gewalt lösen mußte. Ihre Handfläche war mit der schwarzen Farbe beschmiert.

Ein aknegesichtiger Jugendlicher mit grüner Baseballmütze trat auf sie zu: »Geben Sie mir das Geld, und Amy wird um sechs Uhr wieder bei Ihnen sein«, sagte er. Sie verlangten einen Beweis, daß er Amy hatte. Alles, woran er sich erinnern konnte, war ihr ›langes braunes Haar‹. Als sie sich weigerten, das Geld herauszugeben, fuhr er mit ihnen im Fahrstuhl in den fünften Stock, wo sein Bruder wartete, der ihm aufs Haar glich. Sie waren eineiige Zwillinge.

Die Polizistin nahm die Brüder fest. Als man sie fragte, wer von ihnen sich am Telefon als Amy ausgegeben und ›Mami‹ gerufen hätte, zeigten sie gegenseitig auf sich und sagten: »Er war's.«

Die Täter waren sechzehn Jahre alt. Sie besuchten die Miami Beach High-School und bewohnten ein Stadthaus zusammen mit ihrer geschiedenen Mutter, die bei der ersten Anhörung vor dem Richter in Tränen ausbrach. Die Zwillinge zeigten keinerlei Reue. Der Tag hatte die Billigs zweitausend Dollar gekostet und sie in ihren Nachforschungen zurückgeworfen. »Sie haben uns von der richtigen Spur abgebracht«, sagte Sue voller Bitterkeit. Sie verwandte sich vor Gericht für die beiden, und sie bekamen Bewährung. Entschuldigt haben sie sich nie. Sie schrieb einen Brief an die gutverdienenden Eltern und bat um eine Überweisung auf das Spendenkonto, als Ausgleich für die bei dem Erpressungsversuch entstandenen Kosten, aber es kam nie eine Antwort.

Am 26. März feierten die Billigs ihren siebenundzwanzigsten Hochzeitstag. Amy hatte sie bei solchen Anlässen immer mit Geschenken, Gedichten oder handgemalten Karten überrascht. Wenn sie noch am Leben war, würden sie etwas von ihr hören. Die Hoffnung war vergeblich.

Die Angestellten von Fluglinien verteilten Amys Bild in Dutzenden von Städten. Interpol verbreitete es in Europa und ging einem Hinweis nach, man hätte sie in London gesehen.

Am 31. März machte Amy in Abwesenheit ihren High-School-Abschluß. Mehr als fünfhundert junge Leute versammelten sich in einem Park von Coconut Grove zum ›Help Find Amy Billig Day‹. Eine Sammlung unter den Teilnehmern erbrachte eintausendfünfhunderteinundsechzig Dollar, die Ned übergeben wurden, der sich ein Lächeln abrang. Sue wartete zu Hause am Telefon, bis sie es nicht mehr aushielt und sich den jungen Leuten anschloß, die an Straßenkreuzungen Handzettel verteilten.

Ned verfiel zusehends. »Eine Zeitlang habe ich unter schweren Depressionen gelitten«, sagte er. »Ich habe dieses zermürbende Warten einfach nicht mehr ausgehalten.« Die jüdische Gemeinde bezahlte einen Therapeuten, dessen Hilfe die Billigs in Anspruch nahmen. »Wir hatten überhaupt kein Geld zu der Zeit, und er war uns eine große Hilfe.«

Satan, der Anführer der Pagans, erzählte seinem Anwalt in Baltimore: »Wenn die Outlaws Amy in ihrer Gewalt haben, dann werden sie versuchen, das Mädchen zu verkaufen.« Von einem Hell's Angel hörte Sue das gleiche. »Sie tauschen sie für ein anderes Mädchen ein, für Geld, eine Kreditkarte oder ein Motorrad.«

Die Billigs schöpften wieder Hoffnung, als die Information von Satan zu einem Telefonanruf führte.

»Sie erinnern sich an die Sache mit dem Mädchen, unten im Süden?«

»Lebt sie?«

»Ja.«

Die Hoffnung bekam weitere Nahrung, als der Mann vier Tage später noch einmal anrief. »Die Outlaws haben zusammen mit Amy Fort Lauderdale verlassen«, sagte er.

Die Spur war wieder heiß. Am 1. Mai wurden drei Mitglieder mit den Outlaws verfeindeten Hell's Angels in einem Steinbruch in Broward County gefunden. Man hatte sie mit Kopfschüssen hingerichtet.

Sue schickte einen Brief an den damaligen Präsidenten Richard Nixon, in dem sie um Unterstützung durch das FBI bat. Der damalige Chef des FBI drückte in einem Brief sein Bedauern aus. Die Bundespolizei könnte erst dann eingreifen, wenn feststünde, daß Amy entführt worden war. Auf jeden Fall hätte man den Bericht über den Fall im Hauptquartier in Washington öffentlich ausgehängt. Er versicherte Sue außerdem, daß die örtlichen Behörden ihr möglichstes täten, um ihr zu helfen.

Am nächsten Tag forderte jemand ein Lösegeld von fünfundzwanzigtausend Dollar. Als Täter wurde ein geistig zurückgebliebener, schwarzer Teenager ermittelt. Ein Weißer hätte ihn dazu angestiftet, sagte er aus. Er wurde nicht unter Anklage gestellt. »Ein gestörter Junge«, sagte Sue Billig resigniert. »Aber all diese Kinder sind auch das Produkt ihrer Familien. Ich halte nichts von Auge um Auge und Zahn um Zahn.«

Es gab noch mehr solcher Versuche. Ihnen allen wurde nachgegangen – ergebnislos.

Eine Frau, die beim Schatzamt angestellt war, hatte im Juni eine ziemlich verwahrlost aussehende Amy zusammen mit Bikern in einer Bar in Fort Lauderdale gesehen. Sue Billig fand diese Bar. Der Besitzer erinnerte sich, daß er die randalierende Gang mit vorgehaltener Waffe vor die Tür hatte setzen müssen. Ihren Farben nach zu urteilen waren sie Outlaws aus der Gegend von Orlando.

Sue folgte den Outlaws nach Orlando, wo zwei Pagans bei einer Fehde zwischen den Gangs erschossen worden waren, und suchte in der Stadt und im nahegelegenen Kissimmee nach Hinweisen. Sie hatte Erfolg. Der Manager eines Maijik-Marktes erinnerte sich an ein Mädchen, auf das Amys Beschreibung paßte. Das hübsche, sehr stille Mädchen wäre ein paarmal in dem Laden gewesen, immer in Begleitung von zwei Bikern. Sie hätte Campbell's vegetarische Gemüsesuppe und Kekse gekauft.

Amy war Vegetarierin. Sie könnte es gewesen sein.

Sue machte das verlassene und schmutzige Clubhaus der Outlaws ausfindig, das sie durchsuchte und fotografierte. Auf einer Telefonrechnung fand sich eine Nummer, die oft von dort aus angerufen worden war. Diese Spur sollte Sue später zu Big Jim Nolan führen, dem Chef des südöstlichen Territoriums der Outlaws.

Aber zunächst kehrte sie nach Miami zurück, wo sie am 30. Juli im Hauptquartier der Polizei einen hysterischen Anfall bekam. Vor fünf Monaten hatte man sie angewiesen, Amys persönliche Gegenstände auf keinen Fall zu berühren, bevor man Fingerabdrücke von ihnen genommen hätte. Sue hatte den Besuch des Experten mehrmals vergeblich angemahnt.

Als der Kriminaltechniker Al Heath, dessen Tochter eine Schulfreundin von Amy gewesen war, endlich das Haus der Billigs aufsuchte, mußte er zu seinem Bedauern feststellen, daß kein deutlicher Abdruck von dem Mädchen mehr zu finden war. Andernfalls hätte man ihn durch die Polizeicomputer des ganzes Landes schicken können, um ihn mit denen von nicht identifizierten jungen Frauen zu vergleichen – verhafteten, schwerkranken oder toten.

Heath mußte sich mit einigen Strähnen von Amys Haarbürste begnügen, die er mit Haaren von einer Bürste verglich, die Sue im Hauptquartier der Outlaws gefunden hatte. Der Ergebnis war ein ›Vielleicht‹.

Weder Heath noch seine Tochter haben je daran geglaubt, daß Amy von zu Hause weggelaufen ist. »Ich glaube eigentlich nicht, daß sie noch lebt«, sagte er mir.

Jack Rubino, der Detektiv, war auch dieser Ansicht und stieg aus dem Fall aus. »Viele Leute sterben, und ihre Überreste tauchen nie wieder auf. Sie verwesen irgendwo draußen in den Everglades.«

Wieder war es ein Biker, der Sue weiterhalf. Er hätte von einem Outlaw aus Orlando erfahren, daß Amy im Juni in Fort Lauderdale verkauft worden wäre, als mehrere Biker ins Gefängnis gesteckt wurden, sagte er. Sue suchte die Haftanstalten von Raiford und Belle Glade auf, um mit den Gangmitgliedern zu sprechen. »Ich habe Informationen bekommen, die das bestätigen, aber viele Biker waren nicht sehr mitteilsam. Sie nennen sich eine Bruderschaft und belasten sich nicht gegenseitig.«

Biker, denen sie ein Bild von Amy zeigte, hatten das Mädchen vor fünf Wochen bei einem Meeting in der Nähe von Chicago gesehen.

Zwei ehemalige Cops verlangten dreitausend Dollar, um sich auf die Suche nach Amy zu machen. Die Billigs konnten nicht mehr als fünfzehnhundert auftreiben, boten aber an, das restliche Geld überallhin zu überweisen. Die beiden Cops haben es nie angefordert. Später behaupteten sie, Ocala, Orlando, Gainesville, Atlanta und Chattanooga in Tennessee abgesucht zu haben.

Sue bezweifelt, daß sie Miami je verlassen haben.

Sie konsultierte einen Psychologen wegen ihrer verschwundenen Tochter, der ihr erklärte, das Leben mit den Bikern würde Amys ›Persönlichkeitsstruktur völlig zuwiderlaufen‹. Aber es wäre möglich, daß sie aus diesen Widrigkeiten die Kraft gezogen hätte, unter jeden Umständen zu überleben.

Andere Ärzte sprachen von einem Gedächtnisverlust und vom ›Stockholm-Syndrom‹, das seinen Namen von schwedischen Bankangestellten hat, die begonnen hatten, mit Bankräubern zu sympathisieren, die sie als Geiseln festhielten.

Im Herbst bekamen die Billigs Besuch von alten Freunden aus New York, die ihnen ein wenig Trost spenden wollten. Sue schilderte der alten Freundin ihr Elend, während die Männer sich in einem anderen Raum aufhielten, als plötzlich die Hilfeschreie eines jungen Mädchens von draußen zu ihnen drangen.

Sue Billig war die einzige, die sofort reagierte. Mit den Worten: »Amy ruft nach mir«, stürzte sie hinaus auf die dunkle Straße, wo die Schreie immer noch hinter einem Gebüsch ertönten. Sue wiegt weniger als hundert Pfund, aber sie trennte den wütenden und stämmigen Angreifer ohne zu zögern von seinem Opfer, einer bereits übel zugerichteten jungen Frau. Sie stieß und trat nach ihm. »Laß sie in Frieden! Hau ab! Mach, daß du wegkommst!«

Der Mann suchte das Weite. Sue nahm das Mädchen mit ins Haus und rief die Polizei. Die junge Frau kam gerade vom Babysitten. Der Angreifer war ein ehemaliger Liebhaber. Nachher wurde Sue von einem heftigen Zittern befallen. »Amy hat nach mir gerufen. Es war meine Tochter oder das Kind einer anderen Mutter. Hoffentlich wird Amy in so einer Lage auch geholfen.«

Wenn Sue jetzt ein junges Mädchen sieht, das am Straßenrand steht und mitgenommen werden will, hält sie sofort an. Sie ist dann den Tränen nahe. »Ich flehe sie an, nicht per Anhalter zu fahren.« Sie zeigt ihnen Plakate mit Amys Bild. »Ich bitte unsere Freunde, keine Anhalter mitzunehmen, denn das gaukelt den Kindern eine Sicherheit vor, die es nicht gibt. Es gibt viele schlechte Menschen.«

Lange Zeit hat die Polizei Sue Billig sofort informiert, wenn irgendwo die Leiche einer unbekannten jungen Frau gefunden wurde. Aber nachdem sie in den Keys den Anblick eines Totenschädels ertragen mußte, verfolgte das entsetzliche Bild Sue noch monatelang. Sie hat darum gebeten, daß erst die Zahnformel verglichen wird, bevor man sie anruft.

Sue war entschlossen, keine Möglichkeit außer acht zu lassen, und hat deshalb auch Wahrsager aufgesucht. Dasselbe haben auch Josh und mehrere ihrer Freunde getan. »Sie alle sagten mehr oder weniger dasselbe«, erzählte Sue. »Amy wäre noch am Leben.«

Am ersten Jahrestag von Amys Verschwinden fuhren Ned und Josh zum Motorradrennen nach Daytona. »Sie haben viele Biker und auch viele Outlaws dort gesehen. Aber sie waren alle hinter einem Zaun, an dem Bewaffnete patrouillierten. Ned hatte keine Chance, dort hineinzukommen, und auch die örtliche Polizei verspürte nicht die geringste Lust dazu«, sagte Sue.

Irgendwann rief sie dann die Nummer an, die Sue in Orlando gefunden hatte, und nahm mit Big Joe Nolan Kontakt auf, der die Abschiedsrede seines High-School-Jahrgangs gehalten hatte und seit der Zeit in einem Dauerkonflikt mit der Polizei lebte. Sie fuhr mit dem Bus nach Hollywood, Florida, wo Nolan Sue in einem Lieferwagen abholte.

»Er hatte lange Haare und war sehr groß. In seinem Haus waren noch andere Biker, Mädchen und riesige Hunde. Ein furchtbarer Ort. Ich sagte: ›Ich will niemanden ins Gefängnis bringen. Ich will nur meine Tochter zurück.‹«

Nolan sagte, er würde versuchen, ihr zu helfen. Er und drei Gangmitglieder wurden später wegen der Morde in dem Steinbruch angeklagt. Zu der Zeit saß Nolan bereits hinter Gittern, weil er einen Polizisten bedroht hatte. Ein Mitangeklagter hatte eine Frau brutal zusammengeschlagen und war ebenfalls nicht mehr in Freiheit. Ein Dritter verbüßte lebenslänglich wegen Kidnapping. Einer hatte bereits seine Strafe dafür abgesessen, daß er zusammen mit anderen Outlaws ein achtzehnjähriges Mädchen an einen Baum genagelt hatte.

Die Suche zog sich über Monate und Jahre hin, und Sue träumte von glücklicheren Zeiten, damit sie darüber nicht den Verstand verlor. Wie Amy heranwächst und glücklich durch die Straßen tanzt. Amy, das strahlende, wunderschöne kleine Mädchen. Amy, wie sie als Baby wohlbehütet in ihrem Bettchen liegt.

Dann änderten sich ihre Träume. Ihr Bettchen ist plötzlich leer. Und Sue sieht sich selbst um fremde Kinderwagen herumschleichen und ihre gestohlene Tochter darin suchen.

Der Schrecken schien endlich ein Ende zu nehmen, als ein Biker namens Paul in einem Zeitungsartikel ein Bild von Amy sah. Am Telefon sagte er, sie hätte ihm einst in Orlando ›gehört‹, bis er verhaftet worden wäre. Das schien zu früheren Informationen zu passen. Amy wäre in schlechtem Zustand gewesen, als er sie ›gekauft‹ hatte: mißhandelt, unter Drogen gesetzt und verwirrt. In seiner Beschreibung Amys war sogar die kleine Narbe enthalten, die ihre Eltern verheimlicht hatten, um eine eindeutige Identifizierung zu ermöglichen.

Sue war davon überzeugt, daß eine reale Chance bestand, und verabredete mit dem Anrufer ein Treffen an einer abgelegenen Tankstelle. Sie ließ sich von dem Fremden auf seinem Motorrad mitnehmen, und ihr schoß der Gedanke durch den Kopf, daß ihr vielleicht ein ähnliches Schicksal bevorstand wie Amy. Aber sie schob ihn beiseite. »Ich hatte keine Angst, denn wenn es um meine Tochter geht, kann ich alles tun. Ich habe einfach das Gefühl, sie weiß, daß ihre Mutter nach ihr sucht.«

In seinem Wohnwagen sah sich der Biker Amys Foto an. Er war hundertprozentig sicher, daß es sich um dasselbe Mädchen handelte. Der Wagen eines anderen Mannes parkte ebenfalls bei dem Wohnwagen. Sue merkte sich das Kennzeichen und teilte es der Polizei in Miami mit. Der Wagen war auf einen Mann zugelassen, der in Virginia wegen dreier Morde gesucht wurde. Trotz ihrer Proteste verhafteten ihn Polizisten in dem Wohnwagen.

Die Beamten zeigten ihm ein Foto von Amy. »Das ist die frühere Freundin von meinem Kumpel«, sagte er. »Ihre Mutter hat doch hier nach ihr gesucht.«

Paul sagte, Amy hielt sich jetzt in Tulsa auf, und es wäre nicht schwer, sie dort zu finden. Die Suche schien sich ihrem Ende zu nähern. Die Billigs hatten in Amys Zimmer seit ihrem Verschwinden nichts geändert. Sue kaufte frische Bettwäsche, ein Stoffbild und eine Decke für Amys Bett. »Sie sollte etwas Neues und Frisches vorfinden, wenn sie nach Hause kam.«

Das war im Juni 1974, zwei Jahre nach ihrem Verschwinden. Sue flog nach Tulsa und wartete. Paul war im Gefängnis gewesen und meldete sich deshalb erst fünf Tage später. Er rief sie in ihrem Hotelzimmer an und sagte, sie solle sich ›zum Aufbruch fertigmachen‹, er würde später noch einmal anrufen. Der Anruf blieb aus. Paul war verschwunden. Sue war wie gelähmt vor Entsetzen und wandte sich an die Polizei, die ein Gerücht gehört hatte, dem zufolge er umgebracht worden war. Sue blieb fünf Wochen in Tulsa und verbrachte die Zweihundertjahrfeier der Vereinigten Staaten allein in einem Hotelzimmer. Sie trieb sich in Bars und Motorradshows herum, stellte Fragen und zeigte Amys Bild jedem, von dem sie annahm, daß er helfen könnte. Dabei stieß sie auf ein Mädchen, das genauso aussah wie Amy, nur etwas schwerer war. Das Mädchen hatte Amy auf einer Schwimmparty der Bikers in Fort Worth, Texas, getroffen und das Gefühl gehabt, ›in einen Spiegel zu sehen.‹ Sie hatte ihr Ebenbild gefragt, wo sie herkäme. ›Ich weiß es nicht‹, hatte sie zur Antwort bekommen. ›Vielleicht von hier oder aus Miami.‹

Am 15. Juli kehrte Sue allein nach Miami zurück. Sie schrieb Hunderte von Briefen. Wenn man Patty Hearst lebend gefunden hatte, müßte das doch auch bei Amy klappen, dachte sie und wandte sich brieflich an Catherine Hearst mit der Bitte um Hilfe. Ein Sekretär antwortete, Mrs. Hearst könnte nichts für sie tun.

In South Dade verschwand ein Mädchen namens Barbara Stevens. Wenn sie noch am Leben ist, dann ist Amy es auch, sprach Sue sich Mut zu. Barbara Stevens' Leiche wurde in einem Wald gefunden; der Mörder läuft immer noch frei herum.

Sue hörte wieder etwas von Paul. Er lebte, hatte aber zwei gebrochene Kniescheiben. Amy wäre in Seattle, sagte er, und arbeitete zusammen mit anderen Bikermädchen in einer Bar in der Hafengegend. »Sie sieht alt und verbraucht aus«, meinte er. »Halten Sie Ausschau nach einer Frau über dreißig.«

Amy war noch keine einundzwanzig. Zusammen mit dem Mann ihrer engsten Freundin nahm Sue ein Flugzeug nach Seattle. Man schrieb den 16. November 1977. Amy war jetzt seit dreieinhalb Jahren verschwunden.

Die Polizei in Seattle wußte nichts von Bikern. Sue machte sie ausfindig. Es waren Outlaws aus Florida, die ihr mißtrauten. »Ich will niemanden anzeigen«, sagte sie, »nur meine Tochter will ich zurück.«

»Warum?« fragte einer. »Sie hat mit Ihnen nichts mehr gemein, sie ist eine von uns. Lassen Sie sie einfach, wo sie ist.«

Es gelang ihr, den Biker von ihrem Anliegen zu überzeugen. »Sie sind eine nette Frau«, sagte er. »Und Sie haben Mumm.«

»Sie versprachen mir, Amy zurückzubringen, und wenn sie dafür jemanden über den Haufen schießen müßten«, erzählte

Sue. »Wenn es in Bikern überhaupt etwas Menschliches gibt. Sie hatten es.« Die Outlaws machten sich auf die Suche. Genau wie Sue.

Sie hielt sich gerade in einer Bar auf und versuchte, mit den Leuten dort zu reden, als es wegen eines Drogendeals zu einem Streit kam. »Ein Indianer zerbrach eine Flasche und griff einen Schwarzen damit an.« Sie stießen Sue aus dem Weg, die schon aus allen Richtungen Streifenwagen kommen sah, als sie aus der Tür stolperte. In einer Oben-Ohne-Bar sprach sie mit den Männern, die kiloweise Marihuana über den Tresen schoben. »Ich habe Amys Bild Nutten, Indianern und Barmännern gezeigt. Einige erkannten sie, wollten aber nicht reden, aus Angst, in etwas hineingezogen zu werden. In einem Buchladen kannte man sie recht gut. Man beschrieb mir ihren Gang, sogar ihre Zähne. Entweder sie ist es, oder ich bin jahrelang ihrer Doppelgängerin gefolgt.«

Die Outlaws machten ein Mädchen ausfindig, das Amys Beschreibung entsprach. Sie steckten Sues Begleiter in Bikerkleidung und boten ihm eine Waffe an. Er lehnte sie ab, kam aber trotzdem mit ihnen. Das Mädchen nannte sich Willow Treeland. Sie machte einen bemitleidenswerten Eindruck und stand unter Drogen.

Amy war es nicht.

Sie befanden sich gerade im Hauptquartier der Outlaws, als ein Wagen in die Einfahrt rollte. »Sämtliche Biker sprangen auf, holten ihre Waffen hinter einem gußeisernen Ofen hervor und rannten zu den Fenstern.« Aber es kam nicht zu einer Schießerei, und Sue blieb zum Thanksgiving-Dinner.

Einer der Biker ›bat mich, jetzt nach Hause zu fahren. Ich glaube, daß er auf uns aufpassen sollte‹. Als sie dabei war, ihre Hotelrechnung zu bezahlen, erreichte sie ein Anruf von einem Mann, mit dem sie sich in einer Bar unterhalten hatte. Er hatte Amy auf der Straße erkannt und hielt sie in der Blue Eagle Bar fest.

Sue fand dort eine wunderschöne Ausreißerin vor, aber nicht Amy. Sie unterhielten sich stundenlang miteinander. Wenn sie eine Mutter wie Susan Billig hätte und eine liebevolle Familie, dann würde sie nach Hause zurückkehren, sagte sie. Sue bot ihr das Geld für ein Flugticket an, aber das Mädchen lehnte ab. »Es hat keinen Sinn, wenn ich zurückgehe. Meine Mutter will mich nicht.«

Sue flog ohne ihre Tochter nach Miami zurück.

Es gab eine neue Spur. Ein Anwalt aus Miami hatte erfahren, daß Amy sich zusammen mit Bikern in New Jersey aufhielte. »Machen Sie sich auf das schlimmste gefaßt«, sagte er. »Sie ist jetzt ein Bikermädchen. Wir werden sie mit Gewalt nach Hause holen müssen.«

Sue war äußerst besorgt und beantragte umgehend die erforderlichen Papiere, die es ihr erlaubten, Amy solange in ein Krankenhaus einweisen zu lassen, bis sie heimreisen konnte. Als Sue die Papiere hatte, zog der Anwalt sich plötzlich aus der Sache zurück. Er weigerte sich sogar, am Telefon mit Sue darüber zu sprechen.

Aber noch härter traf es die Billigs, als sie das Haus verkaufen mußten, in dem sie zusammen mit Amy gelebt hatten. Ned verlor auch seine Galerie, um die er sich in der ersten Zeit nach Amys Verschwinden fast gar nicht gekümmert hatte. Sie machten alles zu Geld, was irgendeinen Wert besaß, und zogen in ein kleines Haus.

Eines Tages ging Sue mit Amys Hund zu dem Haus, um den neuen Besitzern das Bild ihrer Tochter zu zeigen, für den Fall, daß sie zurückkehrte. »Das war eigentlich das Schlimmste. Wir hatten das Haus verloren, in dem Amy gelebt hatte. So deprimiert war ich in meinem ganzen Leben noch nicht gewesen«, sagt Sue und kämpft mit den Tränen.

»Ich hatte ihre Sachen gepackt. All die Bücher, Stofftiere und Kleider, die ihr soviel bedeutet hatten. Ihr ganzes Leben war in diesen Kartons. Ich konnte sie einfach nicht zukleben.« Josh tat es schließlich für seine Mutter und brachte die Sachen dann auf den Speicher.

»Manchmal«, sagte sie, »habe ich den fast übermächtigen Wunsch, hinaufzugehen und mir ihre Sachen anzuschauen.

Aber ich gestatte es mir nicht. Diese Dinge sollen keine Macht über mich gewinnen.«

An Amys einundzwanzigstem Geburtstag schreibt Sue in ihr Notizbuch: »Dies ist ein sehr trauriger Tag. Wir sind Amys Rückkehr nicht näher als vor vier Jahren.«

Nachdem ein Fernsehsender den Fall wieder aufgerollt hatte, kam ein Mann ins Hauptquartier der Miami Police und sagte, Amy lebe in Ocala als Frau eines Automechanikers. Der Mann hätte behauptet, sie in Coconut Grove ›aufgelesen‹ zu haben.

Ein Reporter gab Sue einen Tip. Die Polizei erklärte dazu, daß der Zettel mit der Adresse bedauerlicherweise verloren gegangen wäre und niemand sich mehr an den Namen des Mannes erinnern könnte.

Sue sagt: »Es spielt keine Rolle, wie krank sie körperlich oder seelisch ist oder unter welchen Umständen sie zu leben gezwungen ist. Solange sie nicht tot ist, können wir ihr helfen. Wir holen sie nach Hause, und alles wird gut.«

Sie ist von Anfang an der Überzeugung gewesen, daß ›es nur eine Frage des Geldes ist, ob wir sie finden. Wenn wir genug davon gehabt hätten, wäre sie schon längst wieder bei uns‹.

Die gesetzlichen Bestimmungen sind soweit verbessert worden, daß es heute leichter ist, eine verschwundene Person zu finden. »Amy wäre schon längst wieder bei uns«, sagt Sue. »Ich habe damals in meinem Kampf ganz allein gestanden.«

»Ich fühle mich nur lebendig, wenn ich nach Amy suchen kann«, sagt sie, und ihre Stimme klingt fest und überzeugend. »Wirklich schlimm ist es nur, wenn überhaupt nichts passiert. Ich habe dann schreckliche Angst, die Leute könnten sie vergessen.«

Die Jahre der Suche sind an der Familie nicht spurlos vorübergegangen, und die Enttäuschungen haben sich in ihre Gesichter eingegraben. »Wir haben uns verändert«, sagt Sue. »Unsere Liebe ist nicht schwächer geworden, aber manchmal wagen wir es nicht einmal mehr, miteinander zu reden – aus Angst, wir könnten einander weh tun.«

»Auch ich bin fest davon überzeugt, daß Amy noch lebt«,

sagt Ned. »Und deshalb denken wir nicht daran, unsere Suche aufzugeben. Wie oft glaubten wir uns kurz vor dem Ziel und wurden enttäuscht. Aber wir haben ja auch einen Sohn, den wir genauso lieben wie Amy. Auch er hat Entsetzliches durchmachen müssen in den ersten Jahren nach ihrem Verschwinden. Er ist jetzt sechzehn und hat einen Anspruch auf unsere Fürsorge.«

Es gibt immer noch Hinweise, aber es sind weniger geworden. Sue versucht, sich durch ihre Arbeit abzulenken, doch sie kann ihre Tochter einfach nicht vergessen. Sie sieht sie vor sich, wie sie nach Hause kommt: krank, abgezehrt, aber lebend.

»Ich weiß, daß sie in sehr schlechter Verfassung ist«, sagt Sue. »Aber wenn alle, die ihr nahestehen, in Gedanken bei ihr sind, wird es ihr helfen, diese schrecklichen Zeiten zu überstehen.«

Zum fünften Jahrestag von Amys Verschwinden schrieb ich einen Bericht für *Topic*, die Sonntagsbeilage des Miami *Herald*. Und wieder gab es neue Hinweise, Spuren, die im Nichts endeten, und Anrufe von Spinnern.

Unter Tränen rief Sue mich an, als *Spurlos* in den Kinos von Miami anlief. Der Film war nach der wahren Geschichte eines verschwundenen kleinen Jungen aus New York gedreht worden. Ich glaubte, Sue hätte den Film bereits gesehen, aber schon der Trailer im Fernsehen hatte sie in diesen Zustand der Verzweiflung versetzt. Im Mittelpunkt der Handlung stand die vergebliche Suche der Mutter nach ihrem Kind. Sue stand fast schon unter dem Zwang, sich den Film anzuschauen. Ich versuchte, ihr das auszureden, und wollte ihn mir an meinem freien Tag ansehen, um sie darauf vorbereiten zu können. Aber es war Sue unmöglich, so lange zu warten. Aufs äußerste erregt durch die dramatische Handlung und das schmalzige Happy-End brach sie in der Eingangshalle des Kinos zusammen.

Die Ärzte stellten fest, daß sie Probleme mit dem Herzen hatte.

Ich habe manchmal Angst, Sue und Ned könnten sterben, bevor sie ihre Tochter gefunden haben.

Im Herbst 1985 machte sich ein Detective der Mordkommission aus Miami in Begleitung eines Gerichtsmediziners auf den Weg nach Texas, wo die Leiche eines jungen Mädchens exhumiert worden war. Das Mädchen war vor elf Jahren, vier Monate nach Amys Verschwinden, dort gestorben. Ein durchreisender Jahrmarkt hatte die dunkelhaarige, langbeinige Schönheit und ihren Freund in die Stadt gebracht. Sie waren nicht mit weitergezogen, sondern hatten sich auf einer abgelegenen Farm in Bundy, Texas, niedergelassen. Der Sheriff mußte oft zu ihnen hinausfahren, um Streitigkeiten zu schlichten. Die junge Frau wurde offensichtlich mißhandelt. Irgendwann brachte der Mann sie ins Krankenhaus. Ihre Brüste und Beine wiesen Spuren von Schlägen auf. Laut Totenschein ist sie eines natürlichen Todes gestorben.

Auf dem Totenbett erzählte sie einer Krankenschwester, daß sie indianisches Blut in den Adern hätte und in einem Reservat in North Carolina aufgewachsen wäre. Sie hieße Terri Ann Warner. Sie hatte aber auch die Namen Terri Wild Feather und Terri Wild Horse benutzt. Sie starb innerhalb von drei Tagen, und ihr Freund verließ die Stadt. Da niemand Anspruch auf die Leiche erhob, begrub man sie nach einem Monat.

Elf Jahre später sah der inzwischen dreiunddreißigjährige Mann in Pennsylvania ein Plakat mit Amys Bild. Er ging zur Polizei, sagte den Beamten, das Mädchen auf dem Bild wäre in Texas gestorben, und verließ ohne ein weiteres Wort das Revier.

Die texanischen Behörden gaben ihre Einwilligung zur Exhumierung erst, nachdem Sue Billig den Gouverneur von Florida eingeschaltet hatte. Es war das erste Mal, daß sie ernsthaft Amys Tod in Betracht zog. Sie wollte den Tatsachen ins Auge sehen. Das hatte ich auch vor.

Ich wollte die sterblichen Überreste des Mädchens von Vernon, Texas, nach Dallas begleiten, wo sie untersucht werden sollten. Vor dem Abflug führte ich noch mindestens ein Dutzend Telefongespräche mit Leuten, die das Mädchen gesehen hatten, tot oder lebendig. Danach war ich überzeugt davon, daß es sich nicht um Amy handelte, und sagte den Flug ab.

Die Billigs nahmen die Nachricht mit Freude auf, auch wenn Sue Tränen vergoß wegen des Todes ›der Tochter einer Mutter‹. Nachdem ich die Ergebnisse der Untersuchungen erfahren hatte, erging es mir nicht anders. Das tote Mädchen war noch ein Kind gewesen. Man hatte ihr Alter auf höchstens zwölf bis dreizehn Jahre geschätzt. Auf ihre Leiche hat immer noch niemand Anspruch erhoben.

Ich ging Vermißtenmeldungen in North Carolina und jedem Indianerreservat nach, aber das Rätsel blieb ungelöst. Wer war das Mädchen, das sich Terri Wild Feather nannte? Wovor war sie davongelaufen? Warum hat sich niemand um sie gekümmert?

Und wo war Amy?

Das Leiden der Billigs ist nach all den Jahren nicht weniger schlimm geworden. »Als wir Amy verloren, war sie ein Kind. Ich kann nicht schlafen, wenn ich daran denke, was ihr inzwischen alles widerfahren ist.

Wenn ich mit Ned in einem Restaurant sitze und eine Familie kommt herein, deren Tochter uns irgendwie an Amy erinnert – durch ihren Gang oder ihr Lachen –, können wir nicht weiteressen. Wir lieben und vermissen sie und werden alles tun, um sie zu finden. Das hält uns am Leben.«

Für mich ist die Besessenheit von Sue Billig mehr als eine Story. Auch ich habe schon von Amys Heimkehr geträumt.

Manchmal habe ich Angst, daß mein Leben nicht dafür ausreicht.

Nicht hinter jeden Vermißtenanzeige verbirgt sich ein unlösbares Rätsel. Manchmal verlieren sich Menschen aus den Augen, und ein Reporter schreibt eine Story, die von den richtigen Leuten gelesen wird.

Wie im Fall Eddie Rosenman.

Eines Sonntagnachmittags setzte der fünfundsiebzig Jahre

alte Veteran seinen Strohhut auf und verließ das kleine Apartment in South Beach für einen Spaziergang. Er hatte seiner Frau Rebecca durch Zeichen zu verstehen gegeben, daß er etwa zehn Minuten wegbleiben würde. Eddie hatte einen Schlaganfall erlitten und seitdem große Mühe mit dem Sprechen.

Als er abends um zehn Uhr noch nicht wieder zu Hause war, rief Rebecca die Polizei an. Nach einer Woche hatte sie von Eddie, mit dem sie seit über fünfzig Jahren verheiratet war, immer noch nichts gehört, und sie wandte sich in ihrer Not an mich. Er war weder in den Krankenhäusern der Umgebung, im Flughafen oder im Leichenschauhaus aufgetaucht; das hatte meine Freundin Elayne von der Vermißtenabteilung bereits für mich ermittelt.

Als Eddie 1919 aus dem Krieg zurückgekommen war, hatten sich die beiden ineinander verliebt. Seit ihrer Heirat 1923 waren sie nie getrennt gewesen. »Ohne den anderen sind wir verloren«, sagte mir Rebecca. Ein Sohn war schon als Baby gestorben, eine Tochter 1939 im Alter von elf Jahren.

Rebecca hatte schon überall gesucht. Hunderte von Freiwilligen aus Eddies Veteranenverein und der jüdischen Gemeinde, in der sie Mitglieder waren, hatten die engen Straßen des dicht bevölkerten South Beach durchkämmt und sogar das riesige Gelände des nahe gelegenen Flamingoparks abgesucht. Die gesamte Nachbarschaft hielt Ausschau nach ihm, aber Eddie Rosenman blieb wie vom Erdboden verschluckt.

»Ein Mensch kann doch nicht einfach so verschwinden«, sagte Rebecca schluchzend. Da Eddie nicht sprechen konnte, hielt sie es für ausgeschlossen, daß er ein Flugticket gekauft hatte und an Bord einer Maschine gegangen war. Aber vielleicht hatte er in seiner Verwirrung einen Bus genommen. Sie hatte bereits bei dem New Yorker Friedhof angerufen, auf dem ihre kleine Tochter begraben lag. Aber niemand hatte ihn dort gesehen.

»Er könnte bei jemandem übernachtet haben«, überlegte sie. »Aber warum sollte man ihn festhalten? Ein Erpressungsversuch hätte keinen Sinn, denn wir haben kein Geld. Ich will ihn zurückhaben. Tot oder lebendig.«

Die Polizei konnte auch nicht weiterhelfen.

Es wurde Zeit, die Geheimwaffe zum Einsatz zu bringen: Publicity – die Macht der Presse –, um Eddie Rosenman zu finden, wo immer er auch sein mochte. Journalisten geben es im allgemeinen nicht gerne zu, aber wir alle lieben diese Macht. Es gibt einem das Gefühl, zumindestens in diesem speziellen Fall, das Zünglein an der Waage zu sein. »Wir werden ihn finden«, versprach ich Rebecca. Ich hatte das sichere Gefühl, es würde nicht lange dauern. Die Story erschien in der Morgenausgabe, zusammen mit einer Anzeige zum fünfzigsten Hochzeitstag der beiden – und wir hatten ihn.

Eine Krankenschwester, die gerade dienstfrei hatte, trank ihren Morgenkaffee, als sie Eddie auf dem Bild in der Zeitung erkannte. Aufgeregt rief sie im Krankenhaus an und sprach mit den Kollegen über ›den Mann mit dem kleinen Strohhut‹. Er hatte den größten Teil der vergangenen Woche in der psychiatrischen Abteilung einer Klinik in Miami verbracht. Die Pfleger zeigten Eddie den Artikel. Er wies auf das Bild von Rebecca und sagte: »Mama, Mama.«

Seine Frau fuhr mit dem Taxi in das Krankenhaus, wo Eddie ihr in die Arme sank und weinte wie ein Kind. Er trug noch dieselbe Kleidung wie am Tag seines Verschwindens. Ein Polizist hatte ihn um fünf Uhr morgens in das Krankenhaus gebracht. Eddie hatte 172 Dollar in der Tasche, aber keinen Ausweis.

»Man konnte nicht mit ihm reden«, erklärte ein Angestellter des Krankenhauses, »und er schien völlig desorientiert zu sein. Da haben wir ihn hier behalten.«

Rebecca und Elayne hatten mehrmals in dem Krankenhaus angerufen und sowohl Eddies Aussehen als auch seine Sprachschwierigkeiten genau beschrieben. Aber der Patient wurde als ›namenlos‹ geführt, und deshalb erhielten sie jedesmal eine negative Auskunft. Als wir Eddie fanden, wurde er in den Krankenhausakten jedoch unter dem Namen Harry Brotice geführt, wenn auch niemand erklären konnte, warum. Vielleicht hatte er versucht zu erklären, wer er war, und es hatte so ähnlich geklungen wie Harry Brotice. Die Informationen darüber, wo man ihn gefunden hatte oder welches der siebenundzwanzig Police Departments von Dade für seine Einlieferung verantwortlich war, blieben ebenfalls vage.

Ich schrieb die Story, und wir machten ein Foto von dem glücklichen, endlich wieder vereinten Paar. Am nächsten Tag beschwerte sich der verärgerte Verwaltungschef des Krankenhauses bei meinem Chefredakteur über die einseitige Berichterstattung, die die Aufnahmeprozedur der Klinik als schlampig dargestellt hätte. Ich wurde ermahnt, mich um bessere Beziehungen zu unseren wunderbaren kommunalen Einrichtungen zu bemühen.

Aber Rebecca und Eddie waren glücklich. Und ich auch.

»Ich bin so dankbar, daß er am Leben ist und daß ich ihn zurückhabe«, sagte Rebecca bei einer Willkommensfeier, zu der Nachbarn und Freunde eingeladen waren. »Wir sind beide überglücklich.«

Publicity kann einen Menschen aus dem undurchdringlichen Dschungel der Bürokratie befreien. In einer Sonntagnacht rief ein Mann wegen einer vermißten Person beim *Herald* an. Ich hörte den Redakteur sagen, er solle sich am Montagmorgen wieder melden. Vor langer Zeit ist ein Schreibtisch unmittelbar neben dem Lokalredakteur freigeworden, und ich bin freudig von der hintersten Ecke des riesigen Redaktionsraumes dorthin umgezogen – ins Nervenzentrum der Zeitung. Wenn sich jetzt eine große Story ankündigt und ein gestreßter Redakteur sich nach einem Reporter umsieht, fällt sein Blick sofort auf mich.

Ich schaltete mich ein und übernahm den Anruf. Vermißte Personen machen mich immer schwach.

Der Mann war der Verzweiflung nahe. Sein Enkel Corey war seit drei Tagen verschwunden. Er war vier Jahre alt.

Der Anrufer, er hatte sich als Sam vorgestellt, fing an zu weinen. Er war verwitwet und arbeitete in zwei Jobs, um seine beiden erwachsenen Töchter und seinen Enkel zu unterstützen. Coreys Mutter hatte schon seit langem psychische Probleme, die sie mit Medikamenten unter Kontrolle behielt. Wenn sie die Tabletten nicht nahm, neigte sie zu Gewalttätigkeit. Früher hatte sie einmal das Haus anzuzünden versucht.

Sam war am Freitagmorgen um drei Uhr zur Arbeit bei einer Betonfirma aufgebrochen. Er kehrte am späten Nachmittag zurück, und seine Tochter und Corey waren verschwunden. Später klopften zwei Polizisten an seine Tür und setzten ihn davon in Kenntnis, daß seine Tochter aufgegriffen worden wäre, als sie verwirrt durch die Straßen irrte. Man hatte sie in die Notfallpsychiatrie des Jackson Memorial Hospital eingeliefert. Sam fragte nach Corey, und die Cops erwiderten: »Welcher kleine Junge?«

Sam erstattete sofort eine Vermißtenanzeige und gab den Beamten ein Foto von Corey. Den ganzen Samstag hatte er verzweifelt nach dem Jungen gesucht. Am Sonntagmorgen rief er bei der Polizei an, um zu erfahren, ob sie ihn schon gefunden hätten. Der Beamte, der die Vermißtenmeldungen bearbeitete, wäre bis Dienstag nicht im Dienst, sagte man ihm; er solle es dann noch einmal versuchen. Im Krankenhaus erzählte ihm eine Krankenschwester, seine Tochter hätte etwas vom Yahweh-Tempel gemurmelt, dem Hauptquartier der militanten, schwarzen hebräischen Israeliten. Vielleicht hatte sie Corey dort gelassen. Sam fuhr zu dem Tempel, aber weißgekleidete Wachen verwehrten ihm den Zutritt und sagten, sie wüßten nichts von seinem Enkel.

Sonntagnacht wußte Sam nicht mehr, wo er noch suchen sollte, und wandte sich an den *Herald*. »Ich kann den Jungen ohne fremde Hilfe nicht finden«, sagte er. Der Mann war wirklich verzweifelt. Ich fragte ihn, ob seine Tochter in ihrer Unzurechnungsfähigkeit Corey vielleicht etwas angetan hätte. Verbrechen an Kindern werden häufig von Angehörigen ihrer Familien verübt. Ihm versagte fast die Stimme, als er eingestand, daß er es nicht wüßte.

Mein Dienst war in zwanzig Minuten zu Ende, aber ich vergaß es und machte mich an die Arbeit. Die Polizei versicherte, daß sie die Anzeige des Großvaters aufgenommen hätte. Aber unserem Polizeireporter, der ständig den Polizeifunk verfolgt, waren keine diesbezüglichen Meldungen an die Streifenwagen aufgefallen. Ich sagte das dem für den Kontakt mit der Presse zuständigen Polizisten, aber er bestand darauf, daß ›die Beamten von Central alles tun, um den Jungen zu finden‹.

Doch der Kleine konnte überall sein, und augenscheinlich beschränkte sich die Suche nach ihm auf den Central District, aus dem er verschwunden war. Als ich bei dem zuständigen Revier anrief, wurde mir klar, daß es überhaupt keine Suche gab. Der zuständige Beamte hörte zum erstenmal von dem verschwundenen Jungen. »Welcher kleine Junge?« fragte er, und diese Antwort bekam ich auch von Beamten in den Streifenwagen.

Bei der Pressestelle erklärte mir ein Sergeant, daß Coreys Beschreibung am Samstag über Funk rausgegangen wäre, aber nicht am Sonntag. Der Beamte in der Zentrale hätte nicht gewußt, ob der Junge immer noch gesucht würde.

Ich sagte ihm, daß dies der Fall wäre.

Im Krankenhaus erfuhr ich, daß ›die Frau auf keinen Fall einen vierjährigen Jungen dabeihatte‹. »Man bekommt nicht allzuviel aus ihr heraus«, bekam ich zur Antwort, als ich auf eine eingehende Befragung der Frau drängte.

Es gibt in Florida eine Organisation, die alleingelassene Kinder in ihre Obhut nimmt, aber auch dort wußte man nichts von Corey.

Sein Großvater gab mir ein Foto des lächelnden kleinen Jungen und erzählte mit, er hätte an jenem Tag ein Spiderman-T-Shirt getragen, Blue Jeans und Tennisschuhe. »Er weiß schon eine ganze Menge«, sagte Sam. »Er kennt seinen Namen, und mich nennt er Großvater. Er weiß, daß er Turner's Kindergarten besucht, aber seine Adresse kennt er nicht, dazu ist er noch zu klein.« Ich fragte Sam nach mehr Einzelheiten, um Corey eventuell identifizieren zu können. »Er liebt Kartoffelchips, Kekse und sein Fahrrad.« Das Fahrrad, seine Spielsachen und seine Kleidung, alles war im Haus zurückgeblieben.

Nachdem die Story in der Morgenausgabe erschienen war,

fand sich Corey schnell wieder ein. Er war die ganze Zeit über wohlbehalten in einem Pflegeheim gewesen. Seine Mutter hatte ihn bei der Kinderfürsorge abgegeben, ›weil sie nicht auf ihn aufpassen konnte‹. Von dort aus hatte man ihn in das Heim gebracht.

Sam holte Corey noch am selben Tag ab, und in der Zeitung vom nächsten Tag gab es Fotos von ihnen, wie sie bis über beide Ohren strahlen. Als sie Hand in Hand das Heim verließen, schenkte Corey dem Fotografen sein kokettestes Lächeln und sagte: »Cheese.«

Sie müssen heimkommen, nur das ist wichtig.

Für Leute, die mit vermißten Personen zu tun haben, ist ein beruflicher Erfolg manchmal gleichbedeutend mit persönlichem Triumph, auch wenn es sich um tragische Fälle handelt. So ist es auch Elizabeth Averson ergangen, einer geschiedenen Frau, die jahrelang im Leichenschauhaus von Dade County gearbeitet hat, um ihre Familie durchzubringen. Sie ist eine energische, wunderbare und oft sehr empfindliche Frau, die es nicht zulassen wollte, daß die unbekannte Leiche eines jungen Mädchens anonym beerdigt wurde.

Es war in meinem zweiten Jahr beim *Herald*, als ich von dem Kampf dieser Frau gegen die gesetzlichen Bestimmungen hörte, nach denen unidentifizierte Leichen nach drei Wochen in einem Armengrab bestattet werden.

Das Mädchen lag bereits seit fünf Monaten im Leichenschauhaus. Sie war in einem Motelzimmer in Miami an einer Überdosis Rauschgift gestorben. Die einzige Möglichkeit, sie zu identifizieren, war der Mann, mit dem sie das Zimmer gemietet hatte, aber der war geflohen. Sie hatten sich als Ehepaar aus New York eingetragen, unter einem Phantasienamen. Das Zimmermädchen hatte die Leiche am nächsten Morgen entdeckt. Sie lag auf dem Bett. Der linke Ärmel ihrer mit einem Blumenmuster bedruckten Bluse war hochgeschoben, so daß die weiche Haut um das Einstichloch zu sehen war, das die letzte, tödliche Injektion hinterlassen hatte. Man fand außer einem Spritzbesteck, zerrissener Metallfolie und einer Vorhangkordel zum Abbinden des Armes noch die Fingerabdrücke ihres Begleiters.

Die Abdrücke überführten ihn. Der Mann wurde wegen mehrerer Einbrüche gesucht. Ein paar Wochen später hätte man ihn beinahe verhaftet, aber nach einem Schußwechsel und einer wilden Verfolgungsjagd gelang es ihm, die Polizeibeamten abzuschütteln. In seinem Zimmer fanden die Beamten Führerschein und Brieftasche einer jungen Frau. Aber die Sachen waren ihr bei einem Einbruch gestohlen worden. Sie lebte.

Das junge Mädchen war das siebte Drogenopfer dieses Jahres im Dade County. In ihrer Tasche hatte man die unbeschriebene Postkarte eines Hotels in Miami Beach gefunden. Libby Anderson ging mit Fotos von dem Mädchen dorthin, aber man konnte dort nichts damit anfangen. Der Miami *Herald* veröffentlichte zweimal kurze Beschreibungen von ihr. Doch niemand erkannte sie oder erhob Anspruch auf die Leiche. Russ Leasburg, der Detective, mit dem ich bei dem Mord an meinem Nachbarn zusammengestoßen war, leitete in diesem Fall die Ermittlungen. Diesmal erwies er sich als gesprächiger. Er hatte bis hinauf nach Indiana, Maryland und Ohio Kontakt mit den Eltern vermißter junger Frauen aufgenommen.

Eine Frau in Akron war sicher, daß es sich bei dem toten Mädchen um ihre Tochter handelte. In ihrer Beschreibung fehlte nicht einmal die Narbe am Fuß des Mädchens, aber die Tote von Miami hatte ein makelloses Gebiß, das Mädchen aus Akron hingegen nicht. Leasburg mußte in einer anderen Sache nach New York, aber er verbrachte die meiste Zeit damit, die letzte Adresse des flüchtigen Einbrechers zu überprüfen, weil er sich davon einen Hinweis auf die Identität der Toten erhoffte.

Den größten Teil des Frühlings hielt sich der athletische, blonde Detective an den Stränden von Fort Lauderdale auf, wo er Tausenden der dort urlaubenden Studenten Fotos der Toten zeigte. Aber die Mühe war vergebens; niemand konnte sich an das Gesicht erinnern. Außerdem wurden Bilder, die man vor und nach ihrer Einbalsamierung gemacht hatte, über das ganze Land verteilt.

Im Leichenschauhaus zeigte Libby Anderson mir die Leiche. Sie lag in einer metallenen Lade, die Libby aus einer Kühlbox herauszog. Sie hatte dem toten Mädchen durch einen Friseur eine beinahe elegante Frisur machen lassen, bevor die Fotos von ihr aufgenommen wurden.

Es war das erste Mal, daß ich Libby Anderson von einer anderen Seite kennenlernte. Diese energische Frau, die einen gewiß nicht leichten Job machte, hatte auch eine Tochter im Teenageralter. »Es muß grausam für die Eltern sein, wenn sie nicht wissen, wo ihre Tochter ist.« Als sämtliche Spuren ins Nichts zu führen schienen und es ihr und Leasburg nicht gelang, neue Anhaltspunkte zu finden, war sie einige Male fast schon so weit gewesen, das junge Mädchen begraben zu lassen. »Aber ich habe es einfach nicht übers Herz gebracht.« Bei diesen Worten drehte sie sich zur Seite, damit ich ihre Tränen nicht bemerkte.

Ich schrieb einen Artikel über Miss Nobody, für den ich das Bild verwendete, und fügte eine detaillierte Beschreibung des Mädchens mit den haselnußbraunen Augen hinzu. Ich erwähnte die Ladybug-Jeans, den Bernsteinring, ihre BH-Größe und ihren möglichen Namen: Lisa. In der Tasche ihres teuren Seidenjackets hatte man eine Grußkarte zum Valentinstag gefunden: von ›Will‹ für ›Lisa‹.

Am nächsten Morgen, nachdem der *Herald* auch in den Vororten ausgeliefert worden war, stand die Suche kurz vor ihrem Abschluß.

Sie hieß Lisa, und die Grußkarte stammte von ihrem kleinen Bruder. Ihre Mutter las den Artikel und erkannte ihre Tochter auf dem Foto wieder. Der Detective aus Miami Springs, der am 16. Februar die Vermißtenanzeige aufgenommen hatte, war auch gerade in die Story vertieft, als sie anrief. »Ich glaube, das ist meine Tochter«, sagte sie mit tränenerstickter Stimme. Er konnte ihr nur beipflichten.

Lisa hatte am Valentinstag um achtzehn Uhr das Haus verlassen und war nicht zurückgekehrt. Ihr Vater war am nächsten Morgen zur Polizei gegangen, um ihr Verschwinden zu melden. Man riet ihm, noch vierundzwanzig Stunden mit der förmlichen Anzeige zu warten. Als er am nächsten Tag wiederkam, versicherten ihm die Beamten, daß die Beschreibung seiner Tochter im ganzen Land verbreitet werden würde. Aber nichts dergleichen geschah. Irgendwie war sie durch die Maschen geschlüpft.

Am selben Tag wurde sie in Miami tot aufgefunden.

Während die von Sorge zermürbten Eltern jeden Tag bei der Polizei von Miami Springs anriefen, in der Hoffnung, es gäbe eine Spur von ihrer Tochter, lag sie die ganze Zeit nur sieben Meilen von ihrem Elternhaus entfernt im Leichenschauhaus. Lisa war eine Studentin mit besten Noten, die kurz vor ihrem Abschluß an der Miami Springs High School stand. Ihre Eltern hätten nicht mal im Traum daran gedacht, daß sie Drogen nahm, und sie kannten auch den Mann nicht, mit dem sie sich in dem Motel eingetragen hatte. Sie und Freunde ihrer Tochter hatten sogar in der Zeitung von dem vermißten Mädchen gelesen, sich aber einfach nicht vorstellen können, daß ihre fleißige und kerngesunde Lisa in der Begleitung eines Kriminellen in einem schäbigen Motel den Drogentod gestorben war.

Lisas Eltern – der Vater arbeitete als Zollinspektor – kamen zur Identifizierung der Tochter ins Leichenschauhaus. »Er wollte es einfach nicht glauben«, erzählte mir einer der Detectives.

Ich sprach mit dem Mann, der sichtlich mit den Tränen kämpfte. »Sie hatte keinerlei Probleme, weder in der Schule noch zu Hause«, sagte er. »Was haben wir falsch gemacht?«

Ich selbst bekam auch ein Problem: Mit einigen Redakteuren vom *Herald,* die sehr aufgebracht darüber waren, daß wir den Lesern des Lokalteils zum Frühstück das Foto einer Leiche serviert hatten. Ich verstand die ganze Aufregung nicht. Das tote Mädchen war perfekt geschminkt und frisiert gewesen und hatte nicht die geringste Ähnlichkeit mit einer fünf Monate alten Leiche gehabt, sondern eher mit einer Schlafenden. Aber die Redakteure wußten, daß sie tot war, und das gab wahrscheinlich den Ausschlag.

Und es hatte funktioniert. Die Familie hatte ihre Tochter zurück. Sogar die energische Libby Anderson vergoß einige Tränen der Erleichterung; aber der Vorwurf blieb bestehen, daß die Story auch ohne Foto zum Erfolg geführt hätte. Er blieb schließlich an dem stellvertretenden Lokalredakteur hängen, der das Bild auf mein Drängen hin ins Blatt genommen hatte. Es hat ihm nicht weiter geschadet.

Aber es wurde feierlich beschlossen, daß es in dieser Zeitung keine Bilder von Toten mehr geben würde. Trotz meiner manchmal ziemlich rüden Versuche, das Verbot zu unterlaufen, gilt dieses Verdikt bis zum heutigen Tag. Obwohl die meisten Leichenbilder, die mir zur Verfügung gestellt wurden, nicht im geringsten unerfreulich wirkten und ihre Veröffentlichung sicherlich bei der Identifizierung einiger vermißter Personen hätte helfen können.

Vielleicht hätte man sogar das Geheimnis des gepflegten, grauhaarigen kleinen Mannes lüften können. Unzählige Theorien sind aufgestellt worden, um der Lösung dieses Falles näherzukommen. Man hat ihn sogar für einen langgesuchten Nazikriegsverbrecher gehalten. Jedenfalls hat er es geschafft, seine Spuren vollständig zu verwischen.

Der jetzt im Ruhestand lebende Detective Henry Weaver von der Mordkommission ist vergeblich Hinweisen aus der ganzen Welt nachgegangen, um die Identität des Mannes zu enthüllen. Der Polizist fühlte sich persönlich herausgefordert von diesem Mann, der es so erfolgreich verstanden hatte, auch fünfzehn Jahre nach seinem Tod nicht das geringste von sich preiszugeben.

Der Fall macht Weaver und mir noch heute zu schaffen. »Ich stehe immer noch vor einem Rätsel«, sagt der Detective. »Als ob der Mann nur zum Sterben nach Miami gekommen ist, nachdem er vorher alles getan hat, um zu verhindern, daß jemand seinen Namen erfährt.«

Der vornehm wirkende Herr mit dem grauen Schnurrbart hatte sich im Biscayne Terrace Hotel am Biscayne Boulevard als ›J. Williams, 222 Delaware Pl., Jacksonville, Fla., selbständiger Handelsreisender‹ eingetragen. Der Name war offensichtlich falsch; die Adresse gehörte zu einem unbebauten Grundstück.

Er hatte drei Monate in dem Hotel gewohnt, als ein Angestellter am späten Nachmittag des 29. Dezember auf das Dach des Gebäudes stieg, um die Flagge einzuholen. Er fand den kleinen Mann auf dem Sonnendeck des Hotels, tadellos gekleidet wie immer und mit einem sauberen Loch in der Schläfe, dicht über dem rechten Ohr.

Er hatte die Arme ausgebreitet und die Beine wie beiläufig übereinander geschlagen. Die Brille mit dem dünnen Metallrahmen war von der Wucht des Einschlags davongeschleudert worden. Er hatte eindeutig Selbstmord begangen: Zu seinen Füßen lag eine Pistole Kaliber .25, und seine Leiche war noch warm.

Erst als man sein Zimmer, Nummer 708, durchsuchte, nahm der Fall ungewöhnliche Dimensionen an. Aus seiner Kleidung waren sämtliche Etiketten herausgetrennt, und von seinem teuren Diplomatenkoffer hatte man die Initialen abgekratzt. Seine kaum noch benutzte Brieftasche enthielt nichts außer fünf Zehndollarnoten. Er hatte immer bar bezahlt, nicht telefoniert und keine Besucher empfangen. Der einzige Mensch, der länger mit ihm gesprochen hatte, war ein spanisches Zimmermädchen, das jeden Tag von ihm fünfzig Cent Trinkgeld bekam. Sie war der Meinung, daß er mit einem britischen Akzent gesprochen hätte.

Sein Gesundheitszustand war ausgezeichnet gewesen. An seinem Körper fand man weder Narben noch Tätowierungen, und seine Zähne waren noch echt. Seine Fingerabdrücke wurden mit den Akten des FBI und der kanadischen Polizei verglichen

– ohne Erfolg. Aus seinem französischen Ledergürtel hatte er den Namen des Herstellers entfernt. Die Schweizer Uhr der Marke Omega war am 13. November 1953 an einen New Yorker Großhändler geliefert worden, der aber seine Verkaufsunterlagen nach Ablauf einer Zehnjahresfrist vernichtet hatte. Ein Uhrmacher hatte anläßlich einer Reparatur sein Zeichen in dem Chronometergehäuse hinterlassen, und die amerikanische Uhrmachervereinigung brachte darüber eine Notiz in ihrem zweimonatlich erscheinenden Informationsblatt. Die Beschreibung der Brille mit dem Metallrahmen wurde in einer landesweit erscheinenden Zeitschrift für Optometrie veröffentlicht. Aber keine dieser Bemühungen brachte irgendein Ergebnis.

Der Tote war einsachtzig groß und wog 145 Pfund. Sein grau werdendes Haar wies starke Geheimratsecken auf. Er trug blaue Unterwäsche, und in seinen orthopädischen Schuhen der Größe 42 fanden sich Stützeinlagen von Dr. Scholl, die durch nichts verrieten, wo sie gekauft worden waren.

Er hatte nur sehr wenige persönliche Gegenstände hinterlassen, unter ihnen einige schwer verdauliche philosophische und psychologische Schriften und außerdem mehrere unbeschriebene Briefbögen, die schwache Abdrücke von Buchstaben aufwiesen. Offensichtlich hatte der Mann einen Abschiedsbrief geschrieben. Doch obwohl die Kriminaltechniker sich jeder bekannten wissenschaftlichen Methode bedienten, gelang es ihnen nicht, aus den Abdrücken auch nur ein einziges Wort herauszulesen.

Einen möglichen Hinweis auf ihren Besitzer erhoffte sich Detective Weaver auch von der Waffe. Gemeinsam mit Lobby Anderson schickte er eine Beschreibung der Pistole an Interpol, deren Antwort sie der Lösung des Rätsels allerdings auch nicht näherbrachte.

Die Browning war 1917 in Brüssel hergestellt und im gleichen Jahr von der Fabrik als gestohlen gemeldet worden. Seitdem hatte man nichts mehr von ihr gehört, bis sich ein halbes Jahrhundert später der gepflegte kleine Mann auf dem Sonnendeck eines Hotels in Miami damit erschossen hatte.

Die Beschreibung des Mannes und seine Fingerabdrücke waren allen 113 Interpol angeschlossenen Staaten übermittelt worden. Ohne Ergebnis.

Es gibt Selbstmorde, die die Ungerechtigkeiten anklagen sollen, unter denen der Tote Zeit seines Lebens zu leiden hatte. Hier lag der Fall genau entgegengesetzt. Das Motiv für den Freitod sollte im dunkeln bleiben. Um dieses Ziel zu erreichen, hatte der kleine Mann anscheinend erhebliche Anstrengungen unternommen. Ihm ist der Sieg über den Tod hinaus vergönnt geblieben.

Im Leben von Menschen, die plötzlich und ohne ersichtlichen Grund einfach verschwinden, gibt es oft nicht den geringsten Hinweis auf diese plötzliche Wendung ihres Schicksals.

»Als ob außerirdische Wesen sie und ihren Wagen von diesem Planeten entführt hätten.« Mit diesen Worten beschreibt Saundra Weilbacher vom Department für vermißte Personen der Miami Police das Verschwinden der Schriftstellerin Jean McBride Blocher.

Sandy Weilbacher, eine rothaarige, sommersprossige Kriminalbeamtin, hat jahrelang intensiv in diesem Fall ermittelt, aber sämtliche Spuren verliefen im Sande.

Wer das in wohlgeordneten Bahnen abgelaufene Leben von Jean Blocher kennt, kann sie sich schwerlich vorstellen, daß sie sich eines Tages mitsamt ihrem rosa Sportwagen einfach in Luft aufgelöst hat.

In ihre Schreibmaschine war eine angefangene Manuskriptseite eingespannt, und daneben lag eine angebrochene Schachtel Zigaretten. Im Schlafzimmer fanden sich ihre sorgfältig geputzten Schuhe und ein festliches Kleid. Sie hatte sich auf ein Treffen ehemaliger Kommilitoninnen vorbereitet, das sie am nächsten Tag besuchen wollte.

Die sechsundsechzigjährige Jean Blocher war offensichtlich nur für einen Moment vor die Tür gegangen.

Seit diesem Moment sind achtzehn Jahre vergangen. Die

Offizierswitwe Jean Blocher hatte früher als Angestellte bei der Sozialversicherung gearbeitet. Sie schrieb jetzt Artikel für Reisemagazine und beteiligte sich aktiv am kirchlichen und sozialen Leben ihres Wohnortes. Sie war eine sehr lebendige Frau, die dem Leben mit heiterer Gelassenheit gegenüberstand. Ihr über alles geliebter zehn Jahre alter Karmann Ghia hatte gerade eine neue Lackierung bekommen. Was sie aber als Feuerrot in Auftrag gegeben hatte, entpuppte sich hinterher als helles Flamingorosa. Also setzte sie sich gelassen ans Steuer des wohl einzigen flamingorosa lackierten Karmann Ghia in Südflorida.

Ihre Nichte hatte an diesem Oktoberabend vergeblich versucht, sie telefonisch zu erreichen, um ihre gemeinsamen Pläne fürs Wochenende zu besprechen. Doch auch als sie am frühen Morgen des nächsten Tages noch einmal anrief, ging niemand ans Telefon.

Sara Sekso, die ganz in der Nähe wohnte, fuhr zu dem Apartment ihrer Tante und hielt vergeblich Ausschau nach dem auffälligen rosa Auto. Die Nachbarn sagten, daß es auch am Abend vorher nicht an seinem gewohnten Platz gestanden hätte. Sie machte sich jetzt solche Sorgen um ihre Tante, daß sie die Polizei alarmierte. Die erfolglose Suche nach Jean Blocher sollte sich über Jahre hinziehen.

Jean Blocher bewahrte nie sehr viel Geld in ihrer Wohnung auf. Sie mußte einen Scheck eingelöst haben, da sie für das Ehemaligentreffen am nächsten Tag etwas Bargeld brauchte. Der letzte Scheck, den sie je ausgeschrieben hat, wurde in einem nahegelegenen Supermarkt eingelöst. Er lautete über zehn Dollar, und sie muß es vor Einbruch der Dunkelheit getan haben, denn in ihrem Apartment brannte noch kein Licht. Seitdem haben auf ihrem Bankkonto keine Bewegungen mehr stattgefunden, und auch von ihrer Kreditkarte wurde kein Gebrauch gemacht.

Vielleicht hat die gut angezogene Witwe bei der Einlösung des Schecks die Aufmerksamkeit eines Straßenräubers auf sich gezogen, obwohl das bei dem armseligen Betrag wenig wahrscheinlich ist. Und wenn sie einem Raubüberfall zum Opfer gefallen und vielleicht sogar ermordet worden ist, was geschah dann mit ihrer Leiche und dem Auto, und warum hat der Dieb nie versucht, sich mit Hilfe ihrer Kreditkarte Bargeld zu beschaffen?

Die ratlose Polizei stellte ganz Biscayne Bay auf den Kopf und fand nicht einen einzigen Hinweis. Jean Blochers Nichte befürchtete, daß ihre Tante am Steuer ihres Wagens einen Schwächeanfall erlitten hatte und in einen Kanal gestürzt war. Zusammen mit ihrem Mann engagierte sie einen Taucher, der den Grund des schlammigen Wasserlaufs entlang der Straße absuchte, die ihre Tante für gewöhnlich auf dem Heimweg benutzte. Er fand nur den üblichen Müll, kein kleines rosa Auto.

Das Ehepaar ließ in seinen Bemühungen nicht nach, aber es wurde weder eine Leiche gefunden, die Jean Blocher ähnlich sah, noch brachte eine landesweite Fahndung nach dem rosa Karmann Ghia irgendein Ergebnis. Die Akten der Zulassungsbehörden verzeichnen auch keinen Versuch, den Wagen erneut anzumelden. Nach acht Jahren starb der Ehemann der Nichte an Krebs. Seine Witwe vertraute mir an, daß sie immer noch jeden Tag an ihre Tante denken würde. »Jedesmal wenn das Telefon klingelt, hoffe ich, daß es Tante Jean ist, die einen plötzlichen Gedächtnisverlust überwunden hat und mir nun Bescheid sagen will, wo ich sie finden kann.«

Ein Jahr später sagte sie: »Ich brauche nur einen Karmann Ghia zu sehen, und mir bleibt fast das Herz stehen.«

Im Dade County wimmelt es nur so von tiefen Seen, Steinbrüchen und Wasserläufen, die das Land kreuz und quer durchziehen. Die Polizei stößt darin immer wieder auf rostige Autowracks. Viele sind von ihren Besitzern versenkt worden, die den Wagen dann als gestohlen melden, um die Versicherung zu kassieren. Einige wurden tatsächlich gestohlen und ausgeplündert. In anderen sitzen noch die Opfer von Unfällen, oder es liegen Ermordete im Kofferraum. Die meisten werden nach kurzer Zeit gefunden; es dauert selten länger als zwei Jahre.

Die Polizei überwacht von Flugzeugen aus regelmäßig diese Wasserstraßen und sucht nach versunkenen Fahrzeugen. Wenn ich dabei bin oder davon höre, daß sie einen Wagen gefunden haben, warte ich voller Spannung, ob es sich dabei um einen Karmann Ghia handelt.

Detective Sandy Weilbacher ist vor drei Jahren in Pension gegangen und hat Miami verlassen. Vor ein paar Monaten wollte ich Sara Sekso anrufen, um mit ihr in Kontakt zu bleiben für den Fall, daß es Neuigkeiten gibt. Der Anschluß existierte nicht mehr; der Name war aus dem amtlichen Telefonbuch von Miami gelöscht.

Bin ich der einzige Mensch, der immer noch nach Jean Blocher Ausschau hält?

Menschen verschwinden, ohne die geringste Spur zu hinterlassen. Leichen werden gefunden, deren Namen nie jemand erfahren wird. Wie sind sie dort hingekommen? Wohin sind sie gegangen?

Es erinnert mich an die Pointe des abgegriffenen Witzes, in dem ein Mann zu früh nach Hause kommt und seine Frau spärlich bekleidet im Schlafzimmer vorfindet. Er öffnet die Tür des Kleiderschranks und entdeckt darin einen nackten Mann. »Was tun Sie hier?« schreit er.

Der Nackte zuckt bloß mit den Achseln. »Jeder gehört irgendwo hin.«

Eigentlich ist es nicht komisch, aber in mindestens einem Fall hat ein Toter der Nachwelt einen Streich spielen wollen. Er legte, glaube ich, keinen Wert darauf, verstanden zu werden; es war sein ganz privater Scherz. Ich habe die Pointe bis heute nicht ganz verstanden, obwohl ich näher daran war als irgend jemand sonst. Außerdem hat mir der Unbekannte durch seine Tat ermöglicht, einem der schwarzen Prinzen meiner Kindheit wiederzubegegnen.

Ich kam gerade von dem Schauplatz eines Mordes, wo ich den ganzen Nachmittag verbracht hatte, mußte noch weitere Storys schreiben und hatte seit Tagesanbruch nicht gegessen. Als ich mich mit dem jungen Detective der Mordkommission über die Schießerei unterhielt, in der er ermittelte, war ich nervös und gereizt, und ihm erging es nicht anders. Es war mehr zufällig, daß ich ihn fragte, was es sonst noch Neues gäbe.

Er erwähnte einen Selbstmord, den er gerade bearbeitete. Ein junger Mann, der sich nur langsam und qualvoll an Krücken vorwärtsbewegen konnte, hatte sich in einem Hotel in Miami eingeschrieben. Seine Gebrechlichkeit war dermaßen offensichtlich, daß sowohl das Personal als auch die Gäste nicht eine Sekunde zögerten, ihm Türen aufzuhalten oder die Treppen hinaufzuhelfen. Er blieb nicht allzu lange. Am nächsten Tag brachte er es irgendwie fertig, eine hohe Balkonbrüstung zu überklettern und sich kopfüber in den Tod zu stürzen.

Es schien sich nicht um einen komplizierten Fall zu handeln. Der Mann hatte seine Schmerzen nicht mehr ertragen und deshalb seinem Leben ein Ende gemacht. Noch unklar war, ob sein körperlicher Zustand für die Schmerzen verantwortlich war, oder eine fortschreitende, versteckte Krankheit ihn so verkrüppelt hatte, denn die Autopsie stand noch aus. Der Detective stand vor dem Problem, die nächsten Angehörigen des Mannes zu finden. Der Name, unter dem er sich eingetragen hatte, hatte sich als falsch erwiesen.

Welchen Namen er angegeben hatte? Ich stellte die Frage nicht aus wirklichem Interesse, eher aus Routine. Der Detective zog sein Notizbuch zu Rate und blätterte eifrig darin herum. »George Metesky«, sagte er.

»Sind Sie sicher?« fragte ich mit plötzlich erwachtem Interesse. Er buchstabierte mir den Namen, aber ich konnte es immer noch nicht glauben. »Wie, sagten Sie, war sein Name?«

Der Tote war Ende Zwanzig, höchstens Anfang Dreißig. Der echte George Metesky mußte inzwischen mindestens siebzig Jahre alt sein. Wer würde seinen Sohn nach dem berüchtigten ›Mad Bomber‹, der Geißel New Yorks, nennen? Metesky und

Willie ›the Actor‹ Sutton hatten sich einträchtig die Schlagzeilen der Zeitungen geteilt, deren Lektüre als Kind mein ein und alles gewesen war.

Diesem jungen Detective, dessen Eltern aus Lateinamerika stammten, sagte das natürlich nichts, und ich erzählte ihm alles darüber, was ich wußte. Wir sahen uns an und mußten es erst mal verdauen, daß ein simpler Selbstmord plötzlich solche Dimensionen annahm. Zwar hatten wir beide keine Zeit dafür, aber ich wollte jetzt alle Einzelheiten. Sicher bereute er es schon, mir davon erzählt zu haben.

George Metesky war ein Junggeselle gewesen, der zusammen mit seinen beiden ebenfalls unverheirateten Schwestern ein ruhiges und unauffälliges Leben führte, während er in der Garage Bomben zusammenbaute. Früher hatte er für Con Edison gearbeitet und dem Energiekonzern dann verbittert den Krieg erklärt, weil er ihn für seine Tuberkulose verantwortlich machte. Er hatte Bomben im gesamten New Yorker Stadtgebiet gelegt und verrückte, vor Haß triefende Briefe gegen Con Ed geschrieben. Es ist nie jemand zu Schaden gekommen, aber er hat die Bevölkerung der Stadt eine Zeitlang in Angst und Schrecken versetzt. Nach einer spektakulären Fahndung wurde er schließlich gefaßt und in eine Heilanstalt eingewiesen. Ich erinnerte mich, daß man ihn nach ungefähr zwanzig Jahren wieder in die Obhut seiner Schwestern entlassen hatte, wo er jetzt hoffentlich einem anderen Hobby nachgeht.

Warum hatte sich der Selbstmörder unter dem Namen dieses Mannes eingetragen?

Im Leichenschauhaus wurde die Sache noch mysteriöser. Der Arzt hatte bei der Obduktion keine physische Behinderung entdecken können, die die Benutzung von Krücken gerechtfertigt hätte. Bis auf die Folgen des tödlichen Sturzes war der Körper des Toten in tadelloser Verfassung. Warum hatte er sich dann die Mühe gemacht, als Krüppel aufzutreten?

Vielleicht hatte der Mad Bomber eine Antwort auf diese Frage. Ich suchte mir die Nummer aus dem Telefonbuch und rief ihn in seinem Wohnort in Connecticut an. Seine Stimme war die eines freundlichen, alten Mannes und klang nicht im mindesten verrückt. Er hatte keinen Neffen oder Verwandten mit dem Namen George Metesky und auch noch nie von einem anderen Mann dieses Namens gehört. Mit der Beschreibung des jungen Selbstmörders konnte er ebenfalls nichts anfangen.

Ich erinnerte mich, daß es während der Wahlkämpfe in den siebziger Jahren neben den Zippies und Yippies noch eine andere Gruppe gegeben hatte, die sich zur Protestbewegung zählte. Sie nannten sich die George Meteskys, die Mad Bombers. Aber der Mad Bomber selbst hatte noch nie von ihnen gehört, und mir gelang es nicht, etwas über sie in Erfahrung zu bringen. George Metesky war jetzt auch neugierig geworden. Er bat mich, ihn zu informieren, wenn ich etwas über den toten Mann in Erfahrung brächte. Ich versprach es ihm, habe aber nie wieder mit ihm gesprochen. Das Rätsel um die Identität des jungen Mannes ist nie gelöst worden. Wir werden niemals erfahren, warum er sich als Krüppel ausgegeben und den Namen eines berüchtigten Psychopathen benutzt hatte, der bereits hinter den Mauern einer Heilanstalt verschwunden war, bevor der spätere Selbstmörder das Licht der Welt erblickte.

Mike Gonzales sagt mir immer wieder, daß es sinnlos sei, in Fällen wie diesem nach einer Logik zu suchen, denn es existiere keine. Menschen, die so etwas tun, denken nicht logisch.

Aber ich versuche trotzdem immer noch, das Rätsel zu verstehen. Manchmal sitze ich abends am Wasser und denke an die Menschen, die einfach verlorengegangen sind. Die Detectives, die diese Fälle bearbeiten, geben irgendwann auf. Sie ziehen weg oder setzen sich zur Ruhe wie Sandy Weilbacher und Henry Weaver und lassen alles hinter sich zurück.

In der Zeit, die ihnen zur Verfügung steht, tun sie ihr bestes – dann vergessen sie den Fall.

Die Angestellten im Leichenschauhaus versehen die Toten mit

einer Nummer, füllen die erforderlichen Papiere aus und lassen sie in einem anonymen Grab beerdigen – und vergessen sie.

Sie alle tun das einzig Vernünftige, machen ihre Arbeit und wenden sich dann dem nächsten zu.

Warum kann ich das nicht?

GERECHTIGKEIT

Jeder nimmt sie für sich in Anspruch, aber nur wenigen wird sie zuteil.

Unser Rechtssystem basiert auf Gesetzen, nicht auf Gerechtigkeit. Sie ist zwar das Ziel aller Bemühungen, bleibt aber unerreichbar, blind und ungewiß. Manche Menschen sind darüber so verzweifelt, daß sie versuchen, Gerechtigkeit auf eigene Faust herzustellen. Es gibt andere, begabte und auserwählte, die sich voller Idealismus auf die Suche nach ihr begeben. Sie nutzen die Regeln zu ihren Gunsten. Aber manchmal sind alle Bemühungen vergeblich.

Es gibt Ankläger, die nicht so sehr an Gerechtigkeit interessiert sind, sondern an ihrer Erfolgsbilanz. Wenn man ihnen den Fall nicht wasserdicht mit Geständnis, Augenzeugen und rauchender Tatwaffe serviert, scheuen sie das Risiko einer Anklageerhebung.

Carol King Guralnick war anders. Sie war überhaupt anders als alles, was Miami bisher gesehen hatte. Als wir uns das erste Mal begegneten, hieß sie noch Carol King und war Assessorin im Büro des Staatsanwalts, und ich arbeitete als Gerichtsreporterin. Wir gingen damals beide mit Paul Baker aus, einem geistreichen und elegant gekleideten Richter, der zu der Zeit ein begehrter Junggeselle war.

Carol war reich, schön und extravagant, ehemalige Schönheitskönigin und Fotomodell. Sie hatte einst für das Büro von Melvin Belli gearbeitet, dem besten Schauspieler, der jemals als Anwalt einen Gerichtssaal betreten hat. Sie hatte sich all seine Tricks angeeignet. Mit dreiundzwanzig Jahren wurde sie Assistentin des Staatsanwalts und bezog als Anklägerin ein winziges, in öder Behördenmanier möbliertes Büro. Ihre erste Amtshandlung bestand darin, es neu einzurichten.

Den Steuerzahler hat das nicht einen Cent gekostet. Sie ließ die Wände taubenblau streichen, was sehr gut zu den in Wedgewoodblau gehaltenen Vorhängen und den blütenweißen Gardinen paßte. Der Teppichboden war sehr weich und blaßblau. Darauf stand ein Schreibtisch aus der Epoche Ludwigs des Vierzehnten und dahinter ein samtbezogener Lehnstuhl.

Carol entstammte einer reichen Familie, und auch ihr Mann, der Anwalt Ronald Guralnick, hatte es zu einigem Wohlstand gebracht. Sie hatte auch eine eigene Radiosendung, in der sie unter dem Namen Lady Law gegen das Verbrechen zu Felde zog.

Carol King Guralnick betrat nicht einfach den Gerichtssaal, sie inszenierte ihren Auftritt – und wehe dem, der ihr dabei im Weg stand. Immer auffällig und teuer gekleidet, mit üppigen, schwarzen Haaren und blitzenden Augen verströmte sie genug Selbstsicherheit, um sogar eine Versammlung von Strafverteidigern verstummen zu lassen. Sie fuhr stets teure Sportwagen mit Autotelefon, auf deren Kennzeichen ihr Spitzname zu lesen war: Lady Law. Und diese Autos parkte sie genau da, wo sie wollte, denn sie empfand es als weniger umständlich, die Strafmandate zu bezahlen, als sich auf die zeitraubende Suche nach einem Parkplatz zu begeben.

Die Leute, die sie nicht mochten, waren meistens mit wenig Selbstwertgefühl ausgestattete Männer, denn Carol machte keinen Hehl aus ihren ehrgeizigen Plänen. Ihre Vorliebe für publikumswirksame Fälle sollte ihre Ernennung zur Richterin vorantreiben. Sie sah sich sogar schon in den obersten Gerichtshof der Vereinigten Staaten berufen. »Ich stelle mich jetzt schon darauf ein«, sagte sie mir einmal, »und wenn es eintritt, wird es mir ganz selbstverständlich vorkommen. Ich glaube wirklich an die Vorsehung.«

Ich habe ihren Ehrgeiz immer bewundert. Diese Frau könnte ihre Zeit mit Einkäufen in Paris, dem Jetset oder dem Lackieren ihrer Fußnägel zubringen, anstatt sich in dem Irrenhaus von Justizpalast mit Vergewaltigern, Räubern und Mördern herumzuschlagen. Aber sie tut es. Was für Motive sie auch haben mag, sie ist dort und macht ihre Arbeit. Und sie hat ein Herz. Ich war oft dabei, wie sie mit liebevoller Strenge Zeugen und Opfern die Angst nahm, die sich dann in ihren Armen ausweinten und die teure Maßkleidung mit Tränen durchweichten.

Ich hatte Carol monatelang nicht gesehen, als ich über den erschütternden Fall des kleinen Sam stolperte, der vier schwere Unfälle überlebte, bevor der fünfte seinem kurzen Leben ein Ende bereitete.

Er war in zwanzig Zentimeter tiefem Badewasser ertrunken. Hier ist die Aufzählung dessen, was er vorher durchleiden mußte:

– Er hatte Bleichmittel verschluckt,
– eine Überdosis Medikamente eingenommen,
– war gerade noch lebend aus seinem Zimmer herausgekommen, in dem ein Feuer mit solcher Intensität wütete, daß die Fensterscheiben zerbarsten, und
– war vor Atemnot bereits blau angelaufen, als er mit einer Plastiktüte über dem Kopf gefunden wurde.

Um ihn noch rechtzeitig ins Krankenhaus zu bringen, mußte ein Polizeihubschrauber auf der Straße vor dem Haus seiner Eltern landen. Der kleine Junge war schon so oft auf der Intensivstation behandelt worden, daß die Krankenschwestern dort seinen Vornamen kannten.

Er war im Januar ertrunken. Sechs Monate später hörte ich zum erstenmal davon und begann, mich mit der Sache zu beschäftigen. Als sich die Unfälle ereigneten, war Sam jedesmal mit seiner siebenundzwanzigjährigen Mutter allein im Haus gewesen, die in zweiter Ehe mit Sams Vater, einem Polizisten aus Coral Gable, verheiratet gewesen und gerade frisch von ihm geschieden war. Sie hatte ein Verhältnis mit einem der Feuerwehrleute angefangen, die ihren Sohn aus seinem brennenden Zimmer gerettet hatten.

Zum Hergang des Unfalls sagte die Mutter aus, daß sie Sam in die Badewanne gesetzt hätte, um dann Wäsche aufzuhängen.

Als sie nach zehn Minuten zurückgekehrt wäre, hätte er mit dem Gesicht nach unten im Wasser gelegen. An der Sache war offensichtlich etwas faul, aber kein Ankläger würde sich an dem Fall die Finger verbrennen wollen. Es gab keine Zeugen, und welche Jury würde glauben, daß eine Mutter diesem hübschen Kind etwas angetan hatte?

Sein Vater hatte immer wieder das Sorgerecht beantragt, besonders nach Sams Rettung aus dem Feuer; aber der Richter war jedesmal der Meinung gewesen, ein kleiner Junge gehörte zu seiner Mutter.

Vor sechs Jahren in Broward County, während der Scheidung von von ihrem ersten Mann, war das erste Kind der Frau gestorben. Wie aus dem damaligen Polizeibericht hervorging, war der kleine Junge ebenfalls in der Badewanne ertrunken, als seine Mutter gerade beim Wäscheaufhängen war. Danach hatte sie Heiratspläne mit dem Fahrer des Unfallwagens geschmiedet, der ihren Sohn ins Krankenhaus gebracht hatte.

Ich vereinbarte ein Treffen mit Sams Vater im Polizeirevier von Coral Gable. Wir saßen uns in einem kleinen Befragungsraum an einem zerschrammten Holztisch gegenüber. Er war noch sehr bekümmert wegen Sams Tod und warf seiner geschiedenen Frau vor, den Tod seines Sohnes und auch die früheren Unfälle aus Nachlässigkeit verschuldet zu haben. Verblüfft fragte ich ihn, ob es ihm nicht zu denken gegeben hätte, daß auch das erste Kind seiner Ex-Frau in der Badewanne ertrunken war.

Er starrte mich an, unfähig zu antworten. Dann brach er in Tränen aus und sagte, daß er es nicht wüßte.

Er hatte die Frau sechs Monate nach dem Tod ihres ersten Kindes kennengelernt – sie behauptete, es wäre an einem angeborenen Herzfehler gestorben. Während der ersten Zeit waren sie auf seinen Wunsch hin oft an seinem Grab gewesen, um dort frische Blumen niederzulegen.

Dem Detective, der Sams Tod untersuchte, hatte sie auch die Geschichte von dem Herzfehler ihres ersten Kindes erzählt. Sie verweigerte die Zustimmung zu einem Lügendetektortest. Als sie sich mit mir unterhielt, sagte sie mir, daß sie den Grund dafür nicht wüßte.

Dr. Donald Wright, der damals zuständige Gerichtsmediziner für Dade County, erklärte es für physikalisch unmöglich, daß ein gesunder, knapp ein Meter großer Junge in zwanzig bis dreißig Zentimeter tiefem Wasser ertrunken wäre. Ich schrieb das in meinen Artikel, und die Reaktion ließ nicht lange auf sich warten.

Carol King Guralnick rief mich an, um zu fragen, warum sich noch kein Ankläger des Falles angenommen hätte. Ich sagte ihr, sie würden das Risiko scheuen.

Zwei Tage später wurde Sams blonde, vollschlanke Mutter, die jetzt mit einem Offizier der Küstenwache verheiratet war, wegen Mordverdacht festgenommen.

Carol King Guralnick hatte sich, natürlich, bereit erklärt, die Anklage zu vertreten, und ich war es, die über den Prozeß berichten sollte. Sams Vater hatte Farbfotos, auf denen zu sehen war, wie sein Sohn ohne jede Scheu vor dem Wasser in einem Swimmingpool schwamm und sogar tauchte. Carol hatte sie stark vergrößern lassen, um diese Tatsache der Jury nahezubringen.

Aber der Fall des kleinen Sam sollte nie vor Gericht zur Sprache gebracht werden. Auch einer Carol King Guralnick kann ein Fehler unterlaufen.

Die Richterin Natalie Baskin hatte in einer außergewöhnlichen Anhörung festgesetzt, daß weder Sams vier beinahe tödliche Unfälle noch der Tod des ersten Kindes seiner Mutter in der Verhandlung zur Sprache gebracht werden dürften. Jede Erwähnung dieser Vorfälle wäre unzulässig und irrelevant, weil sie mit dem eigentlichen Fall nur am Rande zu tun hätten.

Carol hingegen sprach ihnen eine wesentliche Bedeutung zu, da sie der Jury zeigten, daß Sams Mutter nach einem Plan vorgegangen wäre.

Die Jury war bereits ausgesucht und vereidigt, aber es hatte bis jetzt weder Eröffnungsworte der Prozeßgegner noch eine Beweisaufnahme gegeben. Um den Beschluß der Richterin zu umgehen, beantragte Carol eine Neuaufnahme wegen eines Verfahrensfehlers.

Roy Black, der Anwalt der Mutter und einer der besten Strafverteidiger Miamis, hatte keine Einwände und lächelte bloß in sich hinein.

Das Gericht gab dem Antrag statt – und es war alles vorbei. Carol hatte etwas übersehen, was dem erfahrenen Anwalt Black nicht entgangen war. Der Prozeß hatte mit der Vereidigung der Jury bereits offiziell begonnen. Sams Mutter vor eine neue Jury zu bringen, hieß, sie wegen desselben Verbrechens zweimal anzuklagen.

Dieser Verfahrensfehler führte dazu, daß die Angeklagte den Gerichtssaal als freie, unbescholtene Bürgerin verließ.

Was ist Gerechtigkeit? Im Fall von Charles Griffith, dem Vater eines anderen unschuldigen Kindes, ist es eine Frage, deren Beantwortung einen mehr als eine schlaflose Nacht kosten kann.

Ich bin sehr zufrieden damit, daß in Florida die Mindeststrafe für vorsätzlichen Mord fünfundzwanzig Jahre Gefängnis beträgt. Zu viele Gewaltverbrecher, die früher entlassen wurden, haben neues Unrecht begangen. Und wenn man gerade das Gefühl hat, daß die ausnahmslos strikte Anwendung dieses Gesetzes wenigstens die guten Menschen vor den bösen schützt, trifft man auf einen Charles Griffith.

Ich werde sein Gesicht niemals vergessen, und eines weiß ich genau: Niemandem ist damit gedient, daß er bis zum Jahre 2010 ohne die geringste Aussicht auf Bewährung hinter Gittern sitzt.

Seine Mutter war Sängerin, und sein Vater besitzt Varietétheater und Pornokinos. Sie sind schon lange nicht mehr miteinander verheiratet. Charles hat in North Carolina seine Kindheit und Jugend verbracht und ist von dort aus nach Miami gekommen, wo ihm sein Vater einen Job als Vorführer in einem seiner Pornokinos verschaffte.

Er heiratete in jungen Jahren ein Mädchen namens Becky, von dem er sich aber fünf Jahre später wieder trennte. In seinem Leben gab es eigentlich nur einen einzigen Moment des Glücks: die Geburt seiner Tochter Joy. Er liebt das aufgeweckte, blonde kleine Mädchen über alles, und besonders ihre blauen Augen, ›die mit funkelndem Sternenstaub gesprenkelt sind‹.

Im Oktober 1984, als Joy zweieinhalb Jahre alt war, geschah etwas Entsetzliches. Ihre Mutter war mit Joy bei ihrer Großmutter zu Besuch. Sie bereitete sich in der Küche einen Milchkaffee, während Joy, angelockt von einem Zeichentrickfilm im Fernsehen, ins Wohnzimmer krabbelte. Die Kleine kletterte auf einen braunen Ruhesessel, wobei dessen zusammenklappbare Fußstütze unter dem Gewicht ihrer zweiunddreißig Pfund nachgab. Sie geriet mit dem Hals in den Spalt, der sich dabei auftat, und ihr wurde die Luft abgeschnürt.

Joy hatte die kleinen Hände in das abgenutzte Polster des Sessels gekrallt, als ihre Mutter sie endlich aus dieser tödlichen Falle befreite. Die Kleine war aschfahl, und ihre Atmung hatte bereits ausgesetzt. Der herbeigerufene Notarzt konnte keinen Puls mehr feststellen. Er stimulierte den Herzschlag durch Medikamente, und nach vierzigminütiger Mund-zu-Mund-Beatmung begann Joy wieder allein zu atmen. Ihr Gehirn war allerdings durch den Sauerstoffmangel so nachhaltig geschädigt, daß sie nie wieder das Bewußtsein erlangen würde.

Ihr vierundzwanzigjähriger Vater schlief auf einer Bank im Krankenhaus, so daß er sie jede Stunde auf der Intensivstation besuchen konnte. Er pflegte sie hingebungsvoll und lernte sogar, wie man einen Plastiktubus in ihre Luftröhre einführt, um den Schleim aus den Lungen abzusaugen. Er fand einen gewissen Trost darin, daß ›wenn Gott sie jetzt schon zu sich ruft, sie nie in ihrem kurzen Leben richtige Furcht gekannt hat, sondern nur Freude und Lachen‹.

Er bat die Leute, für seine Tochter zu beten.

Es folgten entsetzliche Monate für ihren Vater, in denen er medizinische Fachliteratur nach der rettenden Behandlung für seine Tochter durchforstete. Er stieß auf ein Medikament, das man in Europa erfolgreich bei komatösen Patienten angewandt hatte. Auf sein Bitten hin verabreichten die Ärzte in Miami es seiner Tochter. Ohne Erfolg. Mit unendlicher Sorgfalt versuchte er, ihre Sinne wieder zum Leben zu erwecken. Er träufelte Honig mit Zitrone auf ihre Zunge, leuchtete ihr mit der Taschenlampe in die Augen, rieb ihre Wange erst mit einem Seidentuch und mit einem rauhen Waschlappen ab, und er war fest davon überzeugt, daß sie ihn hören konnte. Und er glaubte auch, daß sie Schmerzen empfand, weshalb er Furchtbares durchmachte, als die Ärzte ein Loch in ihren Schädel bohrten, um ihre Gehirntätigkeit zu messen, ihren Magen öffneten, um sie künstlich zu ernähren, und einen Luftröhrenschnitt vornahmen, um sie zu beatmen.

Er hatte den Verdacht, daß man im Krankenhaus nicht sorgsam genug mit ihr umging, und stritt sich erbittert mit dem Pflegepersonal herum. Joy wurde alle zwei Stunden umgedreht. Er machte den Schwestern, die sie nicht vorher ansprachen, schwere Vorwürfe, denn ›woher soll sie wissen, was mit ihr geschieht, wenn man es ihr nicht vorher sagt. Sie kann es doch nicht sehen und bekommt entsetzliche Angst‹.

Er bestand darauf, daß sie reagierte, wenn er ihr ins Ohr flüsterte: ›Joy, hier ist Daddy. Wenn du mich hören kannst, blinzle zweimal‹. Sie hätte auch schon ihren linken Fuß für ihn angehoben, erzählte er. Und wenn er sie fragte: »Willst du, daß Daddy dich hochhebt?« hätte sie wie rasend geblinzelt. »Sie leidet entsetzlich«, sagte er.

Seine Depressionen wurden schlimmer und stellten sich schon beim Anblick von Sandkästen, Spielzeug und kleinen Kindern ein. Von Becky entfremdete er sich immer mehr, so daß den Eltern schließlich getrennte Besuchszeiten bei ihrer Tochter eingeräumt werden mußten, damit sie sich nicht begegneten. Er strengte eine Schadensersatzklage in Joys Namen an, weil der Hersteller des Sessels um eines Preisvorteils willen auf eine Sicherheitsvorrichtung verzichtet hätte. Andernfalls wäre es nicht zu dem tragischen Unglück gekommen.

An Joys drittem Geburtstag, dem 4. April 1985, schminkte er sich ein Clownsgesicht und kam mit Luftballons, Geschenken sowie einem Kuchen an ihr Krankenbett. Er sang ›Happy Birthday‹ und führte ihr winziges Handgelenk, als sie gemeinsam den Geburtstagskuchen anschnitten.

Wenn er allein in seinem kleinen Apartment in South Beach erwachte, erinnerte er sich, wie ihn seine Tochter morgens geweckt hatte. Zur Schlafenszeit hatte sie sich an ihren weichen Stoffhund gekuschelt und geflüstert: »Nightynite.« Er hatte den Hund, eingepackt in eine winzige Decke, immer in seinem Bett und stellte sich vor, Joy wäre bei ihm. Er roch sogar das Babyshampoo, nach dem ihr Haar duftete. Der Psychotherapeut, den er in seiner Verzweiflung aufsuchte, beschränkte seine Behandlung darauf, ihm Valium zu verschreiben.

Als seine Tochter acht Monate im Koma lag, wandte er sich an mehrere Radio-Talk-Shows in Miami und bat die Hörer weinend um Hilfe.

Niemand wußte einen Rat.

Er vertraute sich dem einzigen Priester an, den er kannte – dem selbsternannten Reverend Johannes 3:16 der First Church of the Last Chance, dessen Mission nach seinen eigenen Worten darin besteht, ›Suppe, Seife und Hoffnung‹ an diejenigen zu verteilen, die im Unglück leben. Der schillernde Prediger und frühere Schauspieler hatte in den sechziger Jahren zu Jesus gefunden und sich nach dem Bibelvers Johannes 3:16 genannt: ›Also hat Gott die Welt geliebt, daß er seinen angeborenen Sohn gab, auf daß alle, die an ihn glauben, nicht verloren werden, sondern das ewige Leben haben.‹

Aber auch Johannes 3:16 hatte sein Päckchen zu tragen, nachdem er seine Kirche für die Armen ausgerechnet in einem der heruntergekommenen Häuser eingerichtet hatte, in dem Charles Griffith ein Pornokino betrieb. Die Stadt hatte die Mission unverzüglich aus feuerpolizeilichen Gründen wieder geschlossen.

Der Priester und der junge Vater saßen nächtelang zusammen. Charles weinte und fragte unaufhörlich: »Gibt es einen

Himmel, Vater? Gibt es wirklich einen Himmel? Ich kann sie nicht mehr länger leiden lassen. Ihr Leben hat keinen Sinn.« Gemeinsam suchten sie in der Bibel nach einer Antwort.

Ohne Erfolg.

In der Nacht des 28. Juni 1985 stattete Charles Griffith der Kinderstation des Krankenhauses seinen letzten Besuch ab.

Diesmal hatte er keine Geschenke dabei, sondern einen Revolver vom Kaliber .32.

Er verbrachte zwei Stunden mit seiner Tochter, sprach zärtlich mit ihr und sang ihre Lieblingslieder. Dann setzte er ihr die Mündung des Revolvers an die Brust und drückte zweimal ab. Das Pflegepersonal lief von allen Seiten zusammen, aber es war zu spät. Beide Schüsse hatten ins Herz getroffen.

Charles versuchte nicht zu fliehen. Er wurde am Bett seiner Tochter verhaftet und wegen vorsätzlichen Mordes angeklagt.

Ich sprach mit dem Gerichtsmediziner, den Detectives und versuchte, Freunde von Griffith ausfindig zu machen, denn ich wollte herausfinden, was sich wirklich abgespielt hatte. Glücklicherweise rief mich Johannes 3:16 an. Er war außer sich, und wir verabredeten uns vor dem schäbigen Apartmenthaus in South Beach, in dem Charles wohnte. Als ich dort ankam, wartete er schon auf mich. Er trug einen schwarzen Anzug, einen Priesterkragen und ein riesiges Kruzifix. Er sah mitgenommen aus und war völlig verzweifelt. »Er hat sie aus Liebe erschossen, aus Liebe«, sagte er. »Und ich bin ein Angehöriger des Klerus.«

Als er Charles aufgefordert hatte, für ein Wunder zu beten, hatte der junge Vater ihn gefragt: »Kann Gott einem Menschen ein neues Gehirn schenken?«

»Ich befragte die Heilige Schrift, aber sie hat mich ohne Antwort gelassen«, erzählte Johannes 3:16. »Er hat sich nur noch wie eine Maschine bewegt. Er war nicht mehr er selbst.«

Die Nachbarn sprachen freimütig über Charles und seine achtmonatige Nachtwache bei seiner Tochter. »Er hat das Kind so geliebt«, sagte eine großmütterlich wirkende Frau. »Zum Schluß war das gar nicht mehr Charles ... Er hat ausgesehen wie ein alter Mann. Er ist kein Mörder. Der Schmerz hat ihn in den Wahnsinn getrieben.«

Draußen war es heiß und stickig. Die tiefen Kerben im Gesicht des Priesters glänzten vor Schweiß und Tränen. Charles hatte Joys Habseligkeiten in einer kleinen Kommode aufbewahrt, einer Art Schrein, erzählte er. »Er hat nächtelang ihre Kleider und Spielsachen im Arm gehalten und geweint.« An den Wänden seines Apartments hingen Dutzende von Fotos seiner Tochter. Ich wollte sie sehen, um herauszufinden, welchen Weg Charles Griffith und seine kleine Tochter zurückgelegt hatten. Aber ich fand niemanden, der mir die Tür des Apartments hätte aufschließen können.

Johannes 3:16 meinte, Fotos von Joy würden wir auch an Charles' Arbeitsplatz, dem Gay Kino in der Collins Avenue, finden. Die Passanten verrenkten sich fast die Hälse, als der Priester und ich den Eingang passierten. In der Eingangshalle wurde Sexspielzeug statt Popcorn verkauft. Im Innern des Kinos war es dunkel wie unter einer Bettdecke; man konnte kaum die Hand vor Augen sehen. Vielleicht wollen diese Kinogänger nicht gesehen werden, oder sie tun im Schutz der Dunkelheit Dinge, an die ich nicht einmal denken wollte.

Wir stolperten durch die Dunkelheit in Richtung des Vorführraumes, und ich fragte mich, wie ich es erklären sollte, wenn ich mir hier ein Bein brach. Johannes 3:16 hielt meine Hand fest umklammert, während sich auf der Leinwand eine Orgie in Technicolor abspielte. »Sehen Sie nicht hin«, rief er immer wieder.

Ich konnte gar nicht anders.

Wie sollte man diese gestochen scharfen und leuchtenden Farben auch ignorieren? Ich hatte Pornos immer noch als diese alten, grobkörnigen Schwarzweißfilme in Erinnerung, die das Sittendezernat zu konfiszieren pflegte – und die Emmet dann ›zum Studium‹ mit nach Hause brachte. Aber dies war etwas völlig anderes.

»Sehen Sie nicht hin«, rief der Priester beschwörend und zog mich am Arm die Stufen hinauf, die zum Vorführraum führten.

Charles hatte in der schwülen, aufgegeilten Atmosphäre des Gay Kinos einen kleinen Altar für seine Tochter errichtet. An die Wände der Vorführkammer waren mehr als ein Dutzend Fotos von ihr gepinnt: Joy auf einem Pony; in die Arme ihres Vaters gekuschelt; in ihr Spiel mit Eimer und Schaufel vertieft. Es gab auch ein Bild von dem wunderschönen, blonden Engel, wie er seinen dritten Geburtstag verschlief, umgeben von der stählernen Überwachungsmaschinerie auf der Kinderstation des Krankenhauses. Joy, die keinen Blick mehr hatte für die Spielsachen, Luftballons und großäugigen Puppen, die ihren Schlaf bewachten.

Wir fanden auch einen kleinen Recorder und mit ›für Joy‹ beschriftete Kassetten, auf denen er Musik für seine träumende Tochter aufgenommen hatte. Der diensthabende Vorführer erlaubte mir, zwei von den Fotos auszuborgen. Die eine zeigt Charles im T-Shirt, mit seiner Tochter auf dem Arm. Sie trägt einen Badeanzug, und eine leichte Brise spielt mit ihrem goldenen Haar. Das andere muß kurz vor ihrem Tod entstanden sein. Die blonde, kleine Schönheit liegt schlafend in ihrem Krankenhausbett und ist umgeben von blitzenden, sterilen Maschinen.

Dieses Bild hatte soviel Kraft, daß es ihre ganze Geschichte erzählte. Vielleicht hat sich die Redaktion deshalb geweigert, es ins Blatt aufzunehmen. Es ist nie veröffentlicht worden.

Das andere Foto erschien auf den Titelseiten sämtlicher Ausgaben des nächsten Tages. In meinem Artikel zitierte ich den Priester, die Nachbarn, die Detectives und den Gerichtsmediziner. Es war zuwenig, daß wußte ich. Die eigentliche Story konnte nur Charles Griffith erzählen, aber der lag nackt und gefesselt in einer Sonderzelle des Gefängnisses und wurde wegen Suizidgefahr ständig überwacht. Der einzige, der an ihn herankäme, war der Priester. Also schickte ich Johannes 3:16 mit einer Botschaft ins Gefängnis.

Einige Stunden später klingelte das Telefon. »Hier ist Charles Griffith, der Mann, der seine Tochter umgebracht hat«, meldete er sich und begann zu weinen.

So entstand das Gefängnisinterview mit Charles Griffith, der den Menschen getötet hatte, den er am meisten liebte.

»Mein Kind war in einem toten Körper eingesperrt«, sagte er. Er wäre wie im Traum ins Krankenhaus gefahren und hätte nicht daran gedacht, seine Tochter umzubringen.

»Ich kann mich nicht einmal genau daran erinnern, was gestern abend passiert ist. Der Atemtherapeut kam herein und gab ihr einen Klaps auf die Brust. Als er begann, den Schleim abzusaugen, öffnete sie ganz weit die Augen. Sie bekam nicht einmal Luft.«

»Ich weinte und rieb ihr das Gesicht. Ich sagte: ›Es ist alles in Ordnung. Daddy ist hier. Du wirst keine Schmerzen mehr haben. Es ist alles vorbei.‹ Dann hörte ich zwei Schüsse.«

Er konnte sich nicht erinnern, die Schüsse abgefeuert zu haben, aber er wußte, was sie bedeuteten. »Ich schleuderte die Waffe zu Boden und brach weinend zusammen. Dabei schrie ich immerzu: ›Tut ihr nicht weh. Bitte, tut ihr nicht weh.‹ Drei Männer waren hereingekommen, und ich hatte Angst, sie würden ihr etwas tun. Dieses kleine Kind hat doch schon Entsetzliches durchmachen müssen.«

Die drei Männer waren Pfleger. Charles Griffith sprang auf die Füße und schrie: »Faßt meine Tochter nicht an! Ihr werdet ihr nie wieder weh tun. Kommt ihr nicht zu nah!«

Ein stämmiger Krankenhauswachmann packte ihn schließlich und hielt ihn fest. »Ich konnte mich überhaupt nicht rühren in seinem Griff«, sagte Charles. »Der Gedanke machte mich krank, daß sie ihr wieder weh tun könnten. Sie konnte weder essen, sprechen oder sich bewegen. Vielleicht gibt es einen Gott dort oben, bei dem sie jetzt ist, wo sie lachen, spielen und wieder sehen kann. Aber bei all dem, was sie hat durchmachen müssen, glaube ich nicht daran.«

Er glaubt, daß sie immer noch leidet.

Dr. Charles Wetli ist anderer Ansicht. »Sie lag im Koma und hatte keinerlei Empfindungen«, erklärte der verantwortliche Gerichtsmediziner von Dade County. »Der Fall liegt so ähnlich wie bei Anne Karen Quinlan. Bei ihr konnten wir ebenfalls keinen Gehirntod feststellen, und wir hätten sie noch Jahre in dem Zustand halten können. Es ist das furchtbare Ende einer Familientragödie. Die Kinderstation eines Krankenhauses ist wirklich der letzte Ort auf der Welt, bei dem man an einen Mord denkt.«

»Ich weiß nicht, was mit mir geschehen wird«, sagte Charles Griffith. »Aber auf keinen Fall werde ich für fünfundzwanzig Jahre ins Gefängnis gehen. Wenn sie mich dennoch dorthin schicken, werde ich im Gefängnis einen Kinderschänder töten und in die Todeszelle kommen. Ich gehe lieber auf den elektrischen Stuhl, dann bin ich wenigstens bei ihr.«

Eine Jury befand Griffith des vorsätzlichen Mordes für schuldig. Er bekam lebenslänglich und muß mindestens fünfundzwanzig Jahre absitzen, bevor er auf Bewährung entlassen werden kann.

Jeder fordert Gerechtigkeit für sich, aber wir sind nur selten dazu fähig, sie einem anderen Menschen angedeihen zu lassen.

McDUFFIE

Am Freitag, dem 21. Dezember 1979, klingelte das Telefon auf meinem Schreibtisch. Dieses Datum sollte den Beginn einer neuen Zeitrechnung markieren.

Der Anruf brachte Ereignisse ins Rollen, die schließlich die Schlagzeilen in der ganzen Welt beherrschen und das Gesicht Miamis für immer verändern sollten. Sie würden viele Menschen, darunter auch mich selbst, fassungslos zurücklassen. Achtzehn Männer und Frauen sollten ums Leben kommen, und dreihundertfünfzig, unter ihnen auch Kinder, würden zum Teil schwere Verletzungen davontragen. Sechshundert Menschen würden verhaftet werden und der Sachschaden am Ende einhundert Millionen Dollar betragen.

Die vertraute Stimme am anderen Ende der Leitung sagte, daß Beamte des Public Safety Department einen schwarzen Motorradfahrer nach einer wilden Verfolgungsjagt mit ihren schweren, metallenen Taschenlampen, sogenannten Kel-Lites, entweder totgeschlagen oder schwer verletzt hätten. Dann wäre von den Polizisten ein Verkehrsunfall vorgetäuscht worden, um seine schweren Verletzungen zu erklären. Das wäre alles, sagte mein Informant.

Es klang so absurd, daß es sich tatsächlich so abgespielt haben mochte. Es ist typisch für Miami; je unwahrscheinlicher eine Story sich anhört, desto eher entspricht sie der Wahrheit. Wir verbringen einen großen Teil unserer Zeit damit, irgendwelchen Gerüchten, Telefonanrufen oder Andeutungen nachzugehen.

Ich rief das Büro des gerichtsmedizinischen Dienstes an und fragte, ob sie etwas über einen schwarzen Motorradfahrer wüßten, der nach einer Verfolgungsjagd durch die Polizei seinen schweren Verletzungen erlegen wäre.

Sie sagten, ein dreiunddreißigjähriger Farbiger namens Arthur Lee McDuffie wäre gerade im Jackson Memorial Hospital gestorben und auf dem Weg ins Leichenschauhaus.

Als nächstes ließ ich mich beim PSD mit dem Dezernat für interne Ermittlungen verbinden, das seine Arbeit aufnimmt, wenn Bürger bei polizeilichen Aktionen zu Schaden kommen. Dem Leiter der Dienststelle war der Fall bereits vertraut. Der Mann wäre lediglich bei dem Versuch verunglückt, sich seiner Verhaftung zu entziehen, sagte er.

Laut Polizeibericht versuchte ein Streifenpolizist um 1 Uhr 51 vergeblich, McDuffie wegen eines Verkehrsvergehens anzuhalten. An der anschließenden Verfolgungsjagd hatten sich mehr als ein Dutzend Streifenwagen beteiligt, die den Flüchtigen mit über einhundert Meilen die Stunde bis ins Stadtgebiet von Miami verfolgten. Dort hatte sich nach Aussagen der Beamten dann der Unfall ereignet. Durch den Aufprall wäre Arthur McDuffie der Helm vom Kopf gerissen worden. Er hätte es geschafft, wieder auf die Beine zu kommen und wegzulaufen. Dann hätte er sich der Verhaftung durch die ihn verfolgenden Beamten widersetzt, wodurch diese gezwungen gewesen wären, Gewalt anzuwenden.

Ich rief Dr. Ronald Wright im Leichenschauhaus an, um ihm zu sagen, daß es sich bei dieser Autopsie wahrscheinlich um mehr als einen Routinevorgang handelte. Währenddessen saß ich im Hauptquartier des PSD und hörte mir die Tonbandaufzeichnung der insgesamt achtminütigen Jagd an, die um 1 Uhr 59 in der Nähe einer Auffahrt zur Stadtautobahn ihr Ende gefunden hatte. »Wir haben ihn . . .«, meldete der Sergeant, der den Alarm ausgelöst hatte, und forderte kaum zwei Minuten später, nun ziemlich außer Atem, einen Krankenwagen an.

Die Namen der beteiligten Beamten entnahm ich dem Unfallbericht. Einige der Namen waren mir vertraut – aus einer Artikelserie über Polizeibrutalität im vergangenen Jahr.

Einer von ihnen, Michael Watts, vereinte extrem gegensätzliche Eigenschaften in sich. 1976 war er zum Polizisten des Monats gewählt worden, weil er die Vergewaltigung einer

Anhalterin verhindert und den Sexualmörder Robert Carr festgenommen hatte. Er wurde aber auch mehrerer Übergriffe auf Verkehrsteilnehmer beschuldigt, die wegen Verkehrsübertretungen von ihm angehalten worden waren. Einer der Autofahrer hatte sich hinterher einer Gehirnoperation unterziehen müssen. Eine Frau, die den Termin der amtlichen Inspektion ihres Wagens überzogen hatte, beschuldigte ihn, sie an den Beinen aus dem Wagen gezogen zu haben, so daß sie mit dem Kopf auf den Asphalt geprallt sei. Die internen Ermittler vom PSD hatten Watts wegen all dieser Vorwürfe befragt.

Keiner davon konnte aufrechterhalten werden.

Vor einem Monat hatte mich ein besorgter Polizist angerufen, der mit Watts befreundet war. Er sagte, daß man Watts in den hauptsächlich von Schwarzen bewohnten Central District versetzt hätte, obwohl seine Vorgesetzten von dessen Schwierigkeiten im Umgang mit Farbigen gewußt hätten. Watts wäre deswegen sehr erregt und hätte angekündigt, in dem neuen Revier würde er entweder jemanden töten oder selbst getötet werden. Der Beamte hatte darauf bestanden, seinen Namen geheimzuhalten. Es gab damals nichts, was ich hätte tun können.

In dem Unfallbericht fand sich auch der Name der Abschleppfirma, die McDuffies schwarz-orange, ziemlich mitgenommene 900er Kawasaki geborgen hatte. Ich machte mich auf die Suche nach ihr.

Als ich mich bei der Firma nach der Maschine von McDuffie erkundigte, sagte der Angestellte: »Unterschreiben Sie hier. Wir haben uns schon gefragt, wann jemand sie abholen kommt.«

Es hatte also noch keine Untersuchung des Falles gegeben, andernfalls wäre das Motorrad als wichtigstes Beweisstück beschlagnahmt worden. Ich sagte dem Mann, daß ich nur gekommen wäre, um einen Blick darauf zu werfen. Er zuckte mit den Achseln und zeigte mir, wo ich sie finden konnte.

Obwohl ich schon über Hunderte von Verkehrsunfällen berichtet habe, bin ich kein Experte auf diesem Gebiet. Aber es erschien mir trotzdem merkwürdig, daß an der Maschine alle

Glas- oder Plastikteile zersplittert waren – der Tachometer, sämtliche Anzeigeinstrumente und Lampen.

Der blutverschmierte, weiße Helm, den Arthur McDuffie getragen hatte, befand sich im Büro des Gerichtsmediziners. Der Kinnriemen fehlte. Er war so sauber abgetrennt, daß er dem Anschein nach eher abgeschnitten als abgerissen worden war. Der Leiter des gerichtsmedizinischen Dienstes, Dr. Joseph H. Davis, hatte nach meinem Anruf bei Ronald Wright am Abend vorher seinen Urlaub verschoben. Er wollte persönlich an der Autopsie von Arthur McDuffie teilnehmen. Ich wäre auch gern dabeigewesen, aber man verweigerte mir die Erlaubnis, und so blieb mir nichts anderes übrig, als abzuwarten.

Die Mediziner gaben die Ergebnisse anschließend vor Beamten des Dezernats für interne Ermittlungen bekannt. Bei diesem Treffen durfte ich dabeisein. Arthur McDuffies Schädel war zersplittert wie eine Eierschale. Der Knochenbruch zwischen den Augen, der wahrscheinlich seinen Tod herbeigeführt hatte, war typisch für einen Motorradunfall, bei dem der Fahrer über den Lenker geschleudert wird und dann auf ein massives Hindernis, einen Pfeiler oder eine Brückenmauer trifft. Die Ärzte bestätigten das Vorhandensein von anderen ›Stoßverletzungen‹, die von Polizeistablampen verursacht worden sein könnten. Aber sie gaben zu bedenken, daß Polizisten häufig mit Schwerverletzten zu tun haben, die sich der Verhaftung widersetzen und überwältigt werden müssen. Der Tote hatte schätzungsweise zehn Kopfwunden.

Ich fuhr zu der Autobahnauffahrt hinaus, um mich an der Unfallstelle umzusehen. Es gab dort nichts, was Arthur McDuffie von seiner Maschine schleudern oder worauf er mit dem Kopf hätte prallen können.

Weder einen Pfeiler noch eine Brückenmauer. Nicht mal einen Bordstein.

Ich verließ den Ort, wo Arthur McDuffie tödlich verletzt worden war, um mir das bescheidene Reihenhaus anzusehen, in dem er zusammen mit seiner Schwester gewohnt hatte. Die trauernde Familie hatte sich dort eingefunden, um mich zu begrüßen. Sie hatten sich ebenfalls den Unfallort angesehen, und Arthurs Mutter, Eula Mae, war es gelungen, einige Beweisstücke sicherzustellen. Es handelts sich um sein zerbrochenes Brillengestell, den Kinnriemen seines Motorradhelmes und Teile des Scharfschützenabzeichens eines Polizisten, das offensichtlich bei einem Handgemenge von einer Uniform abgerissen worden war.

Die Familie klagte niemanden an. Sie waren verwirrt, weil sie nicht wußten, was passiert war. Arthur McDuffie hatte einmal seinen Führerschein verloren und einige Verkehrsübertretungen begangen; ansonsten war er noch nie mit dem Gesetz in Konflikt geraten. Während seines Wehrdienstes war er sogar bei der Militärpolizei gewesen und bei den Marines hoch dekoriert worden. Als Jugendlicher hatte er die Marching Band der Booker T. Washington High School in Miami angeführt.

Eine ganze Wand seines sauberen Wohnzimmers war mit Auszeichnungen von der Versicherungsgesellschaft bedeckt, für die er ein Vertreterteam leitete. Seine Mannschaft war die erfolgreichste der Firma. Als ich später in meinen Artikeln von Arthur McDuffie als einem leitenden Versicherungsangestellten schrieb, erntete ich dafür heftige Kritik. Es war erschreckend, wie viele Leute, und nicht nur Polizeibeamte, mir zu verstehen gaben, der *Herald* stellte McDuffies Verdienste und seine soziale Stellung bewußt zu positiv dar. Sie hätten offensichtlich lieber gelesen, daß es sich bei Arthur McDuffie um einen Arbeitslosen mit zweifelhaftem Ruf und stattlichem Vorstrafenregister gehandelt hatte. Aber das stimmte ganz und gar nicht.

Arthur McDuffie war bei der Coastal-States-Lebensversicherung für eine Führungsposition im Gespräch. Er arbeitete außerdem als Notar und organisierte in seiner Freizeit ein Fuhrunternehmen und eine Autowaschanlage mit Hilfe von arbeitslosen Jugendlichen aus seiner Nachbarschaft. Zusammen mit ihnen hatte er auch dem Bestattungsunternehmen, in dem die Trauerfeier für ihn stattfinden sollte, einen neuen Außenanstrich verpaßt.

Ich besorgte mir ein Foto von ihm, auf dem ein gutaussehender, geschmackvoll gekleideter und lächelnder junger Mann zu sehen war. Der Vater von drei Kindern hatte die Beziehung zu seiner geschiedenen Frau wiederaufgenommen, und die erneute Hochzeit war bereits geplant.

Bevor ich ging, gab ich Eula McDuffie das Versprechen, herauszufinden, was sich wirklich abgespielt hatte. Auf dem Rückweg zum *Herald* machte ich mir deswegen schwere Vorwürfe. Hatten mich ihre Tränen dazu verleitet? Wie sollte ich das Versprechen jemals einlösen? Die Gerichtsmediziner hatten festgestellt, daß einiges für die Version der Polizisten sprach, und die Beamten standen unter einem schwerwiegenden Verdacht. Ich wußte besser als viele andere, wie riskant es ist, sich mit der Polizei auf eine Verfolgungsjagd einzulassen. Im Kino werden Streifenwagen gleich dutzendweise zu Schrott gefahren: Sie durchbrechen Brückengeländer, stürzen in Gewässer und werden in Massenunfälle verwickelt. Aber dabei kommt nie jemand zu Schaden. Die Schauspieler kletterten unverletzt aus den rauchenden Trümmern und warten auf die nächsten Drehbuchanweisungen.

Im wirklichen Leben können dreißig Sekunden schon sehr lange dauern, und eine Minute kommt den Beteiligten bereits wie eine kleine Ewigkeit vor. Aber acht Minuten sind eine unglaublich lange Zeit, in der die vom Adrenalin aufgepeitschten Cops eine mörderische Wut entwickelt haben, wenn sie den Ausreißer endlich stellen.

Es geht selten ohne Blessuren ab.

Aber auch wenn man all das in Betracht zog, war der bloße Verdacht schon ungeheuerlich, daß Polizeibeamte einen Verkehrssünder getötet und dann eine massive Verschwörung angezettelt hatten, um es zu vertuschen. Ich wollte es einfach nicht glauben. Und in Anbetracht der Umstände erschien es auch wenig wahrscheinlich, denn mindestens ein Dutzend Leute mußten davon wissen. Wie weit sollte eine solche Verschwörung reichen? Man mußte die vielen Polizisten ja dazu überreden, einen Mörder zu decken.

Emery Zerrick, dieser rauhbeinige Polizeiveteran aus Miami,

hat mir einmal gesagt: »Wenn ein Cop in Schwierigkeiten gerät, steht er ganz allein.« Die Solidarität, das ›einer für alle und alle für einen‹ unter Polizisten gehört ins Reich der Fabel. Ich habe das im Laufe der Jahre an etlichen Beispielen erlebt.

Wenn ich also den schlimmsten Fall annahm, wie schafften sie es dann, alle am gleichen Strang zu ziehen, wo doch jeder Angst um seine eigene Haut haben mußte? Ich hinterließ für jeden der in dem Unfallbericht erwähnten Polizisten eine Botschaft. Keiner von ihnen rief zurück.

Ich sollte erst Monate später erfahren, daß die Beamten sich über jeden meiner Schritte genauestens auf dem laufenden gehalten hatten.

Samstagabend rief ich Charlie Black, den stellvertretenden Polizeipräsidenten, zu Hause an.

Charlie Black hat eine Schwäche für Lederjacken. Der Blick seiner eisblauen Augen ist fast immer verhangen. Er hat die Ausstrahlung und das Auftreten eines knallharten Machers. Ich kenne ihn aber auch als einen Mann, der sich seine Sporen noch als Streifencop verdient hat, nie um den heißen Brei herumredet und auch dann die Wahrheit sagt, wenn es nicht seinem Vorteil dient. Ich fragte ihn nach Arthur McDuffie – und landete einen Volltreffer. Sechs Tage nach dem Vorfall hatte er nicht die geringste Ahnung, was passiert war.

Aufgebracht machte er sich sofort auf den Weg zu Captain Marshall Frank, dem Chef der Mordkommission, um zu erfahren, warum man ihn nicht informiert hatte.

Kurze Zeit später klingelte bei mir zu Hause das Telefon. Auch der Captain hatte den Namen Arthur McDuffie zum erstenmal gehört, und sie wollten von mir alles wissen, was ich darüber bereits in Erfahrung gebracht hatte. Während mein Abendessen im Backofen bis zur Unkenntlichkeit verbrannte, beantwortete ich geduldig ihre Fragen.

Am nächsten Abend fand die Weihnachtsparty der Redaktion ohne mich statt. Ich arbeitete lange an meiner Story und hatte danach kein Verlangen mehr nach einer Feier. Die Redakteurin vom Dienst war noch nicht sehr lange in dem Job. Sie stellte kritische Fragen zu meiner Story, dem Kinnriemen, den Schäden an dem Motorrad und dem Schauplatz des Unfalls. »Wer kann diese Aussagen belegen?« wollte sie wissen.

Das wäre nicht nötig, erklärte ich ihr. Es wären Fakten, die ich selbst bezeugen könnte. Ich hatte Mühe, den Artikel im Blatt unterzubringen. Dr. Wright gab eine offizielle Bestätigung einiger Details. Einzelheiten, für die es keine Bestätigung von außen gab, flogen raus, und ich wurde angewiesen, als Aufmacher zu nehmen, daß das Dezernat für interne Ermittlungen in dieser Sache tätig geworden war.

In der Story brachten wir noch einmal die Polizeiversion der Ereignisse, die Feststellung der Gerichtsmediziner, daß es sich durchaus so abgespielt haben könnte, und Einzelheiten aus der Laufbahn einiger Beamter. Am Schluß beschrieb ich die Erschütterung der Familie McDuffie und zitierte Dorothy, die Schwester des Opfers. Sie bestand darauf, daß ihr Bruder zu intelligent gewesen wäre, um sich auf Schlägereien mit Polizisten einzulassen.

Wie ich später erfuhr, hatten zwei der betroffenen Beamten vor dem Zeitungsgebäude auf das Erscheinen der letzten Ausgabe gewartet. Sie lasen die Story und kamen zu dem Schluß, daß sie mit ihrer Geschichte durchkommen würden.

Sie täuschten sich. In dem Artikel stand zwar nicht allzuviel, aber es reichte.

Am Morgen des 24. Dezember kam die Zeitung in die Läden. Im Laufe des Tages noch ging ein Beamter der Miami Police zu seinem Vorgesetzten. Er hätte alles mit angesehen, sagte er. Der Unfall wäre eine Erfindung gewesen.

Meine Redakteure zeigten plötzlich verstärktes Interesse an dem Fall und wollten Fotos von McDuffies Kawasaki. Aber die Polizei hatte sie auf dem Gelände der Abschleppfirma beschlagnahmt, denn sie war jetzt das Hauptbeweisstück in dem Fall. Captain Frank, den ich erst auf die Existenz dieses Falles hatte hinweisen müssen, gestattete trotz meines Protestes weder ein Foto von der Maschine, noch ließ er uns auch nur einen Blick darauf werfen.

Am ersten Weihnachtstag wurden einige Beamte bis zum Abschluß der Ermittlungen bei vollen Bezügen vom Dienst suspendiert.

Am nächsten Tag, einem Mittwoch, machte der Polizeibeamte Charles Veverka eine Aussage bei Captain Frank. Der dunkelhaarige, redegewandte Polizist mit dem jungenhaften Aussehen hatte den Unfallbericht geschrieben. Er gab zu, daß nicht ein Wort davon der Wahrheit entspräche. Es wäre aber nicht seine Idee gewesen; er hätte den Befehl bekommen, den Bericht so aufzusetzen.

Veverka, dessen Vater in dem gleichen District als Lieutenant Dienst getan hatte, überprüfte gerade einen Einbruchsalarm in einem Lagerhaus, als alles anfing.

Es war fast zwei Uhr morgens und eine ruhige Nacht. Die Straßen von Miami lagen verlassen in dem orangefarbenen Licht der Peitschenmasten. Einige Blocks entfernt sprachen einige Streifenpolizisten und ein Sergeant mit einer verschreckten jungen Frau, die behauptete, vergewaltigt worden zu sein, als eine ganz in Orange und Schwarz gehaltene Kawasaki auftauchte. An einer Straßenecke gab der Fahrer so heftig Gas, daß das Vorderrad sich vom Boden hob.

Der Sergeant fühlte sich dadurch so provoziert, daß er mit heulender Sirene die Verfolgung der Maschine aufnahm. Das veranlaßte auch andere Beamte, mit ihren Streifenwagen an der Jagd teilzunehmen, unter ihnen Veverka, der über Funk davon gehört hatte. Endlich passierte etwas in dieser langen, ereignislosen Nacht, und bald hatten sich fast alle Wagen des Distrikts und sogar einige Cops aus Miami der Meute angeschlossen.

Einmal wäre es dem Motorradfahrer fast gelungen, sie abzuschütteln, aber als er um die Ecke bog, hatten sie ihn wieder. Ein Beamter feuerte mehrere Schüsse ab, und der Mann brachte die Maschine in der Nähe einer Autobahnausfahrt zum Stehen, die eine sichere Fluchtmöglichkeit für ihn gewesen wäre. Immer mehr Streifenwagen trafen an der Stelle ein. Es muß ausgesehen haben, als hätten sich sämtliche Cops der Stadt an der Jagd beteiligt.

Veverka war als erster bei Charles McDuffie. Der jungenhafte Beamte gab in seinem Geständnis zu Protokoll, daß der keine siebzig Kilo wiegende Motorradfahrer, der gerade angehalten hatte, um sich zu ergeben, zum Schlag ausgeholt hätte. Laut einer anderen, späteren Version hatte er lediglich gesagt: »Ihr habt mich, ich gebe auf.«

Was auch immer vorgefallen sein mag, jedenfalls gab Veverka zu, den Mann geschlagen zu haben. Plötzlich waren er und sein mit Handschellen gefesselter Gefangener von einem rasenden Mob umringt, der Charles McDuffie aus dem Griff des Polizisten riß.

Ein Polizeibeamter hat später den Anblick beschrieben, der sich ihm bot. »Es sah aus wie in einem Zeichentrickfilm, wo Arme und Beine aus einem rasenden Knäuel herausstechen. Sein (McDuffies) Gesicht sah aus wie mit roter Farbe übergossen.«

Veverka behauptete, er hätte versucht, seinen Gefangenen aus der blutrünstigen Meute zu befreien, aber getroffen von Fäusten, schweren Taschenlampen und Gummiknüppeln und außerdem bespritzt von dem Blut des Opfers, wäre ihm nichts anderes übriggeblieben, als ihn seinem Schicksal zu überlassen.

Der Gefangene hatte schon hilflos am Boden gelegen, als einer der Beamten mit beiden Armen ausholte und ihm seine große, metallene Stablampe über den Schädel schmetterte. Sie traf ihn genau zwischen die Augen. Ein junger Cop hatte einen anderen gefragt, ob er wüßte, wie man Knochen bricht, und es ihm dann mit seinem Knüppel an dem Sterbenden demonstriert.

Als ein Rettungswagen eintraf, ließen die Polizisten von ihrem Opfer ab. Den Cops aus Miami, die sich an dem Totschlag nicht beteiligt hatten, wurde gesagt: »Ihr habt nichts gesehen.«

Ein PSD-Sergeant tauchte am Tatort auf, erfaßte blitzartig die Situation und begann das Vertuschungsmanöver zu organisieren. Die Beamten zerschlugen sämtliche Glas- und Plastikteile der Maschine mit ihren Lampen und Gummiknüppeln.

Dann stürzten sie die Maschine um und überfuhren sie mit einem Streifenwagen. Einer der Cops schmetterte McDuffies Helm mehrmals auf den Beton, ein anderer warf dessen Armbanduhr ins Gras und bearbeitete sie mit seinem Dienstrevolver. Die Schlüssel und Ausweispapiere des Opfers wurden auf ein Dach geworfen, und Veverka bekam den Auftrag, einen ›Unfallbericht‹ aufzusetzen.

Nachdem aus dem Krankenhaus die Nachricht gekommen war, daß McDuffie nicht mehr aus seinem Koma erwachen würde, drangen zwei der beteiligten Polizisten im Schutz der Nacht auf das Gelände des Abschleppunternehmens ein. Sie demolierten die Maschine mit schweren Gesteinsbrocken, bis ein Unfall mit tödlichem Ausgang glaubwürdig erschien. In den darauffolgenden Tagen blieben die Beamten in dauerndem Kontakt und ermahnten sich gegenseitig, ›bei der Story zu bleiben‹.

Veverka hatte sein Geständnis am Mittwoch, dem 26. Dezember, abgelegt. Noch in derselben Nacht unterzogen Gerichtsmediziner und Ermittler der Staatsanwaltschaft den Tatort einer ersten Untersuchung, zehn Tage nachdem das Verbrechen sich dort abgespielt hatte. Sie leuchteten den Schauplatz mit starken Feuerwehrscheinwerfern aus und kamen zu dem Schluß, daß der Unfall sich hier niemals so hätte ereignen können, wie die Beamten es geschildert hatten.

Daraufhin gab man offiziell bekannt, daß es sich um einen Mordfall handelte.

Am nächsten Morgen informierten die Zeitungen ihre Leser über den gefälschten Unfallbericht.

Carol King Guralnick, Lady Law, die jetzt zusammen mit ihrem Mann eine Anwaltspraxis betrieb, betrat als Rechtsbeistand der Familie McDuffies die Arena. Das Paar hatte sich auf Bürgerrechtsverletzungen spezialisiert und vertrat bereits einen schwarzen Lehrer, der von Rauschgiftfahndern des PSD zusammengeschlagen worden war, die sich bei einer Razzia in der Adresse geirrt hatten. Zuerst berief Carol eine Pressekonferenz für die McDuffies ein, die jedoch sofort von einem Vertreter der

Staatsanwaltschaft unterbrochen wurde. McDuffies Mutter brach in Tränen aus, als er eine amtliche Verfügung zückte und die Beweisstücke konfiszierte, die sie bei ihrer traurigen Suche am Tatort gefunden hatte. Außerdem beschlagnahmte er die blutverschmierte Kleidung ihres Sohnes, die ihr vom Krankenhaus zurückgegeben worden war.

Carol verlangte eine umfassende Untersuchung des Falles durch die Bundesbehörden, in die ›eine gründliche Durchleuchtung des Metropolitan Public Safety Department und des Miami Police Department‹ mit einbezogen werden sollte. Das Ersuchen wurde an Präsident Carter gerichtet, das FBI, das Justizministerium, die Vertreter Floridas in Senat und Kongreß und an Senator Edward Kennedy, den Vorsitzenden des gesetzgebenden Senatsausschusses. »Es kann nicht angehen«, erklärte sie, »daß die Polizei gegen sich selbst ermittelt.«

Es war ein Wahljahr, und die Topleute der Staatsanwaltschaft beeilten sich, die Anklagen unter Dach und Fach zu bringen. Am Freitag, dem 28. Dezember, eine Woche nachdem ich den telefonischen Hinweis erhalten hatte, verhaftete Captain Frank fünf PSD-Beamte, davon vier wegen Totschlags. In den Personalakten der vier hielten sich Belobigungen und Anschuldigungen wegen Brutalität in Ausübung des Dienstes die Waage. Der Sergeant, der die Jagd ausgelöst hatte, war früher wegen ›Führungsschwäche‹ in den Innendienst versetzt und ernsthaft ermahnt worden, sein Verhalten zu ändern, da sonst einer seiner Untergebenen noch ›im Gefängnis landen würde‹. Der fünfte Verhaftete war Sergeant Skip Evans, der sich das Vertuschungsmanöver ausgedacht hatte. Ihm wurde Beihilfe und Fälschung von Beweismitteln zur Last gelegt. Er ist mit einer sympathischen Polizistin aus Miami Beach namens Patricia verheiratet, die er schon seit seiner Schulzeit kennt. Ich war jahrelang mit ihr befreundet.

Am nächsten Tag fand die Beerdigung von Charles McDuffie statt.

Der Priester hatte erklärt, daß McDuffie sich schon in einer besseren Welt befände, und Hunderte waren gekommen, um ihm das letzte Geleit zu geben. Für die trauernde Familie war das kein großer Trost. Seine Mutter schluchzte, und die kleine Tochter rief mit tränenerstickter Stimme: »Daddy!«, als eine Ehrenwache der Marines den fahnengeschmückten Sarg in die Kirche trug.

Die Jordan Grove Missionary Baptist Church bot nicht genug Platz für alle Trauergäste, die bis auf die Straße hinaus standen. Hunderte defilierten an dem offenen Sarg vorbei, in dem Arthur McDuffie in der Uniform der Marines und mit friedlich gefalteten Händen lag. Ein Dutzend Männer und Frauen fielen während der sehr emotionalen Zeremonie in Ohnmacht.

Carol King Guralnick leistete der Familie des Toten Beistand und hielt seine weinende Tochter in den Armen. Der Chor sang ›I'll fly away‹, als die Mitglieder eines örtlichen Motorradclubs, die die Eskorte für den Leichenwagen bildeten, ihre Maschinen aufheulen ließen.

»O Herr«, sagte Reverend Joe Lewis feierlich, »wir bedürfen Deiner im Miami von heute«.

Die Worte des Reverend sollten bald jedermann wie eine Prophezeiung vorkommen.

Am selben Tag fand eine Demonstration von dreihundert schwarzen Bürgerrechtlern statt, die als Symbol für den Tod McDuffies einen schwarzen Sarg mit sich führten und außerdem Schilder mit der Aufschrift trugen:

WARUM???
WER SCHÜTZT UNS VOR DER POLIZEI?
WIR WOLLEN GERECHTIGKEIT!
JETZT!

Die Anklagen wegen Totschlags reichten ihnen nicht. Die Polizeibeamten sollten wegen Mordes vor Gericht gestellt werden. Unter die Trauernden und Demonstranten hatten sich Agenten der Abteilung für Öffentlichkeitsarbeit des Justizministeriums gemischt.

Einen Monat später wurde die Anklage gegen den Polizisten Alex Marrero, der mutmaßlich den tödlichen Schlag geführt hatte, auf Mord verschärft. Er wurde in eine Einzelzelle verlegt, damit ihm von seiten seiner Mitgefangenen keine Gefahr drohte. Seine Familie und Freunde betrachteten ihn als Opfer der Rassendiskriminierung und verteilten Zehntausende von Flugblättern, um sich die Unterstützung der Öffentlichkeit zu sichern.

Der Fall McDuffie wurde mir aus den Händen genommen und den Gerichtsreportern übergeben, die bis zu seinem unausweichlichen Höhepunkt darüber berichteten. Aber ich hatte auch so noch genug zu tun. Im Jahre 1979 hatte es die meisten Toten in der Geschichte von Dade County gegeben. Kokaincowboys trugen ihre blutigen Fehden auf öffentlichen Plätzen aus und nahmen auf niemanden Rücksicht, der zufällig zwischen sie und ihre Feinde geriet. Immer mehr Bürger bewaffneten sich, um gegen Verbrecher besser geschützt zu sein, und brachten dann ihre eigenen Familienangehörigen um.

Mit den großen Einwanderungswellen aus Jamaika, Haiti und Lateinamerika kamen auch viele Leute, die dem Kulturschock, der Inflation, dem Arbeitsmarkt und freien Lohnverhandlungen nicht gewachsen waren. Sie büßten bereits bei dem geringsten Anlaß ihre Selbstbeherrschung ein und schossen.

Man brachte sich wegen Streitigkeiten im Straßenverkehr um, wegen eines freien Parkplatzes oder zu lauter Musik. Die Behörden machten abwechselnd den Drogenmißbrauch, die Waffengesetze und starke Sonneneinstrahlung dafür verantwortlich. Am Ende des Jahres waren 360 Tote zu beklagen.

Es gab nicht viele Hinweise darauf, daß man bald von 1979 als den guten alten Zeiten sprechen würde.

1980 zählte man 569 Morde im Dade County.

1981 waren es 622. 1982 verkündete ein offizieller Sprecher geradezu euphorisch einen Rückgang auf 538 Todesfälle.

Aber wir standen erst am Anfang.

In der Silvesternacht des Jahres 1979 begrüßten die Einwohner von Miami das neue Jahrzehnt auf dieselbe Art, wie sie das alte beschlossen hatten: mit einer Kanonade aus Handfeuerwaffen. Es hatte sich irgendwie eingebürgert, daß jeder, der eine Waffe besaß, diese am Ende des alten Jahres in den nächtlichen Himmel leerte. Und immer mehr Leute besaßen Feuerwaffen.

Tausende von Geschossen schlugen in Häuser und Autos ein und verdunkelten ganze Straßenzüge, wenn sie Transformatorenhäuschen oder Straßenlaternen trafen. Sogar startende und landende Flugzeuge wurden beschossen. Miami schien sich am Rande des dritten Weltkriegs zu befinden. In den vorherigen Jahren waren immer Tote und Verletzte zu beklagen gewesen; unglaublicherweise gab es in diesem Jahr nicht einen einzigen Toten. Dem Piloten einer zweimotorigen Cessna, die beim Landeanflug einige Hecktreffer erhielt, gelang mit fünf unverletzen Passagieren an Bord eine sichere Landung. Miami hatte Grund zum Feiern.

Aber die Freude war nur von kurzer Dauer. Kurz nach Mitternacht meldete die Polizei bereits einen Selbstmord und fünf Versuche von Bürgern, die dem neuen Jahr nichts Lebenswertes mehr abzugewinnen vermochten. Das Jahr 1980 war erst wenige Stunden alt, als bereits drei Morde im Polizeibericht standen. Ich hatte eine Menge zu tun.

Kurz nach den Verhaftungen im Fall McDuffie unterhielt ich mich mit einigen PSD-Detectives, die wie üblich die sinkende Moral in der Truppe beklagten. Im letzten Jahr hätte es die irrtümliche Razzia auf das Haus des Lehrers gegeben, einen Kokainskandal im Morddezernat und den Fall McDuffie. Schlimmer könnte es nicht mehr werden, sagten sie.

Um sie ein wenig aufzuheitern, erinnerte ich sie daran, daß wenigstens kein Polizist wegen Vergewaltigung angeklagt worden wäre.

»Was ist mit dem Highway-Polizisten, der sich über das kleine Mädchen hergemacht hat?« fragte einer von ihnen niedergeschlagen.

»Ich weiß nichts von einem Highway-Polizisten.«

»Er hat sie auf dem Rücksitz seines Streifenwagens belästigt.«

Ich wußte nur noch, daß es vor einigen Monaten geschehen war und PSD-Detectives den Beamten verhaftet hatten. Warum war uns diese Story entgangen? Wie hatte das durchs enge Netz der Medien schlüpfen können?

Die zuständigen PSD-Detectives reagierten sehr unwillig auf meine Fragen. Das alles hätte sich schon vor Monaten abgespielt, sagten sie. Der Fall wäre abgeschlossen.

Als ich darauf bestand, die Verhaftungslisten des letzten Jahres einzusehen, gaben sie den Namen widerstrebend preis – Willie Thomas Jones – und ermahnten mich eindringlich, den Fall auf sich beruhen zu lassen. Der Gerechtigkeit wäre Genüge getan worden.

Neugierig geworden, fuhr ich ins Justizgebäude und vertiefte mich in die Akte. Der Beamte hatte erklärt, daß sich das Kind nicht gegen die Belästigungen zur Wehr gesetzt hätte. Die Höchststrafe dafür sind fünfzehn Jahre Gefängnis. Er hatte Bewährung bekommen – unter der Voraussetzung, daß er sich einer Therapie unterzog und für die Kosten der psychiatrischen Behandlung des elfjährigen Mädchens aufkam. Wenn er die Auflagen nicht verletzte, würde er offiziell nicht als vorbestraft gelten.

Der Richter hatte ihm in der Akte ausdrücklich ›alles Gute für die Zukunft‹ gewünscht und in Aussicht gestellt, die Dauer der Bewährung zu verkürzen.

Das elfjährige Opfer wurde weniger ausführlich erwähnt.

Ich fand heraus, daß sie zusammen mit ihrer Mutter, die gerade das College abschloß, in Columbia, South Carolina, lebte und überhaupt nicht dem Typ einer frühreifen Lolita entsprach. Auf mich machte sie eher den Eindruck einer Neunjährigen. Ihre Hauptinteressen galten nicht Parties und Jungen, sondern dem Waldhorn.

Sie war immer ein schüchternes Kind gewesen, aber nach der Begegnung mit dem Polizisten hatte sie sich innerlich auf ein frühkindliches Stadium zurückgezogen. Sie befand sich immer noch in dauernder therapeutischer Behandlung. Die Mutter hatte nicht einen Cent zum Ausgleich für diese Ausgaben gesehen, womit der Verurteilte seine Bewährungsauflagen verletzt hatte.

Man hatte ihr mitgeteilt, daß der Beamte suspendiert worden wäre und nie wieder das Abzeichen der Polizei tragen dürfte.

Die Tatsachen sahen anders aus. Am Tag seiner Verhaftung war dem Beamten gestattet worden, ohne viel Aufhebens aus dem Polizeidienst auszuscheiden. Die ermittelnden Detectives hatten ihn in den Akten als beschäftigungslos geführt. Als man ihn freiließ, brauchte er keine Kaution zu stellen.

Aus seiner Personalakte in Tallahassee, der Hauptstadt des Bundesstaates, ging hervor, daß er aus persönlichen Gründen den Polizeidienst quittiert hätte und auf einen makellosen beruflichen Werdegang zurückblicken konnte. Diese Auskunft bekäme jeder Arbeitgeber, unter ihnen vielleicht auch Police Departments, wenn seine Referenzen überprüft würden.

Während der Untersuchung seines Falles hatte er einen Lügendetektortest verweigert. Man hatte ihn als ›an der Grenze zum Psychotiker‹ eingestuft und den dringenden Verdacht geäußert, daß es nicht der erste Vorfall dieser Art gewesen sein dürfte. Seine psychische Struktur war von vier Ärzten übereinstimmend als ›prädestiniert für Sexualdelikte‹ beurteilt worden.

Dann hatte der Richter ihm alles Gute gewünscht und ihn auf Bewährung entlassen.

Es ging ihm inzwischen sehr viel besser. Nach einigen Stunden Gruppentherapie im Jackson Memorial Hospital galt er jetzt offiziell als geheilt.

Der Mutter des kleinen Mädchens hatte man gesagt, daß er sich schuldig bekennen und dann hinter Mauern einer geschlossenen Anstalt verschwinden würde. Vertreter der Anklage und der Polizei hatten sie außerdem ersucht, Stillschweigen über den Fall zu wahren. Um der Sicherheit des Kindes willen.

Es war offensichtlich, um wessen Sicherheit es hier ging.

Weder der Beamte, noch sein Anwalt erklärten sich dazu bereit, auch nur ein einziges Gespräch mit mir zu führen. Aber die Mutter des Mädchens war trotzdem erleichtert. Es hatte sie sehr beunruhigt, wie der Fall abgelaufen war, und sie hatte sich Vorwürfe gemacht, weil sie ihre Tochter zu Vertrauen und Gehorsam gegenüber der Polizei erzogen hatte.

Das kleine Mädchen war auf dem Heimweg von der Grundschule, als sie von dem uniformierten Polizisten angehalten wurde. Er erklärte ihr, daß sie unter Verdacht stünde, Süßigkeiten gestohlen zu haben, und er sie durchsuchen müßte. Dann befahl er ihr, hinten in den Streifenwagen einzusteigen, und fuhr zu einem abgelegenen Ort, wo er die Durchsuchung vornahm.

Das kleine farbige Mädchen, dem ein weißer Polizist Gewalt angetan hatte, wurde nie in ein Zentrum für vergewaltigte Frauen gebracht und ausschließlich von weißen Polizisten befragt.

Mein Artikel versetzte den Richter in helle Empörung. Er bezeichnete ihn als Sensationsjournalismus und verunglimpfte mich öffentlich im Gerichtssaal. Er ersuchte Richard Gerstein, den angesehenen, früheren Chefankläger von Dade County, den gesamten Fall noch einmal aufzurollen. Damit wollte er nachweisen, daß seine Verhandlungsführung über jeden Zweifel erhaben war und daß er dem Angeklagten keine Sonderrechte eingeräumt hatte.

Gerstein ließ sich für seinen Bericht drei Monate Zeit. Er nannte darin das Urteil einen tragischen Justizirrtum und das Vorgehen der Polizei gefühllos, verschleiernd und lückenhaft. Er hatte herausgefunden, daß man auf zwei Richter Druck ausgeübt hatte, Milde walten zu lassen. Außerdem hätten sich die Detectives und der Ankläger, ein ehemaliger Polizist, eindeutig für den Beschuldigten eingesetzt. »Niemand schien sich auch nur im geringsten für das Leid des Opfers interessiert zu haben«, lautete einer der Kernsätze aus dem Bericht.

Wir hatten recht behalten.

Der Richter machte jetzt den Ankläger und die Detectives dafür verantwortlich, ihm ausschließlich entstellte Fakten zugänglich gemacht zu haben. Er übersandte Gersteins Bericht an eine Bundesjury für weitere Ermittlungen.

Während dieser Zeit mußten die Schwarzen in Miami eine weitere Demütigung hinnehmen. Eine ausschließlich mit Weißen besetzte Jury befand Johnny Jones, Miamis ersten farbigen Schulrat, des Mißbrauchs von Steuergeldern für schuldig. Er hätte sich davon vergoldete Badezimmerarmaturen in sein Ferienhaus einbauen lassen. Wenn die Schwarzen nicht aus der Jury ausgeschlossen worden wären, hätte er sich ja schließlich erfolgreich verteidigen können.

Der Rassenhaß wurde weiter geschürt.

Ein Richter in Miami bestimmte, daß über den Fall McDuffie an einem anderen Ort verhandelt werden sollte. Er nannte ihn ›eine Zeitbombe, die nicht in meinem Gerichtssaal und auch nicht in dieser Stadt hochgehen soll‹. Das Verfahren wurde nach Tampa verlegt, an die Westküste Floridas. Die schwarze Bürgerrechtsbewegung protestierte dagegen, weil es in dieser Stadt niemals Gerechtigkeit für Arthur McDuffie geben würde. Unter den Schwarzen von Miami wurde soviel Geld gesammelt, daß die Familie des Opfers dem zeitaufwendigen Prozeß beiwohnen konnte.

Charles Veverka und ein anderer junger Beamter hatten sich bereit erklärt, als Zeugen der Anklage zu fungieren. Es reichte ihnen aber nicht, daß ihnen zwar Straffreiheit garantiert wurde, sie aber nicht länger Cops sein durften. Es wäre der Job seines Lebens, beklagte sich Veverka immer wieder. Er hätte den Unfallbericht doch auf einen Befehl hin gefälscht.

Der Prozeß in Tampa begann im April 1980 und dauerte sechs Wochen. Es war nicht so, daß man mich nicht gerne dabei gehabt hätte, aber ich bin trotzdem nicht hingegangen. Tatsächlich hatte ich alle Hände voll zu tun, mich den Vorladungen der Verteidigung zu entziehen.

Ich war von Anfang an davon überzeugt, daß sie auf diesem Wege versuchen würden, an den Namen des Informanten heranzukommen, der mir den entscheidenden Tip im Fall McDuffie gegeben hatte. In den Monaten vor der Verhandlung gab es wilde Spekulationen über seine Identität, und wenn ich gefragt wurde, ob es ein anonymer Anrufer gewesen wäre, antwortete ich mit einem vielsagenden Lächeln. Einige verstanden das als Bestätigung, was mir sehr recht war, denn ohne die Vorladungen der Anwälte würde es leichter sein.

Ed Carhart, der die Cops im Fall Wanda Jean angeklagt hatte, arbeitete jetzt als Strafverteidiger und vertrat einen der angeklagten Polizisten. Er wollte mich vereidigen lassen. Wenn ich mich der Anordnung eines Richters widersetzte, den Namen meines Informanten preiszugeben, könnte es mich ins Gefängnis bringen.

Eines Nachmittags warnte mich ein Redakteur davor, das Gebäude zu verlassen, da ein Gerichtszusteller in der Halle auf mich wartete. Ich nahm den Hinterausgang, wußte aber nicht, wo ich hingehen sollte. Sie würden meine Wohnung genauso überwachen wie meinen Wagen. Also ging ich in ein Omni-Kaufhaus ganz in der Nähe und erstand im Sonderangebot gelbe Shorts. Es war das erste Mal seit Monaten, daß ich Gelegenheit zum Einkaufen fand.

Ich kehrte zum *Herald* zurück, wo mich John McMullan, der Chefredakteur, zu sich bestellte. Er wollte die ersten Notizen, die ich zum Fall McDuffie gemacht hatte, im Tresor einschließen. Der legale Weg zu dem Material würde jetzt nur über McMullans Verhaftung führen. Er war der geborene Kämpfer und hoffte wohl im stillen, daß sie es auf einen Versuch ankommen lassen würden. Dann machte er mir den Vorschlag, die Stadt zu verlassen. Der *Herald* wollte mich für eine Reportage auf die Bahamas schicken, um mich aus der Schußlinie zu bringen.

Ich glaube, ich war der erste Mitarbeiter des *Herald*, wahrscheinlich sogar der erste Zeitungsreporter in der Geschichte, der sich weigerte, bezahlten Urlaub auf den Bahamas zu machen. Aber ich hatte mir nichts vorzuwerfen und wäre mir wie ein Feigling vorgekommen. Miami ist meine Heimatstadt, und wer sollte in der Zwischenzeit meine Pflanzen gießen, die Katzen füttern und mit dem Hund vor die Tür gehen? Außerdem würde ich vielleicht die Story des Jahrzehnts verpassen. Ich würde mich auf gar keinen Fall aus dem Staub machen.

McMullan konnte es nicht glauben.

Ich war auf der Hut und machte nicht auf, wenn es an der Tür klingelte. Aber schließlich – das Verfahren war schon längst eröffnet – versteckte sich ein hartnäckiger Gerichtszusteller auf der Veranda meines Hauses und fing mich ab, als ich aus der Tür trat. Die Anwälte des *Herald* fochten die Vorladung an, und sie wurde für nichtig erklärt. Die genauen Gründe dafür habe ich nie verstanden; aber es hing wohl damit zusammen, daß der Prozeß schon zu weit fortgeschritten war, um mich noch als Zeugen laden zu können.

In der Zwischenzeit berichtete die Miami *News* über den fehlgeschlagenen Versuch, mich vorzuladen, und zitierte meine angebliche Quelle mit den Worten: ›Wenn sie dich einsperren wollen, kannst du ihnen sagen, wer ich bin.‹

Ich hätte niemals von dem freundschaftlichen Angebot Gebrauch gemacht, denn es ging hier ums Prinzip und meine Berufsethik. Dennoch war ich erleichtert, daß mir das Gefängnis erspart geblieben ist. Es hätte mir dort bestimmt nicht gefallen.

Captain Frank und Dr. Wright sagten vor Gericht aus, daß sie erst durch mich von Charles McDuffie erfahren hätten, woraufhin Reporter, die in Tampa über den Prozeß berichteten, Telefoninterviews mit mir führten. Die Situation hatte etwas Surreales.

Allmählich waren immer mehr Leute der Meinung, daß ich meinen Tip wirklich von einem anonymen Anrufer bekommen hatte, und jemand glaubte, daraus Kapital schlagen zu können, indem er sich mir gegenüber als eben jener Informant ausgab.

Der ehemalige Polizist Charles Veverka, der inzwischen als Wachmann arbeitete, hatte die Hoffnung immer noch nicht aufgegeben, wieder in den Polizeidienst aufgenommen zu werden. In seinem Bemühen, sich als aufrechter Amerikaner darzustellen, rief er mich an und wartete mit einem neuen Geständnis auf. Er selbst wäre damals der anonyme Anrufer gewesen.

Sein schlechtes Gewissen hätte ihm so zugesetzt, daß er die Verschwörung hätte auffliegen lassen müssen.

Ich blieb unbeeindruckt.

»Nein, Charlie«, sagte ich, »du bist es nicht gewesen.«

Vielleicht würde ich seine Stimme nach all den Monaten nicht wiedererkennen, meinte er. Und er hätte damals ja auch versucht, sie zu verstellen. Nicht schlecht, aber nicht gut genug, dachte ich, denn es war nicht Charles Veverka, der mich in jener Nacht angerufen hatte. Es war jemand, mit dem ich seit sechzehn Jahren befreundet bin. Es war auch kein Polizeibeamter, nicht einmal ein Mann, sondern eine Frau.

Die Fernsehberichterstattung von dem Prozeß beschränkte sich natürlich auf den spektakulärsten Teil der Beweisaufnahme, denn in den Abendnachrichten war lediglich Platz für die Highlights. Immer wieder tauchte auf dem Bildschirm ein kräftiger Polizist in Schlips und Kragen auf, der beide Hände über den Kopf hob, als wenn er eine Axt schwingen würde, um zu demonstrieren, wie er die mörderischen Schläge geführt hatte.

Der *Herald* hatte Gene Miller geschickt, seinen besten Reporter, um über das Verfahren zu berichten. Seine tägliche Berichterstattung war um Ausführlichkeit und Fairneß bemüht und deshalb nicht immer schlagzeilenträchtig. Das Fernsehen hingegen bietet ausschließlich Titelstories, und für viele Leute, besonders in den einkommensschwachen Vierteln, ist es so ziemlich die einzige Informationsquelle. Die Bilder mögen den Leuten den Eindruck vermittelt haben, daß die Angeklagten schon so gut wie verurteilt waren.

Die Anwälte der Verteidigung, allesamt hochmotiviert und Meister ihres Fachs, gingen von der unwiderlegbaren Behauptung aus, daß McDuffie sich heftig gegen seine Verhaftung gewehrt hatte und deshalb überwältigt werden mußte. Einer der Angeklagten wurde nach sechs Wochen vom Richter freigesprochen. Das Schicksal der anderen vier lag in der Hand einer ausschließlich aus männlichen Weißen zusammengesetzten Jury. In Miami waren unterdessen viele kubanische Flüchtlinge an Land gegangen, unter ihnen gefährliche Kriminelle und Psychopathen. Wer die Vorzeichen nicht ignorierte, mußte einfach erkennen, daß das Unheil nicht mehr lange auf sich warten ließ.

Es war Samstag. Ich saß in der Redaktion und bezweifelte, daß vor Montag mit einem Urteil zu rechnen war. Die vier übriggebliebenen Angeklagten sahen sich insgesamt dreizehn verschiedenen Anklagepunkten gegenüber, die von Mord bis zur Fälschung von Dienstprotokollen reichten. Die Beweisaufnahme allein hatte Wochen gedauert, und ein halbes Dutzend Anwälte hatte Plädoyers gehalten. Die Geschworenen würden Zeit brauchen, um all dies zu verdauen und abzuwägen.

Aber ich hatte mich getäuscht.

Die Jury brauchte zwei Stunden und vierundvierzig Minuten, um die vier Angeklagten in allen Punkten freizusprechen.

Der Polizist Michael Watts weinte Tränen der Erleichterung. Eula Mae McDuffie weinte vor Wut und Enttäuschung, als sie den Gerichtssaal verließ. »Gott wird sich ihrer annehmen«, sagte sie.

Innerhalb von Minuten hatte sich die Neuigkeit in Miami verbreitet. Man hätte sich keinen schlechteren Zeitpunkt aussuchen können. Es war drei Uhr nachmittags, und Miami brodelte vor Hitze. Ich begann mir Sorgen zu machen, denn ich kannte die Stimmung auf den Straßen.

Ich rief den PSD-Direktor Bobby Jones an.

»Was werden Sie wegen heute abend unternehmen?« fragte ich ihn. Ich konnte den Ärger förmlich riechen, obwohl ich höchstens damit rechnete, daß jemand aus dem Hinterhalt auf einen Polizisten feuerte.

»Wovon reden Sie?« fragte er.

»Glauben Sie nicht, daß es Probleme geben wird?«

»Die zuständigen Beamten patrouillieren bereits in den Straßen«, versicherte er mir. »Es wird nicht zu einer Eskalation kommen.«

Binnen zwei Stunden flogen die ersten Steine und Flaschen. Einige unserer Fotografen waren in mit Sprechfunk ausgerüsteten Wagen unterwegs. Ich überprüfte gerade eine Meldung, wonach ein Polizist einen geistig verwirrten Flüchtling in der Nähe einer psychiatrischen Klinik erschossen hatte, als ich erregte Stimmen hörte. Sie kamen aus einem Funkgerät, das in der Fotoabteilung auf der anderen Seite des Redaktionsraumes installiert war.

Die Stimmen gehörten Battle Vaughn und zwei anderen Fotografen, Bill Frakes und Michel DuCille, und ich hatte den Eindruck, als ob sie in Schwierigkeiten wären und um Hilfe schrien. Ich stand auf, um mitzubekommen, was da vor sich ging. Der Fotoredakteur war gerade am Telefon. Genervt von dem Lärm aus dem Funkgerät stellte er es leise.

Ich griff über seine Schulter und drehte den Lautstärkeknopf bis zum Anschlag. Er sah mich voller Entsetzen an, als wir hörten, was passiert war. Die Fotografen wurden von einem wütenden Mob attackiert, die Frontscheibe ihres Wagens war zerschossen. Sie saßen in Liberty City fest, wo sich die Zuständigkeitsbereiche von County und City Police überschnitten. Ich wählte beide Notfallnummern und verständigte außerdem die Feuerwehr.

Schließlich gelang ihnen die Flucht, ohne mehr als Schnittwunden und einen gehörigen Schock davonzutragen. Der Wagen jedoch, von Kugeln durchsiebt und durch Steinwürfe schwer beschädigt, hatte nur noch Schrottwert. Es war noch nicht sehr spät. Man hätte die Chance gehabt, den Verkehr umzuleiten und die gefährlichen Straßenzüge abzuriegeln. Aber die Polizei hatte sich auf Wochenendbetrieb eingestellt, und es fand sich niemand, der die erforderlichen Schritte eingeleitet hätte.

Als der Abend hereinbrach, gerieten völlig ahnungslose Menschen in diesen Hexenkessel.

Die meisten von ihnen hatten nichts von dem Urteil gehört. Einigen sagte nicht einmal der Name Charles McDuffie etwas.

Zwei junge Männer aus Pottstown, Pennsylvania, und eine

Frau, die auf dem Rückweg vom Strand waren, fuhren nichtsahnend durch das Viertel, aus dem sich die Fotografen des *Herald* gerade noch hatten in Sicherheit bringen können. Der Mob erwartete sie bereits. Ein Stein durchschlug die Frontscheibe und traf den Fahrer. Der Wagen geriet außer Kontrolle und überfuhr einen älteren Farbigen. Dann drückte er ein elfjähriges, schwarzes Mädchen gegen eine Hauswand, wobei es das linke Bein verlor und Kopfverletzungen sowie einen Riß in der Lunge davontrug.

Die Menge zerrte die drei jungen Weißen aus ihrem Auto und fiel wie rasend über sie her. Die Männer wurden angeschossen, mit Messern attackiert und mehrfach überfahren. Der eine starb, sein Bruder überlebte verkrüppelt mit irreversiblen Hirnverletzungen. Ein Schwarzer rettete die Frau vor dem sicheren Tod, indem er sie in ein Taxi stieß, das sie ins Krankenhaus brachte.

Kurze Zeit später geriet Benny Higdon, ein einundzwanzigjähriger Vater von drei Kindern, mit seinem alten Dodge in dasselbe Viertel.

In dem Wagen saßen außer ihm der fünfzehnjährige Bruder seiner schwangeren Frau und dessen Freund. Sie hatten den Tag mit Angeln verbracht und waren auf dem Weg nach Hause, als der rasende Mob sie aus dem Wagen holte. Die drei wurden regelrecht gesteinigt. Die Menge benutzte Steine, Bretter, Fäuste und sogar einen Zeitungsständer. Rettungssanitäter wollten den Sterbenden zu Hilfe kommen, doch die tobende Menge zwang sie zum Rückzug. Schließlich rasten zwei Cops mit einer grünen Minna heran und bargen die Schwerstverletzten, obwohl sie mit Flaschen und Steinen bombardiert wurden. Im Krankenhaus konnte nur noch der Tod der jungen Leute festgestellt werden.

Higdon arbeitete als Bäcker. Er war erst kürzlich aus einer Kleinstadt in Alabama, wo er Bergmann gewesen war, mit seiner Familie nach Miami gezogen, um ihr ein besseres Leben zu ermöglichen.

Aber diese bestialischen Morde waren erst der Anfang.

Ein schon älteres, weißes Zimmermädchen verbrannte bei lebendigem Leibe in ihrem Wagen, weil sie die falsche Hautfarbe hatte. Das Auto eines sechzigjährigen Schlachters wurde von Steinen getroffen, geriet ins Schleudern und krachte gegen eine Mauer. Die Menge warf den Wagen um und setzte ihn in Brand. Mit langen Stangen hinderten sie den Fahrer daran, sich vor dem Feuer in Sicherheit zu bringen. Auch er verbrannte bei lebendigem Leibe.

Auf dem Höhepunkt des Terrors entdeckte ein Polizeibeamter eine verstümmelte Leiche auf der Straße. Um sie sicherzustellen, lud er sie in seinen Streifenwagen. Ins Leichenschauhaus wollte er sie bringen, wenn er Gelegenheit dazu fand.

Der Polizist Frank Rossi war auf dem Weg zur Arbeit, als er einem jungen, weißen Paar zu Hilfe kam, das in seinem Wagen von einer tobenden Menge bedrängt wurde. Den beiden jungen Leuten gelang die Flucht, aber Rossi selbst wurde ernsthaft verletzt. In der Notaufnahme des Krankenhauses bat er eine Schwester um ein Telefon und rief mich in der Redaktion an, um zu schildern, was sich auf den Straßen abspielte. Er wäre nur deshalb mit dem Leben davongekommen, sagte er, weil er keine Uniform getragen hätte.

Zwei männliche Schwarze drangen nach Ladenschluß in die Filiale einer Fast-Food-Kette ein. Ein Mann und eine Frau, beides Latinos, wischten dort gerade den Boden und räumten auf. »Das ist für McDuffie«, sagten die beiden Schwarzen und eröffneten das Feuer.

Es gab Berichte, wonach der Mob sich bereits öffentlicher Gebäude bemächtigte, und die wenigen, unbewaffneten Wachmänner des *Herald* verriegelten bis auf den Personaleingang sämtliche Türen.

Vom Personaleingang aus gelangte man über einen schmalen, ziemlich steil aufwärtsführenden Gang zu einem Fahrstuhl. Wie ich später erfuhr, hatte der Sicherheitschef aus einem Supermarkt mehrere Kanister Speiseöl besorgen lassen. Wenn es zu einem Angriff auf den Eingang gekommen wäre, hätte man das Öl im Korridor ausgegossen, um den Mob am Erreichen des Fahrstuhls zu hindern. Aber wir hatten Glück. Der einzige Betriebsfremde, der in jener Nacht das Gebäude des *Herald* betreten wollte, war ein Cop.

Ein Wachmann informierte mich telefonisch, daß am Personaleingang ein Polizist auf mich wartete. Ich nahm den Lift, um mit ihm zu sprechen. Es war Captain Frank, der im Fall McDuffie die Ermittlungen geleitet hatte. Das Hauptquartier der PSD wurde belagert, und er hatte Angst um seine Männer.

Der diensthabende Polizeioffizier hatte ihn zu Hause angerufen, weil die Menge dabei war, ins Polizeihauptquartier einzudringen. Frank hatte sich sofort auf den Weg gemacht, um sich seinen Männern anzuschließen. Als er in der Nähe des Hauptquartiers von der Autobahn abbiegen wollte, kam ihm ein Farbiger entgegengelaufen, der unentwegt brüllte: »Nicht weiterfahren! Nicht weiterfahren!«

»Keine Sorge, ich bin Polizist«, entgegnete der Captain und setzte seinen Weg fort, bis er die tobende Menge bemerkte, die sich um einen brennenden, umgestürzten Wagen versammelt hatte.

Von einer Überführung aus rief ein Polizist dem Captain zu: »Kehren Sie sofort um!« Die Dringlichkeit der Warnung ließ ihn das Steuer herumreißen. Er hatte den Heckenschützen entdeckt, der auf ihn anlegte. Beim Davonfahren sah er eine Einheit der Miami Police in Gefechtsform heranmarschieren. Der alte Polizeiveteran Frank war verzweifelt. Er wußte weder, was aus seinen Männern geworden war, noch was in seiner Heimatstadt vor sich ging. Der *Herald* erschien ihm als der einzige Ort, wo man ihm helfen konnte.

»Wie schlimm ist es?« fragte er grimmig.

»Schlimm.«

Die Welle der Gewalt hatte inzwischen South Miami und Coconut Grove erreicht. Überall wurden Brände gelegt, und es war bereits zu den ersten Plünderungen gekommen. Einige Leichen in ausgebrannten Autos sollten erst Tage später entdeckt werden. Immer wieder wagten sich Cops unter Beschuß in die umkämpften Stadtteile, um die Toten und Verwundeten von den Straßen zu bergen. Viele von ihnen hatten ihre Kampferfahrungen im Vietnamkrieg gesammelt.

Im Lehrstoff der Polizeischulen gab es nichts, was sie auf die Ereignisse dieser Nacht hätte vorbereiten können.

Marshall Frank war von seinem Hauptquartier abgeschnitten und hatte instinktiv den Weg zum *Herald* gefunden. Das rührte mich, obwohl ich mir darüber im klaren war, daß er sich mit Hilfe unserer Funkgeräte ein Bild von der Lage machen wollte. Früher hatten wir auf verschiedenen Seiten gekämpft, jetzt existierten diese Gegensätze nicht mehr. Wir waren beide betroffen; jeder hatte auf seine Art dazu beigetragen, daß es zu diesem Gewaltausbruch gekommen war.

Ich hatte Angst. Alles war außer Kontrolle geraten, und der Boden schien unter meinen Füßen zu schwanken. Der Captain und ich hielten uns einander in den Armen, während wir in dem kleinen Lift nach oben fuhren.

Im Polizeifunk herrschte Chaos.

Jedermann hatte mit einer ereignislosen Nachtschicht gerechnet, statt dessen war ein blutrünstiger Mob ins Gerichtsgebäude eingedrungen, und die Cops im PSD-Hauptquartier mußten sich hinter Büromöbeln verschanzt mit Handfeuerwaffen gegen die Angreifer zur Wehr setzen, weil niemand an das Tränengas und die Infanteriewaffen zur Bekämpfung des Aufstands herankam. Man hatte sie kalt erwischt.

Michael Cosgrove, ein Polizeimajor und Vietnamveteran, hat die Stadt in dieser Nacht vor dem Schlimmsten bewahrt. Es waren seine Leute, die Captain Frank heranmarschieren sah.

Cosgrove hatte aus siebzig Männern eine Eingreiftruppe gebildet und begab sich mit dieser hoffnungslos unterlegenen Streitmacht in die Schlacht. Die Männer marschierten in Kampfausrüstung durch die Straßen und entwaffneten Tausende von Demonstranten. Sie säuberten das Gerichtsgebäude und retteten die eingeschlossenen Polizisten im PSD-Hauptquartier. Ohne ihren tatkräftigen Einsatz hätte wohl kaum ein Feuerwehrmann oder Rettungssanitäter diese Nacht heil überstanden.

Fast 300 Verletzte wurden ins Jackson Memorial Hospital eingeliefert. Innerhalb der nächsten drei Tage stieg ihre Zahl auf über 350. In aller Eile mußten zusätzliches Pflegepersonal und weitere Ärzte herangeschafft werden. Notaufnahme und Intensivstation waren auf eine normale Samstagnacht eingestellt gewesen, aber nicht auf bürgerkriegsähnliche Auseinandersetzungen.

Auf dem Höhepunkt des Chaos brach eine Krankenschwester in der Notaufnahme zusammen und schrie: »Das haben wir Edna Buchanan zu verdanken!«

Ich war selbst nicht dabei. Es ist mir zugetragen worden.

Ich habe nicht das Gefühl, an den Ereignissen mitschuldig zu sein. Ich war es nicht, den die Polizei nach einer dramatischen Verfolgungsjagd gestellt hat, und ich habe Arthur McDuffie auch nicht getötet oder versucht, seinen Tod zu vertuschen. Ich war die Überbringerin der schlechten Nachricht, die Reporterin, die herausfand, was passiert war, und die die Story schrieb. Noch heute stelle ich mir oft die Frage, ob ich es noch einmal tun würde. Ich weiß es nicht.

Daß diese Stadt eine Zeitbombe ist, habe ich immer gewußt. Niemandem, der ihre in der Mittagshitze glühenden Straßen kennt und die warmen Nächte, kann das entgangen sein. Wenn Arthur McDuffie als namenloses Opfer in die Unfallstatistik eingegangen wäre, hätte eben ein anderer die Lunte in Brand gesetzt.

Ich habe mir nicht das Geringste vorzuwerfen – was aber nicht bedeutet, daß ich nicht unter den Ereignissen gelitten hätte. Ein Mitglied der Jury wurde gefragt, ob man McDuffies Tod nicht besser als Unfall auf sich hätte beruhen lassen sollen. »Die Leute, die während des Aufruhrs umgekommen sind, wären bestimmt dieser Ansicht gewesen«, lautete die Antwort.

Am Sonntag war strahlend schönes Wetter. Ich fuhr über den Damm von der Insel, auf der ich wohnte, zum *Herald*. Im Osten, zum Meer hin, hoben sich die Kronen majestätischer

Palmen gegen einen strahlend blauen, wolkenlosen Himmel ab. Im Westen, über Miami, war der Himmel schwarz. Die Stadt brannte, und die dichten Rauchwolken waren fünfzehn Meilen weit zu sehen. Sie hingen wie ein Leichentuch über meiner geliebten Stadt. Ich fuhr an den Straßenrand, um meiner Tränen Herr zu werden.

Eine Journalistin sollte niemanden dabei zusehen lassen, wie sie weint.

Dutzende von Bränden loderten an Straßenkreuzungen. Die Feuerwehr wurde mit Waffengewalt davon abgehalten, ihre Arbeit zu tun, und die Flammen konnten sich ungehindert in Geschäfts- und Lagerhäusern ausbreiten. »Ich glaube es einfach nicht«, sagte Miamis oberster Brandbekämpfer George Billberry. »Sie brennen den ganzen Norden der Stadt nieder.«

Am späten Sonntagabend waren noch fünfzehn große Brandherde außer Kontrolle. Rettungshubschrauber wurden von Heckenschützen unter Feuer genommen. Drei volle Tage sollte das Plündern und Brandschatzen andauern. Die öffentlichen Schulen waren geschlossen, und von zwanzig bis sechs Uhr wurde eine Ausgangssperre verhängt. Die Nationalgarde marschierte mit über tausend Mann in die Stadt ein, um die Ordnung wiederherzustellen. Das Kontingent wurde innerhalb kürzester Zeit mehr als verdoppelt. Die Polizei gab regelmäßig aktualisierte Aufstellungen von Straßen heraus, die befahren werden konnten, ohne Leib und Leben zu riskieren. Die Beamten waren tagelang im Dienst, ohne Schlaf, Ablösung oder warme Mahlzeiten. Das forderte seinen Tribut.

Am Sonntag erreichte mich in der Redaktion die Nachricht, daß ein Polizeilieutenant mit einem Streifenwagen frontal gegen einen Baum gefahren war. Zunächst wurde angenommen, er wäre von einem Heckenschützen erschossen worden, doch die Ärzte konnten keine Schußverletzung entdecken. Er war einem Herzanfall zum Opfer gefallen.

Es war Ed McDermott.

Der traurige, stille irische Polizist war groß und kräftig, mit einem Bauch so flach wie ein Brett. Er ist nur achtundvierzig Jahre alt geworden.

Niemand sollte meine Tränen bemerken.

Nach dem Einmarsch der Nationalgarde berief die Anklagebehörde unverzüglich eine Bundesjury ein, um mögliche Bürgerrechtsverletzungen im Fall McDuffie zu untersuchen.

Als Präsident Carter Miami einen Besuch abstattete, wurde seine Limousine von Schwarzen mit Flaschen bombardiert. Der Präsidentschaftskandidat Edward Kennedy forderte eine umfassende Untersuchung. Fidel Castro warf den Vereinigten Staaten vor, im Ausland Menschenrechtsverletzungen anzuklagen, zu Hause aber die Menschenrechte mit Füßen zu treten. Der oberste Ankläger des Landes, Benjamin Civiletti, kündigte an, die Brutalität der Polizei von Miami gründlich unter die Lupe zu nehmen.

Binnen weniger Wochen wurde der Ex-Polizist Willie Thomas Jones wegen der Übergriffe auf das kleine Mädchen in seinem Streifenwagen angeklagt. Er wurde verhaftet und bis zum Beginn des Prozesses wieder auf freien Fuß gesetzt. Aber es kam zu keinem Prozeß, denn er ließ seine Frau und seine drei kleinen Kinder zurück und machte sich aus dem Staub. Es sollte Jahre dauern, bis man seiner wieder habhaft wurde.

Im Juli – Ermittlungen und Beweisaufnahme hatten sich über mehrere Monate hingezogen – gab es die erste und einzige Anklage wegen Verletzung der Bürgerrechte im Fall McDuffie.

Der Angeklagte hieß Charles Veverka.

Viele Leute waren empört darüber, denn die größte Schwierigkeit, wenn man dienstliche Verfehlungen eines Polizeibeamten untersucht, besteht darin, seine Kollegen dazu zu bringen, gegen ihn auszusagen. Charles Veverka war Kronzeuge der Anklagebehörde des Staates Florida, und eine Bundesjury hatte Anklage gegen ihn erhoben. Was würden Polizisten daraus lernen, wenn sie je in einer ähnliche Lage kämen?

Andere sagten, daß die Anklage rechtens wäre. Veverka hätte gesehen, daß die Verschwörung nicht mehr lange aufrecht erhalten werden konnte. Nur deshalb hätte er die Flucht nach vorn angetreten. Außerdem wäre er als erster bei McDuffie gewesen. Anstatt sich professionell zu verhalten, hätte er ihn geschlagen und damit vielleicht alles weitere ausgelöst.

Sein Verfahren wurde zuerst nach Atlanta verlegt, dann nach San Antonio, Texas. Es gab Gerüchte, wonach eine Verurteilung Veverkas andere Anklagen nach sich ziehen würde. Aber sie erwiesen sich als haltlos, denn er wurde freigesprochen.

In Zusammenhang mit dem Tod von Arthur McDuffie hat es nicht eine einzige Verurteilung gegeben, aber viele Leute haben dafür bezahlen müssen.

NACHLESE

Einschließlich Lieutenant Ed McDermott sind den Rassenunruhen achtzehn Menschen zum Opfer gefallen. Die Schäden in Miami wurden auf hundert Millionen Dollar geschätzt. Der Schaden, der dem Ruf der Stadt zugefügt worden ist, läßt sich in Zahlen nicht ausdrücken.

Einer der Cops, die im Fall McDuffie freigesprochen wurden, hat später versucht, sich umzubringen – mit dem Motorrad. Er schaffte die Maschine in sein Apartment und ließ den Motor laufen, aber irgendwann ging das Benzin aus. Seine Frau fand ihn bewußtlos auf dem Boden.

Die schweren, metallenen Stablampen wurden aus dem Verkehr gezogen und statt dessen Taschenlampen aus Plastik an die Beamten ausgegeben. Das PSD versuchte, die Drogenrazzia auf das falsche Haus, den Fall McDuffie, die Aufstände und den Kokainskandal ungeschehen zu machen, indem es sich in »Metro-Dade Police Department« umbenannte.

Der Polizeichef Charlie Black, der sofort Ermittlungen wegen Mordes eingeleitet hatte, nachdem er über den Tod McDuffies informiert worden war, wurde zum Captain degradiert. Als offizieller Grund wurde angegeben, daß man dem stellvertretenden Direktor Bobby Jones, der zum ersten Mann befördert werden sollte, Gelegenheit geben wollte, sein eigenes Team zusammenzustellen. Und Marshall Frank, der Captain der Mordkommission, der die Ermittlungen im Fall McDuffie geleitet hatte, wurde auf einen Schreibtischjob in der Justizverwaltung versetzt. Man deklarierte es als Beförderung.

Michael Cosgrove, dessen Initiative während der ersten Nacht das Schlimmste verhindert hatte, wurde für den Posten des stellvertretenden Polizeichefs vorgeschlagen. Aber 1984 degradierte man ihn erst zum Captain und entfernte ihn dann nach siebzehn untadeligen Jahren völlig aus dem Polizeidienst. Er wurde das Opfer einer ›Säuberung‹, wie sie für Miami typisch ist; das Stadtoberhaupt hatte Cosgroves Chef mitten in der Nacht angerufen, um ihm seine Entlassung mitzuteilen, und Cosgrove hatte es gewagt, Loyalität seinem Vorgesetztem gegenüber zu zeigen.

Aber Cosgrove hatte doch das letzte Wort. Nachdem auch das Stadtoberhaupt in Ungnade gefallen war und die Verwaltung händeringend nach einem fähigen Polizeichef Ausschau hielt, trug man ihm den Posten an.

Er lehnte ab.

Der ehemalige Polizist Willie Thomas Jones stellte sich nach vier Jahren und acht Monaten ohne großes Aufsehen den Behörden in Miami. Er wäre ›des Weglaufens müde‹, sagte er. Im April 1985 bekannte er sich schuldig und wurde zu einem Jahr Bundesgefängnis verurteilt. Er weinte bei der Urteilsverkündung.

Auch die Mutter des Opfers, die jetzt als Sozialarbeiterin tätig ist, vergoß Tränen bei der Verhandlung. Sie hat ihm verziehen, was er ihrer Tochter angetan hat, die kurz vor dem Abschluß der High-School immer noch extrem schüchtern ist und gerade ihre erste Verabredung mit einem Jungen hatte.

Der Familie McDuffie wurde eine Million Dollar Schmerzensgeld zuerkannt.

Ihr Rechtsbeistand, Carol King Guralnick, die so fest an die Vorsehung glaubte, ist niemals ins Richteramt berufen worden.

Der kanariengelbe Ferrari der schönen, brillanten und reichen Lady Law blieb mit einem Motorschaden mitten in Miami liegen. Entnervt entstieg sie dem Gefährt mit dem originellen Schriftzug auf dem Kennzeichen und wollte zu einer Tankstelle auf der anderen Straßenseite. Sie lief direkt vor einen Lieferwagen. Der Tod ereilte sie mit vierunddreißig Jahren.

Die junge Witwe von Benny Higdon wurde von einer Tochter entbunden, die ihren Vater niemals kennenlernen sollte. Die junge Frau war einundzwanzig Jahre alt und stand allein mit vier Kindern, die sie ernähren und großziehen mußte. Sie verklagte die Behörden wegen Mitschuld am Tod ihres Mannes. Aber die Klage wurde niedergeschlagen, und sie bekam nicht einen Cent.

Charles Veverkas Traum, wieder als Cop zu arbeiten, ging schließlich doch noch in Erfüllung. Er trat in die lediglich aus fünfundzwanzig Beamten bestehende Polizeitruppe von North Village ein. Dort versah er tadellos seinen Dienst und half sogar, einen Kollegen wegen Kokainmißbrauchs hinter Gitter zu bringen. Doch dann geriet er aufs neue in Schwierigkeiten. Er wurde beschuldigt, einem gefesselten, farbigen Verhafteten im Fahrstuhl des Hauptquartiers in den Unterleib getreten zu haben. Ein Kriminaltechniker, der sich noch nie einer dienstlichen Verfehlung schuldig gemacht hatte, war ebenfalls mit dem Lift mitgefahren und Zeuge des Vorfalls geworden. Dieser religiöse und idealistische Mann wurde innerlich zerrissen zwischen der Notwendigkeit, den Ermittlern nichts zu verschweigen, und dem Verrat, einen Kollegen ans Messer zu liefern. Nachdem ihm die Anklagevertreter damit gedroht hatten, seine Karriere zu ruinieren, wenn er ihnen weiterhin die Wahrheit vorenthielt, nahm er sich in seiner Wohnung das Leben.

Nach dem Tod des einzigen Zeugen mußte die Anklage gegen Veverka fallen gelassen werden, aber man setzte ihn so lange unter Druck, bis er freiwillig den Dienst quittierte.

Michael Watts, der vollständig von seinem Selbstmordversuch genesen war, trat in den Dienst des North Lauderdale Police Departement.

Irgendwann kam eine Single auf den Markt: ›Die Ballade von Charles McDuffie.‹

Sie ist kein Hit geworden.

Nur wer noch keinen Hund gebadet hat, wird nie erfahren, wie Seife wirklich schmeckt.
Frankling P. Jones, Humorist

Nebenschauplatz

ROCKY WUFF

Ich war eine leichte Beute.

Der vierte Juli fiel auf ein Wochenende, und es war ein sehr heißer Tag, als ich Rocky das erste Mal begegnet bin. Ich hatte nicht vor, ihn mit nach Hause zu nehmen. Er lag bequem ausgestreckt unter einer Parkbank in South Beach. Ich machte gymnastische Übungen im Schatten der Bäume und genoß den Anblick des blaugrünen Meeres. Zwei ältere Männer, die zu den regelmäßigen Besuchern des Parks gehörten, saßen auf der Bank.

»Gehört der Hund zu Ihnen?« fragte ich.

Sie verneinten. Er verhielt sich so ruhig, daß sie ihn kaum bemerkt hatten. Er hechelte in der Hitze, und ich bekam einen Riesenschreck, als ich in die Hocke ging, um ihn zu streicheln. Seine Zunge war violett – wie eine Aubergine. Das konnte nur bedeuten, daß er dem Verdursten nahe war. Ich ging mehrmals mit einem Pappbecher zu einem Wasserhahn, an sich die Schwimmer den Sand von den Füßen spülen konnte. Er trank artig, doch seine Zunge blieb violett.

Weil etwas von einem Chow Chow in ihm steckt, ist diese Farbe normal, aber das sollte ich erst später erfahren. Er sah aus wie der Hund, den jeder von uns irgendwann in seinem Leben einmal gehabt hat: schwarz, mit hellbraunen Pfoten und irgendwie lieb. Die Schlappohren und ein dümmliches Grinsen gehörten auch dazu. Er trug ein altes, zerschlissenes Lederhalsband ohne Marke. Nachdem er getrunken hatte, sah er mir beim Training zu und folgte mir, als ich am Deich entlangschlenderte. Unsere kleine Liebesaffäre wird zu Ende sein, wenn ich in meinen Wagen steige, dachte ich.

Als ich jedoch die Tür öffnete, machte er einen Satz an mir vorbei auf den Vordersitz. Offensichtlich war er ans Autofahren gewöhnt und wollte seinen Willen durchsetzen. Ich befahl ihm zu verschwinden, woraufhin er auf die Rückbank sprang und sich außerhalb meiner Reichweite auf dem Wagenboden niederließ. Was soll's, dachte ich. Ich werde ihn eben solange behalten, bis ich seinen Besitzer gefunden habe. Wir fuhren los, und mir fielen meine Katzen ein. Was würde passieren, wenn sich dieser Hund zu ihnen gesellte?

Ich stoppte den Wagen beim Wachtturm der Rettungsschwimmer, und der Hund verließ seinen Platz, um folgsam hinter mir her zu trotten. Der Wachhabende sagte, der Hund triebe sich schon seit Tagen allein am Strand herum. Er würde den Tierschutzverein anrufen und den Hund solange festhalten, bis ich weggefahren wäre. »Bye, bye, Hundchen«, sagte ich, machte mich auf den Weg zum Auto und beging dann doch den Fehler, mich umzuschauen. Der Hund winselte erbärmlich und versuchte vergeblich, hinter mir herzukommen. In seinem Blick lag eine einzige große Bitte.

»Sie sind sicher, daß es nicht Ihr Hund ist?« fragte der Rettungsschwimmer voller Argwohn.

Ich erwiderte, das Tier nie zuvor gesehen zu haben. Er ließ den Hund los, der schwanzwedelnd auf mich zusprang.

Auf dem Nachhauseweg machten wir an einem Supermarkt halt, um Hundefutter einzukaufen. Da es zu heiß war, ihn im Wagen zu lassen, ließ ich ihn außerhalb des Ladens warten. Wahrscheinlich hatte er bereits einen neuen Freund gefunden, ehe ich mit den Sachen durch die Kasse war, und verschwunden, wenn ich zurückkehrte. Doch als ich um die nächste Ecke bog, sah ich ihn schon die Regale entlangtrotten und vor Freude zappeln, als er mich bemerkte. Jemand mußte ihn hereingelassen haben.

»Ist das Ihr Hund?« wollte der Geschäftsführer des Ladens wissen. Ich verneinte.

»Sind Sie sicher?« fragte er und warf einen Blick auf das Futter und die Hundekekse in meinem Einkaufswagen.

Er brachte den Hund wieder nach draußen, wo er auf mich wartete, als ich herauskam. Ich sah mich auf dem Parkplatz um, weil ich mir nicht mehr sicher war, wo der Wagen stand. Er wußte es und trabte flott vorneweg, so daß ich ihm nur zu folgen brauchte. Neben meinem Wagen setzte er sich hin und sah mir beim Einladen zu. Als wir zu Hause ankamen, stürmte er ohne zu zögern die Eingangstreppe hinauf und wartete, während ich die Tür aufschloß. Er benahm sich, als ob er sein ganzes Leben hier verbracht hätte. Misty und Flossie dösten auf dem blankgewienerten Parkettboden des Wohnzimmers, als der fremde Hund lässig in ihr Haus spazierte. Sie schossen in die Höhe und machten sich so schnell aus dem Staub, daß ihre Krallen einen Moment lang auf dem glatten Boden keinen Halt fanden. Dann schlidderten sie in mein Schlafzimmer und hechteten aus dem Fenster, das glücklicherweise offen stand, so daß lediglich das Fliegengitter auf dem Rasen landete.

Aber nach dem anfänglichen Schock lernten sie schnell, ihn richtig einzuschätzen. Er mußte mit anderen Tieren zusammengelebt haben und war besonders in kleinere Exemplare richtig vernarrt. Katzen behandelte er mit besonderer Ehrerbietung. Er bot ihnen sofort die Kapitulation an, wenn sie den Raum betraten, drehte sich auf den Rücken und streckte alle viere von sich. Die Katzen sahen verächtlich auf solche Unterwürfigkeit herab. Innerhalb von zwei Tagen fraßen sie sein Futter und stiegen achtlos über ihn hinweg, wenn er ein Nickerchen machte.

Zwei Wochen lang ging ich mit ihm immer wieder am Deich in South Beach spazieren, um vielleicht doch noch seinen Besitzer ausfindig zu machen. Vielen Leuten war der freundliche Hund vertraut, aber sie hatten ihn immer nur allein gesehen. Ein schon älterer puertorikanischer Hotelpage schien ihn besser zu kennen und nannte ihn Blackie. Ich glaubte schon, sein Herrchen gefunden zu haben, aber er hatte den Hund nur mit einem Hamburger und ein wenig Wasser versorgt. An demselben Morgen, als ich auf seine Ich-bin-so-hungrig-und-durstig-Nummer hereingefallen war.

Ich gab es auf, brachte ihn zum Tierarzt und besorgte eine Hundemarke. Von nun an gehörte er zum Haushalt.

Seinen Namen hat er sich selbst ausgesucht. Ich hatte bereits alle möglichen ausprobiert, aber keiner davon schien ihm zuzusagen. Die meisten brachten ihn nicht einmal dazu, die Augen zu öffnen. Aber als ich ihn Rocky nannte, hob er den Kopf, wedelte mit dem Schwanz und grinste. Also hieß er Rocky – Rocky Wuff.

Seine Vergangenheit blieb für mich ein Rätsel. Obwohl er ans Haus gewöhnt und gut erzogen war, schien er nicht einmal die einfachsten Befehle zu verstehen. Vielleicht hatte sein Besitzer ja nicht auf englisch mit ihm geredet. Ich besuchte mit ihm eine Hundeschule, die von einem Cop aus Coral Gables geleitet wurde. Rocky war die einzige Promenadenmischung und der klügste Hund in seinem Kursus. Aber er weigerte sich beharrlich, die Aufgaben eines Wachhundes zu erfüllen. Damit er lernte, wie es geht, steckten sie ihn mit einem Dobermann und einem Schäferhund zusammen. Die großen Tiere gebärdeten sich wie rasend, knurrten und bellten, während Rocky Wuff einfach nur grinsend vor sich hinsabberte. Dieser Hund mißbilligte jede Art von Aufregung. Schon wenn die Katzen sich gegenseitig anfauchen, rollt er mit den Augen und fängt an zu winseln. Ich mag gar nicht daran denken, was passiert, wenn sich Einbrecher an unserem Haus zu schaffen machen. Wahrscheinlich würde er das einzige Vernünftige tun und um sein Leben laufen.

Am Tag nach unserem ersten Besuch beim Tierarzt kam ich erst gegen neun Uhr abends von der Arbeit nach Hause. Ich öffnete die Hintertür und rief nach ihm, aber er kam nicht wie gewöhnlich angelaufen. Draußen war es bereits dunkel, und ich konnte seine Gestalt nur schemenhaft bei dem Bananenbaum ausmachen. Obwohl ich immer wieder seinen Namen rief, rührte er sich nicht von der Stelle. Ich bekam fürchterliche Angst, näherte mich dem leblosen Körper und berührte sein Fell, das sich in dem leichten Abendwind kräuselte. Er fühlte sich kalt an.

Er war tot.

Armer kleiner Streuner. Es war ihm gutgegangen, bis ich ihn mitgenommen hatte, und nun lebte er nicht mehr. Wie konnte das geschehen? Ich suchte fieberhaft nach einer Antwort. Der Tierarzt hatte ihn vor sechsunddreißig Stunden untersucht und mir seine ausgezeichnete körperliche Verfassung bestätigt. Entweder hatte ihn jemand vergiftet oder erschossen. Aber es war zu dunkel im Hof, um das feststellen zu können. Ich wählte die Notrufnummer des Tierarztes und war felsenfest davon überzeugt, daß er an einer allergischen Reaktion auf die Injektion eingegangen war, die der Doktor ihm am Tag vorher verabreicht hatte.

»Woran haben Sie bemerkt, daß er tot ist?« fragte mich Dr. Hal Ness.

»Ich erkenne einen toten Hund, wenn ich ihn sehe«, rief ich. Der Hund wog fast fünfzig Pfund, auf dem Hof war es stockfinster, und ich hatte nicht einmal eine Taschenlampe. Der einzige Nachbar, den ich um Hilfe bitten konnte, wohnte auf der anderen Straßenseite in dem Haus direkt am Meer. Als ich vor einigen Monaten eingezogen war, hatte er sich vorgestellt und mir seine Hilfe angeboten, wann immer ich sie bräuchte.

Ich wählte die Nummer, und seine Frau meldete sich. Sie waren zeitig schlafen gegangen. Ich sagte, ich bräuchte die Hilfe ihres Mannes. Mit tränenerstickter Stimme schilderte ich ihm den entsetzlichen Tod meines Hundes und wollte wissen, ob er jemanden in der Nachbarschaft hätte herumschleichen sehen. Ich bat ihn, mir dabei zu helfen, den toten Hund in mein Auto zu tragen. Der arme Rocky. Seine letzte Reise würde ihn zum Tierarzt führen, um die Todesursache festzustellen.

Larry Helfer erwies sich als guter Mensch und hilfsbereiter Nachbar. Er zog sich wieder an und brachte sogar eine

Taschenlampe mit. »Ich glaube, man hat ihn vergiftet«, begrüßte ich ihn, in Tränen aufgelöst. »Als der Arzt ihn gestern untersuchte, war er noch kerngesund.«

Ich bot ihm eine Decke an, damit er den Hund darin einwickeln konnte. »Wo ist er?« fragte Larry ein wenig ungehalten. Ich deutete auf den Hof. Er stieß die Hintertür auf und starrte angestrengt in die Dunkelheit. Dann drehte er sich langsam wieder um. Er schien wirklich irritiert zu sein. Ich ging selber zur Tür, um den Grund dafür zu erfahren, und da war – Rocky. Er hockte auf der Schwelle und blickte grinsend zu uns empor.

Ohne mich aus den Augen zu lassen, bewegte Larry Helfer sich rückwärts auf die Haustür zu. Er war offensichtlich davon überzeugt, daß ich ihn aus seinem Bett und in mein Haus gelockt hatte, um ...

»Ich hätte schwören können, daß er tot ist. Er hat überhaupt nicht reagiert, als ich nach ihm gerufen habe«, stotterte ich. »Er lag einfach nur da.«

Jetzt war es an Larry, zu stottern. »Meine Frau ... äh, sie macht sich bestimmt schon Sorgen. Ich werde hinübergehen und ihr sagen, daß alles in Ordnung ist«, sagte er und machte sich im Laufschritt davon.

Ich erreichte den Tierarzt noch, bevor er das Haus verließ. »Nichts für ungut«, sagte ich. Larry Helfer und seine Frau sind mir in den nächsten Jahren aus dem Weg gegangen. Wenn wir uns zufällig begegneten, erkundigte Larry sich angelegentlich nach dem Befinden meines Hundes.

Wenn ich heute den Zeigefinger auf Rocky richte und sage: »Peng, du bist tot«, dann läßt er sich zu Boden fallen und rollt sich auf den Rücken. Es ist einer der besten Tricks, die er draufhat.

Sehr schwierig war es nicht, ihm das beizubringen, denn eigentlich wußte er ja schon, wie man's macht.

DRITTER TEIL

MIAMI GESTERN UND HEUTE

Das einzig Beständige in Florida ist der Wandel. Der Südteil dieses Staates hat sich in den letzten fünfundzwanzig Jahren stärker verändert als in den vergangenen zweitausend Jahren.

Der Golf von Mexico war einst die Heimat der Indianer. Sie wanderten die Halbinsel hinab, durch die Mangroven und die Everglades. Die Tequestas siedelten schließlich an der Mündung eines kristallklaren Flusses und nannten den Ort Miami – Fluß des großen Sees.

Die Ureinwohner sind längst verschwunden, aber den Fluß gibt es noch. Auf ihm verkehren heute Sportboote, ausländische Frachter und Schiffe mit illegalen, haitianischen Flüchtlingen. Und nicht zu vergessen die Leichen von Ermordeten, die an seiner Oberfläche treiben.

Als ich herkam, war Miami nichts weiter als eine Stadt im Süden, die sich nur durch Einsprengsel einer subtropischen Pflanzenwelt von anderen unterschied. Es gab hier kein Gebäude, das älter als hundert Jahre war, und ich liebte das Flair dieser Stadt. Hier umfing mich eine Freundlichkeit und Wärme, die ich genoß wie ein Rekonvaleszent, der sich von einer schweren Erkrankung erholt: den ersten zwanzig Jahren meines Lebens. Einer schmerzerfüllten Kindheit, der qualvollen Pubertät und dem grobkörnigen, eintönigen Schwarzweißfilm, der sich Paterson, New Jersey, nannte. Die Scheinwerfer waren endlich aufgeflammt, der Vorhang hatte sich geöffnet, und gegeben wurde ein Zweipersonenstück: Miami und ich. In Technicolor, Cinemascope und 3-D.

Ich habe es nicht leicht gehabt damals, aber gelangweilt habe ich mich nie.

Die Leute fragen mich oft, wie ich die ganzen Jahre mit dem Dauerstreß meines Jobs fertig geworden bin. Darauf gibt es zwei einfache Antworten: Erstens gibt es nichts Schlimmeres, als in einer Mantelfabrik in Paterson, New Jersey, zu arbeiten. Zweitens ziehe ich mich ans Meer zurück und suche dort Trost wie ein ›kriegsmüder‹ Veteran, wenn mir der Redaktionsschluß im Nacken sitzt, die Leichen sich zu Bergen aufzutürmen scheinen und ich das Gefühl habe, auch noch das Leid anderer Menschen tragen zu müssen – wenn also nicht nur mein Leben, sondern auch das von Miami außer Kontrolle zu geraten droht.

Ungeachtet der veränderten Zeiten und gewaltigen Ereignisse ist mir das immer gelungen. Die Gezeiten scheinen meine trüben Gedanken mit sich fortzutragen und neue Kraft und Hoffnung zurückzubringen.

Ab und zu werde ich natürlich gezwungen, meine therapeutische Nabelschau zu unterbrechen. Ich muß dann Gebrauch von meiner garantiert authentischen Polizeitrillerpfeife machen, um irgendeinen düsteren Unhold zu verscheuchen, der darauf beharrt, seine Geschlechtsteile vor den Touristen zur Schau zu stellen.

Und der Sand fühlt sich nicht mehr an wie Seide, sondern ist vom vielen Ausbaggern grobkörniger geworden. Und die Brandung ist rauher geworden, nicht mehr so sanft wie damals, als ich zum erstenmal nach Miami kam.

Aber das ist mit vielen Dingen so.

Vor fünfundzwanzig Jahren konnte man bei einem Spaziergang auf der Flagler Street im Zentrum Miamis noch hellhäutige Matronen beobachten. Viele hatten Sonnenschirme dabei, um ihren blassen, gepuderten Teint vor der sengenden Sonne zu schützen. Zum Lunch gingen sie in Burdines' Tearoom, wo sie in Salaten herumstocherten und sich, besonders wenn sie sich in Begleitung eines Enkelkindes befanden, das berühmte Schneeprinzessin-Dessert gönnten. Das Puppengesicht der Regentin lächelte huldvoll von einem Berg Vanilleeis und Kokos herab.

Ich muß gestehen, daß mir in der Anfangszeit einige ältere

Mitbürger von Miami Beach wenig sympathisch waren. Sie bewegten sich langsam und schlichen mit zu großen und zu schnellen Autos umher, bis sie irgendwann die Kontrolle darüber verloren, das Gaspedal mit der Bremse verwechselten und gigantische Blechschäden verursachten.

Wann immer sie eine Straße überqueren wollen, strecken sie den Arm aus wie ein Verkehrspolizist und marschieren los. Die Auswirkungen auf den fließenden Verkehr sind oft katastrophal. Die meisten leben schon seit Jahren hier. Sie haben keinerlei Verpflichtungen mehr, aber sie drängeln sich in jedem Restaurant und in jedem Geschäft vor. Ein Besuch in einem Supermarkt in Miami Beach hat große Ähnlichkeit mit dem Wagenrennen in *Ben Hur*.

Doch nach einem Jahr hatte sich meine Einstellung gründlich geändert, und ich konnte den unverwüstlichen Elan dieser Leute nur noch bewundern; vielleicht hatten sie mich auch einfach nur kleingekriegt. Sie gehören einer Generation von Einwanderern an, die durch nichts mehr zu erschüttern ist. Sie haben Elend, Verfolgung, Ausbeutung und eine Weltwirtschaftskrise überstanden. Die ›Ich-Generation‹ ihrer Kinder und Enkel, die sofort für alles belohnt werden will, kann ihr nicht das Wasser reichen.

Viele der alten Menschen sind völlig auf sich allein gestellt und leben hier fern von den Söhnen und Töchtern, die von ihnen aufgezogen und aufs College geschickt wurden. Etta war einhundertunddrei Jahre alt und biß mit ihren eigenen Zähnen in eine Kokosmakrone, als wir uns in ihrer winzigen Küche in South Beach gegenübersaßen. Sie konnte sich noch deutlich an Ereignisse zurückerinnern, die gut neunzig Jahre zurücklagen. Die Erinnerungen dieser uralten Frau waren ein Schatz, von dem ich so viel wie möglich heben wollte, aber zu meinem Leidwesen war sie viel unterwegs und hatte kein Telefon.

Zu ihr geführt hatte mich eine Vermißtenanzeige, die Etta bei der Polizei aufgegeben hatte. Es handelte sich um einen typischen Eltern-Kind-Konflikt: Ihr jüngster Sohn war von zu Hause weggelaufen, weil seine Mutter ihm keinen Wagen kaufen wollte.

Er war zweiundsiebzig und schon immer das Sorgenkind gewesen.

Wir fanden ihn, immer noch schmollend, in der Gegend, wo die Familie früher gelebt hatte. Etta versprach ihm den Wagen, und er kehrte nach Hause zurück. Aber das ist nur die eine Hälfte der Geschichte. Als ich Ettas Apartment verließ, vertraute die Vermieterin mir ein Geheimnis an. Der andere, erfolgreichere Sohn der Greisin, ein Zahnarzt aus Palm Beach, der sie nur selten besuchte, hatte Geld bei der Frau hinterlegt. Es war für die Beerdigung seiner Mutter bestimmt und sollte ihm bei ihrem Tod die Unbequemlichkeit ersparen, die fünfundsechzig Meilen von Palm Beach nach Miami fahren zu müssen.

Andere Senioren sind besser dran. Niemand findet etwas dabei, auf Tanzfesten älteren Paaren zu begegnen, die Hand in Hand gehen und sich zärtlich küssen. Oder Femmes Fatales in Gesundheitsschuhen und bedruckten Kleidern, die einen Plastiksonnenschutz auf der Nase tragen und von gepflegten älteren Herren mit Fliege und kariertem Jackett umschwärmt werden.

Mit über siebzig noch Sex zu haben, ist etwas, worauf man sich freuen kann. Ich habe eine Zeitlang in der Nachbarschaft eines Seniorenhotels in Miami Beach gewohnt.

»Das schwierigste ist, dafür zu sorgen, daß sie in ihren eigenen Zimmern bleiben«, erzählte mir der arg gebeutelte Empfangschef.

Ich fand es wunderbar.

Liebesdramen und Dreiecksbeziehungen sind an der Tagesordnung. Ein einundachtzigjähriger verschmähter Liebhaber, der sich Zeit seines Lebens nicht das geringste hatte zuschulden kommen lassen, wurde wegen vorsätzlicher Brandstiftung verhaftet. Die Höchststrafe für diese Delikt ist lebenslänglich. Er hatte einen Molotow-Cocktail durch das Küchenfenster seiner Geliebten geworfen. Die achtundsechzigjährige Witwe hatte ihm wegen eines jüngeren Mannes – er war erst in den Siebzigern – den Laufpaß gegeben. Ein Küchenläufer hatte Feuer gefangen, aber es war der Frau gelungen, die Flammen auszutreten, bevor größerer Schaden entstehen konnte. Sie hätte sofort gewußt, daß er der Missetäter gewesen wäre, erzählte sie mir.

Auf der mit Benzin gefüllten Flasche prangte noch das Etikett seines Lieblingspflaumensaftes.

Der Richter verurteilte ihn dazu, nach Boston zu ziehen – in die Obhut seines dort lebenden Sohnes.

Angesichts dieser Vitalität ist die Haltung älterer Leute dem Tod gegenüber um so erstaunlicher. Zu Beginn meiner Laufbahn als Kriminalreporterin habe ich diese Art von Lässigkeit zuerst erlebt. Wenn man lange genug lebt, wird der Tod vielleicht so selbstverständlich wie Essen, Schlafen und die Benutzung der Toilette. Oder die Angst davor wird so übermächtig, daß man versucht, sie einfach zu ignorieren. Man pfeift ein fröhliches Lied in der Dunkelheit und tut so, als wäre niemand da.

Das erste Mal fiel es mir auf, als ich wegen eines entsetzlichen Vorfalls in die prunkvolle Lobby eines vornehmen Hotels gerufen wurde. Ein Monteur war von einer defekten Fahrstuhlkabine zerquetscht worden, mit deren Reparatur er gerade beschäftigt war. Es hatte ihn genau in der Körpermitte erwischt, und sein Oberkörper ragte auf den Teppichboden der Lobby hinaus. Der Mann hatte sogar noch seine Brille auf. Von der Rezeption aus konnte man nicht sehen, was passiert war.

Schließlich trat ein vornehmer älterer Herr auf die Hotelangestellten zu, um ihnen mitzuteilen, daß im Fahrstuhl jemand ›feststeckte‹.

»Ich werde mich darum kümmern«, sagte ein forscher junger Mann. »Der Lift macht uns schon den ganzen Tag Ärger.« Er griff sich den Fahrstuhlschlüssel und eilte um die Rezeption herum. Als er zu seinem äußersten Entsetzen feststellte, daß dort wirklich jemand ›feststeckte‹, gab er sein Mittagessen wieder von sich. Er war immer noch ganz grün im Gesicht und rang auf den Knien liegend nach Luft, als ich dort eintraf.

Es war mitten in der Wintersaison, und die Lobby war gefüllt mit teuer gekleideten, älteren Herrschaften. Aber es gab weder hysterische Ausbrüche noch sonst irgendwelche Auffälligkeiten. Der Vorfall erregte so wenig Aufmerksamkeit, daß die Polizei noch nicht einmal den Unfallort absperren mußte. Die Leute, die an der Leiche vorbeikamen, schüttelten verwundert die Köpfe und gaben einen leicht pikierten Laut von sich. Das war alles.

Junge Leute werden magisch vom Tod angezogen. Sie tragen Babies auf dem Arm und führen kleine Kinder an der Hand, damit auch ihnen nicht die geringste Kleinigkeit von dieser Begebenheit entgeht. Ältere Leute hingegen machen nicht einen Schritt, um sich einen Toten anzusehen. Sie lassen sich allerdings auch nicht davon aufhalten, wenn einer auf ihrem Weg liegt.

Angejahrte Badegäste schlüpfen heimlich mitsamt ihren Klappstühlen unter einer Polizeiabsperrung hindurch und gehen vorsichtig um den Körper herum, wenn auf ihrem gewohnten Weg zum Strand eine Leiche gefunden wurde. Warum sollten sie dafür einen Umweg in Kauf nehmen?

An einem windigen Morgen war mit der Flut eine Leiche angeschwemmt worden, und die Polizisten gingen der traurigen Arbeit nach, sie zu untersuchen. Ich sah, wie sich aus der Ferne ein grauhaariger Jogger näherte, ein schon älterer Mann, der diese Strecke jeden Morgen zurücklegte.

Der Mann sah nicht ein einziges Mal auf und wich keinen Meter von seinem gewohnten Weg ab. Erst als er uns schon fast erreicht hatte, wurde mir klar, daß er uns über den Haufen zu joggen drohte.

»Sergeant . . .«, sagte ich, aber es war zu spät. Ohne sich um die Verärgerung der Polizisten zu kümmern, lief er mitten durch ihre kleine Gruppe hindurch. Als er über die Leiche hinwegsprang, änderte sich an seinem Laufrhythmus nicht das geringste.

Er lief weiter, ohne sich noch einmal umzusehen.

Es gibt nicht viele öffentliche Bedienstete in Miami Beach, die das besondere Verhalten älterer Mitbürger verstehen und entsprechend darauf reagieren können. Eines Morgens hielt ich mich im Polizeihauptquartier auf, um die Berichte zu überfliegen, als eine in Tränen aufgelöste alte Frau hereinkam. Sie hielt sich den Kopf, als ob sie starke Schmerzen hätte. »Ich hab' sie verloren. Was soll ich nur tun?« wandte sie sich schluchzend an Richard Caraucas, den schon etwas älteren Wachhabenden.

Er erkannte sie nicht sofort. »Die Zauberschachtel!« rief sie. »Die Zauberschachtel ist weg.« Beim Umzug in eine andere Wohnung war sie aus ihrem Kleiderschrank verschwunden. »Jetzt quälen sie mich wieder«, stöhnte die alte Dame und preßte wegen ihrer unerträglichen Schmerzen beide Hände gegen den Kopf.

»Sie wissen genau, daß Sie sie verloren haben?« fragte der Sergeant.

Sie hatte schon überall danach gesucht.

»Ich werde Ihnen eine neue besorgen«, versprach er, und sie drückte ihm dankbar die Hand. Wenn sie um drei Uhr wiederkäme, wäre die Schachtel fertig, sagte er zum Abschied, und als die Frau die Wachstube verließ, ging es ihr bereits sichtlich besser.

»Was ist eine Zauberschachtel?« fragte ich. Er erklärte mir, daß in Miami außergewöhnlich viele Leute lebten, die sich von gefährlichen Strahlen bedroht fühlten. Sie wären nicht von der Vorstellung abzubringen, daß diese Strahlen bei ihnen starke Kopfschmerzen und Halluzinationen, Krankheiten und Alpträume hervorriefen.

Viele machen in ihrem Wahn einen bestimmten Menschen oder ein Gebäude für ihre Qualen verantwortlich. Sie rufen die Polizei, erstatten Anzeige oder verklagen sogar harmlose Mitbürger, die nicht die leiseste Ahnung haben, was überhaupt vor sich geht. Manchmal nimmt es auch gefährliche Ausmaße an. Vor einigen Monaten hatte ich über einen Mann berichtet, der davon überzeugt war, daß elektrische Strahlen von einer Tankstelle gegenüber seinem Apartment seine Herzrhythmusstörungen hervorriefen. Schließlich wollte er das Übel mit Stumpf und Stiel ausrotten und erschoß den Tankwart und einen Kunden.

Die Frau im Polizeihauptquartier stand vor einem ähnlichen Problem. Sergeant Caraucas, der in seiner Freizeit alte Uhren repariert, hatte ihr deshalb eine Zauberschachtel gebaut, die schädlichen Strahlen abhalten sollte. Das war vor acht Monaten gewesen und hatte zufriedenstellend funktioniert, bis sie verloren gegangen war. Eine Zauberschachtel ist sehr viel schlichter konstruiert als eine Uhr. Caraucas verwendete dafür ein paar Murmeln, eine Zigarrenkiste und eine Rolle schwarzes Klebeband. Es ist ganz einfach. Man legt die Murmeln in die Schachtel, die mit dem Klebeband umwickelt wird, und der Zauber beginnt zu wirken.

Richard Caraucas ist nicht Dirty Harry, aber dafür ein verdammt guter Polizist.

Man kann leicht den Überblick auf seinem Schreibtisch verlieren, wenn man eine Schwäche für alte Leute hat. Viele von ihnen fürchten, daß nach ihrem Tod ihre wertvollsten Erinnerungen verlorengehen. Eine zerbrechliche alte Frau von achtzig Jahren erschien in meinem Büro bei der *Sun*. Ihr stand eine schwere Operation bevor, und sie hatte einen Pappkarton dabei. Er enthielt ihre unveröffentlichten Gedichte, einige getrocknete Blumen und eine mehr als zehn Jahre alte Auszeichnung ihres Gartenklubs. Sie glaubte, daß ihre Erben diesen kostbaren Nachlaß einfach auf den Müll werfen würden, und bestand ungeachtet meiner Proteste darauf, ihn bei mir zu deponieren. Ich habe sie niemals wiedergesehen.

Ein untadelig gekleideter, älterer Herr mit einem sauber gestutzten Schnurrbart übergab mir auf zwölf handgeschriebenen Seiten die Geschichte seines Lebens. Zusätzlich bekam ich ein Foto seiner geliebten Frau, die ihm nach fünfzigjähriger Ehe weggestorben war. Er kränkelte und wollte auf diese Weise dafür sorgen, daß nach seinem Tod nicht alles in Vergessenheit geriet. Inzwischen sind siebzehn Jahre vergangen, und ich habe die Sachen immer noch.

Es spielt keine Rolle, wieviel Geld die Leute besitzen. Sie machen sich Sorgen, daß es nicht bis zu ihrem Lebensende reichen könnte. Wer weiß, wie lange sie noch zu leben haben, und außerdem ist da noch die Inflation. Viele, die sich ein sorgenfreies Leben leisten könnten, sparen an allen Ecken und Enden.

Es mußten erst diebstahlsichere Halterungen installiert werden, bevor man sicher sein konnte, auf den öffentlichen Toiletten von Miami Beach Toilettenpapier und Handtücher vorzufinden, wenn man sie brauchte. Ich habe dafür fälschlicherweise die Stadtverwaltung verantwortlich gemacht, aber die Spender wurden jeden Morgen frisch aufgefüllt. Kurz darauf erschienen dann regelmäßig ältere Damen und packten deren Inhalt in ihre Einkaufstaschen.

Mir ist das erst klar geworden, nachdem eine von ihnen auf offener Straße einem Herzanfall erlag. Detective Emery Zerrick, der sich durch natürliche Herzenswärme und viel Geduld im Umgang mit älteren Menschen auszeichnet, öffnete die Einkaufstasche der Toten und fand sie bis obenhin gefüllt mit behördlichem Toilettenpapier und Wegwerfhandtüchern. In ihrer Handtasche fand sich ein Sparbuch mit einem Guthaben von siebzigtausend Dollar, was sie aber nicht davon abgehalten hatte, Hygieneartikel aus den Toiletten des Rathauses, der Stadtbibliothek und des Polizeihauptquartiers zu entwenden.

Die älteren Mitbürger dieser Stadt lassen sich allerdings nicht jedes Geheimnis so leicht entreißen. Einige, wie zum Beispiel das der verschwundenen Matratze, nehmen sie mit ins Grab. Seit es mit seiner Gesundheit nicht mehr zum besten stand, hatte den Bewohner eines Seniorenhotels in South Beach die Sorge um sein Geld umgetrieben. Er hatte die Weltwirtschaftskrise miterlebt und hegte extremes Mißtrauen gegenüber Banken. Eines Tages erschien er bei seinem Geldinstitut und ließ sich seine achtzigtausend Dollar in Hundertern auszahlen, die er dann zu Hause in seine Matratze einnähte. Anschließend drehte er sie auf die andere Seite, um die verräterische Naht vor neugierigen Blicken zu schützen. Bevor er eines natürlichen Todes starb, vertraute er einem alten Freund das Geheimnis an. Kurz nach dem Tod seines Vaters reiste dessen Sohn aus Israel an und entdeckte das leergeräumte Bankkonto. Der Vertraute seines Vaters informierte ihn über das Versteck, und er machte sich zusammen mit seinem Anwalt auf den Weg zu dem Seniorenhotel. Auf dem Bett des alten Mannes fanden sie eine nagelneue Matratze vor.

Sein Sohn, dessen Rechtsbeistand und der Besitzer des Hotels lieferten sich daraufhin in der Lobby eine lautstarke Auseinandersetzung. Der Polizei gegenüber erklärte der Besitzer, daß er sämtliche Matratzen im zehnten Stock ausgewechselt hätte. Warum gerade die im zehnten Stock? wollte Detective Emery Zerrick wissen. Sie wären in außerordentlich schlechtem Zustand gewesen, erhielt er zur Antwort.

Die Matratzen waren für einen Dollar das Stück an David the Boß gegangen, einen ziemlich zwielichtigen, örtlichen Altwarenhändler. Der wiederum hatte einige davon für zwei Dollar nach Liberty City verkauft, einer ziemlich armen Gegend. Der Rest war zusammen mit zahlreichen alten Matratzen aus Hotels und Motels auf seinem Gelände gelagert. Zerrick, ein großer, kräftiger Mann, verbrachte während der nächsten Monate sogar freie Tage damit, sich durch einen Berg stinkender Matratzen zu wühlen. Er hatte sich in einer Bank achtzigtausend Dollar in Hundertern aufstapeln lassen, so daß er wußte, wie groß die gesuchte Ausbeulung war. Noch lange nachdem der Sohn des Toten und sein Anwalt die Nachforschungen als zwecklos aufgegeben hatte, setzte er seine Schatzsuche fort. Er muß mit der Zeit jede ausrangierte Matratze in Miami aufgeschlitzt haben, aber es war vergebliche Mühe.

Irgendwo in Liberty City liegt jemand, der vom Glück verlassen und total abgebrannt ist, buchstäblich auf einem Vermögen. Aber so richtig kann ich nicht daran glauben.

Ich mag die sonnendurchfluteten Straßen und altmodischen Hotels von South Beach. Sie erinnern mich an meine geliebten dreißiger und vierziger Jahre, als man in meinem Beruf noch Spaß hatte, die Musik sanfter war und Filmdialoge besser. Plakate von *Casablanca* und dem *Malteser Falken* hängen in meinem Arbeitszimmer und erinnern mich daran, daß heute alles komplizierter und kälter geworden ist. Aber vielleicht war es ja auch eine einfachere und romantischere Zeit, in der die Guten immer siegten. Ich sehne mich oft zurück nach dieser Zeit, in der die Leute bizarre Geschichten liebten, weil sie von der Wirklichkeit niemals übertroffen wurden. Diese Sehnsucht nach einer Epoche, in der ich noch gar nicht auf der Welt war, überfällt mich meistens, wenn ich in den brodelnden Straßen Miamis der Frage nachgehe, was die Bürger dieser Stadt heutzutage einander alles antun – und höllisch aufpassen muß, diesen gefährlichen Machenschaften nicht selbst zum Opfer zu fallen.

Was würden wir heutzutage für einen Humphrey Bogart geben?

In den sechziger Jahren war der lateinamerikanische Einfluß ein fernes, rhythmisches Pulsieren. Aus Kuba kam niemand heraus. Man war dort hingefahren, um sein Glück im Roulette zu versuchen oder eine Abtreibung vornehmen zu lassen. Die erste Massenflucht von der Insel brachte mittellose Ärzte, Rechtsanwälte und Angehörige anderer hochqualifizierter Berufe nach Miami, die sich hier als Hotelpagen, Taxifahrer und Tellerwäscher verdingten.

Sie blieben nicht lange in diesen untergeordneten Jobs, sondern kehrten größtenteils wieder in ihre alten Berufe zurück und bildeten die hart arbeitende Basis der kubanischen Kolonie. Nach diesen positiven Erfahrungen waren wir durch nichts auf die zweite Einwanderungswelle zwanzig Jahre später vorbereitet, als Castro uns seinen Abschaum herüberschickte.

Unter den gutwilligen Immigranten befanden sich Verwirrte und Zurückgebliebene, Geisteskranke und Sträflinge. Unter ihnen waren die ruchlosesten Verbrecher, die dieses Land jemals betreten haben.

Castro hatte wirklich einen Coup gelandet. Man stelle sich die Situation einmal umgekehrt vor. Wir würden die Insassen der Todeszellen, der Hochsicherheitsgefängnisse, der geschlossenen Anstalten für geistesgestörte Sexualverbrecher und wahnsinnige Kriminelle außer Landes schaffen, wo man sie auf völlig unvorbereitete Bürger losließe. Natürlich würde sich jede

Regierung der Welt dagegen verwahren. Aber genau das ist uns zugestoßen.

Wir sind unter diesem Ansturm beinahe zu Boden gegangen. Polizeiarbeit verwandelte sich von einem Tag auf den anderen in ein unkalkulierbares Risiko. Viele der Flüchtlinge reagierten auf die neue Umgebung mit Verwirrung und Desorientiertheit. Sie bestanden zum Beispiel darauf, die Opfer von Gewalttaten, Unfällen und Krankheiten selbst ins Krankenhaus zu bringen, anstatt auf einen Rettungswagen zu warten. Das führte dazu, daß sie mit den Hilflosen ziellos durch eine fremde Stadt irrten.

Sterbende wurden in halsbrecherischem Tempo von ihren Freunden umhergefahren, wobei sie auf verwirrte Streifenwagenbesatzungen stießen, die mit heulenden Sirenen auf der Suche nach eben diesen Opfern waren. Einmal befuhren die Flüchtlinge, die ihrem angeschossenen Freund helfen wollten, eine Einbahnstraße in der falschen Richtung und rammten einen Streifenwagen, der zu dem Ort der Schießerei unterwegs war.

Wenn ihnen der Verletzte im Wagen starb, legten sie ihn einfach vor die Tür einer Polizeiwache oder eines offiziell aussehenden Gebäudes, was die Passanten ziemlich verunsicherte, die plötzlich über eine Leiche stolperten.

Die Flüchtlinge hatten noch eine weitere Angewohnheit, die für Verwirrung sorgte: Wenn sie die Polizei rufen wollten, feuerten sie ihre Waffen ab. Das zog zwar die Aufmerksamkeit der Cops auf sich, provozierte aber auch unweigerlich eine Schießerei mit ihnen, da sie das Feuer erwiderten. Die nervöse Polizeiführung wußte sich nicht mehr anders zu helfen, als öffentlich bekanntzugeben, daß man die Beamten am besten durch Winken und Rufen alarmierte oder indem man vom Telefonnotruf Gebrauch machte.

Die Polizisten wurden dazu angehalten, sich in einem eigens verteilten Büchlein mit spanischen Kommandos wie ›Halt, oder ich schieße«, und »Lassen Sie die Waffe fallen« vertraut zu machen, die mit hilfreichen Anmerkungen zu ihrer Aussprache versehen waren.

Zur selben Zeit erreichten uns auch Schiffe mit Flüchtlingen aus Haiti. Diese scheuen und zurückhaltenden Menschen haben Furchtbares erdulden müssen. Ihre Boote kenterten auf hoher See, oder verbrecherische Schlepper nahmen ihnen erst das Geld ab und warfen sie dann über Bord. Immer wieder wurden ihre Leichen an Touristenstränden angetrieben. Wenn sie es lebend bis Miami schaffen, werden sie in Internierungslager gesperrt. Bleibt ihnen dieses Schicksal erspart, nehmen sie in ihrem Arbeitseifer Jobs an, für die sie nicht ausgebildet sind oder die sie nicht bewältigen können, und fallen Arbeitsunfällen zum Opfer.

Eines Morgens stand ich im Leichenschauhaus erschüttert vor einem gerade eingelieferten Haitianer. Er hatte in einer Textilfabrik in Hialeah an den Strickmaschinen gearbeitet, lose Fäden und Knoten beseitigen müssen. Die Maschinen dürften niemals stillstehen, hatte man ihm eingeschärft und ihn für die Nachtschicht allein gelassen. Am nächsten Morgen wurde er in einer Strickmaschine gefunden. Er hatte einen entsetzlichen Tod erlitten.

Täglich brechen neue Katastrophen über diese unglücklichen Menschen herein. Die Elektrizitätswerke stellen ihnen den Strom ab; also behelfen sie sich mit Kerzen, und es entstehen Brände, denen ihre eigenen Familien zum Opfer fallen. Sie wollen den Führerschein machen und überfahren ihre nächsten Angehörigen. Diese gutwilligen Leute haben für alles Lehrgeld zahlen müssen. In der ersten Zeit sind sie in der Kriminalstatistik von Miami lediglich als Opfer vertreten gewesen. Dann haben sich einige von ihnen den amerikanischen Verhältnissen angepaßt.

Die meisten haben sich aber ihr freundliches Wesen bewahrt. Als die Schreckensherrschaft von Duvalier sich ihrem Ende näherte, feierten sie auf den Straßen von Miamis Little Haiti ein Freudenfest, schmückten ihre alten Autos mit blauroten Fahnen, hupten infernalisch, sangen und tanzten. Die zu allem entschlossene Polizei errichtete einen Vorposten und bezog dort in Gefechtsausrüstung Stellung.

Ich stattete Little Haiti aus diesem Anlaß einen Besuch ab. Es regnete leicht, als ich dort eine Straße überqueren wollte. Die ›Aufständischen‹ unterbrachen ihr Hupkonzert und das Fahnenschwenken nicht für eine Sekunde, aber sie hielten sofort an, um mich passieren zu lassen. Erst als ich wohlbehalten auf der anderen Seite angekommen war, setzten sie ihren ›Aufruhr‹ fort.

Das einzige Opfer war ein Polizist, der verletzt wurde, als sich aus seiner eigenen Waffe ein Schuß löste.

Falls Sie mal einen Volksaufstand besuchen müssen, vergewissern Sie sich vorher, ob es Haitianer sind, die sich ›erheben‹.

Ich war zu dem Schauplatz eines mehrfachen Mordes gerufen worden und klopfte auf der Suche nach Zeugen an die Tür des Nachbarhauses, in dem eine haitianische Familie wohnte. Sie baten mich höflich herein. Das spärlich möblierte Haus war peinlich sauber. An den Wänden hingen Fotos aus alten Illustrierten. In der Küche garte Hühnerfleisch in einem riesigen Topf. Die Kinder waren sauber gekleidet, frisch gewaschen und schüchtern – genau wie die Erwachsenen. Den Augen des Vaters war der Mangel an Schlaf deutlich anzusehen. Tagsüber schrubbte er die Fußböden eines Krankenhauses in Miami Beach, und nachts arbeitete er als Büroreiniger in der City. Ich habe diese Familie sehr deutlich in Erinnerung behalten. Ganz im Gegensatz zu den Opfern der sinnlosen Drogenschießerei, die das eigentliche Thema meiner Story waren.

Man kann den traurigen Augen und dem schüchternen Lächeln dieser Menschen überall begegnen. In meinem Supermarkt traf ich zwei Haitianer an der Fleischtheke. Sie verglichen sorgfältig und ausgiebig verschiedene Hühnerfleischangebote, bis sie sicher waren, den günstigsten Einkauf getätigt zu haben.

Immer wenn ich an den überquellenden Regalen mit speziellen Lebensmitteln für die Übergewichtigen und Übersättigten unter uns vorbeikomme, sehe ich diese beiden traurigen, bescheidenen Männer vor mir.

So etwas kann einem den ganzen Spaß am Essen verderben.

Als ich das erste Mal nach Miami Beach kam, handelte es sich um einen Ferienort, der kaum aus seiner Verschlafenheit erwacht war. Miami lag am Ende der Welt. Es war die Endstation für sonnenhungrige Herumtreiber und Leute, die vor ihren Problemen davonliefen. Aber sie hatten sie natürlich im Gepäck, ihren Moralischen, all die extremen Angewohnheiten und persönlichen Dämonen. Das war damals so, und daran hat sich bis heute nichts geändert.

Auch früher gab es anrüchige Lokale, leichte Mädchen und Juwelendiebe; aber in der Rückschau erscheint es idyllisch, verglichen mit den komplexen Problemen von heute, wo oft nur wenige Autominuten zwischen völlig verschiedenen Welten liegen.

Da ist zum Beispiel die kleine Gemeinde Brigdewater. Sie liegt westlich von Downtown Miami und wurde einst von russischen Zirkusliliputanern gegründet. Heute wohnen dort hauptsächlich Nicaraguaner, die vor der kommunistischen Herrschaft in ihrer Heimat geflohen sind.

In manchen Gegenden trifft man noch auf die alteingesessene, weiße Bevölkerung Floridas, wo die Männer mit Cowboyhüten in ihren Lieferwagen sitzen, mit Gewehren im Führerhaus und scharfen Hunden auf der Ladefläche. Einige Meilen entfernt liegt ein großes Einkaufszentrum. Alle Schilder dort sind in spanischer Sprache, und niemand unterhält sich auf englisch. Dutzende von Vierteln haben sich vollkommen verändert, wobei keines von ihnen dem anderen gleicht.

Früher hatte Miami außerhalb der Saison geschlossen. Heute muß sich die Stadt das ganze Jahr über mit allem herumschlagen, was die Welt an Abseitigem und Gefährlichem zu bieten hat. In Miami kommt es vor, daß Polizisten bei einer Verkehrskontrolle sämtliche Wageninsassen töten, weil diese plötzlich Maschinenpistolen zücken. Rettungssanitäter stoßen immer wieder auf Opfer von Verkehrsunfällen, die kugelsichere Westen tragen. Ein alter Mann war in dieser Armierung zum Avocadopflücken unterwegs.

Manchmal übersteigt es einfach das menschliche Fassungsvermögen.

Als fünf Rauschgiftfahnder vor einem teuren Hotel wegen eines geplatzten Drogendeals in ein Feuergefecht verwickelt wurden, waren sie die einzigen, die irgendeine Form von Erregung zeigten oder versuchten, sich in Sicherheit zu bringen. Die Passanten blieben gelassen. Sie glaubten, die Schießerei gehörte zu den Dreharbeiten für eine Episode von *Miami Vice*.

Zu Miamis Problemen gehört auch die maßlos übertriebene Vorstellung, Mord und Verbrechen gehörten in dieser Stadt zum Alltag. Normale Bürger, die nicht sämtliche Vorsicht fahren lassen, leben hier so sicher wie anderswo. Wie in jeder anderen Großstadt gehören auch in Miami Verbrecher zu einer winzigen Minderheit. Auch wenn es Leute gibt, die etwas anderes zu glauben scheinen.

Ein wohlhabender Mann aus Tennessee stieg aus dem Flugzeug und bot dem ersten Menschen, den er traf, zehntausend Dollar für den Mord an seiner Frau. Sie waren seit dreißig Jahren verheiratet. Der Mann wollte, daß seine Gattin erwürgt wird. Der Taxifahrer, dem er das Angebot unterbreitete, versuchte es ihm vergeblich auszureden, bevor er die Polizei rief.

Sogar Leute aus der unmittelbaren Nachbarschaft der Stadt scheinen diesem Irrglauben anzuhängen. Eine Straßengang aus Broward County, die sich ›Enforcer‹ nannten, tötete ein in Ungnade gefallenes Mitglied und brachte die Leiche dann nach Miami, weil sie hier lediglich ›eine unter vielen‹ wäre. Aber die Cops dieser Stadt haben genug mit ihren eigenen Toten zu tun. Sie schätzen es gar nicht, wenn man ihnen zusätzliche Arbeit von außerhalb aufhalst. Mike Gonzales und Louise Vasques, die wahrscheinlich gewitztesten Detectives der Welt – schließlich haben sie in der Mordkommission mehr zu tun als jeder andere –, brachten die Gang binnen kürzester Zeit zur Strecke.

Die Verbrechen, die sich im Sommer ereignen, sind oft spektakulärer und schlagzeilenträchtiger als sonst. Meist ist der August der mörderischste Monat. Das muß an der Jahreszeit liegen.

Lassen Sie sich nicht erzählen, daß es in Miami keine Jahreszeiten gibt. Zu jeder gehört eine ganz besondere Schattierung von Grün. Im Sommer leuchtet es am heftigsten, und für eine bestimmte Zeit stehen Bäume und Blumen in üppiger Blüte. Wir haben noch eine fünfte Jahreszeit hier, von Juni bis November, in der immer wieder Hurricanes heraufziehen. Es gibt nichts, was mit der Panik eines frischgebackenen Hausbesitzers in Miami vergleichbar wäre, der nicht weiß, wo die Fensterläden sind, und sich mit einem tropischen Unwetter konfrontiert sieht, das mit der Gewalt eines heranrasenden Güterzugs über ihn hereinbricht.

In Florida haben die Jahreszeiten ihre ganz besonderen Wahrzeichen. In New Jersey ist es der Flieder, und Washington hat die Kirschblüte. Wir haben Wirbelstürme, Erdrutsche, Giftschwaden von den Schädlingsbekämpfern und im Frühjahr die Flächenbrände. Wenn es um diese Zeit sehr trocken ist und Gewitter über den Everglades niedergehen, lösen sie oft Brände aus, die sich auf den Grasebenen ausbreiten und riesige Flächen in Asche verwandeln. Der Regen dämmt die Flammen zwar ein, kann sie aber nicht daran hindern, sich langsam voranzufressen. Wenn die Feuer dann mit voller Gewalt wieder ausbrechen, rasen sie trotz heldenhafter Bemühungen der Brandbekämpfer sogar über die Highways hinweg.

Oft braucht es nicht einmal ein Gewitter, um einen Brand auszulösen. Der unkrautbewachsene Seitenstreifen der Landstraßen ist dann so ausgedörrt, daß ihn schon ein erhitzter Auspuff entzünden kann. Ein Highway-Polizist hatte einen Raser angehalten. Als er dem Mann einen Strafzettel ausschrieb, roch es plötzlich verbrannt. Das Gras unter seinem Streifenwagen hatte Feuer gefangen und blitzschnell das ganze Fahrzeug erfaßt. Er mußte hilflos mitansehen, wie der Wagen völlig ausbrannte.

Das Feuer gehört in Südflorida zum Zyklus der Jahreszeiten. Wie ein Leichentuch hängt der graubraune Dunst über dem Land. Sogar im weit entfernten Miami Beach tränen den Menschen noch die Augen, bis die Meeresbrise und der nachmittägliche Regen die Stadt von dem beißenden Rauch befreien.

Jedes Jahr in den schwülen, dunstigen Sommermonaten trägt

der Wind Staub aus der Sahara nach Südflorida. Der von Stürmen über der Wüste aufgewirbelte Sand wird von westwärts ziehenden Luftströmungen in riesigen, roten Staubwolken über den Atlantik gebracht, und eines Morgens sind parkende Autos im Großraum Miami mit einer hauchdünnen, roten Schicht bedeckt, den die kurzen Sommerregen in Schlamm verwandeln. Wegen der sich häufenden Dürrekatastrophen in Afrika gehört dies seit einigen Jahren zu den Sommerphänomenen.

Wenn ich auf den Straßen von Miami den haarsträubenden Einzelheiten einer Story nachjage, sehe ich den Mond wie einen dicken, fetten Silberdollar düster am Himmel hängen, eingefärbt vom Wüstensand eines anderen Kontinents.

Im Miami von heute sind Burdines' Tearoom und die Schneeprinzessin nur noch Erinnerung. Aber man braucht nicht weit zu gehen, und schon stößt man auf Crackhouses, deren beflissene Betreiber ihren Kunden ebenfalls weißes Pulver kredenzen: Schnee aus Miami.

Auch in der Redaktion hat sich einiges verändert. Seitdem das orchestrale Klappern der Schreibmaschinen vom leisen Klacken der Computertastaturen abgelöst wurde, klingt alles merkwürdig zahm. Aus dem hellen Klingeln der Telefone ist ein sanftes Blöken geworden, das den Geräuschpegel auf eine stumpfsinnige Monotonie herabsenkt und nur von den Freudenschreien der Redakteure unterbrochen wird, die einem Gauner auf die Spur gekommen sind. Die vielen im Dade County tätigen Regierungsorganisationen versorgen uns immer wieder mit Schlagzeilen.

Ein Spaziergang auf der Flagler Street führt uns in die Hauptstadt eines exotischen Landes. Miami ist Casablanca. Unzählige Intrigen werden in seinen Straßen gesponnen: Abgesandte der großen Politik, Geheimdienst gegen Geheimdienst, Drogen- und Waffenhandel, Geschäfte mit illegalen Einwanderern und Verschwörungen jeden Ausmaßes. Die Stadt wächst in einem mörderischen Tempo, das durch ausländische Investoren und

Drogengewinne noch angeheizt wird. Eine neue Skyline entsteht, die diese ungeheure Expansion symbolisiert. Man spürt es überall und sieht es in den Gesichtern der Menschen, welcher Hautfarbe sie auch sein mögen.

Ich habe unbestreitbar das Licht der Welt am falschen Ort erblickt, und wahrscheinlich auch zwanzig oder dreißig Jahre zu spät. Aber wenn ich auch nicht die richtige Zeit erwischt habe, so doch wenigstens die richtige Stadt.

Miami ist der ideale Ort für eine Reporterin.

GETTING THE STORY

Wenn eine Story fertig ist, hat der Reporter eine Menge Arbeit hineingesteckt. Sein Name und sein guter Ruf sind untrennbar damit verbunden. Dann soll er sie einem Redakteur anvertrauen. Würden Sie Ihre Tochter mit einem notorischen Vergewaltiger ausgehen lassen?

Einige der Redakteure, mit denen ich während der letzten zwanzig Jahre zu tun hatte, haben meine Stories verbessert. Eigentlich wollen sie immer nur das Beste. Aber es gibt drei Grundregeln, die ein junger Reporter stets beachten sollte. Sie sind sehr einfach und weichen im Wortlaut nicht voneinander ab:

1. Traue niemals einem Redakteur!
2. Traue niemals einem Redakteur!
3. Traue niemals einem Redakteur!

Bei einigen sind deine Artikel in guten Händen. Andere bringen dich in peinliche Situationen, ruinieren deine Informationsquellen oder streichen die Story bis zur Unkenntlichkeit zusammen. Sie schreiben inhaltliche und grammatikalische Fehler hinein, versehen sie mit einer irreführenden Überschrift und bringen dich in Schwierigkeiten. Beispielsweise verwechseln einige Redakteure – und sogar Reporter – permanent Einbruch mit Raub. Sie halten die Ausdrücke fälschlicherweise für Synonyme. Aber der Unterschied besteht in dem leeren Fleck, den man anstelle seines Fernsehapparates vorfindet, und dem maskierten Gangster mit entsichertem Revolver. Im zweiten Fall bedeutet das für den Eindringling zwanzig Jahre mehr und für das Opfer ein alptraumhaftes Erlebnis.

Ich streite mich mit Redakteuren oft über unbedeutende Einzelheiten. Genaue Bezeichnungen der zitierten Personen sind mir zum Beispiel ein Greuel, wenn der Sachverhalt auf der Hand liegt und es keiner Erklärung bedarf, von wem die Rede ist. Aber manche Redakteure streuen sie wie Konfetti über den Text.

Nehmen wir an, jemand bricht mitten in einem Einkaufszentrum, von mehreren Kugeln getroffen, tot zusammen. Ich war dabei, genau wie dreißig andere Leute, und wir haben die Schüsse gehört, sahen das Opfer zu Boden gehen und den Killer mit der rauchenden Waffe in der Hand weglaufen. Ich glaube, man kann ruhigen Gewissens schreiben: ›Er wurde erschossen.‹ Warum ist es nötig, in so einem Fall die behördliche Autorität ins Spiel zu bringen und zu schreiben: ›Wie die Polizei bekanntgab, wurde er erschossen‹?

Aber Schwierigkeiten gibt es auch mit offiziellen Polizeisprechern, die für die ›Zusammenarbeit‹ mit der Presse zuständig sind. Cops haben eine seltsame Sprache, und wenn sie sich schriftlich äußern, wird es nicht besser. Ihre Presseverlautbarungen sind gespickt mit unverständlichem Polizeijargon: ›Die Person verließ ihren Aufenthaltsort und entfernte sich mit einem hellblauen Fahrzeug neuester Bauart in westlicher Richtung.‹ So einen Satz muß man regelrecht übersetzen.

›Person‹ verrät uns weder Geschlecht noch Alter des Täters. Hat er sich in einem Haus, einem Apartment oder einem Wohnwagen ›aufgehalten‹? Bedeutet ›Fahrzeug‹ Auto, Motorrad oder Lkw? Warum heißt es nicht: ›Der Mann mit der Waffe verließ das Haus und fuhr mit einem neuen, hellblauen Ford Thunderbird nach Westen‹? Wahrscheinlich ist es zu einfach.

Die Cops äußern ständig Sätze, in denen die Person ›sich einer Schußwaffe bedient‹. Man bedient sich eines Textverarbeitungssystems, aber keiner Smith and Wesson. Und natürlich enthält ›Schußwaffe‹ keinen Hinweis darauf, ob es sich um einen Revolver gehandelt hat, eine Schrotflinte, eine Maschinenpistole oder eine Panzerfaust. Warum sagen sie nicht einfach, daß ›der Räuber eine abgesägte Schrotflinte unter der

Jacke versteckte‹ oder ›eine Neun-Millimeter-Luger aus seinem Hosenbund zog‹?

In einem Polizeibericht wird auch festgehalten, was der Verbrecher während der Tat gesagt hat. Erst kürzlich wurde in einem Report ein Straßenräuber mit den Worten zitiert: ›Ich verlange Ihre Geldscheine in amerikanischer Währung.‹ Wenn er wirklich so redet, dürfte es nicht weiter schwierig sein, ihn dingfest zu machen.

Ich glaube, die Cops schnappen so etwas von den Leuten auf, die unsere Gesetze machen. In Florida gibt es zum Beispiel keine ›Vergewaltigung‹ mehr, sondern nur noch einen ›gewaltsamen sexuellen Angriff‹. Aber eine Vergewaltigung bleibt eine Vergewaltigung, und ich will sie auch so nennen. Es sei denn, es handelt sich um ein anderes Sexualverbrechen. Dann werde ich versuchen, zu beschreiben, was sich abgespielt hat.

Für eine knappe und klare Berichterstattung über die Ereignisse ist ein Kriminalreporter auf die Schilderungen der beteiligten Detectives, Streifenpolizisten und Feuerwehrleute angewiesen. Nur wer tatsächlich einem Menschen das Leben gerettet hat, in ein Feuergefecht verwickelt war oder einem flüchtigen Gangster die Handschellen angelegt hat, kann wirklich ein lebendiges Bild davon vermitteln, was geschehen ist. Der für die Presse zuständige Beamte hat in seinem Büro Kaffee getrunken, als es passierte. Er würde eine gute Story nicht mal erkennen, wenn sie sich direkt vor seiner Nase abspielte.

Was ein Reporter braucht, sind Details und noch einmal Details.

Wenn ein Mann immer wieder denselben Song in der Musikbox drückt und deswegen erschossen wird, dann brauche ich den Namen des Liedes. Oft sind gerade Einzelheiten, die für die polizeilichen Ermittlungen keine Rolle spielen, wichtig, um Farbe und Menschlichkeit in eine Story zu bringen. Welchen Film haben die Leute gesehen? Welche Farbe hatte das Auto? Was hatten sie in den Taschen? Was haben sie in dem Moment getan, als der Tornado über sie hereinbrach?

Lieutenant Mike Gonzales, der seit über dreißig Jahren im

Morddezernat arbeitet, hat mir anvertraut, daß er junge Kollegen dazu anhält, diese Dinge nicht außer acht zu lassen. Für die Ermittlungen wären diese Einzelheiten nicht unbedingt wichtig, sagt er, wenn die jungen Leute den Grund dafür wissen wollen. »Aber Edna Buchanan wird danach fragen, und ihr werdet euch sehr dumm vorkommen, wenn ihr keine Antwort parat habt.«

Eine Frage vergesse ich niemals zu stellen: Was hatten die Beteiligten an? Das hat nichts mit Interesse an Mode zu tun. Es liegt daran, daß ich es einmal versäumt habe, diese Frage zu stellen. Ein Killer in einem Lieferwagen hatte einen Mann erschossen und ihn tot auf der Straße liegen lassen. Soweit man bei Mord überhaupt davon sprechen kann, handelte es sich um einen alltäglichen Fall. Erst später erfuhr ich, daß der Mann ein schwarzes Cocktailkleid und rote Pumps getragen hatte, als er erschossen wurde. Empört stellte ich die mit dem Fall befaßten Detectives zur Rede: »Warum habt ihr mir das nicht gesagt?«

»Du hast nicht danach gefragt«, lautete die simple Antwort. Seitdem frage ich jedesmal.

Auch der Tascheninhalt ist immer von großer Wichtigkeit, besonders bei Ermordeten, wo er manchmal die Lösung des Rätsels enthält. Ich habe einmal über einen Fall berichtet, bei dem die Killer ihrem Opfer den Kopf und die Hände abgehackt hatten. Sie wollten sichergehen, daß man die Leiche weder anhand von Fingerabdrücken noch von Zahnbehandlungen identifizieren konnte. Aber tief in den Taschen seiner Jeans vergraben, fand sich ein Zettel.

Es war eine Quittung mit Namen und Adresse des Mannes.

Ein fünfundsiebzigjähriger Kriegsveteran war mit seinem Rollstuhl um ein Uhr morgens auf der Bundesstraße 1 unterwegs, als er einem Unfall mit Fahrerflucht zum Opfer fiel. Der Rollstuhl sah aus wie von einer Bombe zerfetzt. Trug der Tote irgend etwas bei sich, das Aufschluß darüber gab, was er dort draußen gewollt hatte? Für die Polizisten war das völlig unwichtig. Aber für mich spielte es eine Rolle, genauso wie für das Opfer. Man fand etwas Kleingeld in seinen Taschen, in Key West ausgestellte Ausweispapiere, den Entlassungsschein eines

Krankenhauses und mehrere Ablehnungsschreiben von Hilfsorganisationen, die sich außerstande sahen, ihm bei der Rückkehr dorthin behilflich zu sein.

Man hatte den beinamputierten alten Mann in Key West in einen Fernbus gesetzt, der ihn nach Miami in ein Kriegsveteranenhospital bringen sollte. Aber dort verweigerte man ihm die Aufnahme. Er machte die Runde bei sämtlichen zuständigen Stellen und Organisationen. Niemanden schien es zu interessieren, wie er wieder nach Hause kommen sollte. Irgendwann hatte der rüstige, alte Mann genug davon, sich von Bürokraten herumschubsen zu lassen, und machte sich auf eigene Faust auf den Weg nach Key West.

Sieben Meilen hatte er bereits hinter sich, als er von einem Collegestudenten mit seiner Corvette über den Haufen gefahren wurde. 149 Meilen hätten noch vor ihm gelegen.

Wenn zu Beginn einer Schießerei Fernsehgeräte liefen, will ich genau wissen, was die Leute sich gerade ansahen. Vielleicht ergeben sich daraus ironische Anmerkungen oder sachdienliche Hinweise. Oder man kann ein Zeitschema daraus ableiten, das Rückschlüsse darauf zuläßt, ob ein bestimmter Verdächtiger die Tat begangen hat.

Gus Kloszewski war angeklagt, seine rundliche Braut mit einem Hammer totgeschlagen und seine Schwiegermutter in spe so schwer mißhandelt zu haben, daß sie nie wieder aus dem Koma erwachen würde. Zahlreiche Zeugen sagten unter Eid aus, daß sie sich immer über die Uhrzeit im klaren gewesen wären, weil sie eine bestimmte Sendung im Fernsehen verfolgt hätten. Eine Entlastungszeugin schwor, sie wäre bei *Mork and Mindy* nach Hause gekommen und fünfzehn Minuten vor Schluß von *Soap* wieder gegangen. Andere Zeugen waren kurz nach Anfang von *Mash* zu Hause gewesen. Die Mutter des Angeklagten hatte ihren Sohn während der Dreiundzwanzig-Uhr-Nachrichten in seinem Zimmer gehört. Seinem Vater war während derselben Sendung eine zuschlagende Tür aufgefallen, und er war nach Johnny Carsons Monolog schlafen gegangen. Die Ermittlungsbeamten brüteten über einer Programmzeitschrift, und die Verteidigung berief als Sachverständigen den Leiter eines Fernsehsenders, der dem Gericht erklärte, wie genau man es in seinem Geschäft mit der Pünktlichkeit hält. Die Jury sprach den Angeklagten frei. Wenn er die Tat begangen hätte, wäre es ihm unmöglich gewesen, während der Dreiundzwanzig-Uhr-Nachrichten zu Hause zu sein.

Das Fernsehen zieht uns alle in seinen hypnotischen Bann. Eine Wiederholung von *Gilligans Insel* hatte einen jungen Mann dermaßen fasziniert, daß ihm ein fünffacher Mord in der Nachbarwohnung entgangen war. Acht Leute waren im Geschoßhagel einer Maschinenpistole zusammengebrochen. Nur drei hatten überlebt.

Manchmal fügen Details einem Vorfall eine ironische Pointe hinzu, ohne die er in der Vielzahl ähnlicher Ereignisse untergegangen wäre. Ein junges Mädchen fühlte sich in ihrer Ehre gekränkt, weil ein Collegestudent ihr eine obszöne Bemerkung nachgerufen hatte. Sie zog einen Revolver mit Perlmuttgriffschalen aus ihrer Handtasche und schoß ihn nieder. Er brach blutend vor einem Kino zusammen. Passanten schleppten ihn zu seiner Sicherheit in die Eingangshalle. Auf dem Programm stand der Film: *Feuer einstellen*.

Eine junge Frau, die von ihrem Freund geköpft worden war, trug ein T-Shirt mit der Aufschrift: »MIT KNÜPPELN UND STEINEN KANNST DU MICH ZWAR ERSCHLAGEN; ANMACHEN KÖNNEN MICH ABER NUR PEITSCHEN UND KETTEN.«

Zeitungsreporter müssen in Erfahrung bringen, wer zuerst Polizei oder Feuerwehr alarmiert hat und zuerst am Ort des Geschehens eintraf. Wir sind auf aussagekräftige Details, Alter und biographische Einzelheiten angewiesen und brauchen Zugang zu Opfern und Überlebenden. Wir müssen mit den Zeugen sprechen. Die Polizei versucht, sie abzuschirmen, doch mancher legt keinen Wert auf Schutz. Die Entscheidung sollte jedem selbst überlassen bleiben.

Wenn es irgend geht, will ich persönlich mit ihnen reden. Natürlich ist es wichtig, dabei einfühlsames und freundliches Verhalten an den Tag zu legen. Aber genauso wichtig ist es, als erster Journalist mit ihnen Kontakt aufzunehmen. Andernfalls sind sie durch die ganze Fragerei bereits so entnervt, daß sie mit niemandem mehr reden wollen.

Ich will herausfinden, was geschehen ist und wie die Beteiligten es sehen. Es gibt immer Leute, die sich überhaupt nicht äußern wollen; aber bei den meisten überwiegt der Wunsch, sich darüber auszusprechen. Manchen wird dadurch eine Last von der Seele genommen. Es hilft ihnen, mit einem großen Problem fertig zu werden. Einige Polizistenwitwen zum Beispiel nutzten die Gelegenheit, der Welt mitzuteilen, wen sie verloren haben. Und wenn auch nur der Hauch eines Zweifels besteht, was den Hergang eines Todes oder Unfalls betrifft, ist der Gang an die Öffentlichkeit für die Hinterbliebenen oft die einzige Möglichkeit zu erfahren, was wirklich passiert ist.

Wenn also jemand den Hörer auflegt oder mir die Tür vor der Nase zuschlägt, lasse ich ihm sechzig Sekunden Zeit. Dann klopfe ich noch einmal oder rufe wieder an. Das fällt mir nicht leicht; niemand mag es, wenn er zurückgewiesen wird. Am Telefon sage ich dann immer: »Wir sind unterbrochen worden.« Oft bereuen sie es sofort, daß sie aufgelegt haben, oder jemand hat zu ihnen gesagt: »Du hättest mit dem Reporter reden sollen . . .« Wenn sie wieder auflegen, versuche ich es kein drittes Mal. Aber bei gut der Hälfte der Leute komme ich auf diese Weise zu meinem Interview. Ich gebe jedem die Chance, es sich anders zu überlegen.

Charles Curzio war dreiundsechzig Jahre alt und Besitzer einer kleinen Reparaturwerkstatt für Fernsehgeräte. Am Silvesterabend hielt er seinen Laden länger geöffnet als gewöhnlich. Er wollte seinen Kunden die Gelegenheit geben, ihre Fernseher abzuholen, ohne daß sie die King-Orange-Jamboree-Neujahrsparade versäumten. Diese Freundlichkeit kostete ihn das Leben.

Um an das wenige Geld in seiner Kasse heranzukommen, erschlug ihn ein Räuber mit einem Gewehrkolben.

Ich rief bei der Familie des Toten an. Einer seiner Söhne war am Apparat. In seinem hilflosem Zorn beschimpfte er mich auf das übelste und knallte den Hörer auf die Gabel. Ich hatte einen Kloß im Hals, als ich die Nummer zum zweitenmal wählte. Diesmal war ein anderer seiner Söhne dran. Er sprach offen und voller Anteilnahme über seinen Vater. Zum Schluß äußerte er einige Gedanken über die Todesstrafe, über die zu der Zeit in den Medien sehr kontrovers diskutiert wurde.

Jetzt war es keine kurze Meldung mehr, sondern eine ganzseitige Story im Lokalteil über dieses verabscheuungswürdige Verbrechen an einem anständigen Mann.

»Niemand protestiert gegen den Tod meines Vaters«, sagte der Sohn von Charles Curziro. »Nicht ein Mensch ist seinetwegen auf die Straße gegangen. Aber mein Vater hat weder vor Gericht gestanden noch in der Todeszelle gesessen. Er hat sich nie etwas zuschulden kommen lassen. Mein Vater ist ermordet worden – von einem Wahnsinnigen, der ihm mit einem Gewehrkolben den Schädel einschlug. Aber es ist den Leuten scheißegal.«

Damit war alles gesagt.

Eine meiner ausgeprägtesten Eigenschaften ist meine Neugier. Wenn etwas Schlimmes passiert, will ich wissen, warum, und mein Beruf gibt mir das Recht, so lange Fragen zu stellen, bis ich es herausgefunden habe. Nehmen wir an, es hat sich ein Verkehrsunfall ereignet oder ein Mann wird an einer Verkehrsampel erschossen. Welche Laune des Schicksals oder menschliche Verwicklung hat die Beteiligten an den Ort des Geschehens geführt? Wohin war er oder sie unterwegs? Raste er durch eine regennasse Straße, weil ihm sein Chef bei der nächsten Unpünktlichkeit mit dem Rausschmiß gedroht hatte? Hat es an dieser Stelle schon öfter Unfälle gegeben? Wurde eine verkehrstechnische Untersuchung durchgeführt?

Cops und anderen Leuten, mit denen ich zu tun habe, geht meine endlose Fragerei oft auf die Nerven, aber ich hoffe, daß einige von ihnen meine Hartnäckigkeit zu schätzen wissen. Über meine Wißbegier erzählt man sich bereits Geschichten.

Als ich neulich mit einer Gruppe von Cops zusammentraf, erinnerten sie mich an einen Vorfall, den ich schon völlig vergessen hatte. Eine Frau war am hellichten Tag in einem kubanischen Restaurant erschossen worden. Einen Tag zuvor hatte sie sich an den *Herald* gewandt, weil jemand sie töten wollte, und offensichtlich recht damit gehabt.

Ich war damals gleichzeitig mit einem mir bekannten Detective am Tatort eingetroffen und überschüttete ihn natürlich sofort mit Fragen. Da er auch gerade erst angekommen wäre, wüßte er nicht mehr als ich, sagte er. Aber ich ließ nicht locker und folgte ihm und seinem Partner, der mir später die Geschichte erzählte, bis zur Tatortabsperrung. Sie duckten sich unter dem gelben Plastikband hindurch und hatten das Restaurant eben betreten, als das Telefon klingelte. Jemand wollte den Detective sprechen. Er ging an den Apparat, und sein Partner hörte ihn sagen: »Edna, ich habe es dir doch schon gesagt, wir sind gerade angekommen und wissen auch noch nichts.«

Vor dem Lokal gab es einen Münzfernsprecher.

Sie glauben mir vielleicht nicht, aber oft ist es den Leuten unangenehm, im Gespräch mit einem Reporter gesehen zu werden. Am Telefon reden sie viel ungenierter. Außerdem kann es nicht schaden, sie wissen zu lassen, daß man draußen auf sie wartet und weder verschwinden noch aufgeben wird. Manchmal erzählen sie einem dann, was man wissen muß – aus purer Notwehr.

In einem Gemeinwesen, das seinen inneren Zusammenhalt verloren hat und in immer mehr unterschiedliche Gruppen zerfällt, ist rasche und sachgerechte Berichterstattung über sensible und kontroverse Themen außerordentlich wichtig. Am Beispiel von Donald Harp wird dies besonders deutlich.

Der junge Soldat war auf Heimaturlaub zu Hause und hatte sich zusammen mit einem alten Freund fürchterlich betrunken. Bei ihrer ziellosen Fahrt durch Miami wurden sie in einen Unfall mit einem Taxi verwickelt. Der Schaden war nicht der Rede wert, aber sie hatten getrunken und begingen Fahrerflucht. Der Taxifahrer rief über Funk die Polizei. Nach einer Verfolgungsjagd geriet der Camaro der beiden jungen Männer ins Schleudern und kam zum Stehen. Es war vier Uhr dreißig, als ein Cop den Fahrer aus dem Wagen holte. Donald Harp saß auf dem Beifahrersitz und war so betrunken, daß er sich kaum noch rühren konnte. Ein Polizist packte seinen rechten Arm, um ihm Handschellen anzulegen. Dabei machte Harp mit dem linken Arm eine Bewegung, als wollte er nach einer Waffe greifen. Als ein anderer Cop dies bemerkte, zog er seinen Revolver und erschoß den Jungen.

Aber es wurde keine Waffe bei Harp gefunden. Ein weißer Polizist hatte einen Schwarzen erschossen. In dieser Gegend war es bereits zweimal zu schweren Unruhen gekommen, weil die weiße Polizei einen Schwarzen getötet hatte. Aus nichtigen Gründen, wie viele Einwohner glaubten.

Ich sprach mit den Cops, klapperte die Umgebung nach weiteren Zeugen ab und kehrte in die Redaktion zurück, um den Artikel für die Morgenausgabe fertigzustellen. Für den *Herald* waren einige Reporter am Tatort, die noch wenig Berufserfahrung hatten. Einer von ihnen rief aufgeregt in der Redaktion an. Er hatte eine junge, schwarze Frau gefunden, die behauptete, von ihrem Fenster aus zufällig alles mit angesehen zu haben. Die Polizisten hätten den Beifahrer aus dem Wagen gezerrt und ihn auf die Straße geschleppt. Die Beamten hätten einen Kreis um ihn gebildet, und dann wäre der Schuß gefallen.

Das hörte sich nach vorsätzlichem Mord an. Aber ich hatte den Wagen gesehen. Der Beifahrersitz war blutbesudelt, nicht die Straße. Und die Zeugin hatte morgens um halb fünf zufällig aus dem Fenster gesehen?

Ich fragte den Reporter nach Einzelheiten über die Zeugin. Sie hatte ihr Alter mit zweiundzwanzig angegeben und lebte zusammen mit ihrer Mutter, die in der fraglichen Nacht gearbeitet hätte. Er beschrieb mir die Wohnung, in der ich an dem Morgen auch gewesen war und mit einem sechzehnjährigen Mädchen und dessen Mutter gesprochen hatte. Ihrer Mutter waren kreischende Bremsen und ein Schuß aufgefallen; ihre Tochter hatte fest geschlafen. Ich bat den Reporter, das Alter des Mädchens noch einmal zu überprüfen. Diesmal behauptete sie, siebzehn zu sein. Außerdem hatte sie ihre Geschichte schon einem Fernsehreporter erzählt. Ich verzichtete auf den Zeitvorteil gegenüber dem Sender, der mit der Story erst um achtzehn Uhr herauskommen würde, und beschloß, ihre flammende Anklage aus der Morgenausgabe herauszulassen. Statt dessen setzte ich mich mit dem Leiter der Ermittlungen in Verbindung.

Ich fragte ihn, ob er die Aussage des jungen Mädchens zur Kenntnis genommen hätte. Er sah darin keinen Sinn, weil sie nicht das geringste gesehen hätte. Aber sie wurde von seinen Detectives vernommen und rückte mit der Wahrheit heraus. Gesehen hätte sie überhaupt nichts, aber sie wollte unbedingt in einer bekannten Nachrichtensendung auftreten. Das ist ihr gelungen.

Die Cops geben eine sechszeilige Pressemitteilung heraus und erwarten, daß alle damit zufrieden sind. Einem Zeitungsreporter kann das nicht reichen, weil eine Story von Einzelheiten und Hintergrundwissen lebt. Fernsehjournalisten halten sich an die Presseverlautbarung und sind zufrieden, wenn das Filmmaterial für sechzig dramatische Sekunden ausreicht – lodernde Flammen und umherhastende Feuerwehrleute. Einem Radiomann genügen Sekunden.

Zeitungmachen erfordert größeren Aufwand. Wenn wir dem Schauplatz den Rücken kehren, fängt unsere Arbeit erst an. Die Story zu kriegen ist die eine Hälfte, sie zu schreiben die andere.

HOME AT LAST

Polizeiberichterstattung handelt von Menschen und davon, wie sie funktionieren. Was sie zu Helden oder mörderischen Bestien werden läßt. Ihren guten Eigenschaften und Abgründe. Ob Gier, Sex, Gewalt, Komik oder Tragik, ein Polizeireporter wird mit allem konfrontiert. Er hat die Finger am Puls der Gesellschaft, und ihn ruft man zuerst. Die wirklich schlagzeilenträchtigen Stories sind meistens auf Recherchen von Polizeireportern zurückgegangen. Und das wird auch in Zukunft so sein.

Ich habe nie verstanden, wie Journalisten dieses Ressort mit Geringschätzung betrachten können. Daß sie es als Makel empfinden, dafür eingesetzt zu werden, daß sie es als Sackgasse in der Karriere eines Reporters betrachten.

Die Aufdeckung des Watergate-Skandals nahm ihren Anfang mit einer Einbruchsmeldung im Polizeibericht und hat dazu geführt, daß man Kriminalreportern etwas mehr Respekt entgegenbringt. In bescheidenerem Umfang gilt das auch für eine Meldung, die am Dienstag, dem 17. April 1986, um fünfzehn Uhr, fünfzehn Jahre, sechs Monate und zwei Tage nachdem ich beim *Herald* angefangen hatte, auf den Monitoren in der Redaktion erschien.

NEW YORK (UPI) – EDNA BUCHANAN VOM MIAMI HERALD WURDE DER PULITZERPREIS 1986 FÜR ALLGEMEINE BERICHTERSTATTUNG ZUERKANNT.

Was mich an jenem Nachmittag wirklich bewegte, war die ungekünstelte Freude, mit der mir die Kollegen die Nachricht überbrachten. Ich gehöre in der Redaktion nicht zu den Beliebtesten, gehe nicht zu Parties und auch nicht in die Bars, wo

Journalisten verkehren. Ich gehe nach Hause. Aber von den Gesichtern der Kollegen konnte ich ablesen, daß auch sie sich geehrt fühlten. Ich hatte den Beweis erbracht, daß ein Reporter, der nichts weiter als seine Arbeit tut, jeden Tag und so gut wie möglich, sich die höchste Auszeichnung des Journalismus verdienen kann. Ich schluckte und hätte fast zu weinen angefangen, doch es ist mir zur zweiten Natur geworden, meine Gefühle zu verbergen.

Laß niemals jemanden zusehen, wie du weinst.

Ich dachte zurück an den Anfang meiner Karriere, als es mir nur um den Job ging und ich nicht einmal daran dachte, nach der Bezahlung zu fragen.

Geschlafen habe ich in jener Nacht nicht eine Sekunde. Vermutlich aus Angst aufzuwachen, und alles wäre zerplatzt wie eine Seifenblase. Morgens um Viertel nach sieben holte mich eine schwarze CBS-Limousine von zu Hause ab. Ich sollte in der *Morning Show* mit den beiden anderen Gewinnern Jimmy Breslin und Jules Feiffer zusammentreffen. Chauffiert wurde ich von einer Frau namens Shirley. Sie besaß einen Pudel, eine Katze und bewahrte einen Revolver Kaliber .38 in ihrem Nachtschrank auf. Erst kürzlich hätte sie die Gelegenheit gehabt, ihn an einem Einbrecher auszuprobieren, aber dann doch darauf verzichtet. Wenn sie ihn getroffen hätte, wäre womöglich ihr champagnerfarbener Teppichboden ruiniert gewesen. Also hatte sie ihn entkommen lassen.

Das konnte ich nachvollziehen.

Ich habe meine Lieblingsbeschäftigung zum Beruf machen können. Das betrachte ich als großes Glück. Ohne eine wirkliche innere Beteiligung wird man diesem Job nicht gerecht. Ich habe über mehr als fünftausend gewaltsame Todesfälle berichtet, über Entführungen, Massenmorde, Flugzeugabstürze und Rassenunruhen. Ein Journalist, der über die neue Anleihe für die Kanalisation schreibt oder einen bevorstehenden Volksentscheid, hat ein ruhigeres Leben, geregelte Arbeitszeiten und geht seiner Arbeit in angenehmerer Umgebung nach, aber die persönliche Befriedigung ist deutlich geringer.

Es ist kein Zuckerschlecken, als Polizeireporter zu arbeiten. Man gibt ein normales Leben auf, regelmäßige Mahlzeiten, stabile Beziehungen und freie Wochenenden. Verbrechen und Katastrophen ereignen sich nun mal nicht ausschließlich montags bis freitags von neun bis fünf. Irgendwann ist es kein Job mehr, sondern eine Art zu leben.

Als ich mich entschloß, ein Haus zu kaufen, und mit der Bank wegen der Kreditraten telefonierte, wurde der Sachbearbeiter ganz aufgeregt. »Wir sind uns schon mal begegnet, erinnern Sie sich nicht?«

Ich konnte mit dem Namen beim besten Willen nichts anfangen.

»Sie waren zu Gast in meinem Haus«, sagte er ehrlich betrübt, daß ich mich nicht erinnerte. »Damals, als meine Nachbarn umgebracht wurden.«

Und als ich verzweifelt versuchte, passende Rollos für mein neues Heim zu erwerben, wollte die Verkäuferin über nichts anderes reden als ihre ermordete Schwester und zeigte mir sogar Fotos. Sie war von ihrem Freund umgebracht worden, und er hatte versucht, ihre Leiche in einen Koffer zu stopfen.

Und kurz nachdem ich zusammen mit einer Kollegin die Recherchen in einem Fall abgeschlossen hatte, der uns sehr am Herzen lag – wir entlarvten sexistische Machenschaften von chemischen Reinigungen, die für Blusen mehr berechneten als für Männerhemden –, schien es im Supermarkt ein Problem mit meinem Scheck zu geben. Eine Angestellte beäugte mich mißtrauisch, bevor sie ihn ins Büro des Geschäftsführers brachte. Ich war hinter ihr hergetrottet und hörte, wie sie ihrem Chef im Flüsterton eine Warnung zukommen ließ. »Edna Buchanan ist hier. Sie behauptet, Lebensmittel kaufen zu wollen.«

Meine Tage sind voller Hektik und die Nächte einsam – aber ich möchte nicht anders leben. Ich habe es nie bereut, keine Familie zu haben. Es gibt Frauen, die zur Mutter geschaffen sind. Manche besitzen auch die Kraft, beides miteinander zu vereinbaren, aber ich gehöre nicht dazu. Mein Mathematiklehrer in der Grundschule hatte recht: Ich wäre bestimmt eine schlechte Hausfrau geworden. Statt dessen bin ich tagtäglich mit talentierten und anregenden Leuten zusammen, und kein Arbeitstag ist wie der andere. Und in gewisser Weise komme ich mit Tausenden von Menschen in Berührung.

Natürlich werden die meisten dieser Begegnungen durch meinen Job bestimmt. Die Arbeit eines Reporters hat manches mit der eines Polizisten gemein. Die Menschen befinden sich oft in extremen Situationen, wenn wir in ihrem Leben auftauchen. Man wird plötzlich zum guten Freund, Beichtvater, Verteidiger oder Vertrauten und steht sich eine kurze Zeit sehr nahe. Wenn man die Story hat, bedankt man sich höflich und geht. Das war's. Manchmal fällt es mir schwer, so einfach wieder zu verschwinden. Diese Leute haben mir ihre intimsten Geheimnisse und Ängste anvertraut. Und wenn auch nur aus dem Grund, daß vorher niemand unverschämt genug war, entsprechende Fragen zu stellen.

Besonders mit alten Leuten, Kindern und Bedürftigen entsteht oft eine so enge Bindung, daß sie beim Abschied fragen: »Wann kommst du wieder?« Wahrscheinlich nie, denn schon morgen werde ich mich mit jemand anderem so intensiv beschäftigen, den ich vielleicht auch nicht wiedersehen werde.

Manche von diesen Leuten mag ich wirklich, und unter anderen Umständen wären wir bestimmt Freunde geworden. Aber es ist unprofessionell, persönlichen Kontakt mit Menschen zu haben, über die man schreibt. Außerdem läßt mir der tägliche Streß in meinem Job kaum Zeit dazu, neue Freunde zu gewinnen.

Ich genieße jedoch das Gefühl, daß fremde Leute meine Stories lesen. Und genauso genieße ich es, in Miami zu leben, mit dem mich immer noch eine Liebesaffäre verbindet. Wir sind im Laufe der Jahre erwachsen geworden, haben gute und schlechte Zeiten erlebt und uns beide verändert. Das Leben ist ein ewiges Auf und Ab. Miami und ich stehen im Moment auf der Sonnenseite. Man hat die Stadt als Kulisse für Filme und Werbespots wiederentdeckt. Viele Cops, die nach den Rassenkrawallen fortgingen, sind wiedergekommen. Und eine Menge Leute, die der Stadt den Rücken gekehrt haben, sehnen sich nach ihr zurück.

Die Propheten des Untergangs stellen uns die Crackhouses als absoluten Tiefpunkt der Menschheit dar. Vor zwanzig Jahren haben sie auf die Heroindealer gezeigt und dasselbe gesagt. Natürlich haben sie recht; es ist furchtbar. Und vor zwanzig Jahren hatten sie ebenfalls recht.

Wir haben es überlebt, und das wird auch in Zukunft so sein.

Wo das türkisfarbene Meer wie von innen heraus leuchtet, der Himmel in makellosem Blau erstrahlt und rosa Wolken sich am Horizont auftürmen, da hat alles begonnen, und dorthin ziehe ich mich immer noch zurück. Ich lebe in einem Haus, das vom Licht des Meeres durchflutet wird. In meinem Garten blüht es rot, pinkfarben und purpurrot; Tropenbäume und Palmen wachsen darin, und des Nachts bringt der Wind die Glockenspiele zum Klingen. Ich habe dreizehnhundert Meilen zwischen mich und die Mantelfabrik in Paterson, New Jersey, gelegt. Und eine Million Lichtjahre.

Von Geschichten bin ich immer noch besessen. Ich ruhe nicht eher, bis ich weiß, wie sie ausgehen.

Wenn ich einen schlechten Tag habe und mich der Gegensatz zwischen dem brodelnden Leben auf den Straßen und Redakteuren, die dieses Leben aus meinen Artikeln tilgen wollen, schier zerreißt, holt eine gute Story mich immer noch aus dem Tief heraus und vertreibt den Blues. Auch wenn ich völlig erschöpft bin, krank und eigentlich nur noch nach Hause will, um für immer dort zu bleiben, brauche ich eine Story bloß zu wittern, und meine Lebensgeister kehren augenblicklich zurück. Adrenalin kreist in meinem Blut; mein Gehirn läuft auf vollen Touren, und die Neugierde erwacht. Diese Besessenheit dauert jetzt schon ein ganzes Leben lang.

Einen guten Tag habe ich gehabt, wenn mir ein Aufmacher gelingt, bei dessen Lektüre ein Leser seinen Morgenkaffee wieder ausspuckt, sich ans Herz greift und ruft! »Mein Gott! Martha, hast du das gelesen?«

Dann ist es mein Tag.

ENDE

Band 13 525

Sean Hardie

Wenn die fette Lady singt

Deutsche Erstveröffentlichung

Joe, mäßig erfolgreicher Songwriter, fragt sich erst im Flugzeug nach Honduras, warum er spontan losgeflogen ist: Sein Vater Willie, der alte Richter, ist im Urwald verschollen – aber eigentlich hat er ihm nie viel bedeutet.

Doch erst in der Urwaldklinik seines alten Freundes Mike, in der Willie zuletzt mitgearbeitet hat, erkennt Joe, daß er nicht nur seinen Vater kaum kennt. Wer ist Mike wirklich, welchen gefährlichen Weg ist er gegangen? Welche Rolle spielt die faszinierende Sarah? Zum ersten Mal in seinem Leben muß Joe wirklich Stellung beziehen. Und bald begreift er: Es steht mehr auf dem Spiel als sein Seelenheil – viel mehr . . .

BASTEI LÜBBE

Sie erhalten diesen Band im Buchhandel, bei Ihrem Zeitschriftenhändler sowie im Bahnhofsbuchhandel.